LISA GARDNER

Retrouve-moi

ROMAN TRADUIT DE L'ANGLAIS (ÉTATS-UNIS)
PAR CÉCILE DENIARD

ALBIN MICHEL

Titre original :
LOOK FOR ME
Paru chez Dutton, New York.

Extrait de la nouveauté :
Titre original : *When you see me*
Paru chez Dutton, New York.
© Lisa Gardner, Inc., 2020.
© Éditions Albin Michel, 2023, pour la traduction française.

© Lisa Gardner, Inc., 2018.
© Éditions Albin Michel, 2021, pour la traduction française.
ISBN : 978-2-253-94142-2 – 1re publication LGF

*À ma famille, qui est parfaitement imparfaite.
Et c'est très bien comme ça.*

Prologue

Un an plus tard, Sarah se rappelait surtout avoir été réveillée par des gloussements.

« Chut ! Pas si fort. Mes colocs ont horreur que je ramène des mecs. Ces demoiselles Rabat-Joie veulent dormir.

— Faut pas faire de bruit, hein ? Comme ça ? »

Hurlement de loup devant la porte de Sarah.

Nouveaux gloussements, puis des heurts : quelqu'un, sans doute Heidi, bousculait la table basse, le canapé, le lampadaire.

« Laisse tomber, claironna-t-elle gaiement. Il n'y avait aucune chance qu'on soit silencieux. J'adore crier et j'en suis fière. »

Une voix masculine : « Je savais que j'avais choisi la bonne, au bar. J'ai toujours aimé les filles qui crient. »

Encore des rires, encore des heurts.

Sarah grogna, se retourna sur le ventre et se colla son oreiller sur la tête. Aucun doute que, de l'autre côté de la cloison, Christy et Kelly en faisaient autant. Heidi Raepuro avait rejoint à la dernière minute leur projet de colocation. Une vague amie d'amie, dont la principale qualité était d'être prête à payer un supplément pour disposer de sa propre chambre. Or Sarah,

Christy et Kelly, qui se connaissaient depuis leur première année de fac, avaient eu un coup de cœur pour ce quatre-pièces situé à quelques minutes à pied de Boston College. Bow-windows, parquet ancien, moulures. Quand Sarah y était entrée pour la première fois, elle s'était sentie adulte. Fini le minifrigo, finie la chambre d'étudiante grande comme un mouchoir de poche. Fini le matelas nu à partager avec deux jeunes frère et sœur dans le taudis surpeuplé qu'ils louaient à un marchand de sommeil.

Ses longues nuits à bachoter pendant que ses amis sortaient faire la bringue ou reproduire les erreurs de leurs parents toxicomanes avaient fini par payer.

C'était d'ailleurs la deuxième raison de son coup de cœur pour cet appartement lumineux. Alors qu'elle avait dû absolument tout partager pendant son enfance, ce logement lui offrait le luxe suprême : un espace rien qu'à elle. Certes, la pièce était à peine plus grande que son matelas une place et tenait plutôt du cagibi converti en chambre (sans doute parce que le propriétaire peu scrupuleux souhaitait louer au prix d'un quatre-pièces ce qui n'était au départ qu'un trois-pièces), mais Sarah s'en fichait. La taille de ce réduit était en rapport avec la modestie de son budget. Et comme Christy et Kelly pouvaient se partager la grande chambre et que cette écervelée d'Heidi se payait l'autre chambre digne de ce nom, tout le monde était content. Surtout Sarah, bien au chaud dans son minuscule coin de paradis.

Sauf un soir comme celui-là.

Encore du fracas – puis des grognements. Bon sang, Heidi n'en avait-elle donc jamais assez ?

Un raclement bizarre.

« Hé, dis donc, vous. » La voix d'Heidi, un peu haletante, essoufflée par l'effort.

Sarah leva les yeux au ciel, plaqua davantage l'oreiller sur ses oreilles.

« Attends... Je ne veux pas... Non ! »

Sarah se redressa lorsque Heidi poussa un cri. Un grand cri, strident et...

Est-ce que les cris ont un goût ? Un goût de feu ? Un goût de cendres ? Le goût de ces bonbons pimentés à la cannelle que Sarah aimait laisser fondre sur le bout de sa langue quand elle était petite ?

Ou bien ont-ils plutôt une couleur ? Les ricanements sont verts ou dorés, les gloussements violets ou bleus, mais ce cri ? Un cri d'un blanc incandescent. Un blanc aveuglant, à vous brûler la rétine, à vous roussir les poils des bras. Une couleur trop vive pour être naturelle, qui vous irradie jusqu'à la moelle.

Le cri d'Heidi était comme ça. Blanc incandescent.

Il transperça les fines cloisons, menaça de faire voler les vitres en éclats. Fit sursauter Sarah, qui s'assit droite comme un I.

Et resta totalement, absolument, tétanisée.

C'était la suite dont elle ne parvenait toujours pas à se souvenir très clairement. Même un an après. La police lui avait demandé des détails, bien sûr. Des enquêteurs, une infirmière de l'Institut médico-légal, d'autres investigateurs encore, des spécialistes de scènes de crime.

Tout ce qu'elle pouvait leur dire, c'était que la soirée avait commencé par des ricanements verts et dorés et s'était terminée par des cris d'un blanc incandescent.

Celui d'Heidi avait été le plus blanc, le plus lumineux, mais par bonheur il avait aussi été très bref.

Christy et Kelly. Deux jeunes filles dans une chambre. Les meilleures amies du monde, membres de l'équipe de cross de l'université. Averties et armées, elles avaient résisté. Elles avaient lancé des trophées vers l'agresseur. Le fracas du métal a-t-il une saveur ou une couleur? Non, ce n'est qu'un bruit. Et puis des cris, de toutes les couleurs, de tous les goûts. Peur, colère, angoisse. La détermination de celle qui lui avait asséné un coup de crosse. L'horreur, quand il avait riposté avec son couteau.

Il avait poignardé Kelly en plein ventre (Sarah l'avait lu par la suite dans le rapport), mais la jeune fille l'avait attrapé aux chevilles. Elle s'était roulée en boule à ses pieds, autour de ses jambes, comme un tatou. Et il avait multiplié les coups de couteau, qui ripaient sur la cage thoracique de sa victime. La manœuvre avait donné à Christy le temps d'attraper la couette de la couchette inférieure et de la lancer vers l'assassin pour lui empêtrer les bras.

«Sarah! criaient-elles. Au secours, Sarah! Fais le 911!»

Sarah avait appelé le 911. De cela non plus elle ne gardait aucun souvenir, mais plus tard, à sa demande, elle avait pu écouter l'enregistrement. Sa voix, tremblante, à peine un murmure, lorsque la plateforme de réception des appels d'urgence avait décroché: «Aidez-nous, je vous en supplie, il est en train de les tuer. Il va toutes nous tuer.»

Elle était sortie de sa chambre. Pas le choix. Dans un espace aussi restreint, elle aurait été prise au piège, faite comme un rat. Il fallait se risquer en terrain découvert.

Pour sa propre sécurité ?

Ou pour voler au secours de ses camarades ?

Elle ne savait pas. Une question qu'elle aurait l'occasion de ressasser au long des innombrables nuits d'insomnie à venir.

Elle était sortie de sa chambre.

Elle était allée vers celle d'à côté. Sur le seuil, elle avait vu une main, celle de Kelly, paume ouverte, doigts écartés, et sans faire ni une ni deux elle l'avait attrapée. Avait-elle l'intention de mettre son amie à l'abri ? D'affronter vaillamment le danger et de les sortir l'une après l'autre dans le couloir ? Pas le temps de réfléchir, seulement d'agir. Alors elle avait empoigné la main de Kelly et tiré sans ménagement.

Et elle s'était retrouvée avec un bras dans la main. Juste... un bras.

Manifestement, quand une fille se recroqueville comme un tatou autour des chevilles d'un forcené, il se lasse tôt ou tard de larder sa victime de coups de couteau et décide de la démembrer.

Des cris devant elle : Christy, qui résistait encore. Puis une supplication derrière elle.

« Sarah... »

Elle ne savait plus où donner de la tête. Ces bruits, ces images, cette scène, plus rien n'arrivait au cerveau. Plus rien n'avait de sens.

Lentement, le bras chaud et mouillé de Kelly sur la poitrine, elle se retourna vers la voix derrière elle et se retrouva face à Heidi, qui s'était traînée jusque-là depuis sa chambre. Ses épaules nues étaient argentées sous la faible lumière que donnaient les fenêtres. La peau lisse, intacte. Mais la jeune fille blonde, penchée en avant, se tenait le ventre d'un air crispé, et Sarah sentit les effluves de ses intestins perforés.

Encore des cris dans la chambre. Pas blanc incandescent : rouge lave. La rage sans mélange d'une sportive accomplie qui refusait d'être fauchée dans la fleur de l'âge.

Alors Sarah sut ce qu'il lui restait à faire. Elle tourna le dos à Heidi, la belle idiote éventrée, affermit sa prise sur le bras de la malheureuse Kelly et entra dans l'arène.

Christy, acculée contre le lit superposé, avec sa crosse en guise d'arme. Le dément, qui s'était débarrassé de la couette et dansait autour du corps à ses pieds. Il se régalait, prenait son temps.

« Excusez-moi », dit Sarah.

L'assassin bondit vers Christy. Elle voulut lui donner un coup de crosse, mais au dernier moment il exécuta une pirouette sur la gauche et lui planta la lame dans la zone molle sous ses côtes. Un bruit mouillé de chair lacérée, puis le grognement caverneux de Christy. Elle releva la crosse, frappa l'homme à la tempe. Pas violemment, mais il recula.

Plus de cris à présent. Seul l'épuisement restait audible. Chacun cherchait son souffle.

« Excusez-moi », répéta Sarah.

Pour la première fois, l'homme au couteau s'immobilisa. Il se retourna à moitié, la perplexité gravée sur son front moucheté de sang. Sarah le dévisagea. Il lui semblait qu'elle avait besoin de le voir. Besoin de prendre acte de son existence. Autrement, rien de tout ceci ne pouvait être réel. En particulier ce moment où elle faisait l'offrande du bras amputé de son amie à l'homme qui venait de la tuer.

Cheveux bruns. Pommettes hautes. Visage sculptural. Exactement le genre de type qu'Heidi ramènerait d'un bar. Exactement le genre qui serait toujours au-dessus des moyens de Sarah.

« Vous avez oublié ça », dit-elle en lui tendant le bras de Kelly.

(« Pardon ? l'avait coupée la première enquêtrice. Vous lui avez dit quoi ?

— Il fallait bien », avait tenté d'expliquer Sarah.

Mais peut-être qu'un tel geste était inexplicable. Elle savait seulement qu'elle devait intervenir. Arrêter ce type. Interrompre cette scène. Faire taire tous ces cris rouges et blancs. Alors elle était entrée dans la chambre et lui avait offert la seule chose qu'elle avait sous la main : le bras ensanglanté de Kelly.)

Ce fut alors qu'il décida de s'occuper de son cas. Il se retourna tout à fait, la lame dégoulinante au côté, et montra les dents.

Elle le regarda avancer. Sans bouger. Sans crier. Comme la petite fille qui voyait son père dans la cuisine s'emparer de la bouilloire brûlante. « C'est quoi ton problème, connasse ? Je te demande mon fric, tu me donnes mon fric ! C'est moi qui commande ici. Alors ou tu fais ce que je te dis ou je te balance cette bouilloire en pleine tronche. On verra qui voudra s'occuper de ta sale gueule après ça ! »

Ne pas détourner le regard, ne pas faire de bruit. Voilà ce qu'elle avait appris de sa mère au fil des années : si quelqu'un veut s'en prendre à toi, oblige-le à le faire en te regardant droit dans les yeux.

Le dément s'arrêta juste devant elle, couteau au poing. Elle sentit l'odeur du sang sur ses joues, son haleine chargée de whisky.

« Crie », lui dit-il.

Tandis qu'avec une infinie lenteur il levait le couteau. Plus haut, toujours plus haut.

Derrière lui, Christy manipulait la crosse avec maladresse. Elle aurait voulu réagir. Prendre l'avantage. Mais le manche échappa à ses doigts tremblants et tomba avec un cliquetis lorsqu'elle se laissa glisser le long du mur et s'écroula au sol. Un soupir lointain : plus de colère chez la vedette des terrains de sport, juste de l'acceptation : voilà donc ce qu'on ressent quand on meurt.

« Crie », souffla de nouveau l'homme.

Sarah le regarda et lut très exactement dans ses yeux ce qu'il s'apprêtait à faire. Ce n'était pas un loser comme son père. Pas un type sujet aux brusques accès de colère ni aux fureurs d'ivrogne. Non, il aimait ça, avoir ce couteau de chasse dans la main, ce sang sur son visage. Il n'éprouvait aucune honte, aucun remords. Les cris d'Heidi, le combat de Christy et maintenant sa résistance muette à elle : des années qu'il ne s'était pas autant amusé.

« Si je traverse les ravins de la mort, se surprit-elle à psalmodier, je ne crains aucun mal. »

Puis, alors qu'elle fermait les yeux en serrant contre elle ce qu'il restait de Kelly, il abattit la lame vers sa poitrine avec un petit rire, un ricanement de jubilation.

Une détonation retentit. Deux, trois, quatre, cinq. Elle avait mal, à l'épaule, à la poitrine, à la gorge. Il l'avait poignardée, se dit-elle en s'écroulant. Non, il lui avait plutôt tiré dessus. Mais ça n'avait aucun sens...

Un sanglot déchirant derrière elle et l'odeur fétide de la mort se rapprocha encore. Heidi se traînait sur le parquet.

Un petit pistolet à la main, remarqua alors Sarah. Heidi avait un flingue.

« Je suis désolée », murmurait-elle. Heidi pleurait, et les larmes se mêlaient au sang sur ses joues, l'étalaient davantage. « Je n'aurais... jamais dû...

— Chut », lui dit Sarah.

Heidi posa la tête sur l'épaule de Sarah, qui grimaça : sa compagne l'avait touchée en visant leur agresseur. Mais cela n'avait plus guère d'importance. Le sang formait une flaque sur la gorge de Sarah, coulait dans son dos, elle souffrait comme une damnée, et pourtant tout lui semblait lointain, abstrait.

Le forcené était immobile. Les cris incandescents s'étaient arrêtés. Il ne restait plus que cela : les derniers instants.

Sarah et Heidi posèrent chacune une main sur le bras de Kelly.

« Je suis désolée », bredouilla de nouveau Heidi.

Sarah l'entendit rendre son dernier soupir dans un gargouillis.

« Je ne crains aucun mal, murmura-t-elle dans le silence qui suivit. Je ne crains aucun mal, je ne crains aucun mal, je ne crains aucun mal. »

La police débarqua enfin. Les urgentistes se précipitèrent à leur secours.

« Dieu tout-puissant, dit la première policière en s'immobilisant au milieu de l'appartement.

— Je ne crains aucun mal », répondit Sarah en lui offrant une fois de plus le bras tranché de Kelly.

Un an plus tard, Sarah se rappelait surtout avoir été réveillée par des gloussements.

Est-ce que les cris ont un goût ? Un goût de feu ? Un goût de cendres ? Le goût de ces bonbons pimentés à la cannelle que Sarah aimait laisser fondre sur le bout de sa langue quand elle était petite ?

« Excusez-moi. Vous avez oublié ça. »

Ricanements. Cris blanc incandescent.

Je ne crains aucun mal…

Un an plus tard, un an plus tard, un an plus tard…

On frappait à la porte. Avec autorité. Puis encore.
Sarah se réveilla en sursaut dans son petit studio. En nage, le souffle court. Elle resta parfaitement immobile, tendit l'oreille. Et le bruit recommença. On frappait à la porte. À coups de poing. Quelqu'un insistait pour entrer.
Elle tendit lentement la main vers le tiroir de sa table de nuit. Elle n'y avait pas caché de couteau : la simple vue d'une lame lui était insupportable. Ni de pistolet : elle avait bien essayé, mais ses mains tremblaient trop. Donc, une bombe de gaz lacrymogène. De celles qui sont censées chasser les ours quand on marche en forêt et qu'on peut se procurer dans n'importe quel magasin de matériel de camping ou de loisirs de plein air. Elle en avait planqué aux quatre coins de l'appartement, dans tous ses sacs.

Elle prit la bombe et se leva au moment où les coups reprenaient.

Elle puait. Elle sentait l'odeur infecte de la sueur et de la terreur. Nuit après nuit après nuit.

Les cris ont une couleur. C'était la seule certitude qui lui restait. Les cris ont une couleur et elle connaissait à présent sur le bout des doigts tout le nuancier du désespoir.

« Je ne crains aucun mal », se dit-elle en collant son œil au judas pour observer le couloir pauvrement éclairé.

Une femme seule. Le tournant de la trentaine. Tenue décontractée, jean et sweat-shirt. Elle lui rappelait quelqu'un. Peut-être l'avait-elle déjà croisée. Mais à deux heures du matin, l'horaire était curieusement choisi pour une visite de courtoisie.

« Tout va bien », dit la femme, sentant certainement le regard de Sarah sur elle. Elle leva les deux mains, comme pour prouver qu'elle n'était pas armée. « Je ne vous veux aucun mal.

— Qui êtes-vous?

— Sincèrement, il va falloir m'ouvrir pour le découvrir. Donnant-donnant. Je suis là pour vous aider, mais il faut que vous fassiez le premier pas.

— Je ne crains aucun mal, répondit Sarah en se cramponnant à sa bombe.

— C'est absurde, dit l'autre. Le monde est peuplé d'individus malfaisants. C'est la peur qui nous en protège.

— Mais qui êtes-vous?

— Une femme qui ne restera pas plantée devant votre porte toute sa vie. Il faut choisir, Sarah : soit vous

vous abritez derrière des banalités, soit vous faites de ce monde un monde meilleur. »

Sarah hésita. Mais sa main se porta sur le premier verrou. Puis le deuxième. Le troisième. Cette femme l'intriguait. Pas tant à cause de ce qu'elle disait que de son attitude.

Christy, songea-t-elle. Cette femme se tenait comme Christy autrefois. Combative, prête à défier le monde entier.

Lentement, très lentement, Sarah ouvrit la porte jusqu'à se retrouver nez à nez avec son invitée-surprise.

« Sympa, la bombe lacrymogène », commenta celle-ci. Elle entra dans le petit studio. Fit un tour complet sur elle-même en observant les lieux. Opina du chef, comme si tout était conforme à ses attentes.

Puis, se retournant, elle se carra face à Sarah et lui tendit la main.

« Je m'appelle Flora Dane, dit-elle. Il y a un an, vous avez survécu. Maintenant je vais vous apprendre à revivre. »

1

Une journée d'automne idéale. C'était louche. D.D. Warren, enquêtrice de la police de Boston, le savait d'expérience : il faut toujours se méfier des journées idéales. Et pourtant, devant son fils Jack qui gloussait d'excitation en enfilant son sweat-shirt et son mari Alex, expert en scènes de crime, qui souriait jusqu'aux oreilles en sortant un sac en toile L.L. Bean du placard, difficile de ne pas se prendre au jeu. Ils partaient à la cueillette des pommes. Une de ces activités saugrenues auxquelles se livraient les autres familles et à laquelle D.D. allait donc se livrer avec la sienne. Cueillette des pommes en début de matinée, sous un soleil frisquet, puis visite tant attendue au refuge animalier.

En vue d'adopter un chien.

Monsieur Chien.

Jack en réclamait un depuis qu'il savait parler. Et, ces six derniers mois, Alex s'était brusquement rallié à sa cause.

« Les animaux domestiques sont bons pour les enfants, avait-il patiemment expliqué à D.D. Ils leur donnent le sens des responsabilités.

— On est toujours à droite, à gauche. Comment se montrer responsables si on n'est jamais à la maison ?

— Pardon : *tu* n'es jamais à la maison. Jack et moi, en revanche... »

Coup bas, avait pensé D.D. sur le moment. Mais Alex n'était pas loin de la vérité. L'affaire fut entendue : ils allaient adopter un chien. Pour son magnifique petit garçon, qui ne touchait plus terre de bonheur. Et pour son séduisant mari, qui savait encore si bien s'y prendre avec elle. À une condition toutefois : tout le monde devrait être d'accord sur le toutou en question.

À titre personnel, D.D. ne voyait pas l'intérêt d'un chiot tout mignon et frétillant qui mordillerait tout ce qui lui passerait sous les quenottes. En revanche, un pitbull adulte au regard grave... Elle admirait la loyauté et le caractère bien trempé de cette race. Son choix était arrêté : une femelle de deux ou trois ans. Suffisamment jeune pour jouer avec Jack et s'attacher à la famille, mais assez âgée pour comprendre la mission de garde du corps qui lui serait dévolue. D.D. se voyait déjà conclure un pacte tacite avec ce pitbull imaginaire qui veillerait sur son fils à chaque instant.

Une journée d'automne idéale. Cueillette de pommes, adoption de Monsieur ou Madame Chien, puis chaos et chahut à tous les étages : un programme parfait pour une famille avec enfant de cinq ans.

Moyennant quoi, à peine avait-elle attrapé sa veste en cuir préférée, couleur caramel, que son téléphone professionnel sonnait. Puis son appareil personnel. Elle consulta d'abord le premier, puis le second.

« Mer... credi. »

Jack se figea dans le petit vestibule, la lèvre inférieure déjà retroussée en signe de rébellion. Alex affichait une mine plus compréhensive.

« Alerte rouge », lui dit-elle du bout des lèvres. En jargon policier, le texto arrivé sur son téléphone professionnel signifiait : « Tout le monde sur le pont. » Autrement dit, les faits qui s'étaient produits à l'adresse indiquée exigeaient la présence immédiate de tous les enquêteurs de la brigade criminelle.

Vu le contexte, elle pensa tout d'abord à un attentat terroriste. Mais Phil, son ancien coéquipier devenu son subordonné, avait doublé ce message d'un autre sur son téléphone personnel. Un avertissement amical, d'un parent à un autre.

Drame familial, avait-il écrit. Précisant : *Enfants*.

Une journée d'automne idéale.

C'était trop beau.

D.D. envoya Alex et Jack cueillir des pommes. Choisir un chien. Chien qui viendrait encore agrandir une famille qui n'était jamais tout à fait devenue la sienne. Parce que, même après être tombée amoureuse et, ô surprise, avoir eu un enfant, elle était au fond restée la même : une enquêtrice mariée d'abord et avant tout à la brigade criminelle.

Alex, qui l'emportait sur elle en âge et en sagesse lorsqu'ils s'étaient rencontrés, jurait qu'il comprenait. Affirmait qu'il ne l'en aimait pas moins. Mais D.D. découvrait que convaincre un petit garçon était une autre paire de manches. Jack ne pouvait pas s'en remettre à sa longue expérience. Il avait cinq ans, il aimait sa mère et il détestait qu'elle leur fausse compagnie.

La promesse de l'arrivée de Monsieur Chien avait permis de couper court à son début de caprice. Et, au lieu de réconforter D.D., cela lui avait miné le moral.

De se voir si facilement remplacée. De savoir que ce samedi serait une énième journée que son mari et son fils vivraient ensemble, tandis qu'elle-même en serait réduite à regarder les photos plus tard.

On ne peut pas tout avoir dans la vie, il faut se faire une raison.

Et cependant…

Cependant, elle sentit son pouls s'accélérer lorsqu'elle entra dans Brighton, gyrophare allumé. Bien sûr qu'elle éprouvait de l'appréhension : depuis qu'elle était mère de famille, les crimes impliquant des enfants lui étaient encore plus difficilement supportables. Mais c'était une alerte rouge. Cette mobilisation générale signifiait qu'il ne s'agissait pas d'une simple tuerie familiale ou de meurtres suivis de suicide, selon la terminologie employée par les criminologues. Une alerte rouge était synonyme d'événement de grande ampleur, de course contre la montre. De crise en devenir.

C'était plus fort qu'elle : D.D. vivait littéralement pour ces moments de tension. Alex le comprenait et l'admirait pour cela.

Le samedi, la circulation était notoirement encombrée à Boston, et quitter la voie express pour rejoindre les rues sinueuses du quartier densément peuplé de Brighton exigea de faire un usage immodéré de son avertisseur sonore et de son gyrophare pour que les véhicules daignent s'écarter. Même ainsi, plusieurs conducteurs (fidèles à la déplorable réputation des automobilistes du Massachusetts) la gratifièrent d'un doigt d'honneur.

Elle laissa derrière elle un grand nombre de rues dans lesquelles s'alignaient en rangs serrés maisons mitoyennes et immeubles d'habitation. Brighton, autrefois connu sous le nom de «petite Cambridge», accueillait encore une population majoritairement blanche, relativement jeune et éduquée. Cependant, comme dans toute zone urbaine surpeuplée, la course au logement faisait des gagnants et des perdants: certains vivaient dans des rues arborées où le prix des maisons de ville rénovées se chiffrait en millions de dollars et d'autres dans des immeubles délabrés dont les fondations s'affaissaient et dont les trois niveaux avaient été découpés en petits appartements qui valaient sans doute encore deux ou trois fois plus que la maison de banlieue de D.D.

Le cœur du quartier était occupé par la clinique Sainte-Élisabeth, vers laquelle D.D. roulait à présent. Encore un virage à gauche, et la cohue de voitures de patrouille et d'enquêteurs lui confirma qu'elle était arrivée à destination. Elle ne prit même pas la peine de tourner dans la petite rue: un agent en tenue était déjà posté au carrefour pour régler la circulation. Elle s'arrêta à sa hauteur et lui montra sa plaque.

«La rue suivante, lui conseilla-t-il. Prenez la première place que vous trouverez sur le trottoir.»

D.D. hocha la tête. Se garer sur le trottoir était une tradition de longue date chez les flics de Boston.

Elle tourna au carrefour suivant, s'intercala entre deux voitures de patrouille et s'accorda un dernier instant de répit. Inspirer, souffler à fond.

Quel que soit le spectacle qui l'attendait, sa mission ne consistait pas à en être affectée, mais à y remédier.

Elle ouvrit sa portière et prit le taureau par les cornes.

La maison en question n'était pas difficile à identifier. Premier indice : le ruban jaune de scène de crime. Deuxième indice : le fourgon du légiste garé pile devant. Sur le marché de l'immobilier, la maison ne figurait pas dans le haut du panier. Avec ses bardeaux verts en PVC décoloré et ses deux niveaux, elle semblait toute petite entre ses deux voisines plus imposantes. Le terrain était délimité par un grillage, chose rare dans ce quartier aux jardins microscopiques, et cette clôture était agrémentée de multiples panneaux *Attention aux chiens*.

Formidable, se dit-elle. Une journée placée sous le signe du chien, donc.

Il lui fallut se frayer un passage à travers un attroupement de badauds, puis présenter une deuxième fois ses papiers à l'agent posté devant le grillage rouillé. Il nota consciencieusement son nom dans le registre de scène de crime. Phil l'attendait déjà dans l'entrée de la maison, la porte ouverte.

« Une famille de cinq personnes, annonça-t-il dès qu'elle fut à portée de voix. Deux adultes, trois enfants, deux chiens. L'alerte a été donnée à neuf heures et quelques, un signalement de coups de feu. Les premiers intervenants ont découvert quatre corps à leur arrivée. La fille aînée, seize ans, et les deux chiens n'ont pas encore été localisés.

— Elle était partie les promener ? proposa D.D. d'un air interrogateur. Ça expliquerait leur absence.

— Possible, mais ça ferait déjà longuet comme balade pour une adolescente et deux chiens. J'ai lancé un avis de recherche avec son signalement : Roxanna Baez, un mètre cinquante-cinq, latino, cheveux bruns, longs. Et tant que j'y étais, pour les chiens aussi : une paire de vieux épagneuls bretons qui, tiens-toi bien, sont tous les deux aveugles. »

D.D. enregistra l'information avec étonnement. « D'accord. » Puis elle consulta sa montre. Il était quasiment dix heures, près d'une heure s'était écoulée depuis l'alerte. Un peu long pour une adolescente qui promènerait deux chiens aveugles. Sans compter que toutes ces voitures de police gyrophares allumés auraient pu attirer son attention.

« Des agents en tenue quadrillent le quartier, continua Phil, et tous les enquêteurs ont été affectés au porte-à-porte. Tu connais le topo. »

De fait, elle le connaissait. Dans un tel cas de figure, où une mineure pouvait avoir quitté la maison de son plein gré ou avoir été victime d'un enlèvement, il fallait avancer sur tous les fronts le plus vite possible. S'il s'agissait de retrouver une adolescente en train de promener ses chiens, de buller avec ses copines ou autre, les agents en tenue seraient leurs yeux et leurs oreilles sur le terrain. Les enquêteurs en civil, quant à eux, rempliraient une mission plus délicate, puisqu'ils frapperaient aux portes du voisinage pour demander poliment mais fermement l'autorisation d'entrer pour une brève inspection visuelle. Quiconque opposerait un refus aurait droit à des investigations plus poussées par la suite. Sauf évidemment si la jeune fille réapparaissait d'un coup de baguette magique en se demandant ce que la police fabriquait chez elle.

La mission de D.D. au milieu de ce chaos ? Évaluer la situation et définir une stratégie. Le drame était-il derrière eux, quatre membres d'une même famille ayant connu un sort tragique cependant qu'un cinquième s'en sortait par miracle ? Ou bien la crise était-elle encore en cours, cette cinquième personne ayant été kidnappée ? Dans ce cas, le simple avis de recherche lancé par Phil se transformerait en alerte-enlèvement et tous les agents des forces de l'ordre de Nouvelle-Angleterre entreraient dans la danse.

Les faits remontaient à une heure. D.D. avait donc déjà soixante minutes de retard.

Elle suivit Phil à l'intérieur de la maison. L'entrée longue d'un mètre cinquante était encombrée par une banquette rouge bordeaux qui disparaissait sous un monceau de manteaux et de chaussures. D'autres manteaux encore étaient suspendus au mur et, sur une étagère en hauteur, les paniers en osier étaient sans doute remplis de bonnets et de gants. La maison était petite pour une famille aussi nombreuse et l'entrée s'en ressentait. D.D. dut enjamber une paire de chaussures de sport pour enfant, bleu marine, avec des lumières clignotantes sur le côté. Jack les aurait adorées.

Mais ce n'était pas le moment d'avoir ce genre d'idée.

Ils passèrent dans le grand séjour qui s'ouvrait devant eux. D.D. remarqua le parquet rutilant (de toute évidence rénové de fraîche date), un téléviseur à écran plat presque neuf et un canapé d'angle gris souris ponctué de coussins décoratifs rouge vif. Assis dans le canapé, un homme d'âge moyen, la tête basculée en avant ; sur son torse, trois fleurs de sang rouges, macabre rappel des coussins.

À leur gauche, un photographe de scènes de crime mitraillait les lieux. D.D. le salua d'un signe de main. Il hocha la tête sans s'interrompre.

« Charlie Boyd, indiqua Phil à D.D. en désignant

le corps. Quarante-cinq ans, entrepreneur en bâtiment et propriétaire de la maison. D'après les voisins, il l'a achetée il y a quelques années pour la retaper.

— D'où le parquet», constata D.D. Elle s'approcha pour chercher des traces de brûlures autour des plaies, tout en prenant soin de ne pas gêner le photographe. Pas de projections sur la main du cadavre, ni de pistolet qui pendrait comme par hasard au bout de ses doigts. De toute façon, il était assez difficile de se suicider en se tirant trois balles dans la poitrine.

Phil avança, elle le suivit. Ils franchirent une ouverture qui conduisait à une petite cuisine, aussi généreuse en placards blancs que chiche en plans de travail. Il leur fallut se faufiler pour contourner une table rectangulaire nettement trop grande pour la pièce et probablement trop petite pour une famille de cinq personnes – table à cet instant couverte d'une nappe à fleurs de couleurs vives et d'une montagne de courses.

Ce qui les amenait au cadavre numéro deux : une femme d'âge moyen, abattue à gauche de la table, juste devant un placard ouvert. Elle était tombée sur le côté, une boîte de velouté de champignons à quelques centimètres des doigts. Là aussi, des plaies multiples et pas de traces de brûlures, donc les balles n'avaient pas été tirées à bout portant.

«Juanita Baez, trente-huit ans, infirmière de nuit à la clinique Sainte-Élisabeth, indiqua Phil. A emménagé chez Charlie l'année dernière. Trois enfants.»

D.D. hocha la tête et remarqua divers détails. Dans le désordre : même morte, Juanita Baez, avec ses cheveux noir de jais et ses traits fins, restait une beauté ; la porte donnant sur l'arrière était semi-vitrée et munie d'un verrou, ouvert ; les blessures de la victime se situaient sur le torse et non dans le dos, comme si elle s'était détournée au dernier moment du placard, sa boîte de soupe à la main, pour affronter son assassin.

À noter également que son sac à main en cuir noir était posé à côté des courses, fermeture à glissière bien tirée. Sans doute l'individu n'y avait-il pas touché, pas plus qu'au matériel hi-fi haut de gamme du séjour.

D'un geste, Phil désigna à leur droite l'escalier qui menait à l'étage. Ils poursuivirent la visite.

« À une époque, lui expliqua-t-il pendant qu'ils montaient, la maison était divisée en deux appartements de deux pièces, un par niveau. Le premier réflexe de Boyd a été de les réunir. Bien joué, vu qu'il s'est ensuite mis en ménage avec une femme qui avait trois enfants. »

D.D. approuva d'un signe de tête ; elle était désormais obligée de respirer par la bouche, l'odeur se faisant plus puissante alors qu'elle arrivait sur le palier. Une odeur de sang, poisseuse et écœurante, mais soulignée par une note d'ammoniaque. De l'urine. Parce que, quand les gens disent qu'ils en ont pissé de trouille, ce n'est pas une image. D.D. avait vu suffisamment de scènes de crime pour savoir ce qu'il en était.

Il y avait davantage d'animation à cet étage. Un murmure de voix leur parvenait de la chambre du fond : le légiste (Ben Whitley) ou les coéquipiers de Phil (Neil et Carol), peut-être divers techniciens de scènes de crime. Mais dans l'ensemble, la maison était assez calme, même si D.D. se doutait que Phil avait dû considérablement prendre sur lui pour que ce soit le cas. Même dans un espace aussi réduit, quand on a quatre cadavres sur les bras et d'innombrables questions qui ne peuvent pas attendre, il est tentant de jeter toutes ses forces et tous ses effectifs dans la bataille – ce qui ne manque pas ensuite de soulever des doutes quant à une possible contamination de la scène de crime.

Par l'embrasure de la première porte, D.D. aperçut un grand lit double sous une pile d'édredons, des lampes de chevet de part et d'autre, une commode encombrée en face. La chambre des parents, comprit-elle lorsque Phil passa son chemin.

À côté, une modeste salle de bains, également refaite à neuf, puis deux autres portes. Les bruits de voix se firent plus distincts. Une voix de femme. Carol Manley, devina D.D., l'enquêtrice qui avait pris sa place au sein de l'équipe quand elle-même avait été blessée dans l'exercice de ses fonctions et reléguée à des tâches administratives. À ce seul souvenir, son bras gauche la lançait et elle sentait sa mâchoire se crisper par réflexe. Manley était une policière parfaitement compétente, mais, D.D. le savait, les circonstances l'empêcheraient à jamais de l'apprécier.

Phil délaissa la première porte sur leur droite. D.D. jeta un coup d'œil : un lit simple, une couette bleue en bouchon, des vêtements et des petites voitures.

Puis, au bout du couloir, une chambre plus grande que partageaient manifestement deux filles, un lit étroit contre un mur rose à droite, un autre contre un mur violet à gauche. C'était ici que l'odeur de sang et d'urine était la plus prégnante.

Neil leva les yeux à l'arrivée de D.D. Carol la salua d'un signe de main. Personne ne dit rien.

D.D. ne comprit pas tout de suite. Où se trouvaient donc les deux autres cadavres ? Puis elle remarqua ce qui ressemblait à du linge sale au pied du lit rose. Sauf que ce n'était pas un tas de vêtements, mais un corps replié sur un autre.

Une jeune fille, recroquevillée autour d'un garçon encore plus jeune.

«Lola Baez, treize ans, dit doucement Phil. Manny Baez, neuf ans.

— On attend le photographe, expliqua Neil. On ne voulait pas les déplacer avant. Ben est déjà monté se faire une idée. Il réfléchit au meilleur moyen de les transférer sans exciter la curiosité des médias.»

D.D. approuva. Étant donné la nature du crime et l'attroupement sur le trottoir, la mission du légiste ne serait pas facile. D'ailleurs, son petit doigt lui disait que rien dans cette affaire ne le serait.

Carol s'éclaircit la voix. «L'autre moitié de la chambre appartient à Roxanna Baez, seize ans», dit-elle en montrant le côté violet, où le mur était décoré d'une affiche pour un club de lecture et d'un calendrier avec photos de chiens. Des épagneuls, supposa D.D. à voir la vedette du mois, un animal au pelage hirsute marron et blanc.

Le mur rose de Lola était quant à lui tapissé d'affiches de spectacles de Broadway, de *Wicked* à *Roméo et Juliette* en passant par *Annie*.

«Il y a un ordinateur portable sur le bureau, indiqua Neil. Pas de mot de passe. Dans l'historique, on retrouve Instagram, Tumblr, les sites classiques. Le dernier utilisateur s'en est servi vers huit heures et demie ce matin pour regarder des vidéos sur YouTube. Pas de messages récents de membres de la famille ou d'amis. Personne en tout cas qui aurait donné rendez-vous à Roxanna.

— Téléphone portable? demanda D.D.

— Il y en a un sur le bureau, mais il est verrouillé. On ne sait pas encore avec certitude si c'est celui de Roxanna ou de sa petite sœur. On ne devrait pas avoir trop de mal à identifier l'opérateur et à requérir les données. »

D.D. approuva. De nos jours, pratiquement tous les enfants ont un téléphone, donc elle se serait attendue à en trouver un pour chaque fille. Puisqu'il n'y en avait qu'un seul dans la pièce, peut-être Roxanna avait-elle le sien sur elle. Ça les arrangerait bien.

« Où sont les affaires des chiens ? demanda-t-elle. Tu disais qu'ils étaient deux, âgés et aveugles. Ça prend de la place, un épagneul. On devrait voir des coussins, des gamelles, des laisses.

— On a vu des gamelles dans la véranda à l'arrière. Ils devaient les nourrir dehors, indiqua Carol.

— Des laisses ? »

Ses trois collègues haussèrent les épaules.

« Autrement dit, raisonna D.D. à voix haute, il est possible que Roxanna les ait prises. Elle est vraiment sortie promener les toutous. »

Phil jeta un coup d'œil à sa montre. « Pendant une heure et quart ? demanda-t-il posément. Et sans que nos dizaines de patrouilleurs les repèrent ? »

Il avait raison. D.D. non plus n'était pas convaincue.

« Les chiens ont pu s'enfuir, suggéra Neil. Les coups de feu leur auront fichu la frousse. Et comme ils sont aveugles, tout ça, ils sont peut-être planqués sous une quelconque terrasse.

— Et l'adolescente ? »

Une fois de plus, personne n'avait de réponse à cette question.

31

« D'accord. » D.D. regarda autour d'elle. Toujours pour jauger la situation, l'analyser. « Dans un cas comme celui-ci, huit fois sur dix il s'agit d'une dispute familiale qui a mal tourné. La figure paternelle tue la femme et les enfants avant de se supprimer. Mais comme il a pris trois balles dans le buffet, je crois qu'on peut exclure l'hypothèse d'un suicide de Charlie Boyd. »

Ses collègues acquiescèrent.

« Dans le neuvième cas, le crime est le fait d'un intrus. Disons, un cambrioleur pris la main dans le sac qui descend la famille pour ne pas laisser de témoins. Mais rien ne semble avoir disparu.

— Aucune trace d'effraction non plus, ajouta Phil. À l'arrivée des intervenants, la porte d'entrée n'était pas fermée à clé, celle du jardin non plus. Comme les voisins disent n'avoir vu personne quitter la propriété après les coups de feu, il y a fort à parier que, même si le tireur est entré par l'avant, il est ressorti par l'arrière.

— Trafic de drogue ? demanda D.D. Des rumeurs, des indices indiquant que Charlie Boyd ou Juanita Baez se livraient à des activités illicites ?

— Juanita a été arrêtée plusieurs fois pour conduite en état d'ivresse et le tribunal l'a envoyée en cure de désintoxication il y a cinq ans, dit Neil. Pour alcoolisme. Pas d'antécédents du côté de Charlie Boyd.

— Pas de planque de drogue ni d'argent liquide, ajouta Carol. Pas non plus d'alcool dans la cuisine, ce qui tendrait à prouver que Juanita carburait toujours à l'eau. »

D.D. soupira, regarda de nouveau sa montre. L'heure était venue de prendre une décision.

« Il existe un dernier scénario, dit-elle. Pas aussi

fréquent, mais ça s'est vu. Toute la famille est assassinée et l'adolescente disparaît. Dans certains cas, cela signifie qu'elle était la vraie cible : l'auteur des faits a supprimé toute la famille afin de pouvoir kidnapper la fille.

— Et dans les autres cas ? demanda Neil.

— L'assassin est la jeune fille elle-même, répondit brutalement D.D. Victime de mauvais traitements, en colère, peu importe. Le fait est qu'elle décide que la seule solution est de les tuer tous et de s'enfuir. »

Spontanément, leurs regards se tournèrent vers les tristes dépouilles de Lola et Manny Baez, l'aînée enlaçant encore le corps sans vie de son petit frère.

Phil, père de quatre enfants, se racla bruyamment la gorge. D.D. comprenait.

« Dans un cas comme dans l'autre, conclut-elle, Roxanna Baez est la clé de l'énigme. Il suffit de la retrouver pour avoir nos réponses. Déclenchez une alerte-enlèvement. Et ensuite préparez-vous à l'hystérie : une affaire comme celle-là, ça va faire grimper les journalistes aux rideaux ! »

2

Une matinée radieuse, une belle journée d'automne. De celles où les Bostoniens s'attablent aux terrasses des cafés, flânent le long de la rivière Charles ou regardent avec adoration leur progéniture qui joue dans le parc.

Je n'ai jamais été experte dans l'art de la flânerie, même avant… avant. Alors je cours. Dans les rues, dans les ruelles, jusqu'à rejoindre la rivière et les parcours de jogging. Au contraire des autres coureurs, je ne porte jamais d'oreillettes, je n'écoute pas de musique. L'ouïe est un de nos premiers moyens de défense. Elle permet d'entendre l'arrivée d'une voiture folle au moment où vous descendez du trottoir à un carrefour. Des pas lourds derrière vous, qui se rapprochent trop vite, avec trop de détermination.

Cette fameuse nuit, je n'avais pas d'écouteurs. Mais j'étais perdue dans des divagations alcoolisées.

Je prends toujours un sac banane quand je fais du sport. Bouteille d'eau. Crème solaire. Canif. Barre énergétique. De quoi crocheter des menottes. Sans oublier un aérosol qui tient dans le creux de la main et renferme un gaz irritant de mon cru : comme le Massachusetts contrôle la vente de bombes lacrymogènes et que je ne veux pas figurer dans des registres, j'ai mis au point mon petit cocktail personnel, d'une redoutable efficacité. Non, monsieur l'agent, je ne me promène pas avec une bombe lacrymogène. Comment ça, mon agresseur vient de perdre la vue ? Mince alors. Dans ce cas, j'espère que son avocat commis d'office saura lui rédiger son dossier en braille.

Il est possible que mon sens de l'humour soit plus grinçant que la moyenne.

Le jogging, donc. Qui permet à la fois de penser et de me vider la tête, concentrée sur l'impact répété de mes pieds le long de la piste. Le balancier vigoureux de mes bras, au rythme de mes jambes. Ma respiration lente, efficace, prête à affronter la prochaine côte, le prochain kilomètre, le prochain ce que vous voudrez.

Courir est une des rares activités qui apaisent mon cerveau fébrile et émousse suffisamment mon hypervigilance pour me laisser ne serait-ce qu'un espoir d'introspection. Quatre cent soixante-douze jours et six ans plus tard, qui étais-je ?

Autrefois, j'étais une jeune fille qui aimait les renards. J'avais grandi dans la ferme bio de ma mère au fin fond du Maine, où je courais dans les bois sur les sentiers frayés par les cerfs, cueillais des myrtilles chauffées par le soleil et asticotais Darwin, mon grand frère, qui déjà à l'époque détestait tout ce qui avait un rapport avec la vie à la campagne, à part ma mère et moi.

Mais j'étais partie étudier à Boston. Jeune et naïve, j'avais des rêves de grande ville et pas le moindre but concret. Est-ce que j'avais même choisi une matière principale ? L'université représentait pour moi la possibilité de m'en aller, de m'évader – non pas parce que je n'aimais pas ma mère ou sa ferme ou les renardeaux qui naissaient chaque printemps, mais parce que j'avais dix-huit ans, un âge auquel on ne peut évidemment pas désirer ce que l'on possède déjà. Tout vous pousse vers ce qui se trouve derrière l'autre porte, là-bas.

Comme c'est bête.

J'étais belle. Ma mère a conservé des photos de cette époque. Sur chacune d'elles, je respire cette belle santé que les gens associent au grand air du Maine. Des cheveux blonds, longs et raides. Des yeux gris, le regard clair et droit, le coin des lèvres à peine relevé, comme si je riais à une plaisanterie que j'étais la seule à entendre. Je n'avais aucun mal à me faire des amis, à trouver un cavalier pour le bal de fin d'année ou à survivre à tous ces rites initiatiques qui incitent les lycéennes au physique plus ingrat à se plonger dans la lecture de *Carrie*.

J'étais heureuse.

C'était ce qui me frappait le plus, désormais, quand je regardais ces photos. J'y voyais une jeune fille qui croyait dur comme fer qu'elle pourrait devenir tout ce qu'elle voudrait, obtenir tout ce qu'elle voudrait. Une jeune fille pour qui le bonheur coulait de source.

Je ne savais pas comment ma mère supportait de conserver de tels souvenirs.

Parce que cette jeune fille n'existait plus depuis sept ans et demi. Elle avait dansé, ivre, sur une plage de Floride pendant les vacances de printemps. Et quatre cent soixante-douze jours plus tard, ma famille avait récupéré celle que j'étais devenue.

Un des aspects les plus surréalistes de mon retour à la maison a été la frénésie médiatique qu'il a déclenchée. Le monde réel était déjà suffisamment déstabilisant comme ça sans que des producteurs télé, agents d'Hollywood et autres avocats spécialisés dans le divertissement assiègent la ferme de ma mère. Tous voulaient des droits immédiats et exclusifs sur mon histoire. Tous juraient leurs grands dieux être les seuls à même de lui rendre justice.

Ensuite il y a eu les promesses d'argent. Des millions de dollars rien que pour moi, de quoi changer de vie. Il suffisait que je divulgue le moindre petit détail sordide de ma captivité aux mains de Jacob Ness, et plus ce serait choquant, mieux ce serait.

Sincèrement, je ne comprenais pas. Les gens avaient-ils réellement envie de lire le récit sensationnel des sévices que m'avait infligés un violeur et tueur en série ? Voulaient-ils savoir ce que ça fait exactement de survivre dans une caisse de la taille d'un cercueil et de n'en être libérée que pour découvrir que ce qui vous attend à l'extérieur est encore pire ?

« Il ne faut pas voir les choses sous cet angle, m'avait expliqué le premier producteur de télévision. Ce ne sont pas les sévices qui feront le succès. C'est votre histoire. À vous, qui avez survécu. Comment vous vous en êtes sortie : voilà ce que les téléspectateurs ont envie de comprendre. »

Je n'avais pas été convaincue à l'époque et le temps n'y avait rien changé. Il me semblait que, déjà dans l'Antiquité, pour chaque spectateur qui se rendait au Colisée dans l'espoir de voir le gladiateur l'emporter, il y en avait un autre qui voulait le voir perdre. C'est dans la nature humaine.

On m'a proposé des interviews télévisées. Des contrats d'édition. Des droits d'adaptation au cinéma. J'aurais peut-être dû prendre l'oseille et me tirer. Mais je ne l'ai pas fait. C'était... hors de question. Mes proches avaient suffisamment mis leur vie privée sur la place publique dans leurs démarches désespérées pour aider à me retrouver. Je ne pouvais pas leur prendre davantage. Et puis je faisais partie de ces survivants qui s'imaginent que, maintenant qu'ils sont rentrés chez eux sains et saufs, ils vont pouvoir tourner la page. Ne plus jamais regarder en arrière. Ne plus jamais prononcer le nom de Jacob.

Toutes ces heures, ces journées, ces semaines où je m'étais promis que, si par bonheur je m'en sortais, je ne m'aviserais plus jamais de me plaindre. Je serais toujours heureuse. Je n'oublierais jamais la sensation du soleil sur mon visage. Je serais la fille parfaite, la sœur la plus aimante. J'apprécierais la vie à sa juste valeur.

Si seulement il m'était donné de m'en sortir...

De rentrer chez moi.

De survivre.

Quatre cent soixante-douze jours et six ans plus tard, qui étais-je ?

Mon frère était parti. Lorsque j'avais disparu, il avait créé et alimenté une page Facebook : *Retrouver Flora*. Une des missions qu'il s'était données consistait à publier tous les jours une photo et des anecdotes sur notre famille afin de rappeler à mon ravisseur encore sans visage que j'étais une sœur, une fille, une amie, et que je manquais cruellement à mes proches. Nous n'en avons jamais parlé à mon retour. Moi pour ne pas le traumatiser. Et réciproquement.

Mais, avant même ma mère, Darwin a pris conscience de la triste réalité : tous ses efforts avaient certes contribué au sauvetage d'une jeune fille, mais ce n'était plus la sœur qu'il avait aimée. Il était alors parti en Europe pour découvrir qui il était. Je me demandais parfois s'il faisait son jogging tous les jours au bord de la Tamise. Si c'était le seul moment où il parvenait à réfléchir et si la question qui occupait le plus ses pensées était : qui suis-je, qui suis-je, qui suis-je ?

Les escaliers. Monter, hop-hop-hop, pour rejoindre le pont qui enjambe la rivière Charles. J'adorais le *ratatata* rapide de mes tennis sur les marches métalliques. Je me déplaçais si vite que rien ne pouvait m'atteindre. Pas même les pensées qui tournaient dans ma tête.

Un an plus tôt, j'avais fait une chose dont j'avais moi-même été surprise : j'avais sauvé une jeune fille. Une étudiante, elle aussi victime de kidnapping. Et les journalistes étaient revenus à la charge. Sauf qu'ils ne s'intéressaient plus seulement à l'histoire de Jacob Ness et de ces quatre cent soixante-douze jours dont je n'avais jamais parlé : ils voulaient mon histoire à moi. Celle de Flora la battante. De Flora la victime qui s'était métamorphosée en justicière.

Demandes polies, pressions, harcèlement, supplications, ils ont tout tenté.

Mais je me suis murée dans le silence. Peut-être que je n'avais toujours pas envie de parler. Ou peut-être, et c'est plus probable, que je détestais toujours les journalistes.

Que faire de ma vie ?

J'avais un temps envisagé de reprendre des études. Trouver ma voie, décrocher un vrai boulot, redevenir une femme normale. Mais à cause de mon syndrome de stress posttraumatique, j'avais encore peur de la foule, des lieux confinés et, cerise sur le gâteau, j'éprouvais des difficultés de concentration.

En fait, la plupart du temps je me sentais tout bonnement anormale.

Certains s'en sortent. Je les ai lues, leurs histoires. Je les ai étudiées, réétudiées, analysées en long, en large et en travers.

Il est possible de se reconstruire après un traumatisme.

Mais il y a les autres, les survivants qui me ressemblent. Qui ont attendu trop longtemps qu'on vienne à leur secours et qui ont dû renoncer à une trop grande partie d'eux-mêmes.

Mes points forts ? Crochetage de serrure, autodéfense, évaluation de la menace et fabrication d'armes vraiment rigolotes à partir de déchets piochés dans les poubelles. Sans oublier les cocktails irritants maison. Et la course à pied. J'adorais courir. Matin, midi et soir. Tout était bon pour faire taire mes pensées, mais aussi pour sentir le vent, la pluie et la neige sur mon visage.

Pas dans une caisse, pas dans une caisse, pas dans une caisse : voilà ce que me disait l'écho de mes foulées sur le pont qui menait à Cambridge. Pas dans une caisse.

Qui étais-je ?

Une survivante.

C'était le terme qu'avait employé mon avocat des victimes, Samuel Keynes, le jour de notre rencontre. Sur le coup, ce mot m'avait plu. Il avait du poids. Il posait les choses. J'avais été une victime. Maintenant j'étais une survivante. Qui courait comme une gazelle, munie d'un sac banane rempli d'accessoires qui lui garantissaient de ne plus jamais être une victime.

Mais, même à l'instant de donner un coup d'accélérateur à l'approche de la fin du pont, pour un sprint final, je ne pouvais pas me défendre des autres idées associées à cette identité.

Être une survivante ne fait pas seulement de vous quelqu'un de solide. Cela fait de vous quelqu'un de seul. De foncièrement, profondément seul. Un être qui sait des choses que les autres ne sont pas censés savoir. Qui garde des souvenirs qu'il voudrait à tout prix oublier mais qu'il ne peut se sortir de la tête.

Et puis il y a ce sentiment de culpabilité. Les raisons ne manquent pas. Remords, regrets, occasions manquées.

Il était une fois une jolie jeune fille qui dansait sur la plage...

Mais je ne pourrai jamais revenir à ce point de l'espace-temps.

Le bout du pont. Plus vite, plus vite, plus vite. Jusqu'à ce que ma poitrine halète, que mon cœur batte à se rompre, toujours plus vite...

Qui suis-je, qui suis-je, qui suis-je ?

J'ai franchi en trombe la ligne d'arrivée que je m'étais fixée, à l'extrémité du pont. Je me suis arrêtée. Penchée en avant. Et après avoir aspiré rapidement trois grandes goulées d'air, je me suis remise en mouvement avant d'être prise de crampes. J'avais à présent un bon kilomètre et demi de marche pour regagner mon deux-pièces barricadé avec force verrous, un appartement que les propriétaires, un couple de personnes âgées, avaient la gentillesse de me louer bien en dessous du prix du marché. Ils avaient suivi mon affaire dans la presse et m'en avaient parlé le jour de notre rencontre.

Mais pas avec une lueur voyeuriste dans les yeux, avec une sincère compassion. Je me méfiais encore de la plupart des gens, mais j'avais appris à leur faire réellement confiance.

J'ai ensuite tourné mes pensées vers la journée qui s'ouvrait devant moi. Malgré mes propres tentatives de sabotage, j'avais réussi à me bricoler un semblant de vie. Je travaillais dans une pizzeria. Je m'étais même fait des amies, plus ou moins. Un groupe de soutien créé depuis peu et composé d'autres survivantes ; certaines m'avaient contactée dans les jours suivant le sauvetage de Stacey Summers et j'en avais moi-même sollicité d'autres. Un point commun nous unissait : nous avions survécu à une épreuve et maintenant nous voulions revivre.

Là se trouvait peut-être une partie de la réponse qui m'échappait encore.

Je n'étais pas une fille parfaite. J'étais une piètre sœur. Je n'arrivais toujours pas à me détendre quand ma mère me prenait dans ses bras, ni à dormir d'une traite la nuit, ni à aller où que ce soit sans emporter une bonne demi-douzaine d'armes défensives.

Mais pour certaines personnes…

Si votre vie tout entière avait déraillé. Si le pire venait de se produire ou qu'un prédateur vous avait dans le collimateur…

Alors j'étais l'alliée qu'il vous fallait.

Celle qui savait exactement ce que vous étiez en train de vivre et qui ne lâcherait pas l'affaire avant que vous ne soyez de retour chez vous.

3

D.D. avait un millier de choses à faire et aucune ne pouvait attendre. Elle commença par prendre son portable pour appeler son supérieur. Cal Horgan, commissaire adjoint de la brigade criminelle, pour lui résumer la situation.

« Il nous faut une alerte-enlèvement. Les coups de feu ont eu lieu il y a une heure et demie, et toujours aucune trace de la jeune fille de seize ans, Roxanna Baez, ni des chiens.

— Des chiens ?

— Deux épagneuls bretons, aveugles, répondant aux noms de Blaze et Rosie. On devrait aussi publier leur signalement dans la presse. Certaines personnes pourraient répugner à se mêler d'une histoire d'adolescente disparue. En revanche, deux vieux toutous...

— Ils portent une puce électronique ?

— Mystère. Manley est en train d'éplucher les reçus de cartes de crédit à la recherche de paiements à des vétérinaires. Ensuite elle se renseignera auprès d'eux au sujet des puces électroniques, de leur caractère, de leurs besoins spécifiques. Si la jeune fille s'est enfuie, elle a pu les prendre avec elle, ce qui faciliterait d'autant nos recherches. Mais il se peut aussi que les chiens aient décampé en entendant les coups de feu et qu'ils soient planqués sous une quelconque terrasse.

— Le voisinage ?

— Des patrouilleurs à pied ratissent le quartier dans un rayon d'un kilomètre et demi en cherchant des indices concernant la jeune fille ou les chiens. Nos enquêteurs font du porte-à-porte en demandant à entrer dans les logements et signalent les individus qui mériteraient plus ample investigation.

— Et dans ce cas, c'est vous qui vous y collerez ?

— Il y a des chances.

— Vous avez appelé Laskin ? » Horgan avait changé de sujet : Chip Laskin était le responsable des relations publiques de la police de Boston ; une grosse journée l'attendait.

« Ce sera mon prochain coup de fil, assura D.D. Phil a lancé un avis de recherche dès qu'il est arrivé et fourni un signalement de la disparue à la presse locale. Il faut que Chip prenne le relais, qu'il envoie une photo de la jeune fille et des chiens aux chaînes nationales et qu'il s'occupe d'Internet. »

Depuis quelques années, la police municipale de Boston s'était mise à l'heure des réseaux sociaux comme le reste de la planète. Page Facebook, compte Twitter, et même son propre site d'actualités, BDPNews.com. Et le pire, c'était que ça avait l'air de marcher. Publiez les pauvres images en noir et blanc d'une caméra de vidéosurveillance et dans la demi-heure la police recevait trois ou quatre messages avec le nom du cambrioleur. Pourquoi envoyer des enquêteurs frapper à toutes les portes du quartier quand un chargé de communication pouvait transmettre la même information *urbi et orbi* en dépensant moins de temps et d'énergie ? D.D. n'était pas loin de penser que *Robocop* était pour demain.

Mais on n'en était pas encore là et elle devait donc continuer à faire son travail.

« Au domicile des victimes, on a deux ordinateurs, quatre téléphones portables. Phil est en pourparlers avec Facebook pour obtenir l'accès au compte de la mère. Ensuite il se mettra en relation avec Apple. »

Facebook autorisait la police à accéder en urgence à un compte personnel à condition qu'elle s'engage à leur faire parvenir une requête sous vingt-quatre heures. Bien pratique, à une époque où le mobile du crime et même le nom du meurtrier étaient souvent écrits noir sur blanc sur une page Facebook.

Apple, en revanche, exigeait des démarches plus longues. Or, si l'opérateur local pouvait leur communiquer les textos et messages vocaux associés aux portables de la famille, ces données ne comprenaient pas les iMessages, c'est-à-dire les messages échangés entre appareils Apple. Vu le nombre de gens qui possédaient un iPhone, cela signifiait qu'une masse considérable de messages pouvait leur échapper. Si un enquêteur avait besoin de renseignements de la part de cette entreprise, le bon sens voulait qu'il s'attelle rapidement à la paperasse, surtout dans une affaire aussi urgente que la disparition d'une gamine.

« Les proches, les voisins trop curieux ? s'enquit Horgan.

— On y travaille. J'ai demandé à Manley d'appeler le lycée de la jeune fille quand elle aurait fini avec les vétos. Avec un peu de chance, entre Phil qui épluche les messages sur les réseaux sociaux et Carol qui enquêtera auprès de l'école, on pourra faire des recoupements pour reconstituer le cercle des amis intimes de Roxanna. C'est à eux qu'on s'attaquera ensuite.

— N'oubliez pas les ennemis, lui recommanda Horgan. Les amis se couvrent mutuellement. Alors que la langue de vipère qui publie sur Snapchat vous dévoilera tous leurs secrets inavouables. Exactement le genre d'informations qu'il nous faut.

— D'accord, d'accord, les meilleures amies, les meilleures ennemies... bien reçu.

— Les cousines, continua-t-il. Surtout si elles sont à peu près du même âge. Les oncles et tantes peuvent se sentir obligés de protéger leurs frères et sœurs. Les cousines se laissent soudoyer plus facilement.

— Dites donc, jamais je n'aurais cru que je me réjouirais de ne pas en avoir.

— Le profil de la famille?

— Juanita, la mère, était infirmière, alcoolique repentie. Son compagnon, Charlie, entrepreneur en bâtiment, casier blanc comme neige, même pas une amende pour excès de vitesse. Aucun indice de toxicomanie ni de conduites à risque. Allez savoir. Mais pour l'instant... on dirait une famille ordinaire. Les enfants de Juanita, les chiens de Charlie. Des gens qui travaillaient dur en espérant des lendemains meilleurs.

— Toutes les familles ont leurs secrets, lui rappela Horgan. C'est pour ça qu'on nous signe de gros chèques en fin de mois.

— Une seconde, vous recevez un gros chèque, vous? Parce que moi, la dernière fois que j'ai regardé...»

Horgan et elle finirent de s'entendre sur les détails. La cellule d'enquête à mettre sur pied. La ligne dédiée à ouvrir pour canaliser le flot d'appels téléphoniques qui seraient générés par l'alerte-enlèvement. La conférence de presse, qui serait donnée par Horgan et le chargé de communication parce que D.D. ne pouvait pas se permettre de perdre du temps. La nécessité de renforcer encore les effectifs. Étant donné le grand nombre de lignes de bus et de stations de métro accessibles à pied depuis le domicile des Boyd-Baez, il fallait qu'une équipe se mette en relation avec la régie des transports en commun. Et que d'autres enquêteurs se renseignent auprès des commerces et des résidences du quartier sur la présence de caméras de surveillance. Pour peu qu'ils trouvent des images de Roxanna Baez passant avec ses chiens devant un distributeur de billets, fuyant à toutes jambes un homme suspect dans une rue transversale ou s'esclaffant avec des copines à un arrêt de bus...

Les pistes potentielles étaient innombrables, de même que les questions à creuser dans un quartier aussi densément peuplé que Brighton. D.D. n'avait pas besoin qu'on lui donne davantage d'idées pour retrouver une adolescente disparue ; elle avait besoin que les journées comptent plus de vingt-quatre heures.

Elle raccrocha. Et s'attela à la tâche.

L'enquête connut son premier progrès notable quelques minutes plus tard, mais pas comme D.D. l'aurait espéré.

« *Manny !* Mon fils, mon fils ! Manny, où est Manny ? Que lui est-il arrivé ? *Maaannnny !* »

D.D. arriva à la porte juste à temps pour voir un grand gaillard, cheveux bruns, cicatrice menaçante sur la joue gauche, contourner comme une flèche les deux policiers qui se dirigeaient vers lui et percuter de plein fouet l'agent qui tenait le registre de scène de crime. Tous deux tombèrent à la renverse et les autres agents se ruèrent à la rescousse.

Encore des cris, des éclats de voix, les protestations des voisins. « Hector, calmez-vous !

— Ne lui faites pas de mal !

— C'est le père de Manny. Laissez-le passer. Il veut juste savoir ce qui est arrivé à son fils. »

D.D. se jeta dans la mêlée. Physiquement, elle ne faisait pas le poids (elle était dotée d'un de ces hypermétabolismes qui rendent mince dans les bonnes périodes, émacié dans les mauvaises), mais elle était mère de famille et savait d'expérience que tout le monde, même une brute épaisse, est conditionné depuis la naissance pour obéir à maman.

Elle saisit le gaillard par le bras et l'extirpa de la bousculade. « Vous ! Comment vous appelez-vous, monsieur ?

— Manny ! cria-t-il, le regard toujours fou. Mon fils ! Mme Sanchez m'a appelé. Elle a parlé de coups de feu. Elle m'a dit qu'ils étaient morts. Manny !

— Votre nom, monsieur. Comment vous appelez-vous ?

— Hector Alvalos ! lança un des voisins, et le gaillard confirma d'un hochement de tête frénétique.

— Vous êtes le père de Manny ? Vous connaissiez Juanita Baez ?

— C'est mon fils !

— D'accord, d'accord. On va aller dans un endroit plus tranquille pour parler. »

D.D. interrogea du regard l'agent chargé du registre. Celui-ci, de nouveau sur pied, s'épousssetait en considérant Hector Alvalos d'un œil méfiant, mais il ne semblait pas se ressentir de sa chute. Au vu des faits, il aurait été en droit de porter plainte, mais il se contenta de désigner le fond de la parcelle d'un signe de tête: c'était là-bas que D.D. avait le plus de chances d'être à l'abri de la curiosité des badauds et du remue-ménage des techniciens de scènes de crime.

Tenant d'une poigne solide le bras musclé d'Hector, D.D. lui fit faire le tour de la maison fraîchement rénovée et le sentit rentrer les épaules pour se faufiler dans l'étroite ruelle qui la séparait de son imposante voisine. D.D. s'arrêta dans le jardin grand comme un timbre-poste et remarqua la présence d'un potager surélevé; en ce milieu d'automne, le carré de terre était envahi par les vestiges échevelés d'herbes aromatiques et de plants de tomates. Phil, dans la véranda, les attendait à côté de deux gamelles métalliques.

«Redites-moi votre nom», demanda fermement D.D. Hector, un peu calmé, prit de grandes inspirations pendant que Phil enclenchait son dictaphone.

«Hector Alvalos, grommela-t-il.

— Quels sont vos liens avec la famille Baez?

— Juanita et moi avons vécu ensemble. Manny est mon fils.

— Reprenons depuis le début, monsieur. Racontez-nous tout.»

Hector était barman. Il avait rencontré Juanita dix ans plus tôt dans un bistrot quelconque. Ils s'étaient mis en couple plusieurs fois et avaient fini par s'installer ensemble quand Juanita avait découvert qu'elle attendait un enfant de Manny. Dès le début, la relation avait été houleuse.

Une famille de quatre et bientôt cinq personnes

entassée dans un deux-pièces. Les filles dormaient dans le salon pendant que Juanita, enceinte jusqu'aux yeux, occupait l'unique chambre avec Hector.

Les esprits s'échauffaient vite. Boire de la tequila était leur principal passe-temps. D'où les disputes, puis les larmes, suivies d'encore plus de disputes et de larmes.

« Nous buvions trop, tous les deux, dit Hector d'un air sombre. Ce n'était pas bien. Je m'en rends compte aujourd'hui.

— Que s'est-il passé ? » demanda D.D.

L'homme haussa les épaules. Il portait une chemise à carreaux rouge ouverte sur un tee-shirt bleu taché et un jean. D.D. avait l'impression qu'il sortait du lit. Ce qui était peut-être le cas, s'il travaillait toujours de nuit comme barman.

« Manny est né. On se marchait encore plus les uns sur les autres. On dormait moins. Juanita... Elle était tout le temps en colère. Comme si je ne faisais jamais rien de bien. Alors je me suis réfugié dans le travail. Dans l'alcool. Et il y a cinq ans... J'ai craqué. Il y a eu une violente dispute. Juanita hurlait. Les enfants hurlaient. J'ai... j'ai donné un coup de poing dans une cloison. Et je l'ai carrément crevée. » À ce souvenir, Hector se massa la main. « Je savais que j'avais mal agi. C'était écrit sur le visage de mon gamin. Il avait peur de moi. Je me suis tiré. J'ai dévalé les escaliers et j'ai couru sans m'arrêter. »

D.D. attendit.

« Plus tard, j'ai appris... que Juanita avait accusé le coup. Elle a sombré dans l'alcool. Il y a eu des incidents. Les services sociaux ont été alertés, mais je ne sais pas très bien ce qui s'est passé. J'avais quitté la ville et Manny ne se souvient pas de grand-chose. Mais Juanita a perdu la garde des enfants. Le tribunal l'a obligée à se faire suivre, à adhérer aux Alcooliques anonymes. Elle a fini par récupérer les enfants…

— Elle les avait perdus, vous dites, l'interrompit D.D.

— Oui. Juanita me rend responsable de son alcoolisme, de tous les problèmes qu'elle a eus à l'époque, mais ce n'est pas juste. Elle buvait bien avant de me rencontrer. Seulement, ensemble… nous étions complètement *loco*. Mieux vaut qu'on soit séparés. Elle est abstinente maintenant, elle va aux AA toutes les semaines. C'est Manny qui me l'a dit. Et moi aussi je me suis acheté une conduite. Pour Manny. Mon fiston. Tous les dimanches, je viens le chercher et on passe la journée ensemble. Et même si Juanita et moi, on a nos démons, Manny… c'est un petit garçon parfait. À tous points de vue. *Perfecto.* »

D.D. acquiesça. La main toujours sur le bras d'Hector, elle relâcha son emprise, mais ne quitta pas son visage des yeux et continua d'une voix posée.

« Vous dites que Juanita était alcoolique quand elle vous a rencontré, mais qu'aujourd'hui elle est sobre.

— Oui.

— Et son nouveau compagnon, Charlie Boyd ?

— Ils se connaissent depuis un an, je dirais ? Juanita est infirmière à Sainte-Élisabeth. Charlie était venu pour des points de suture. Il s'était blessé sur un chantier.

— Il travaille dans le bâtiment ?

— Oui.

— Vous avez de la sympathie pour lui ? Vous vous entendez bien ? »

Hector haussa les épaules. « Manny l'aime bien. Il aide Charlie à faire les travaux dans la maison. Apprendre à bricoler, à se servir de ses dix doigts… je trouve ça bien. Peut-être que Manny deviendra entrepreneur à son tour. Il y a plus d'argent à se faire que derrière un bar.

— On dirait que Charlie passe beaucoup de temps avec votre fils. »

Hector se crispa, mais ne mordit pas à l'hameçon. « Charlie ne m'apprécie pas beaucoup. Comme je disais, Juanita me rend responsable de son alcoolisme, alors Charlie aussi. Mais je me suis renseigné. Charlie non plus n'est pas un ange. À une époque, il avait un penchant pour la bière. Mais Manny dit que c'est réglé. Charlie a arrêté de boire pour Juanita, il lui arrive même de l'accompagner à ses réunions. La vie est plus tranquille. Juanita est… plus heureuse. Tant mieux. Je l'ai aimée à une époque. C'est la mère de mon fils. Je veux qu'elle soit heureuse.

— Et les filles ? Roxanna et Lola. Qui sont leurs pères ?

— Je ne sais pas. Juanita n'en parlait jamais.

— Un seul homme ? Ou deux pères différents ?

— Deux hommes. Mais absents. Je vous l'ai dit, Juanita buvait déjà avant de me rencontrer.

— Que pouvez-vous nous dire sur les filles ? Est-ce qu'elles s'entendent bien ? Est-ce qu'elles aiment Manny ?

— Les filles ? Oui, bien sûr. Manny est leur petit frère, elles l'adorent. Peut-être même qu'elles le chouchoutent un peu trop. Ce n'est pas si mal que Juanita se soit installée avec Charlie. Sinon, le pauvre Manny n'aurait grandi qu'avec des filles.

— Roxanna a seize ans. Elle est jolie ? »

Hector haussa les épaules. « Oui », répondit-il, mais

D.D. devina que c'était pure politesse de sa part. « Enfin, disons, peut-être pas comme sa mère ou sa sœur. Juanita, elle est *muy guapa*! Et Lola… c'est bien la fille de sa mère. Pas facile à tenir, celle-là. »

En d'autres termes, pensa D.D., Roxanna était le vilain petit canard de la famille. Tiens donc. « Elle s'intéresse aux garçons ?

— Qui, Roxanna ? Non ! Elle est réservée, timide. Elle lit, elle prend ses études très au sérieux. Quand on vivait ensemble, Juanita et moi… Roxy donnait leurs repas à ses frère et sœur, elle les habillait, elle les emmenait à l'école, où il y avait aussi une garderie pour Manny. Elle s'occupait très bien d'eux.

— Roxy est la plus responsable ?

— Oui.

— Elle a un petit boulot ?

— Je ne crois pas.

— Est-ce qu'elle est attachée aux chiens ? Est-ce que c'est elle qui les promène, par exemple ?

— Blaze et Rosie ? Manny les adore ! Charlie les a adoptés chez un éleveur. Les enfants sont tombés amoureux des chiens avant même d'apprécier Charlie. Roxy et Manny les promènent souvent ensemble. Manny dit qu'ils sont très obéissants. Quand ils étaient chiots, ils n'avaient jamais le droit de sortir, alors maintenant ils aiment bien paresser dans la véranda, prendre des bains de soleil. À les voir trottiner en balade, on ne se douterait jamais qu'ils sont aveugles.

— Ils sont presque tout le temps dehors ?

— Quand il fait beau, oui. »

D.D. leva les yeux vers le grand ciel bleu et se dit que les conditions étaient réunies.

«Et Lola?»

Hector hésita. «Que dire? Lola est très jolie. Trop pour ses treize ans. Un tempérament de feu, comme sa mère. Ce n'est pas une élève très sérieuse. Et c'est sûr qu'elle est attirée par les garçons. Manny dit qu'elles se disputent, Juanita et elle. À longueur de temps. Les relations étaient tendues dernièrement.

— Est-ce que Manny aurait parlé d'un garçon en particulier, au sujet duquel sa mère et sa sœur se seraient disputées?

— Manny a neuf ans. Il pense que sa grande sœur est une idiote et ne fait pas plus attention que ça.

— Mais il aime ses sœurs et c'est réciproque?»

Hector sourit. Tout son visage se radoucit; sur sa joue, sa cicatrice en dents de scie semblait moins menaçante, évoquait davantage une blessure de guerre. Et D.D. eut le cœur brisé à l'idée de ce qu'elle allait devoir lui apprendre.

«Les filles feraient n'importe quoi pour Manny. Et lui aussi, il les aime. Il est mignon, gentil. Rien à voir avec moi. Est-ce que je peux le voir maintenant? Mon fils?

— Je suis désolée, monsieur Alvalos…

— Il est à l'hôpital?

— Je suis désolée, monsieur Alvalos…»

Le reste allait sans dire. Il avait compris. La réaction des voisins, le ruban de scène de crime, ces enquêteurs qui lui interdisaient d'entrer dans la maison…

Ou peut-être qu'un parent sait toujours. Il le sent, comme si une lumière s'était éteinte d'un seul coup.

Les genoux d'Hector cédèrent sous lui. Il s'effondra, la main de D.D. sur son épaule. Elle ne la retira pas lorsqu'il baissa la tête et fondit en larmes.

4

Après mon jogging matinal, j'ai pris une douche (interminable), enfilé un vieux survêtement gris et un tee-shirt blanc tout froissé au logo de mon club de kick-boxing préféré, et je me suis rendue à pas de loup dans ma petite cuisine, où j'ai cherché du regard quelque chose de comestible. Quand elle stressait, ma mère se transformait en pâtissière compulsive. Or nos tête-à-tête restaient tendus. Elle guettait avec inquiétude des traces de contusion sur mon visage, des égratignures. Et moi je m'efforçais de donner le change : non, je n'avais pas erré dans les rues de Boston jusqu'à trois heures du matin pour tenter d'évacuer la pression en appâtant les prédateurs et en cherchant la bagarre. Mais au moins, quand ma mère quittait sa ferme pour me rendre visite, elle m'apportait à manger et cuisinait de plus belle une fois ici.

À voir mon réfrigérateur, cela faisait un moment qu'elle n'était pas venue. J'aurais dû y remédier. Décrocher mon téléphone. Faire un geste. Être la fille qu'elle méritait.

Ma mère et moi avions en commun de nous sentir coupables. Elle parce que je m'étais fait kidnapper, même si ce n'était pas franchement sa faute. Et moi parce que mon enlèvement l'avait condamnée à quatre cent soixante-douze jours d'enfer, même si ce n'était pas davantage ma faute. Jacob Ness. C'était lui, le vrai coupable. Lui qui nous avait fait du mal à toutes les deux. Et nous le haïssions, violemment. C'était d'ailleurs le nœud du problème. Nous devions l'une comme l'autre lâcher prise. Samuel n'arrêtait pas de me le dire : je n'aurais réellement surmonté mon traumatisme que lorsque je serais capable de passer une heure, une journée, une semaine, sans même que le nom de Jacob me traverse l'esprit.

Je n'en étais pas encore là.

Renonçant à manger, je me suis servi un énorme mug de café, puis j'ai franchi les deux pas qui séparaient ma cuisine de mon séjour et je me suis installée dans le canapé, ordinateur portable en équilibre sur les genoux, café à portée de main. La rangée de fenêtres de mon appartement au premier étage donnait une lumière abondante. Et les voilages vaporeux tirés en permanence préservaient mon intimité dans cet environnement urbain tout en laissant entrer le soleil. Inutile de préciser que je ne me sentais toujours pas à l'aise dans les petites pièces mal éclairées.

Samedi matin, soleil radieux. Toutes ces choses que les gens normaux devaient faire par une si belle journée. Tandis que moi…

J'allumai mon ordinateur. Pour me mettre au travail. Parce que si je n'avais jamais vendu mon histoire aux producteurs et autres agents qui frappaient à ma porte, en revanche depuis quelque temps je la partageais – par bribes et allusions – avec des âmes sœurs triées sur le volet, des survivantes comme moi, qui essayaient de s'en sortir.

Un an plus tôt, j'avais créé un forum privé où nous pouvions nous retrouver. Parfois simplement pour nous épancher ou nous soutenir mutuellement les mauvais jours. Mais c'était là aussi que, de temps à autre, nous faisions part de ce que nous avions vécu, dans des messages plus détaillés.

Je ne savais trop qu'en penser. D'une part, cette tentative pour guider les autres. D'autre part, cette possibilité de mettre enfin des mots sur des fragments de mon histoire, si petits fussent-ils. Mais surtout…

Je pouvais me confier à ces femmes. En tant que survivantes, elles me comprenaient.

Et cela m'aidait vraiment à avancer.

J'ai pris une grande inspiration et je me suis lancée :

Mon avocat des victimes, Samuel, dit que l'essentiel pour les survivants n'est pas de se dire que le monde est sans danger. Ni d'essayer de se persuader qu'on n'a rien à craindre. Le monde est fichtrement dangereux et nous devrions tous avoir un peu peur. Mais le remède à l'anxiété, c'est la force. Garder à l'esprit qu'on s'en est sorti la première fois. On a pris les bonnes décisions, on a fait ce qu'il fallait faire – même si concrètement cela signifiait ne rien faire du tout. On a survécu. Et cela personne, même Jacob Ness, mort et pourtant encore si présent, ne pourra me l'enlever.

J'aimerais bien y croire vraiment.
À mon retour chez moi après mon enlèvement, quand je me réveillais au milieu de la nuit ma première idée n'était pas que j'étais forte. Je ne rêvais

pas de la deuxième, la troisième ou la centième fois où j'avais réussi à convaincre Jacob de m'épargner; je faisais d'horribles cauchemars où je voyais des caisses en forme de cercueil, des alligators géants, les mains de Jacob qui se refermaient sur ma gorge.

Il fallait que j'allume toutes les lampes de ma chambre d'enfant. Que j'étudie le motif du couvre-lit. Que je m'applique à respirer lentement et profondément.

C'est après une nuit particulièrement éprouvante que je me suis inscrite à mon premier stage d'auto-défense. Une nuit où, chaque fois que je fermais les yeux, j'étais emportée loin de la sécurité de la maison maternelle pour finir une fois de plus séquestrée dans le camion de Jacob. Si le remède à la terreur était la force, alors il fallait que je prenne du muscle, parce que je ne pourrais pas survivre à beaucoup d'autres nuits comme celle-là.

Je ne dirais pas que j'étais taillée pour le combat au corps à corps. J'étais trop maigre, insomniaque, une vraie boule de nerfs. Mais l'instructeur m'a donné mon objectif: « Frappe le mannequin! » Si simple, et pourtant si difficile.

La première fois que j'ai dû relever le défi, j'avais vraiment envie de mettre une raclée à cette espèce de Ken grandeur nature. De lui faire ravaler son petit sourire suffisant de top model.

Mais plus j'essayais, moins j'y arrivais, ce qui me donnait encore plus envie d'essayer. Si je réussissais à serrer les poings comme il fallait, à le frapper en pleine poire, peut-être que je n'aurais plus aussi peur. Peut-être que je dormirais enfin la nuit.

Il m'a fallu quatre séances. Et en attendant, je me suis mise à mieux manger les repas mitonnés avec amour par ma maman et j'ai pris l'habitude de monter et descendre les escaliers en courant parce que je ne pouvais toujours pas mettre le nez dehors ni faire du jogging sur les petites routes de campagne – pas seulement parce que j'étais terrifiée, mais aussi parce que ma mère avait peur.

Mais c'est arrivé : cet instant où j'ai enfin réussi à en coller une à Ken. Une sacrée beigne. J'ai senti l'onde de choc parcourir tout mon bras, depuis les doigts et le poignet jusqu'à l'épaule.

Et j'ai pleuré.

J'ai frappé un mannequin d'entraînement et ça m'a fait fondre en larmes. J'ai chialé comme un veau et trempé le tapis de gymnastique bleu. Je reniflais, je m'essuyais les yeux, je m'étalais de la morve sur le dos de la main. L'instructeur n'a fait aucun commentaire. Il a juste relevé Ken et il m'a ordonné de recommencer.

J'ai découvert quelque chose pendant ces séances : une petite bête fauve qui n'attendait que d'être libérée de sa cage.

La vérité, c'est que j'avais survécu à Jacob, mais que je ne m'étais jamais battue contre lui. Sur la plage où il m'avait kidnappée ? Je ne me souviens même pas de cette nuit-là. Peut-être que j'étais trop ivre. Ou peut-être qu'il m'avait prise en embuscade vite fait bien fait. Allez savoir.

Mon premier souvenir : je me réveille seule dans une caisse de la taille d'un cercueil ; et comme la fille qui sert d'appât dans les films d'horreur, je hurle à n'en plus finir. Et rien ne se passe.

Personne n'apparaît comme par enchantement pour me libérer.

Je frappe des mains contre le couvercle. Je m'écorche les talons sur le fond en bois. Rien. Je ne sais même pas combien de temps Jacob m'a laissée mariner là-dedans, sans eau ni nourriture. Assez longtemps pour que, au moment où il est enfin apparu, je ne me jette pas sur lui comme un animal enragé. Je n'ai pas cherché à lui arracher les yeux, à l'étrangler ou à l'attraper par les couilles. J'ai pleuré de gratitude. J'ai levé vers lui mes doigts sanguinolents dans un geste de supplication absolue, totale.

Le genre de scène qu'on ne peut pas s'enlever de la tête, plus tard. Le genre de questions qui me démolissent encore quand je les lis sur les réseaux sociaux. Pourquoi n'ai-je pas davantage lutté ? Pourquoi n'ai-je pas essayé de me libérer de mes liens quand il me laissait ligotée dans une chambre d'hôtel ? Pourquoi n'ai-je pas sauté du camion la première fois qu'il a fait escale dans un relais routier ? Pourquoi n'ai-je pas tenté quelque chose, n'importe quoi ?

Pourquoi n'ai-je pas résisté ?

Je n'ai pas la réponse à ces questions. Je ne l'aurai jamais.

D'après Samuel, c'est le principal fardeau de tous les survivants. Les j'aurais-pu, j'aurais-dû, si-seulement. De son point de vue, l'essentiel n'est pas là. J'ai échappé à Jacob Ness. J'ai survécu. Me demander aujourd'hui comment j'aurais pu agir autrement est absurde.

N'empêche que chaque nuit…

C'est dans l'espoir d'apaiser mes terreurs nocturnes

que je m'étais inscrite à mon premier stage d'autodéfense. Ensuite j'ai pris des cours de tir au pistolet parce que filer une correction à une poupée Ken géante ne me suffisait pas. Et j'ai regardé des tutoriels pour apprendre à crocheter les serrures ou à se libérer quand on a les mains liées – à quoi d'autre une jeune femme est-elle censée occuper ses nuits toujours sans sommeil ?

Je ne suis pas en train de vous dire que j'ai toutes les réponses, mais j'ai appris à aller de l'avant. À retrouver une forme de normalité : je ne suis plus celle que j'étais autrefois, mais pas non plus la victime que Jacob a voulu faire de moi.

Peut-être ce message vous aidera-t-il. Peut-être pas. S'il y a bien une chose que j'ai apprise ces dernières années, c'est qu'il n'y a pas une et une seule bonne manière de surmonter un traumatisme. Chacune de vous devra découvrir ses propres trucs et astuces, comme je l'ai fait. Et certains jours seront si atroces que vous vous demanderez comment continuer.

Ces jours-là, j'espère que vous vous souviendrez de ce message. J'espère que vous viendrez chercher de l'aide sur ce forum. Vous n'êtes pas seules. Le monde est peuplé de survivants.

Et nous essayons tous de trouver la lumière.

J'ai arrêté de taper. Relu ce que je venais d'écrire. En me demandant ce que les autres, surtout Sarah, penseraient à la lecture de ce passage. J'ai reposé mes mains sur le clavier. Et renoncé.

Me levant du canapé, je suis retournée dans la cuisine

pour reprendre du café. Il était maintenant plus de dix heures. La fin de la matinée, aurait dit ma mère. Elle-même était généralement debout dès quatre heures. Moi aussi, mais pas pour les mêmes raisons.

Je me suis resservi une tasse. En y ajoutant de la crème et du sucre. Tournant le dos à mes vagues promesses d'appeler ma mère, je me suis plutôt posé la question d'appeler Stacey Summers. L'étudiante que j'avais sauvée l'année précédente. Nous étions restées en contact. Après cette horrible nuit, je lui avais dit que je serais là pour elle et j'avais tenu parole. À l'époque, je m'imaginais jouer un rôle de guide, mais vu ses progrès…

Stacey avait fait des bonds de géante après son traumatisme. Elle s'était rapprochée de ses parents au lieu de s'en détourner. Elle s'était raccrochée à sa foi plutôt qu'à mon bréviaire d'autodéfense. Elle avait écouté tout ce que j'avais à dire et tout mis en pratique, mais en mieux.

C'est elle qui aurait dû écrire son autobiographie, pas moi. Elle ne s'était pas contentée de survivre. Comme le dit l'adage, ce qui ne l'avait pas tuée l'avait rendue plus forte.

Alors que moi j'étais encore en chantier; rescapée d'un kidnapping, je vivais dans un deux-pièces aux murs tapissés d'articles relatant d'autres cas de disparition. Une fois encore, là où Stacey avait sa foi en Dieu, moi j'avais ma détermination de ne plus jamais être faible. Comme j'aimais à le dire au groupe de soutien : à chacun ses solutions.

J'ai quitté la cuisine, allumé la télévision.

La première chose que j'ai vue a été le bandeau rouge qui courait au bas de l'écran.

Alerte-enlèvement.

Une adolescente avait disparu.

Je me suis cuirassée, comme toujours devant pareille nouvelle. Encore une affaire, un nouveau crime. Je n'étais plus la victime en état de choc au sortir de l'hôpital. Après mon exploit de l'année précédente, j'avais gagné mes galons d'experte.

Mais c'est là que j'ai vu le nom de la disparue.

Roxanna Baez.

J'ai failli en lâcher mon mug de café.

Sarah, me suis-je dit.

Et j'ai su, sans l'ombre d'un doute, que tout avait recommencé.

5

« On sait qui a donné l'alerte ? demanda D.D. à Phil après le départ d'Hector Alvalos.

— La fameuse Mme Sanchez, celle qui a aussi informé Hector de la fusillade. Deux agents ont déjà fait un point avec elle. Elle dit qu'elle était dans sa cuisine, à préparer le petit déjeuner, quand elle a entendu comme des coups de feu. Elle était en train de se persuader que ça ne pouvait pas être ça quand elle a entendu une nouvelle salve. C'est là qu'elle a décroché son téléphone pour appeler le 911.

— Elle habite où ?

— En face. Avant que tu poses la question : sa cuisine donne sur l'arrière, donc elle dit qu'elle n'a rien pu voir.

— C'est commode, dit D.D., déjà méfiante. D'autres appels au 911 plus ou moins au même moment ?

— Deux.

— Parfait, on identifie ces voisins et on les sépare du troupeau pour les réinterroger, y compris Mme Sanchez. Je veux savoir exactement ce qu'ils ont entendu et vu (ou pas) pour établir une chronologie. Manley a eu des touches avec les vétos ?

— Oui. » Phil feuilleta son carnet à spirale. « Avec un

certain Dr Jo, qui possède un cabinet près de la clinique Sainte-Élisabeth. D'après ses dossiers, les deux chiens sont à jour de leurs injections et vaccins. Boyd ne leur avait pas mis de puce parce que, du fait de leur âge et de leur cécité, ils n'avaient pas tendance à vagabonder. Des chiens gentils, d'après la véto. Timides et sensibles au bruit. Rosie est la dominante et n'a perdu la vue que depuis peu. Blaze a l'habitude d'être dans son sillage. Donc si quelque chose a fait peur à Rosie...

— Au hasard : des coups de feu.

— ... Rosie a pu se carapater et Blaze la suivre.

— Comment des chiens aveugles peuvent-ils s'enfuir ? s'étonna D.D. Je veux dire : comment savent-ils dans quelle direction courir ?

— Il paraît que, quand ils sont en terrain connu, on ne se douterait jamais qu'ils ont un problème de vue. Si les enfants les promenaient dans le quartier...

— Ils ont dû prendre un itinéraire familier. Il fallait tout de même que le portillon soit ouvert pour qu'ils sortent du jardin. »

D.D. jaugeait du regard la palissade qui fermait le fond de la propriété. Vieille et patinée par les intempéries, elle mesurait deux bons mètres de haut et était constituée de solides lattes en bois, certainement pour se protéger de la vue des voisins. Effrayés ou non, jamais deux vénérables épagneuls bretons n'auraient pu la franchir. Le grillage qui courait sur le côté et sur le devant de la maison ne mesurait quant à lui qu'un mètre : sans doute Charlie Boyd l'avait-il posé pour les chiens. Là encore, D.D. ne les voyait pas sauter par-dessus, mais le portillon ne possédait pas de verrou. Pour peu que l'assassin l'ait laissé entrouvert en arrivant ou en repartant...

Elle se demanda comment Jack et Alex s'acquittaient de leur mission : étaient-ils en ce moment même les heureux propriétaires d'un chiot ? Celui-ci aimerait-il paresser dans la véranda quand il ferait beau ? Ou préférerait-il traîner dans la maison pour, disons, se faire les crocs sur la respectable collection de chaussures de D.D. ?

« Je pense que le tireur est entré par la grande porte, expliquait Phil. Qu'il est allé droit dans le salon et qu'il a commencé par supprimer Charlie Boyd, trois balles en pleine poitrine. »

D.D. approuva. Vu la position du cadavre, l'hypothèse se tenait. Le malheureux n'avait même pas eu le temps de se lever. Une seconde il regardait la télé et la suivante…

« L'assassin entre par le portillon, compléta-t-elle, et ne prend pas la peine de refermer derrière lui ou derrière elle.

— Parce que tout doit se dérouler très vite, convint Phil.

— Il n'a qu'à pousser la porte d'entrée ? Ou quelqu'un vient lui ouvrir ?

— On ne sait pas. Dans ce quartier, il est probable que la plupart des gens ferment leur porte à clé. Mais par un samedi matin ensoleillé, si Roxy venait de sortir avec les chiens…

— À préciser », conclut D.D. Or ce détail aurait son importance : l'absence d'effraction et la position de Charlie sur le canapé donnaient à penser que le tireur était arrivé là sans coup férir. Un ami, un membre de la famille entrant nonchalamment dans le séjour. Salut, Charlie…

66

Elle en aurait, des questions à poser aux voisins massés sur le trottoir.

Mais pour l'instant : « Après le meurtre de Charlie... continua-t-elle.

— L'assassin passe dans la cuisine. Il descend Juanita Baez, qui était en train de ranger les courses et de se demander si elle avait bien entendu ce qu'elle venait d'entendre, quand bang, bang, bang, elle tombe à son tour.

— Restent deux cibles », dit D.D. à mi-voix.

Phil poussa un profond soupir. Marié à son amour de jeunesse et père de quatre enfants, il était particulièrement sensible aux drames familiaux. « Manifestement, Lola et Manny ont eu le temps de comprendre ce qui se passait et de dépasser le stade du déni.

— Le petit se précipite dans la chambre de sa grande sœur.

— Ils essayent de se cacher.

— Ça ne colle pas, objecta D.D. Rien n'obligeait l'assassin à monter. Dans notre scénario, les enfants n'ont rien vu. Le tireur n'avait qu'à filer proprement par la porte de la cuisine, il aurait pu prendre plus d'avance avant l'arrivée de la police.

— Peut-être qu'un des enfants se trouvait dans l'escalier et a vu quelque chose. Dans ce cas, le meurtrier n'a pas eu d'autre choix que de le pourchasser.

— Ou alors ils ont entendu quelque chose, supposa D.D. La voix de Roxy parlant à son complice, par exemple.

— Si on part du principe qu'elle a eu de l'aide.

— Lorsqu'une adolescente est impliquée dans le meurtre de sa famille, elle agit rarement seule. Elle a un petit copain toxico : papa et maman le détestent, mais c'est le seul qui ait jamais su la comprendre. Ou alors une amie sadique qui l'oblige à commettre des atrocités pour prouver qu'elle fait partie de la bande. À moins qu'il n'y ait eu de la drogue dans la maison. Des amis étaient au courant, ils ont voulu faire main basse sur la réserve, ce qui les a conduits à abattre les parents, puis le frère et la sœur de Roxy qui en avaient trop vu ou entendu. Pour l'instant, nous ne savons de Roxanna Baez que ce que nous en a dit Hector Alvalos, qui ne fait même plus partie de la cellule familiale depuis cinq ans. Les gamins cachent beaucoup de choses aux parents avec qui ils vivent ; donner le change à Hector n'aurait été qu'un jeu d'enfant pour Roxy.

— Elle est totalement absente des réseaux sociaux, indiqua Phil.

— Pardon ?

— Ni Instagram, ni Snapchat, Twitter ou autre application de messagerie. *Lola* Baez, oui. Mais Roxy n'avait apparemment aucune activité sur ces réseaux. »

D.D. tiqua. « Ce n'est pas normal.

— Pour corser l'énigme, je viens de jeter un coup d'œil à l'historique de l'ordinateur : il a été supprimé à deux heures du matin, de même qu'une bonne partie du disque dur. Donc, on voit bien des publications de la part de Lola Baez, mais seulement celles du début de matinée.

— Quelqu'un a voulu effacer ses traces, conclut D.D. en regardant Phil. Sans doute Roxanna Baez, puisque son absence de comptes sur les réseaux sociaux témoigne d'une certaine paranoïa en la matière. » Elle prolongea son raisonnement : « Il s'est passé dans la nuit de vendredi à samedi un événement suffisamment grave pour pousser Roxy à nettoyer de son mieux la mémoire de l'ordinateur. Et ensuite, quoi ? Au saut du lit, elle entreprend de liquider sa famille ? Qui est cette fille ? »

Phil ne savait que dire. « Cela dépasse de loin les compétences techniques du modeste enquêteur que je suis. Il va falloir que nos petits génies de l'informatique prennent le relais. »

D.D. poussa un gros soupir. Elle n'avait rien contre les informaticiens, des types brillants, mais qui disait expertise disait attente, or s'il y avait bien une chose qu'ils n'avaient pas, c'était du temps.

« D'autres appareils dont nous devrions connaître l'existence ? » demanda-t-elle.

Phil et elle avaient récemment suivi une formation sur l'électronique domestique et ses usages dans le cadre d'une enquête criminelle. Entre le compteur d'eau numérique qui indiquait que l'accusé avait tiré plusieurs mètres cubes d'eau à trois heures du matin (étayant ainsi l'affirmation du procureur selon laquelle il avait rincé du sang sur sa terrasse au tuyau d'arrosage) et les appareils soi-disant intelligents comme les réfrigérateurs et autres enceintes Echo, qui enregistraient des petits bouts de votre vie tout au long de la journée, les gens se soumettaient d'eux-mêmes et jusque chez eux à plus de surveillance que la plupart n'en avaient conscience. En gros, la photo que le réfrigérateur connecté prenait pour vous aider à décider quel fruit acheter pouvait aussi montrer le cadavre de votre ex-mari, que vous aviez l'intention d'enterrer plus tard dans la journée grâce à la pelle qu'Alexa avait commandée pour vous sur Amazon.

Chaque fois que D.D. pensait que son travail ne pouvait pas devenir plus bizarre, un nouveau cap était franchi.

« Rien de trop pointu, lui répondit Phil. Juste les smartphones, deux ordinateurs de bureau et une Xbox. »

D.D. sourcilla à la mention de la console de jeu.

« Je suis sur le coup », lui assura Phil. Les pédophiles adoraient planquer des fichiers numériques (pensez photos compromettantes) au milieu de dossiers de jeux vidéo, dont les fichiers étaient déjà si volumineux et riches en images que le passager clandestin serait difficilement détectable. L'intérieur des enceintes stéréo constituait aussi une cachette de prédilection pour les clés USB. Dans cette maison et au vu de la scène de crime, il ne fallait préjuger de rien.

« Je vais interroger nos trois donneurs d'alerte, décida D.D. Histoire de voir si on peut déterminer l'heure exacte du premier coup de feu et si quelqu'un aurait vu quelque chose dans la rue. Étant donné la position du corps de Charlie Boyd, le meurtrier est probablement entré par la porte principale, donc on devrait bien pouvoir trouver un témoin.

— Sauf si c'est Roxy Baez qui a fait le coup, en solo.

— Ça va être une longue journée, dit D.D.

— Et sans doute une nuit plus longue encore. »

Phil rentra dans la maison, pendant que D.D., bombant le torse, retournait vers le vacarme et l'agitation de la rue. Témoins oculaires (si précieux et peu fiables que vous puissiez être), gare à vous !

Mme Sanchez, soixante-trois ans, avait le regard franc et la voix ferme que D.D. aimait rencontrer chez un témoin. Oui, elle avait entendu des coups de feu. Elle se trouvait devant son évier, à faire la vaisselle du petit déjeuner, quand elle avait clairement entendu trois brèves détonations. Pas très fortes, mais le bruit était reconnaissable. Elle venait de poser son assiette en se demandant comment réagir quand elle en avait entendu d'autres.

Elle avait décroché son téléphone et aussitôt appelé le 911. Neuf heures passées de six minutes. Elle avait consulté sa montre pour noter l'heure.

Non, elle n'avait entendu ni cris, ni tapage. Juste les tirs et ensuite… rien. Elle n'était même pas certaine de leur provenance. De l'autre côté de la rue, lui avait-il semblé. Mais les possibilités étaient nombreuses; tout un alignement de maisons, dont la plupart avaient été divisées en plusieurs logements…

Oui, elle avait regardé depuis sa fenêtre du premier étage. Mais non, elle n'avait vu personne fuir dans la rue. En fait, les trottoirs étaient déserts pour une matinée aussi ensoleillée.

Avait-elle entendu une dispute ou d'autres troubles plus tôt dans la matinée ?

Non, mais elle avait passé le plus clair de son temps dans sa cuisine, pour faire son ménage en regardant ses émissions. De là-bas, elle ne pouvait pas entendre grand-chose.

Connaissait-elle bien ses voisins d'en face ?

Relativement. Charlie était venu la voir l'année précédente quand il avait remarqué que la rambarde de son perron était descellée. Légalement, c'était à son bailleur qu'il revenait d'effectuer cette réparation, mais vu le temps que les propriétaires pouvaient mettre à régler ce genre de problème, Charlie avait proposé de

71

s'en charger. Il était venu accompagné de Manny, une vraie pipelette celui-là. Un gentil petit. Mme Sanchez lui avait offert des cookies et ensuite Manny avait pris l'habitude de venir tout seul au cas où elle aurait eu d'autres gâteries pour lui.

Aux beaux jours, elle aimait bien s'asseoir devant chez elle, et c'était comme ça qu'elle avait fait la connaissance d'Hector : Manny avait traîné son père jusqu'à elle pour faire les présentations. La plus jeune des filles s'était aussi mise à lui rendre visite, surtout quand elle pouvait espérer une friandise. L'aînée était timide – du moins, c'était ce que disait Manny. Roxanna la saluait d'un signe de main ou d'un hochement de tête quand elle jouait dehors avec les chiens, mais elle traversait rarement la rue.

Ils avaient l'air d'une famille sympathique. Et, non, Mme Sanchez n'avait jamais vu des inconnus aller et venir à des heures indues, ni des voitures s'arrêter quelques instants avant de repartir à vive allure. Ce qui rendait déjà les Boyd-Baez beaucoup plus recommandables que les précédents propriétaires, à qui la maison avait été confisquée et que Mme Sanchez avait signalés deux fois comme étant de probables trafiquants de drogue.

Étaient-ils vraiment morts ? Tous ? Quelle tragédie. Quelle épouvantable tragédie. Mais qui avait pu commettre un crime pareil ?

Cette fois-ci, c'était D.D. qui n'avait pas de réponse. Elle laissa sa carte à Mme Sanchez, en lui demandant de l'appeler si un autre souvenir lui revenait, et passa au témoin suivant.

M. Richards vivait dans la maison voisine de celle

des Boyd-Baez. Il se trouvait au sous-sol pour démarrer une lessive quand il avait entendu les tirs. Au début, il avait cru à une pétarade de voiture, mais quand d'autres détonations avaient retenti…

Il avait tout de suite su que cela venait de chez les voisins. Mais le temps qu'il remonte en courant pour épier par la fenêtre, il n'y avait plus rien à voir. Ni dans la rue, ni dans le jardin de derrière, qu'il apercevait depuis son deuxième étage.

Et les chiens ? l'interrogea D.D.

La question demandait réflexion. Il ne connaissait pas bien la famille, mais il avait l'habitude de voir les deux chiens marron et blanc faire la sieste dans la véranda. À bien y repenser, il ne les avait pas aperçus ce matin. Cela dit, il n'avait pas vraiment fait attention, s'empressa-t-il d'ajouter.

Avait-il entendu des éclats de voix, du tapage, pendant son petit déjeuner par exemple ? Sa maison était beaucoup plus proche que celle de Mme Sanchez.

M. Richards secoua la tête. Il avait rassemblé son linge sale et l'avait descendu au sous-sol, où se trouvaient lave-linge et sèche-linge. C'était une matinée tranquille, comme n'importe quelle autre, expliqua-t-il. Jusqu'au moment où… Il haussa les épaules, écarta les mains. Il fallait se rendre à l'évidence : tout témoin qu'il était, il en avait entendu plus qu'il n'en avait vu.

D.D. le remercia du temps qu'il lui avait accordé et passa au témoin numéro trois.

Barb Campbell, professeure d'anglais de vingt-huit ans, gardait l'appartement de ses parents, au premier étage et à l'arrière de l'autre maison voisine, à gauche de celle que Charlie Boyd avait achetée pour la rénover.

73

Elle était en train de lire quand elle avait entendu les coups de feu. Ils avaient claqué, tout proches, et son premier réflexe avait été de se baisser. Il lui avait fallu quelques instants pour comprendre que les tirs venaient du côté, pas d'en face.

Elle avait rampé jusqu'à la fenêtre pour jeter un œil dehors. Le flanc de la maison des Boyd-Baez occultait une bonne partie de la vue, mais en regardant de biais elle avait aperçu une petite portion de leur jardin. Et un pied qui disparaissait par-dessus la palissade en bois.

« De quelle taille ? rebondit aussitôt D.D. Homme, femme ? Adulte, enfant ?

— Je ne sais pas. Un pied. La semelle, surtout. Noire ? Peut-être une botte ?

— Avec un talon ? Élégantes plutôt que pratiques ?

— Je... je ne sais pas. Ou alors une chaussure de tennis ? J'étais un peu paniquée. C'était la première fois que j'entendais des coups de feu. Surtout d'aussi près. Je ne savais pas très bien comment réagir.

— Combien de temps avez-vous regardé ?

— Plusieurs minutes, je dirais. Au cas où la personne serait revenue, vous voyez.

— Et...

— Rien.

— Pas de bruit, pas d'agitation dans la résidence de l'autre côté de la palissade, derrière la maison des Boyd-Baez ?

— Ce n'est pas une résidence. Ce bâtiment abrite des bureaux. Un cabinet dentaire, une agence immobilière ? Quelque chose de ce genre.

— Et juste avant les coups de feu ? Qu'avez-vous entendu ? »

Barb Campbell rougit. «Je lisais. Je n'entends plus grand-chose quand je suis plongée dans un bon bouquin.
— Des aboiements?»
Barb secoua la tête.
«Des éclats de voix? Des cris?»
Nouvelle dénégation.
«Auriez-vous remarqué quelque chose chez vos voisins plus tôt dans la matinée? En jetant un œil dehors pendant que vous vous serviez votre café, que vous preniez votre roman?
— Ah oui, les chiens. J'ai entendu le cliquetis de leurs colliers, ils faisaient le tour de la maison par le jardin.
— Ils couraient, ils jouaient?
— Non, ils étaient avec la fille. Elle avait l'air de les emmener se balader.»
D.D. ne lâcha plus Barb Campbell du regard.
«Vous avez vu quelqu'un partir avec les chiens?
— L'aînée des filles. Une brune aux cheveux longs. Environ dix-huit ans? Elle s'est arrêtée juste au pied de cette fenêtre pour prendre son sac à dos.
— Son sac à dos?
— Oui. Un truc bleu clair tout miteux. J'ai eu l'impression qu'elle le récupérait derrière un buisson.
— Quelle heure était-il? demanda vivement D.D.
— Je ne sais pas. Huit heures et demie, peut-être? Je me préparais à lire.
— Que portait-elle? Le haut, de quelle couleur? Un blouson?
— Oh, je n'ai pas fait très attention. Un tee-shirt rouge, peut-être? Je revois du rouge. Et un jean, je crois. Je ne sais pas. Rien d'extraordinaire.

— Vous l'avez vue sortir par le portillon ?

— Non. Je l'ai juste vue dans le bout de jardin qui longe la maison. Mais elle avait les deux chiens en laisse et ensuite elle a ramassé son sac à dos. Où aurait-elle pu aller, à part dans la rue en prenant le portillon ?

— Est-ce qu'elle avait l'air nerveuse, bouleversée ou autre ?

— Franchement, je n'en ai aucune idée.

— Et un téléphone ? Elle avait son portable à la main ? Est-ce que vous l'auriez entendue parler à quelqu'un ? »

Barb Campbell secoua la tête.

D.D. tendit sa carte à son interlocutrice, l'esprit déjà ailleurs.

À huit heures et demie du matin, soit quelque trente-cinq minutes avant les tirs, Roxy Baez avait quitté la maison, non seulement avec les chiens, mais aussi avec un sac à dos qu'elle avait planqué dans le jardin. Contenait-il des objets volés à sa famille ? Des effets dont elle pensait avoir besoin pour une cavale ?

Cette histoire de sac tracassait D.D. Il semblait signer la préméditation. Mais quelle jeune fille de seize ans fugue avec deux chiens ? Et, plus improbable encore, part de chez elle pour revenir ensuite abattre toute la famille ?

Que s'était-il passé dans cette maison ?

Qui était cette famille ?

6

Nom : Roxanna Baez
Classe : Seconde
Professeure : Mme Chula
Genre : Récit personnel

Qu'est-ce qu'une famille parfaite ?

Chapitre 1

À l'arrivée des policiers, mon petit frère se sauve et se cache sous le lit. Une dame les accompagne. Elle est venue dans sa propre voiture, un petit modèle économique. Nous l'avons déjà vue. C'est elle qui se présente la première à la porte, elle frappe avec autorité.

« Ne réponds pas ! » dit ma petite sœur. Elle a huit ans. Elle est presque aussi grande que moi, elle a de longs cheveux bruns, de grands yeux bruns. Comme une poupée. Parfois, quand elle va avec moi à l'épicerie du quartier, les hommes la regardent. Alors je ne l'emmène plus si souvent à l'épicerie.

Moi, je n'ai pas ce genre de problème.

La dame frappe de nouveau à la porte. Elle porte un

joli pantalon, noir, et un chemisier violet. Une tenue chic, je trouve. Mais qui ne va pas avec son visage, avec son air pincé. Pas vraiment joli.

Elle est déjà venue deux fois chez nous. Nous pensons qu'elle n'aime pas les enfants. C'est peut-être impossible dans son métier.

« Chut, dit Lola. Fais comme si on n'était pas là ! »

Comme je suis plus grande, je me doute que ça ne marchera pas. La dame va entrer. Elle l'a toujours fait. Et puis il y a ce policier posté derrière elle, qui attend...

J'ai onze ans. Je suis l'aînée et c'est moi qui suis responsable. Lentement, j'ouvre la porte. La dame et moi nous regardons en chiens de faïence.

« Ce n'est pas ta faute », dit-elle avant de me bousculer pour entrer dans l'appartement.

J'essaie de faire le ménage. J'essaie de faire les courses, de préparer les repas, de faire les lessives. Mais cette mauvaise période... elle dure depuis plus longtemps que les précédentes. J'ai dévalisé le porte-monnaie de ma mère, pris l'argent du freezer et ensuite le bas de laine pour les cas d'urgence qu'elle garde sous son matelas et dont elle ne sait pas que je connais l'existence. Mais je pense qu'elle avait déjà presque tout dépensé.

Je crois qu'elle s'est servie de ces derniers dollars pour acheter les bouteilles de tequila qui roulent maintenant par terre dans l'appartement.

C'est pour ça que la dame est venue.

Elle regarde autour d'elle. Je sais qu'elle voit tout. La dernière fois, elle m'a interrogée sur le réfrigérateur vide, la vaisselle dans l'évier, la mauvaise odeur *dans la salle de bains. Question sur question. J'ai fait de mon mieux. Je suis l'aînée. C'est mon rôle. J'ai essayé, encore et encore.*

Plus tard, ma mère m'a grondée. Elle pleurait, elle était furieuse. « Ils vont vous emmener ! criait-elle. Vous ne comprenez pas ? Ils vont vous enlever à moi !! »

Mon petit frère était tellement bouleversé que j'ai dû dormir avec lui, cette nuit-là. Blottis l'un contre l'autre sur le canapé. Lola par terre. Ma mère dans les vapes sur le lit.

« Je ne veux pas partir, sanglotait Manny.

— Tout va bien, lui disais-je. On est une famille. Personne ne nous séparera. »

Je suis l'aînée, c'est moi qui mens le mieux.

« Où est ta mère ? me demande la dame à l'air pincé.

— Vous venez de la rater », réponds-je poliment. À côté de moi, Lola hoche la tête. Elle a beau n'avoir que huit ans, ce n'est pas la première fois que nous devons répondre à cette question.

Des pleurs arrivent du bout du couloir. Ce pauvre Manny, caché sous le lit pour échapper à la sorcière au visage pincé.

La dame regarde vers la chambre.

« Votre frère ? demande-t-elle.

— Il est petit. Ces visites lui font peur.

— Je suis là pour le protéger. »

Je ne moufte pas. Ce n'est pas la première fois qu'elle me dit ça. Force est de constater, comme on dit, que nous ne sommes pas d'accord sur ce point.

« Ta mère est dans la chambre ?

— *Elle est sortie.*

— *Roxy, je sais qu'elle est là. Je sens l'alcool d'ici.* »

Je détourne les yeux. Je peux remédier à beaucoup de choses. M'activer. Nettoyer ceci, organiser cela. Manny, c'est l'heure de la douche ! Lola, mets des vêtements propres ! Allez, on part tous ensemble pour l'école ! Mais certaines choses échappent à mon contrôle. Ma mère, par exemple, chaque fois qu'elle marmonne le nom d'Hector et sort une bouteille pour picoler un coup.

« *Cet environnement n'est pas sain* », dit la dame.

Lola et moi regardons nos pieds.

« *Je suis désolée, Roxy. Je sais que c'est important pour toi. Que tu te donnes du mal. Mais il va falloir que tu me fasses confiance sur ce coup-là. À long terme, c'est la meilleure décision à prendre pour vous.* »

Sur ce, les policiers entrent chez nous. Ils nous bousculent, Lola et moi, et prennent le couloir.

Un cri. Une plainte. Je suis désemparée. J'entends ma mère, ivre, en colère, débraillée.

« *Je vous interdis... enlevez vos sales pattes... merde... fils de pute. Mais ! Arrêtez. Merde...* »

Encore des cris, sans retenue, et un juron lancé à voix basse.

Manny déboule en trombe. J'ai juste le temps d'apercevoir du sang sur ses lèvres (quand il est stressé, Manny mord) et il se jette sur moi. Je le rattrape et je le soulève, même si, à quatre ans, il devient trop grand pour ça. Il me serre très fort. Je le lui rends bien. Lola se jette sur moi à son tour et se raccroche à moi.

Je respire l'odeur de mon petit frère. Transpiration, larmes, biscuits d'apéritif – la seule chose que j'avais à lui donner pour le déjeuner. Et je sens Lola, ses bras puissants et trop maigres qui me serrent éperdument. Je voudrais fermer les yeux. Je voudrais figer cet instant dans le temps. Mon frère, ma sœur et moi. Toutes ces nuits où j'ai juré de les protéger. Tous ces matins où je leur ai promis que tout irait bien.

Je ne sais plus quoi dire, quoi faire.

La dame me regarde. « Ce n'est pas ta faute », répète-t-elle.

Mais je ne la crois pas et elle le sait.

On traîne ma mère hors de sa chambre. Un des officiers énumère les charges retenues contre elle. Violation de ceci, manquement à cela. Elle jure et vitupère, vêtue d'un simple tee-shirt jaune taché. Elle se détourne et vomit. Les deux policiers s'écartent d'un bond. Saisissant sa chance, elle fonce vers la porte. Le seul obstacle qui la sépare de la liberté est la colonne compacte formée par ses trois enfants toujours enlacés.

Au dernier moment, nos regards se croisent. Elle me dévisage. Comme folle, démente. L'espace d'un instant, je crois qu'elle me voit. Qu'elle me voit réellement. Parce que son regard se voile de tristesse. Que son visage est désolé.

Mais ensuite elle nous rentre dedans et nous renverse. Repoussant la dame au visage pincé, elle continue sa course.

Elle vient d'ouvrir la porte quand un troisième policier apparaît sur le seuil, pile en face d'elle. Elle pousse un hurlement. Piégée, enragée, furieuse. Elle vomit à nouveau.

Par terre, Manny pleure de plus belle et enfouit son petit visage au creux de mon épaule. Le policier attrape ma mère par le bras. Il la traîne à travers la flaque de vomi, hors de la maison, en bas du perron. Il l'emmène. Et ma mère, celle qui nous lisait autrefois des histoires, qui nous chantait des chansons et nous faisait des tacos, est partie.

Les deux agents qui restent jurent encore tout bas. L'un d'eux, une femme, a du vomi sur la chaussure.

« Il va falloir que vous veniez avec moi », dit la dame.

Nous levons tous les trois les yeux. Mais nous ne bougeons pas.

« Je suis désolée. J'ai tout essayé. » Sa voix se brise un peu. « C'est très difficile de trouver une famille qui puisse accueillir trois enfants, explique-t-elle finalement. Mais j'ai pu vous placer ensemble, toutes les deux. » Elle nous regarde, Lola et moi. « Manny ira dans une autre famille d'accueil. »

Il me faut un moment pour comprendre. Et lorsque c'est le cas, je sens mon cœur hoqueter dans ma poitrine. Tout se glace. Je ne peux pas, je ne veux pas... Je serre Manny encore plus fort et Lola se recroqueville autour de nous.

La femme tend la main. Elle attend.

Nous ne bougeons pas. Pétrifiés.

Un des officiers s'approche à contrecœur. « Allons », dit-il doucement en tendant les bras pour m'arracher mon frère.

Qu'est-ce qu'une famille parfaite ? Je m'appelle Roxanna Baez. J'ai seize ans et, quand ma professeure a posé cette question, quand elle nous a annoncé que c'était notre sujet de rédaction, j'ai failli éclater de rire. Ça n'existe pas, me disais-je. Autant demander à des lycéens une rédaction sur la Petite Souris ou le père Noël.

Mais ces derniers temps, j'ai beaucoup réfléchi à la question. Je pense qu'une famille parfaite, ça ne tombe pas du ciel. Ça se construit. Au prix d'erreurs. De regrets. De réparations. C'est tout un travail.

Ceci est l'histoire de ma famille. Merci de continuer à la lire.

7

Je n'ai pas perdu de temps. Après avoir vu l'alerte-enlèvement pour Roxanna Baez, j'ai aussitôt appelé Sarah et proposé de la retrouver chez elle. À peine m'avait-elle ouvert qu'elle a commencé à tourner en rond, un fauve qui peinait à se contenir.

J'ai repoussé la porte derrière moi. Pris le temps de fermer les trois verrous. Puis j'ai posé mes offrandes propitiatoires sur la petite table de cuisine, sans un mot.

Presque deux ans plus tôt, Sarah avait été l'unique rescapée d'une tuerie : une de ses colocataires ivre était rentrée avec un psychopathe rencontré dans un bar. Le type, armé d'un couteau de chasse, avait agressé les quatre étudiantes. Sarah s'en était sortie, les trois autres non.

L'affaire avait fait les gros titres dans tout le pays et attiré l'attention d'un grand nombre de gens – y compris la mienne. Je voyais, à la télé, toutes ces images de son visage pâle, choqué. Tous ces journalistes qui lui lançaient des questions complètement idiotes, trop personnelles, et elle qui continuait à fixer la caméra d'un œil vide : une femme qui ne savait plus très bien où elle était, ni comment elle avait survécu.

Je l'ai surveillée un moment, je l'épiais dans l'ombre.

Préparation d'une opération de secours à une blessée de guerre. Et puis… je ne sais pas. Je me reconnaissais en elle. Elle me rappelait par quoi j'étais passée, au début. Alors j'ai frappé à sa porte. En pleine nuit. Et elle a répondu (je savais qu'elle le ferait), l'air d'un animal enragé, à deux doigts d'exploser.

Nous avons parlé. Je lui ai fait des promesses sans bien savoir si moi-même ou quiconque pourrait les tenir. Elle a fondu en larmes, tout en n'arrêtant pas de me dire à quel point elle avait horreur de pleurer. Et c'est comme ça qu'est né mon projet : identifier d'autres âmes brisées pour essayer tous ensemble de réapprendre à vivre ; créer un groupe de soutien avec des gens qui avaient connu l'enfer, qui en étaient revenus et qui avaient encore du mal à s'adapter au changement de décor.

D'où ma présence chez Sarah.

Son studio avait meilleure mine. Sur mon conseil (fais de ton appartement un cocon où tu te sentes en sécurité !), elle avait repeint les murs en rose pêche et accroché un grand poster graphique dans les tons bleu, vert et rouge vif. Trop chargé à mon goût, mais elle m'avait expliqué que cela lui occupait l'esprit au milieu de la nuit.

C'était la raison d'être de notre petit groupe, après tout : échanger des astuces pour chasser les démons.

« Tu la connaissais bien ? » lui demandai-je.

Je retirai de leur plateau de transport les gobelets de café achetés chez Dunkin' Donuts, tous les deux bien chargés en crème et en sucre, puis ouvris une boîte de beignets. Autre astuce : aucun problème ne résiste à une orgie de caféine agrémentée d'une overdose de sucre. Certains membres du groupe préfèrent le chocolat chaud. Pourquoi pas.

« Je ne la connaissais pas vraiment. Pas encore. C'est bien le problème ! »

Sarah se retourna vers moi. Je lui lançai un pet-de-nonne fourré à la confiture et applaudis en silence lorsqu'elle le rattrapa. Ses réflexes s'étaient considérablement améliorés ces derniers mois.

« Reprenons depuis le début », suggérai-je. Nouvelle gorgée de café. Nouvelle bouchée de beignet.

« Elle se trouvait devant le gymnase. Où je m'étais mise au kick-boxing, comme tu me l'avais conseillé. »

Je hochai la tête. « Qu'as-tu remarqué chez elle ? Qu'est-ce qui a attiré ton attention ? Tu l'avais déjà vue ? »

Sarah fronça les sourcils. Elle arrêta de faire les cent pas, le temps de fourrer son beignet dans sa bouche. Encore un exercice que je lui avais donné : pratiquer l'observation. Pour passer de l'hypervigilance à une saine attention.

« Je ne crois pas que je l'avais déjà vue. Mais elle était… nerveuse. Farouche. Comme si elle redoutait qu'on la surprenne. »

Assise à sa méchante table, je regardais Sarah.

« Elle t'a fait penser à toi.

— Voilà. C'était comme si… comme si elle portait le poids du monde sur ses épaules. Et cette façon qu'elle avait de regarder les boxeurs à travers la vitre, l'air d'avoir envie d'être aussi forte qu'eux.

— Qu'est-ce que tu lui as dit ?

— Je lui ai demandé si elle voulait entrer. Elle a aussitôt eu un mouvement de recul. Comme effrayée que je l'aie remarquée. Elle a commencé à s'éloigner et moi... » Sarah me regarda. « Tu m'avais dit de me fier à mon instinct. Qu'il était là pour nous protéger. »

Je confirmai d'un signe de tête.

« Elle avait besoin d'aide. Voilà ce que me disait mon instinct. »

Je ne répondis pas.

« Alors, eh bien, je lui ai dit que je partais justement. Que j'allais prendre un café au coin de la rue. Si ça lui disait de se joindre à moi... J'ai d'abord cru qu'elle allait refuser. Avec son vieux sac à dos bleu et ses bretelles auxquelles elle se cramponnait comme si sa vie en dépendait. Et d'un seul coup elle s'est détendue, elle a dit d'accord. Nous sommes allées ensemble au café.

— Et c'est là qu'elle t'a parlé de son amie.

— Exactement. Elle s'inquiétait pour une amie. Elle se demandait si le kick-boxing pourrait l'aider à se sentir plus forte. » Sarah haussa une épaule décharnée. « J'ai suivi ton conseil : je n'ai pas essayé de lui dicter ce qu'elle devait faire, je lui ai juste parlé de moi. Je lui ai raconté que j'avais survécu à un drame épouvantable. Tellement atroce que je ne pensais pas pouvoir un jour me sentir de nouveau en sécurité. Mais qu'aujourd'hui je pratiquais le kick-boxing, entre autres activités, et que ça me faisait du bien. Que je me sentais plus forte. Et que quand on se sent fort et qu'on agit en conséquence, beaucoup de problèmes disparaissent. Les méchants n'ont pas envie d'avoir affaire aux puissants. Ils s'en prennent aux faibles.

— Qu'a-t-elle répondu ?

— Elle regardait surtout la table. Nous n'avions pas encore commandé les cafés et elle avait gardé son sac sur le dos. J'avais l'impression qu'elle pouvait se sauver d'un instant à l'autre. Je lui ai demandé si elle dormait bien la nuit. Elle a secoué la tête. Je lui ai demandé si quelqu'un lui faisait du mal. Avec une jeune fille, une adolescente… obligé de se poser la question. »

J'étais bien d'accord.

« Elle s'est crispée. Elle m'a accusée d'être de la police. Je lui ai juré que non, que je passais juste par là. Mais j'ai dû reprendre mes distances, elle était trop rétive. Je l'ai encouragée à revenir au club. La semaine suivante, il devait y avoir un stage pour débutants. Elle pourrait se faire une idée.

— Et tu lui as parlé de notre groupe. » Je ne voulais pas que ça sonne comme un reproche, mais c'était peut-être raté.

« Je ne la voyais pas venir au club. Je me suis dit qu'elle allait sortir de ce café et que ça s'arrêterait là. Et je… » Sarah se troubla, agita les mains. « Écoute, c'est nouveau pour moi, tout ça, mais tu m'avais dit de me fier à mon instinct. Et cette fille… elle m'a fait de la peine. Elle avait l'air terrifiée. Son visage… c'était le même que le mien il n'y a pas si longtemps. »

Je hochai la tête. Je n'en voulais pas vraiment à Sarah. Non seulement parce que je lui avais dit d'obéir à son instinct, mais parce que pour moi aussi c'était nouveau, cette idée de jouer les mentors auprès de survivantes. Mon assurance n'était qu'une façade.

« Elle s'est connectée au forum le soir même », rappelai-je. Les nouveaux venus ne pouvaient y accéder qu'en se servant du mot de passe d'un membre actif. Après quoi, Roxanna Baez avait demandé l'autorisation de se joindre au groupe en son nom propre : je m'étais alors tournée vers sa marraine, Sarah, qui s'était personnellement portée garante de la candidate. La procédure n'était pas vraiment rigoureuse ni infaillible, mais j'avais plusieurs fois pesé le pour et le contre : exiger davantage de renseignements aurait été un gage de sécurité, mais cela risquait de rebuter des victimes qui cherchaient encore en elles le courage de prendre la parole. J'avais finalement tranché en faveur de la simplicité, si bien que Roxy Baez avait intégré le groupe sur la simple recommandation de Sarah.

« J'ai imprimé les échanges de ces dernières semaines », continuai-je. Avant de supprimer toutes les archives, cela allait de soi. « Elle n'a pas écrit grand-chose. Elle est restée dans l'ombre. »

Attitude fréquente également. La plupart des survivants sont d'un naturel méfiant. Ils ont besoin de reconnaître le terrain avant d'aller plus loin. J'avais vite compris que le survivant est une espèce très répandue, mais que seuls certains ont la volonté ou la capacité d'entrer en contact avec d'autres. Comme dans la vraie vie, j'imagine. Tout le monde n'est pas apte à nous comprendre. Et encore moins à nous aider.

Je jetai un coup d'œil à ma liasse de papiers. « Elle ne parle pas de sa vie chez elle. En tout cas, pas un mot sur sa mère, son beau-père, ses petits frère et sœur ou les chiens. Elle n'évoque que cette fameuse amie. Pour qui elle cherche de l'aide.

— Je n'avais aucun moyen de le voir venir, dit Sarah.

— Personne ne te reproche rien. Surtout pas moi. »

Pour la première fois, les épaules de Sarah se détendirent.

« Qu'est-ce qu'on fait ? J'ai écouté les messages de l'alerte-enlèvement toute la matinée : aucun signe d'elle. Tu crois qu'elle a été kidnappée ? Ce serait ça, le fin mot de l'histoire : la personne qui persécutait son amie a eu vent des démarches de Roxy et décidé de prendre des mesures ?

— Je n'en ai aucune idée.

— À moins que… Elle ne les aurait pas tués, si ? Voyons, pourquoi cette fille aurait-elle descendu toute sa famille ? Elle a bien posé quelques questions sur les armes à feu, sur le cadre légal de la légitime défense, mais si son but était de protéger une amie…

— Que lui as-tu répondu ?

— Oh… je lui ai donné les conseils de base en matière d'autodéfense. Je lui ai parlé des bombes aérosols contre les ours. Parce qu'elles sont remplies de gaz au poivre et faciles à trouver dans n'importe quel magasin de loisirs de plein air.

— Tu sais si elle en a acheté ? Pour son amie.

— Non.

— Est-ce que tu aurais une idée de l'endroit où elle avait le plus peur ? Chez elle ? Au lycée, peut-être ? »

Sarah ne savait pas.

« Est-ce que ça pourrait n'être qu'une simple histoire de trafic de drogue ? me demandai-je à voix haute. Sa famille en vendait, ou bien un petit voyou lui mettait la pression pour qu'elle participe à son business ?

— Je ne pense pas, dit Sarah, hésitante. Elle n'avait pas le profil. Elle était du genre discret, timide. Je ne sais pas. Pas assez endurcie pour ce style de vie, je dirais. Elle n'avait pas, tu sais, cette capacité à se couper de ses émotions. »

Je ne répondis rien. Les filles que j'avais rencontrées avec Jacob… aucune ne semblait assez endurcie pour ce style de vie. Ou alors, elles le payaient au prix fort.

«Elle t'a parlé de ce qu'elle savait déjà en matière d'autodéfense? D'actions qu'elle aurait entreprises pour… venir en aide à son amie?»

Sarah secoua la tête. «Désolée.

— Et cette fameuse amie? Elle ne t'a jamais donné de nom, de détails? Une camarade de lycée, une collègue de travail, une amie de la famille?»

Sarah hésita. «Non.

— Tu penses que cette amie n'existe pas», traduisis-je.

Sarah le reconnut. «C'est un grand classique, non? "Moi, je n'ai pas besoin d'aide, mais maintenant que tu m'en parles, il y a cette amie…"»

Je m'étais fait la même réflexion. «Et sur sa famille? Tu sais quelque chose?

— Rien. Comme je te le disais, j'ignorais même qu'elle avait des frère et sœur ou des chiens. Flora, qu'est-ce qu'on va faire?»

Je soupirai, aspirai une gorgée de café. «Comment tu te sens à l'instant?

— Impuissante. Nauséeuse.

— Et ça te plaît comme sensation?

— Ça non! Pas du tout.

— À moi non plus. Alors c'est décidé: on ne va pas rester impuissantes. On va se retrousser les manches.

— Comment ça?

— On va s'appuyer sur nos points forts et nous servir de notre tête pour retrouver Roxanna Baez. Qu'il s'agisse d'elle-même ou d'une amie à elle, quelqu'un est dans le pétrin et on ne se sentira pas mieux tant qu'on n'aura pas résolu le mystère. Alors résolvons-le. »

Sarah me regardait avec de grands yeux. « Comme tu l'as fait avec l'étudiante ? Tu veux dire qu'on va se mettre en danger ? Flora…

— Tout de suite les grands mots.

— Je ne suis pas assez solide ! Flora…

— On ne fera rien de risqué ! On s'appuie sur nos points forts. On se sert de notre tête. Le hasard veut aussi que je connaisse l'enquêtrice en charge du dossier.

— On va aller voir la police ?

— On retrouve Roxanna Baez. On obtient des réponses à nos questions. Et ensuite on pourra dormir la nuit. »

Sarah n'avait pas l'air franchement convaincue. Mais elle finit par s'asseoir, prit un nouveau beignet et le fourra dans sa bouche.

« Je suis tellement désolée de cette histoire, soupira-t-elle.

— Va dire ça à Roxanna Baez. »

8

D.D. retrouva le pistolet. Forte d'une nouvelle information (l'individu était sorti par le fond de la propriété en franchissant la palissade), il lui avait suffi de refaire son parcours, ce qui l'avait conduite dans le jardinet à l'arrière de la maison et à son potager ensauvagé. Elle inspecta d'abord le pied de la clôture, frangé de mauvaises herbes; balancer l'arme du crime était un truc bien connu des criminels avertis et de tout spectateur du *Parrain*: laisse le flingue, prends les cannolis.

Rien au pied de la palissade, en revanche dans le carré d'herbes aromatiques, enfoui à la hâte sous un grand buisson de coriandre tout en tiges, elle découvrit un .22 dans un chiffon : un pistolet à canon court, idéal pour supprimer quatre personnes dans un quartier densément peuplé où il serait essentiel de ne pas faire trop de bruit et de fuir au plus vite.

Le numéro de série avait été limé : une arme clandestine, très certainement achetée au marché noir par un assassin futé. Futé à quel point? Les experts du labo sauraient le dire ; ils avaient des astuces pour faire réapparaître un numéro de série, des kits de produits chimiques conçus spécialement à cette fin.

Pour l'instant, D.D. s'intéressait à ses premières

impressions. L'arme semblait usagée, éraflée sur les bords. Pas un pistolet soigneusement nettoyé après chaque utilisation et rangé dans un coffre. Non, elle l'avait étiqueté « arme de rue » avant même de remarquer que le numéro de série avait été effacé.

Ce qui signifiait que le tireur était très probablement venu avec. Il avait un plan et le matériel nécessaire pour le mettre à exécution : c'était cohérent avec la chronologie des événements telle qu'ils l'avaient établie jusqu'à présent. Tout s'était passé très vite. Il ne s'agissait pas d'une simple visite qui aurait dégénéré en dispute suivie de coups de feu. Non, la matinée était tranquille, calme. Si tranquille et calme que Charlie Boyd n'avait même pas eu le temps de quitter son canapé.

Aux yeux de D.D., la scène évoquait moins un drame familial qu'une exécution. Mais pourquoi ? Que diable avait pu faire cette famille pour s'attirer de telles représailles ?

Phil sortit dans la véranda derrière elle. Sans un mot, elle lui montra l'arme, qu'elle avait ensachée et étiquetée.

« De la vidéosurveillance dans l'immeuble derrière nous ? demanda-t-elle en désignant le toit du bâtiment de trois étages visible de l'autre côté de la clôture.

— L'immeuble était équipé de quatre caméras, qui filmaient devant, derrière et sur les côtés. Toutes sabotées. »

Elle se retourna vers son collègue. « Le gardien les contrôle souvent ?

— Tous les jours. Autant dire qu'elles ont été dézinguées ce matin. »

D.D. hocha la tête, son opinion définitivement arrêtée. « Préméditation. Le pistolet, les caméras… Il ne s'agit pas d'un geste de colère irraisonnée, mais d'un acte calculé. Des nouvelles du portable de Roxanna ?

— L'opérateur n'arrête pas d'essayer de le géolocaliser, sans résultat. Mais on a quand même fait une découverte : les épagneuls bretons. Blaze et Rosie. On les a retrouvés. »

Les chiens se trouvaient à dix pâtés de maisons de là. Une sacrée trotte, vu la taille desdits pâtés de maisons. Tous deux avaient été attachés sous un bosquet d'arbres près d'un café qui faisait l'angle. Un coin bien ombragé, remarqua D.D. en arrivant avec Phil. Et on leur avait laissé une gamelle d'eau.

Ils levèrent le nez à l'approche des deux enquêteurs. Un agent en tenue montait la garde, à la grande surprise des passants, qui se demandaient bien pourquoi ces deux vieux chiens exigeaient une protection policière.

Les épagneuls étaient couchés. La femelle, au pelage blanc et marron plus long et plus hirsute, agita la queue en entendant D.D. approcher. Levant vers elle ses grands yeux bruns, elle poussa une petite plainte.

D.D. lui présenta d'abord sa main, puis, lorsque la chienne eut fourré sa truffe au creux de sa paume pour l'accueillir, caressa ses longues oreilles soyeuses. La chienne ferma les yeux cependant que son compagnon se relevait pesamment et s'approchait. Nouveau reniflage de main, caresse des oreilles. Le deuxième chien avait le poil plus court mais semblait tout aussi gentil. D.D. se demanda comment se passait l'opération chacun-cherche-son-chien d'Alex et de Jack.

« C'est la serveuse du café qui a signalé leur présence », expliqua l'agent en faction. Officier Jenko, lut D.D. sur son uniforme. « Elle a vu les photos aux informations, reconnu les chiens sur le trottoir. Elle dit qu'elle ne les avait jamais vus et qu'elle ne sait rien de la famille Boyd-Baez. »

D.D. hocha la tête, toujours concentrée sur les chiens, et s'agenouilla pour s'en approcher encore. Les deux bêtes semblaient bien soignées, en bonne santé. Pas de blessure ni d'éclaboussures de sang. Elle souleva en douceur la patte avant de la chienne. Celle-ci ne sembla pas s'en formaliser et la donna docilement. Les coussinets étaient rugueux, mais là non plus, ni sang ni lésions évidentes. Aurait-elle dû ensacher les pattes des chiens, en tant que pièces à conviction ? Jamais ce genre de questions n'était abordé à l'école de police. D'un autre côté, vu la distance parcourue par les animaux depuis la scène de crime, tout indice retrouvé sur leurs pattes aurait été contaminé et n'aurait eu aucune valeur devant un tribunal.

D.D. reposa la patte de la chienne, recommença à caresser ses longues oreilles. Elle la sentait trembler légèrement sous ses doigts, se coller à sa main. L'anxiété, se dit D.D. Le changement d'habitudes, une journée qui n'était pas comme la précédente. Les chiens savaient qu'il se passait quelque chose, ils ignoraient seulement à quel point c'était grave.

« Une enquête de voisinage est en cours pour retrouver des témoins, indiqua Phil derrière elle.

— Un instant. » D.D. venait de faire une trouvaille : un bout de papier bien replié, coincé sous le collier de la chienne. Elle le dégagea, le déplia avec précaution.

« *Je m'appelle Rosie* », lut-elle à voix haute. La chienne hirsute dressa les oreilles en entendant son nom. « *Je suis une épagneule bretonne de douze ans. Je suis aveugle mais douce. J'aime être dehors quand il y a du soleil, écouter les oiseaux. S'il vous plaît, ne me séparez pas de mon ami Blaze. Si vous me retrouvez, merci d'appeler...* »

D.D. lut le numéro et regarda Phil d'un air interrogateur.

Son collègue composa le numéro pendant qu'elle examinait le collier du second chien. Et de fait : « *Je m'appelle Blaze. Je suis un épagneul breton de dix ans. Je suis aveugle, mais je suis un très bon chien. J'adore passer du temps dehors avec mon amie Rosie. Si vous me retrouvez...* »

« Le numéro est celui d'Hector Alvalos », dit Phil en baissant son téléphone.

D.D. se redressa lentement. Les deux chiens se rapprochèrent, se collèrent à ses jambes. Tant pis pour son jean noir, qui allait se retrouver couvert de poils. Sans doute allait-elle devoir s'habituer à ce genre de désagrément.

« Pourquoi Hector Alvalos ? demanda D.D.

— Je ne sais pas ; il ne décroche pas... » Phil s'arrêta un instant. « Il connaît les chiens puisqu'il passe chercher Manny tous les week-ends. Peut-être qu'il lui arrive de les garder.

— La plupart des gens donnent leur adresse sur le collier de leur chien, contesta D.D. Ou leur numéro de téléphone. Or ce n'est pas ce qu'a fait Roxanna...

— Comme si elle savait déjà qu'on ne pourrait pas les rendre à leur famille.

— Est-ce qu'on sait à quelle heure exacte ils sont arrivés ?

— Aux environs de dix heures, d'après les meilleures estimations. Mais la plupart des clients d'alors sont partis, à l'heure qu'il est.

— Il va nous falloir tous les tickets de caisse depuis neuf heures et demie. Ensuite on appelle ces clients et on leur demande de revenir pour les interroger. Quelqu'un aura bien vu quelque chose, il faut qu'on sache quoi.

— Ou alors, proposa Phil, on regarde les images de la vidéosurveillance. Mme Schuepp est en train de les charger pour nous.

— C'est une autre solution », convint D.D.

Phil l'invita d'un geste à se diriger vers le café. D.D. lui emboîta le pas, laissant les deux magnifiques chiens sous la garde de l'agent Jenko.

Lynda Schuepp était à la tête de ce café depuis huit ans. Cette femme énergique aux cheveux bruns ondulés les conduisit dans l'arrière-salle et les installa devant le moniteur de la vidéosurveillance en deux temps trois mouvements. Ses mains bougeaient encore plus vite qu'elle ne parlait et D.D. se demanda combien de cafés elle sifflait pendant le service. Elle-même en aurait volontiers pris un.

Quelques instants plus tard, son vœu était exaucé. Décidément, cette Lynda Schuepp avait tout pour plaire.

Après leur avoir apporté deux tasses de *latte*, elle les laissa se débrouiller seuls. On était samedi matin, par un temps radieux, et elle avait un établissement plein à craquer de clients accros à la caféine. Toujours gesticulant des mains, elle sortit d'un air affairé.

D.D. s'accorda un instant pour savourer son café

et prendre ses marques. «Elle porte un bracelet Fitbit, murmura-t-elle à Phil. Je me demande quel est son rythme cardiaque de croisière.

— Pire : je me demande combien de dizaines de milliers de pas elle fait par jour.

— Ça fait peur», reconnut D.D. Elle se pencha vers l'écran et ils tournèrent leur attention vers le système de surveillance. Visionner les images était un jeu d'enfant. Phil remonta jusqu'à neuf heures du matin, puis avança de cinq minutes en cinq minutes. Neuf heures quarante-cinq, pas de chiens. Neuf cinquante, les chiens étaient là. Phil revint à neuf heures quarante-cinq. Buvant leurs tasses à petites gorgées, ils regardèrent : neuf heures quarante-six, Roxanna Baez apparaît brusquement à l'image, deux laisses à la main. Elle vise déjà les arbres. Elle ne court pas, mais avance à pas très vifs. Au moment où elle arrive au petit îlot de verdure, elle se laisse tomber à genoux et entreprend d'enrouler les laisses autour du tronc.

Sa tenue : un jean, une fine chemise à manches longues, peut-être rouge, et le fameux sac à dos. Malgré le noir et blanc des images, D.D. estimait que ce sac pouvait être bleu clair, conformément aux indications de la voisine. Les bretelles étaient effilochées et très courtes pour Roxanna, comme s'il s'agissait d'un sac à dos pour enfant. Celui de Manny? Un reliquat de l'enfance de Roxy?

L'établissement laissait en permanence une gamelle d'eau sur le trottoir pour les chiens des clients. La jeune fille s'en saisit et la rapprocha de ses épagneuls. La joue de la jeune fille semblait luisante. Trempée de sueur, de larmes? Ses mains tremblaient de manière visible lorsqu'elle reposa la gamelle.

« Elle a l'air terrifiée », murmura Phil.

D.D. était du même avis.

La jeune fille retira son sac à dos, avec des gestes toujours rapides. Papier, crayon. Elle griffonna les deux notes, les plia bien serré et les coinça sous les colliers des chiens. Ceux-ci tournaient en rond, limités dans leurs mouvements par les laisses mais manifestement agités.

Roxy regarda derrière elle, à droite, puis à gauche. Il y eut un bref instant de pause. Puis elle enlaça le premier chien (Rosie, se dit D.D.) et le deuxième. Blaze.

Sans plus attendre, la jeune fille attrapa ensuite son sac usé, passa les bretelles et, après un dernier regard nerveux autour d'elle, repartit.

« Elle est en fuite, dit Phil.

— Après ce qu'elle a fait chez elle, ou après ce qu'elle y a vu ? »

Ils se radossèrent à leurs sièges, burent du café. Phil repassa la séquence depuis le début et ils la visionnèrent une deuxième fois, une troisième. Puis Phil avança de minute en minute, au cas où Roxanna Baez aurait fait demi-tour, serait repassée sur le trottoir d'en face. Rien du tout. Ensuite ils se concentrèrent sur la foule des passants visibles à la périphérie de l'image, ceux qui apparaissaient à la suite de Roxanna Baez. Qui peut-être la suivaient. Un voisin, qui sait, quelqu'un qu'ils auraient vu aux abords de la scène de crime ce matin. Mais aucun visage connu ne sauta aux yeux de D.D. Elle jeta un regard vers Phil, qui secoua la tête.

« Reprenons la chronologie, dit-elle. Nous savons que Roxy est partie de chez elle avec son sac et les chiens vers huit heures trente. D'après de nombreux témoins, les coups de feu ont retenti peu après neuf heures. Et ceci, dit-elle en faisant référence à la date et à l'heure qui s'affichaient en haut à droite de l'écran, nous apprend que Roxy et les chiens étaient ici à neuf heures quarante-six. » Elle regarda Phil. « Tu crois qu'il faut une heure et quart à une ado et deux chiens pour faire dix pâtés de maisons ?

— J'aurais plutôt dit une demi-heure.

— Alors où est-elle allée dans l'intervalle ?

— Est-ce qu'il y aurait des parcs dans le quartier ? Un endroit où elle aurait logiquement pu emmener les chiens jouer ?

— À moins qu'elle ait eu rendez-vous avec quelqu'un ? Ou qu'elle ait attaché les chiens pour retourner chez elle faire ce qu'elle avait réellement l'intention de faire ce matin ? Et qu'y a-t-il dans ce sac ? songea D.D. tout haut. J'aimerais vraiment le savoir. »

Phil était troublé. « Je trouve qu'elle a l'air terrifiée. Et cette façon qu'elle a de s'occuper des chiens. Elle s'arrange pour qu'ils soient à l'ombre, elle leur apporte de l'eau, elle écrit des petits mots. Tu imagines une gamine qui prend tellement soin de ses chiens descendre toute sa famille ? Son frère et sa sœur ? »

D.D. voyait ce qu'il voulait dire. L'image de Lola et Manny, recroquevillés l'un contre l'autre dans un coin de la chambre, ne la quitterait jamais.

« Il nous faut plus d'images de vidéosurveillance, dit D.D. Qu'on reconstitue ses déplacements minute par minute après huit heures et demie. Où est-elle allée ? Qui a-t-elle rencontré ? Qu'a-t-elle fait ?

— On y travaille.

— Et où est-elle allée ensuite ? » D.D. revint une

nouvelle fois en arrière. Elle regarda Roxanna coincer les messages dans les colliers des chiens et prendre le temps d'un dernier adieu. «Là, elle part vers le nord. Qu'est-ce qu'il y a au nord de ce café?»

Phil ne savait pas. «Ce n'est pas mon quartier.»

D.D., son téléphone déjà à la main, chargeait des cartes. «Un arrêt de bus, constata-t-elle. Qui lui aurait permis de filer dans plusieurs directions. Attends, j'ai une piste : quelques rues plus loin, il y a la clinique Sainte-Élisabeth. Ce n'est pas là que travaillait la mère de Roxy, Juanita Baez?»

Phil confirma.

«Parfait. Demande à un enquêteur de contacter le département sécurité des transports publics. Les lignes 57 et 65. Il faut interroger les chauffeurs, diffuser la photo de Roxanna au cas où quelqu'un se rappellerait l'avoir vue monter dans un bus. Est-ce qu'elle a une carte de transport, d'ailleurs? Encore une chose que j'aimerais bien savoir.»

Phil hocha la tête, griffonna une note.

«Quant à nous deux, continua D.D., on va à la clinique discuter avec les collègues de Juanita. Essayer de savoir si elle avait des ennemis, si elle avait exprimé des craintes ces derniers temps. L'idéal serait qu'elle ait une bonne copine là-bas, quelqu'un qui serait tellement proche de la famille que Roxy se sentirait assez en confiance pour lui demander de l'aide.

— Et les chiens?»

D.D. hésita. Elle aurait dû appeler la fourrière. Leurs services viendraient les chercher, les placeraient en quarantaine. Elle sentait encore Rosie et Blaze se coller tout tremblants à ses jambes, en quête de réconfort.

«Laisse un message à Hector, dit-elle. S'il veut bien les recueillir, ça m'ira. Sans compter que ça nous donnera un prétexte pour passer chez lui prendre de leurs nouvelles.»

Phil n'était pas dupe : «Et comme ça les toutous resteront dans un environnement familial. Tu t'es laissé attendrir.»

Elle fit la grimace. Phil éclata de rire.

Ils terminèrent leurs *latte*, prirent une copie des images de la vidéosurveillance, sortirent du café. Et, incroyable mais vrai, tombèrent nez à nez avec Flora Dane.

D.D. comprit sans qu'on lui explique. «Et merde», dit-elle.

9

J'avais déjà eu affaire à plusieurs reprises au commandant D.D. Warren. La première fois sur une scène de crime dont les protagonistes étaient un violeur en série grillé à point et moi-même, nue comme un ver et les mains liées au-dessus de son cadavre fumant.

À l'époque, elle n'avait pas vu mes méthodes d'un très bon œil. Et quand j'avais décidé de m'impliquer personnellement dans l'enquête sur la disparition d'une étudiante, elle n'avait pas davantage apprécié. Et pourtant, le jour où je m'étais retrouvée acculée dans un bâtiment plongé dans la pénombre et aux issues murées, avec pour seules armes un tesson de verre et une paille en plastique, c'était elle qui m'avait sauvé la mise.

D.D. était une dure à cuire. Je respectais cela chez elle. De mon côté, j'avais retrouvé l'étudiante portée disparue et j'avais plaisir à penser que D.D. me respectait pour ce fait d'armes.

Je n'avais donc pas ménagé mes efforts pour la localiser cet après-midi. Après l'effervescence médiatique qui avait suivi le sauvetage de Stacey Summers, on me reconnaissait plus souvent dans la rue. Les gens sont attirés par les survivants comme par des aimants : nous sommes à la fois héroïques et accessibles. Des voisins admirables, mais dont il est agréable de parler à voix basse dans leur dos. D'où les sollicitations persistantes pour que j'écrive un livre sur l'enfer que j'avais vécu auprès de Jacob. Que je le veuille ou non, les gens avaient envie de savoir.

Après ma conversation avec Sarah, je m'étais branchée sur la fréquence de la police. Et il ne m'avait pas fallu longtemps pour apprendre la nouvelle : les deux chiens de la famille avaient été retrouvés devant un café de Brighton.

Il allait de soi que D.D. voudrait voir les chiens par elle-même. L'endroit était donc idéal pour une rencontre.

Pour l'occasion, j'avais revêtu un coupe-vent bleu marine extralarge qui prêtait plus de volume à ma frêle silhouette tout en me permettant de dissimuler mes diverses armes de défense : outil de crochetage de serrure, pince multifonction, minibombe lacrymogène maison et stylo tactique (plus utile que vous ne l'imagineriez). Je portais aussi deux bracelets de survie en paracorde, le premier équipé d'une boussole, l'autre d'un sifflet et d'un allume-feu en silex. Étonnant ce qu'on trouve sur Internet de nos jours. Surtout que les bracelets tressés étaient à la mode en ce moment chez les jeunes, ce qui les rendait discrets à porter.

Pour la touche finale, j'avais enfoncé une casquette bleue des Patriots sur mes cheveux blond cendré. Vu le nombre de fans de Tom Brady à Boston, ne pas en porter aurait en fait été plus voyant.

D.D. et son collègue s'arrêtèrent en face de moi. D.D. portait un jean sombre parsemé de poils de chien et une veste en cuir couleur caramel. La veste me plaisait bien, mais ce jean velu la rehaussait encore dans mon estime : une enquêtrice qui n'avait pas peur d'aller au contact.

Elle regarda autour de nous : comme moi, elle avait conscience que nous nous trouvions dans un lieu public, exposés aux regards indiscrets. Son travail faisait d'elle une cible pour les journalistes. Mon passé faisait de moi un de leurs chouchous. Notre rencontre avait de quoi faire fantasmer un reporter aux dents longues.

« J'imagine que vous n'êtes pas là par hasard ? » me lança D.D. Son collègue s'éloigna en direction de l'agent qui montait la garde à côté des deux chiens et lui glissa un mot à l'oreille.

« Ce sont ses chiens ? » demandai-je. Question idiote, mais il fallait bien commencer quelque part.

« Les chiens de qui ? »

Je lui décochai un regard agacé. « Ceux de Roxy. »

D.D. fit un quart de tour et se mit à remonter la rue. Je lui emboîtai le pas. Alors que nous passions devant les chiens, son collègue (Phil, croyais-je me souvenir) se joignit à notre procession.

« Je lui ai demandé de rester ici une heure, murmura-t-il à D.D. Avec un peu de chance, on aura des nouvelles d'Hector d'ici là. Sinon…

— Que vont devenir les chiens ? » demandai-je brusquement. Avec la mort de toute la famille et la disparition de Roxanna… je n'avais même pas pensé au sort des épagneuls.

D.D. secoua la tête. « Commencez donc par parler, m'ordonna-t-elle en conservant la même foulée. Ensuite on verra si je suis d'humeur partageuse. »

Je pris une grande inspiration, soufflai. D'accord. Il

fallait payer pour voir. « Je ne l'ai jamais rencontrée, dis-je. Du moins pas en chair et en os.

— Ça ne m'aide pas beaucoup.

— J'anime un groupe de soutien, expliquai-je, soudain embarrassée. Je ne suis pas la seule survivante de Boston. »

D.D. me lança un regard. « Je vois.

— Après l'affaire Stacey Summers, je suis restée sous les feux de l'actualité un petit moment.

— D'accord.

— J'ai été sollicitée par des candidats au mariage, des producteurs télé et toute une clique diverse et variée.

— Quand je vous ai demandé de parler, c'était pour me donner des informations en rapport avec notre affaire.

— Mais j'ai aussi reçu des lettres d'autres survivants. Des femmes (et des hommes) qui me racontaient leur histoire. Vu le rôle que j'avais joué dans le sauvetage de Stacey, ils se demandaient si mes méthodes…

— Qui consistent à traquer les prédateurs et à vous mettre, vous et d'autres, en danger ? intervint D.D. sur un ton glacial.

— … pourraient être efficaces dans leur cas. Alors… j'ai organisé des réunions. »

D.D. s'immobilisa. Surprise en plein élan, je trébuchai et faillis perdre l'équilibre. Phil, en revanche, s'arrêta avec décontraction, l'air indifférent, tandis que D.D. me prenait à partie au milieu du trottoir plein de passants. « Vous avez organisé des réunions ? Comme si vous étiez un gourou ? Du genre Peter Pan et les enfants perdus ? Ou Robin des Bois et sa joyeuse bande de voleurs ?

— Plutôt un groupe de soutien où nous essayons de trouver comment reprendre pied dans la vraie vie. »

D.D. me regarda. Ses yeux bleu cristallin : je n'avais pas oublié cela chez elle. Le visage sans concession d'une femme sans concession. Elle était trop mince, comme moi. Toute en angles durs. Avec ses courtes boucles blondes et son regard bleu pénétrant, elle pouvait être belle, si elle le voulait. Mais je ne pense pas que c'était son but. Être forte importait davantage à ses yeux. Comme aux miens.

Et nos choix de vie en découlaient.

« Que pense Samuel de tout cela ? » me demanda-t-elle soudain. Samuel était l'avocat des victimes que m'avait donné le FBI et sans doute l'une des rares personnes au monde en qui j'avais toute confiance.

J'hésitai.

« Il pense que le groupe de soutien est une bonne idée. Pour favoriser la résilience, tout ça.

— Et votre mère ?

— Dans la mesure où elle est heureuse en couple avec Samuel...

— Ils sont ensemble ? » D.D. fut suffisamment prise au dépourvu pour interrompre notre duel de regards. « Enfin ! Ça explique deux ou trois choses. »

À mon tour d'être estomaquée. « Vous étiez au courant ? »

D.D. haussa les épaules. « Ça explique deux ou trois choses, répéta-t-elle. Je vois, je vois.

— Quoi ?

— Je ne sais pas. J'en suis encore à essayer de vous comprendre.

— Comme ça, on est deux. »

Nouveau regard vers le ciel. « Parlez-moi de Roxanna Baez, reprit D.D. Pourquoi êtes-vous là ?

— J'ai vu l'alerte-enlèvement de ce matin et aussitôt reconnu son nom. On m'avait signalé son cas.

— Elle fait partie de votre groupe ?

— Plus ou moins. Elle avait discuté récemment avec un de nos membres. Elle cherchait de l'aide. Pas pour elle, pour une amie.

— Sans blague ?

— Oui, je sais. Le plus vieux prétexte du monde. J'oserais émettre l'hypothèse que c'était pour elle-même qu'elle cherchait de l'aide.

— Quel genre d'aide ?

— Vous allez pouvoir en juger par vous-même, si vous voulez. Je suis venue avec un cadeau : les archives du forum de discussion. »

Nous nous étions immobilisés en face d'un vaste centre médical, la clinique Sainte-Élisabeth. D.D. jeta un coup d'œil vers le bâtiment de l'autre côté de la rue, puis vers Phil, et leurs regards se croisèrent.

« Nous n'avons trouvé aucune trace de connexion à un quelconque forum sur son ordinateur, remarqua D.D.

— Vous n'en trouverez pas. Ce forum n'existe pas. Plus maintenant, en tout cas. » Je me tournai vers Phil et lui tendis une liasse de feuilles repliées.

« Comment le savez-vous ? me demanda brusquement Phil.

— C'est moi l'administratrice et je suis très douée pour faire apparaître et disparaître les choses. »

D.D. hocha la tête. Pas surprise pour deux sous, l'enquêtrice avait manifestement un coup d'avance.

« Je reprendrais bien un petit café, lança-t-elle. Et

la bonne nouvelle, c'est que vous allez pouvoir vous joindre à nous.

— Où ça?

— Il doit bien y avoir une cafétéria dans ce centre médical. Tant qu'à être là...» Phil et elle échangèrent de nouveau ce regard entendu. Je m'étais sans doute fourrée dans un joli pétrin. Ça n'aurait pas été une première.

«Je prends la place du porte-flingue, revendiquai-je.

— Vous savez quoi? Le contraire m'aurait étonnée.»

10

Ils trouvèrent la cafétéria de la clinique, mais même D.D. ne pouvait pas abuser à ce point de la caféine. Elle opta pour de l'eau, puis, à la réflexion, ajouta un bagel au fromage frais. Dieu seul savait quand elle aurait de nouveau l'occasion de grignoter quelque chose. Phil l'imita. Flora refusa tout. Cette femme ne mangeait sans doute rien qu'elle n'eût préparé elle-même ou passé au détecteur de poison.

« Vous saignez », lui fit remarquer D.D. lorsqu'ils furent tous installés. Elle désignait la main gauche de Flora.

Celle-ci leva le bras avec gêne. Elle avait un pansement sur le côté de la paume. De fait, des points rouges avaient fleuri sur la surface blanche. Tant pis. Flora reposa sa main.

« Qu'est-ce qui vous est arrivé ? demanda D.D.

— L'entraînement au corps à corps. Vous savez ce que c'est : difficile de s'en sortir sans un ou deux petits souvenirs de son passage sur le tapis. »

D.D. opina du chef, même si, d'après son expérience, les cours d'autodéfense laissaient surtout des bleus, voire des éraflures. Ce saignement persistant faisait plutôt penser à une entaille, si bien qu'elle se demanda à quel genre d'entraînement Flora se livrait en ce moment.

Phil avait pris le fameux texte des discussions sur le forum. Il en étala les pages sur la table. « Pas d'URL, pas d'adresse IP. » Il regarda Flora d'un air sceptique. « Ça a été plus qu'expurgé. Pour autant qu'on le sache, c'est vous qui avez écrit tout ça. Un projet de pièce de théâtre. »

D.D. vit ce qu'il voulait dire. Sur les pages s'enchaînaient des répliques attribuées à divers noms d'utilisateurs. Aucun moyen d'authentifier le contenu de ce document, sans valeur d'un point de vue juridique.

« Je suis la modératrice du forum, leur rappela Flora, comme lisant dans leurs pensées. Vous avez au moins mon témoignage, aussi valable que celui de n'importe qui : voilà les éléments dont j'ai connaissance.

— Alors qui sont ces gens ? » demanda D.D.

Flora montra, au milieu de la page, un utilisateur désigné sous le pseudonyme BFF123. « Ça, c'est Roxanna Baez.

— Et vous le savez… ?

— On ne peut accéder au forum que par cooptation. En tant que modératrice, c'est moi qui enregistre les nouveaux membres. Et nous ne les acceptons que sur la base d'une recommandation.

— Ce qui signifie qu'un membre de votre groupe a personnellement rencontré Roxy ? »

Flora ne répondit pas.

« Vous savez que nous allons devoir parler à cette personne. Directement. Nous ne pouvons pas prendre pour argent comptant tout ce que dit la grande spécialiste de la survie Flora Dane. »

Flora se contenta de hausser un sourcil.

Même Phil était exaspéré. «Vous voulez nous aider, oui ou non?

— Vous lirez le texte de ce fil de discussion en particulier, répondit Flora sans s'émouvoir. Et vous noterez le sujet.

— "Loi du château dans le Massachusetts"», lut D.D.

La «loi du château» désignait l'ensemble des droits que possède un propriétaire dans son domicile, notamment celui d'y défendre sa vie et ses biens. La législation était variable d'un État à un autre, ce qui pouvait être source de confusion dans une région comme la Nouvelle-Angleterre, où les États sont serrés comme dans une boîte de sardines.

«C'est Roxy qui a abordé le sujet. Toujours pour son "amie". Elle voulait connaître les règles en vigueur dans le Massachusetts concernant l'usage défensif d'une arme à feu.

— FoxGirl, lut D.D. C'est vous, n'est-ce pas?»

Flora confirma.

«Bien, donc, *d'après vous*, le Massachusetts n'autorise le recours à une arme létale contre un intrus qu'en cas de menace physique directe.

— Pas le droit de tirer sur un type qui vous vole votre télé, traduisit Flora sans sourciller. Mais sur un agresseur armé, oui. L'usage des poings reste une zone grise: certains affirmeraient qu'un agresseur désarmé qui vous frappe à mains nues ne constitue pas un danger immédiat. Mais une adolescente pourrait sans doute faire valoir qu'un homme menaçant de s'en prendre physiquement à elle a suscité une crainte raisonnable pour son intégrité.»

D.D. n'avait que faire de leçons sur la législation relative aux armes à feu dans le Massachusetts. Cet État notoirement libéral n'était pas exactement un bastion du lobby pro-armes et ne le serait jamais. Juste au nord, en revanche, le New Hampshire, avec sa devise *Vivre libre ou mourir*...

Phil posa la question suivante : « Apparemment, quatre personnes se sont exprimées sur le sujet, mais vous avez censuré les autres noms.

— Tout le monde a droit au respect de sa vie privée.

— Parce que vous n'en aviez pas quand vous étiez une victime ? demanda D.D. avec ironie.

— En partie. Mais aussi parce que notre survie nous a placés sous les feux des médias du jour au lendemain. Qui a envie d'être connu pour ça ? »

D.D. leva les yeux de la page. « Vous avez demandé à Roxy si son amie avait un pistolet. Et vous vous êtes prononcée contre cette éventualité. » Elle montrait les lignes en question sur le document. « Intéressant comme conseil, venant de vous.

— Statistiquement, les armes à feu ne sont pas une bonne stratégie de défense pour les femmes. À moins qu'elles investissent dans une formation pour avoir leur arme bien en main, la plupart hésiteront à faire feu, ou alors elles tireront n'importe où et manqueront leur cible. À la suite de quoi, elles perdront leur pistolet, qui sera retourné contre elles. En tant que modératrice, je savais que Roxanna avait seize ans. Je suis partie du principe que son amie était aussi une adolescente, qu'elle avait dû acheter l'arme au marché noir et n'avait guère été formée à son maniement.

— Alors que recommandez-vous pour les femmes ?

— Un chien. Surtout certaines races avec lesquelles personne, même un intrus armé, n'a envie d'en découdre.

— Vous-même, vous n'avez pas de chien.

— Je vis en ville dans un tout petit appartement. Pas l'idéal.

— Roxanna en a deux, remarqua D.D.

— Deux épagneuls décatis. À qui ça va faire peur ? »

La serveuse apporta l'eau et les bagels. D.D. et Phil attaquèrent leur repas. Flora regardait fixement la table. « Je ne pense pas que Roxy ait une amie, dit-elle d'un seul coup. Et pas seulement parce que c'est le plus vieux prétexte du monde.

— Vous pensez qu'elle se sentait personnellement menacée.

— Notre *relation* commune, dit Flora en insistant sur ce mot, la femme qui a parrainé Roxy, lui trouvait l'air stressée et épuisée. Qui se rongerait les sangs à ce point pour une amie ?

— Une meilleure amie pour la vie ? suggéra D.D., faisant allusion au pseudo de la jeune fille : BFF pour Best Friend Forever.

— Regardez les questions qu'elle pose. Toutes en rapport avec l'autodéfense. Pas avec l'agression. Et en particulier avec la légitime défense au sein du domicile. Mais on ne vit pas avec sa meilleure amie. »

D.D. haussa les épaules. « Possible que vous ayez raison. Elle cherche peut-être simplement la meilleure façon de tuer quelqu'un en toute impunité.

— Si on suit cette logique, elle aurait dû rester chez elle ce matin. Prétendre qu'elle avait été agressée par un membre de la maisonnée et qu'elle avait tué en situation de légitime défense. Ça, ce serait cohérent avec les conseils donnés pendant cette discussion. »

D.D. était sceptique. « Elle aurait tué toute sa famille pour se défendre ? Y compris son petit frère de neuf ans ?

— Vous êtes certains qu'il n'y a eu qu'un tireur ? Qu'une seule personne a tué tout le monde ?

— Quel autre scénario ? Un agresseur aurait supprimé toute la famille avant de se faire abattre par Roxanna ?

— Pourquoi pas ? »

La question ne surprenait pas D.D. Comme il se devait dans une telle affaire, aucun détail de la scène de crime n'avait filtré dans la presse.

« Je vais vous faire une confidence, lui concéda finalement D.D. : aucun élément ne montre qu'il y ait eu querelle, bagarre ou échange de coups de feu. Et tout laisse à penser qu'un seul et même tireur a abattu les quatre cibles. Une mise à mort froide, clinique, maîtrisée. Un plan mené à bien de bout en bout.

— Une exécution, souffla Flora.

— Selon toute probabilité. »

Flora fronça les sourcils. « Vous croyez réellement Roxanna capable d'une chose pareille ? Voyons, une jeune fille de seize ans, angoissée, avide de conseils…

— Sur la législation encadrant les armes à feu.

— De là à supprimer toute sa famille, y compris ses petits frère et sœur… Je ne marche pas. Pas la Roxanna que je connais. Impossible.

— Mais de votre propre aveu vous veniez seulement de la rencontrer. Autrement dit, vous ne la connaissiez pas du tout.

— L'alerte-enlèvement parlait d'une adolescente promenant deux chiens. Est-ce que ça n'implique pas qu'elle était absente au moment des meurtres ?

— La voisine l'avait vue sortir avec les chiens. Mais on ne peut pas exclure qu'elle soit revenue sur ses pas. »

Flora tiqua de nouveau, secoua la tête. Comme elle ne répondait pas tout de suite, D.D. en profita pour mordre dans son bagel.

« Nous sommes un petit groupe, dit finalement Flora. Et nous ne sommes pas naïfs. Quand on a traversé ce genre d'épreuve et affronté tout ce qui s'ensuit (les journalistes qui prétendent être vos meilleurs amis uniquement pour décrocher l'exclusivité des droits sur votre histoire ; les gens qui vous adorent du jour au lendemain, mais qui ne cherchent en réalité qu'à profiter de votre célébrité…), on devient bon juge des caractères. Nous acceptons peu de nouveaux membres et ils doivent tous être parrainés. Roxy a eu la chance de convaincre au moins une femme perspicace qu'elle avait désespérément besoin d'aide.

— Possible…, dit D.D. avant de reprendre une bouchée de bagel. Mais d'après vous, elle parlait tout le temps d'une amie, alors que tout le monde savait que c'était une fiction. Donc vous pensez que sa peur était réelle, même si elle vous mentait ?

— Nous pensions qu'elle mentait précisément parce qu'elle avait peur.

— Un peu tiré par les cheveux. Est-ce qu'elle vous avait donné des informations personnelles ? Confié des détails intimes sur sa vie ? Le nom de cette prétendue meilleure amie, par exemple ? Ou, encore mieux, celui de sa pire ennemie ?

— Pas encore. Mais elle était toute nouvelle. Se livrer demande du temps et de la confiance. »

D.D. leva les yeux au ciel. « Autrement dit, vous ne savez rien. Et vous venez de passer vingt minutes à ne rien nous apprendre. Merci bien.

— Nous ne savions pas grand-chose de sa vie de famille actuelle, rétorqua Flora, mais je sais qu'elle a été placée en famille d'accueil à une époque. »

D.D. s'arrêta la bouche pleine, se souvenant de ce qu'Hector leur avait dit sur l'année où l'alcoolisme de Juanita avait pris le dessus et lui avait fait perdre la garde des enfants. « Qu'est-ce qui vous fait dire ça ?

— Un jour elle a parlé de son avocate du CASA, l'association de défense des enfants. Cette femme lui avait donné des conseils sur la manière de gérer les situations délicates ; en gros, une grille d'évaluation de la menace à l'usage des enfants placés qui arrivent dans une nouvelle famille d'accueil. De toute évidence, Roxanna en avait vu des vertes et des pas mûres.

— Quoi d'autre ?

— À vous de me le dire. Quand Roxy est partie se promener, est-ce qu'elle a emporté quelque chose ? Un sac à dos, par exemple ?

— Ça se pourrait. »

Flora hocha la tête, comme si tout cela était la logique même. « Un sac d'évacuation d'urgence. Elle s'était préparée et gardait en permanence l'essentiel sur elle. C'est un truc qu'apprennent les enfants placés.

— Sauf que cela fait des années que Roxy vit de nouveau avec sa mère et ses frère et sœur. Le moment paraît bizarrement choisi pour qu'une assistante sociale ou une bénévole du CASA refasse parler d'elle.

— À moins que ce soit pour cette raison que Roxy était à cran : quelque chose avait changé depuis peu au sein de sa famille. Roxy reconnaissait les signes du passé, d'où sa nervosité. »

D.D. fronça les sourcils. La théorie était intéressante, mais elle n'avait aucun moyen d'évaluer à quel point parce qu'ils n'en savaient tout simplement pas assez sur les Boyd-Baez.

« J'imagine que votre petite bande d'inadaptés sociaux prodigue des conseils sur le contenu idéal d'un sac d'évacuation ?

— Nous préconisons de prendre de l'argent liquide, du répulsif anti-ours, des vêtements passe-partout et du Scotch.

— Et vos astuces pour se procurer une arme au marché noir ?

— Je vous l'ai dit, je ne recommande pas les armes à feu dans une telle situation.

— Quelle situation, en l'occurrence ? demanda D.D. avec exaspération.

— Une jeune fille se sentait en danger de mort.

— Mais d'où venait la menace ? Si elle avait eu peur du compagnon de sa mère, on aurait dû le retrouver refroidi dans la chambre de Roxanna et elle aurait plaidé la légitime défense. Mais qu'est-ce qui pourrait justifier qu'elle ait liquidé toute sa famille ?

— Ça prouve seulement que c'est l'œuvre d'un tiers. Qui était peut-être venu s'en prendre à Roxy. Et qui, faute de la trouver, a voulu la laisser seule et sans défense.

— Est-ce que vous-même ou un membre de votre groupe auriez eu de ses nouvelles ? Ne vous avisez pas de me mentir ou je vous fais coffrer. Tous.

— Nous n'avons eu aucun contact.

— Mais vous me préviendrez à la seconde où ce sera le cas. »

Flora resta bouche cousue.

« Vous voulez nous aider, oui ou zut ? reprit D.D., crispée.

— Nous l'aidons, elle.

— Formidable. Dites-moi où elle serait allée en cas de crise. Disons un refuge que votre groupe aurait identifié pour ce type de situation.

— Quand on a peur d'être suivi, je recommande d'aller dans un lieu public. Un endroit où il y aura quantité de témoins. »

D.D. émit un grognement sourd.

« Roxanna est une grande lectrice. Je regarderais du côté de la bibliothèque. »

Grognement moins bourru.

« Je ne sais pas ce qui se passe, dit Flora. Sincèrement. Mais je m'inquiète pour elle. Ça m'étonnerait que Roxy soit une tueuse. Je pense que c'est une victime.

— Et vous déduisez cela de tous vos chouettes échanges sur un forum qui n'existe plus ?

— Voilà.

— Vous savez ce que je retire de tout ça ? dit D.D. en soulevant les pages. J'en retire que notre jeune disparue a posé des questions sur les armes à feu. Ce qui me donne à penser que quelque part dans ce fameux sac à dos, elle pourrait bien avoir un flingue. Et qu'elle s'est renseignée sur la manière de s'en servir. »

Flora se pencha vers D.D. « Elle a pris soin de ses chiens. Elle les a attachés sous un arbre, à l'ombre, avec plein d'eau. Est-ce qu'une jeune fille sans cœur agirait de cette manière ? Une tueuse de sang-froid ? Elle a fait tout son possible pour les mettre en sécurité. Peut-être que si elle avait été chez elle quand le tueur est arrivé, elle aurait aussi protégé sa famille.

— Parce que c'est ce que vous-même auriez fait ? Elle n'est pas vous, Flora. En fait, nous ignorons totalement qui elle est. Je le répète, si elle entre en contact avec vous...

— ... je serai la première à lui venir en aide.

— Au nom du ciel... »

Mais Flora écartait déjà sa chaise de la table. Une nouvelle fois, le regard de D.D. se posa sur son pansement ensanglanté.

« Faites ce que vous avez à faire, commandant ; et de mon côté, j'en ferai autant. Et peut-être qu'avec un peu de chance, on retrouvera Roxanna Baez saine et sauve. Ensuite vous pourrez coincer l'assassin de sa famille pendant que je l'aiderai à se relever de cette épreuve.

— Ce ne sera pas si simple.

— Rien n'est jamais simple.

— Flora...

— Si j'apprends quoi que ce soit d'intéressant, je vous le ferai savoir. Opération gagnante pour vous, puisque nous savons toutes les deux que ce ne sera pas réciproque. »

Flora leur tourna le dos et s'éloigna. D.D. et Phil la regardèrent disparaître dans la foule.

« Je ne me fierais pas à elle, dit Phil.

— Non, tu crois ? »

Il prit la liasse de feuilles.

« Quelque chose d'exploitable là-dedans ? » s'enquit D.D.

Phil était officieusement l'expert en informatique de la brigade.

« Il y a toujours quelque chose. Simplement je ne sais pas encore quoi.

— Mais tu as ta petite idée ? » demanda D.D. avec optimisme.

Phil hocha lentement la tête. « Flora a beau avoir tout effacé de son côté, nous avons l'ordinateur de Roxy, tu te souviens ? Et l'avantage des ordinateurs, c'est qu'ils adorent les données. Même ce que l'utilisateur pense avoir supprimé reste stocké dans un coin du disque dur. Disons que je donne ces textes aux vrais experts pour qu'ils partent à la pêche : pour peu qu'ils trouvent une correspondance entre ces échanges et ce qui figure dans l'historique de navigation de l'ordinateur ou dans les fichiers téléchargés, surtout si par exemple Roxy avait copié des discussions du forum dans l'idée d'y revenir plus tard…

— Génial comme idée ! Et ce n'est pas dommage. Parce que, Phil…

— Le temps joue contre nous, termina-t-il à sa place.

— Exactement. Avec une gamine de seize ans qui court les rues de Brighton et qui transporte peut-être un flingue dans son sac…

— … on peut se demander si les meurtres de ce matin marquaient la fin ou juste le début du drame ?

— Tu l'as dit. »

11

Quand elle stresse, ma mère fait de la pâtisserie. Muffins aux myrtilles, brownies aux pépites de chocolat, cupcakes à la confiture de fraise. Lorsque je repense à mon enfance, je me revois le plus souvent assise dans une cuisine surchauffée avec ma mère qui s'affaire, mélange ceci, verse cela. Et les odeurs ! Le matin était pour moi synonyme de pancakes aux myrtilles bien grillés sur les bords et arrosés de ruisselets de sirop d'érable chaud. Et pour le goûter, pain frais ou alors, si mon frère et moi avions vraiment de la chance, biscuits saupoudrés de sucre à la cannelle.

On m'a raconté que, pendant mes quatre cent soixante-douze jours de captivité, tout le village a pris du poids à cause des cookies, cupcakes, petits pains et autres brownies qui sortaient en quantités industrielles de la cuisine de ma mère. Je crois qu'elle avait besoin d'être concentrée sur un but. Le rythme apaisant d'une recette – mélangez ceci, ajoutez cela. Une simple équation à sept ingrédients qui produisait un plateau de délices, à tous les coups.

Aux fourneaux, ma mère maîtrise l'enchaînement des événements. Peu de situations dans la vie vous offrent cette sensation.

À mon retour après mon enlèvement, elle s'est appliquée à me faire tous mes plats préférés. Pour me remplumer, se disait-elle sans doute, même si elle n'en parlait jamais ouvertement. Nourrir ses prisonnières n'était pas trop dans les habitudes de Jacob. Je mourais de faim pendant des jours et d'un seul coup il se pointait avec des sacs et des sacs de malbouffe. Toutes les saloperies dont l'envie lui avait pris : poulet frit et biscuits sablés, sauce au jus de viande, frites et milkshakes. C'était un homme très impulsif que ses instincts poussaient à satisfaire ses appétits immédiats, et sa panse rebondie plantée sur des jambes en allumettes en témoignait.

Le premier jour, dans la cuisine de ma mère, j'ai lentement mordu dans un de ses muffins aux myrtilles…

Et j'ai pleuré. Je mangeais et les larmes roulaient sur mes joues. Elle s'est assise à côté de moi. Elle m'a tenu la main. Mon frère était encore là. Sur le seuil de la cuisine. Je me souviens qu'il nous observait. Je me souviens de m'être sentie gênée, pleine de gratitude, bouleversée. Je me souviens d'avoir pensé : « Je suis chez moi. »

Avec dans la bouche la douceur du foyer.

Je crois que j'étais heureuse, à ce moment-là. J'ignorais que ce bien-être ne durerait pas. Que ma mère n'en avait pas fini de faire des pâtisseries. Et que l'attitude de mon frère, qui nous regardait comme de l'extérieur, le pousserait finalement à nous quitter tout à fait.

Nous voulons mettre des étiquettes sur nos expériences. Être kidnappée et retenue captive, c'est affreux. Être en sécurité chez soi, c'est agréable. Mais la vérité, c'est que toute situation est faite de bons et de mauvais côtés. Jacob et moi jouions au jeu des plaques d'immatriculation dans son gros poids lourd qui filait sur l'autoroute : c'était agréable. Je me réveillais en hurlant dans ma propre maison : c'était affreux. On ne peut pas complètement faire la part des choses.

Une femme qui avait survécu à un viol m'avait raconté qu'elle comparait ses émotions aux vieilles robinetteries européennes : d'un côté, l'eau froide ; de l'autre, l'eau chaude. On peut faire couler les deux, mais les jets ne se mélangent pas. Ils sont à jamais séparés, deux moitiés d'un seul et même système.

J'aimais bien cette analogie. Moi-même, j'avais une sortie pour toutes les émotions liées au traumatisme et une autre pour ma vraie vie. Elles coexistaient, mais ne se mélangeaient pas. Il y avait des jours où un robinet coulait plus fort que l'autre. Et d'autres où j'alternais entre les deux : épuisée et manquant de sommeil, je partais quand même d'un rire spontané devant une émission de télévision. Alors qu'un des robinets coulait, l'autre s'ouvrait brutalement. Et inversement, il y a des moments où je suis heureuse, où je passe une bonne journée, et où pourtant ma vision est comme assombrie, comme si j'éprouvais insidieusement le sentiment que cela ne peut pas durer, que le pire est encore à venir.

Quand je stresse, je ne fais pas la cuisine. Ni le ménage. J'ai essayé la méditation, les exercices de pleine conscience et autres méthodes pour calmer mon cerveau survolté et m'accorder au moins une ou deux minutes où je ne sois pas en train d'évaluer la dernière menace potentielle ou de réagir au quart de tour devant de nouveaux soupçons.

Mais je ne suis douée pour rien de tout ça.

J'aime me battre. Courir. Lire. Des heures entières à étudier d'autres affaires, à parcourir les comptes rendus d'autres disparitions. Si j'examinais chacune de manière suffisamment approfondie, j'avais peut-être une chance d'être celle qui trouverait la clé de l'énigme et permettrait à la victime de rentrer chez elle.

C'est comme ça que je me suis retrouvée impliquée dans la libération de cette étudiante. Et c'est aussi ce qui m'a amenée à m'intéresser de plus en plus à Roxanna Baez.

Ma mère cuisine pour se donner le sentiment de maîtriser la situation.

Moi j'essaie encore de sauver le monde.

Je suis donc allée trouver le commandant Warren et son copain Phil. Je leur ai confié ce que je savais au sujet de Roxy. Et ensuite, après avoir été poliment mais fermement écartée de l'enquête, j'ai fait ce que je sais le mieux faire.

Je suis partie en chasse.

Je n'avais pas l'autorité d'une policière pour interroger témoins et suspects. Mais, en tant que survivante, je jouissais de tout un réseau de contacts et d'une grande aisance dans le mensonge.

Toutes choses qui me conduisirent sur le paillasson de Tricia Lobdell Cass, conseillère d'éducation du lycée de Brighton, peu après treize heures ce samedi. Elle répondit dès que je toquai à la porte, l'entrouvrant juste assez pour dévoiler une jambe et une épaule : l'accueil un peu méfiant que l'on réserve à une personne inconnue mais pas menaçante qui se présente chez nous. Je me demandais ce que les gens redoutaient le plus : les policiers ou les démarcheurs à domicile ?

« Je m'appelle Florence, dis-je, le nom de Flora Dane étant trop connu à Boston. Je suis une amie de la famille Baez. Une voisine. J'espérais que vous pourriez m'aider avec les chiens. »

La conseillère d'éducation écarquilla les yeux au nom de Baez. Manifestement, elle était au courant. Mais ma phrase suivante, au sujet des chiens, la jeta dans un abîme de perplexité. Je comptais bien là-dessus. Je ne savais pas si les conseillers d'éducation étaient tenus à une sorte de secret professionnel à l'égard des élèves, mais je me disais qu'ils devaient au minimum se sentir en devoir de protéger leur vie privée. Je ne l'avais donc pas interrogée sur Roxanna. Pourquoi se diriger tout droit vers un non quand on peut, au prix d'un petit détour, obtenir un peut-être ?

« Je ne suis pas certaine de comprendre, dit-elle.

— La police a retrouvé les chiens de la famille. Rosie et Blaze. Des animaux adorables. Je suis sûre que vous avez entendu Roxanna en parler ?

— Oui.

— Ils ne peuvent pas rentrer chez eux, vu les circonstances.

— Oh, oui, évidemment.

— Et il nous semblerait affreux qu'ils finissent à la fourrière. Enfermés dans un chenil inconnu, à dormir à même le sol en béton, abandonnés.

— Certes.

— Alors je me suis proposée pour chercher quelqu'un qui aurait la possibilité de les accueillir tous les deux. Un voisin m'a donné votre nom en disant que vous étiez

127

la conseillère d'éducation du lycée. J'ai pensé que vous deviez connaître certains amis de Roxy. Peut-être que l'un d'eux serait prêt à les recueillir quelque temps ?

— Oui, je vois. Je ne suis pas sûre de pouvoir vous aider, mais on peut toujours essayer. »

Mon interlocutrice ouvrit la porte. Je n'avais plus qu'à entrer, le tour était joué.

Je me demandai si Jacob éprouvait la même sensation à chaque fois qu'une nouvelle victime le laissait entrer chez elle.

Tricia Lobdell Cass occupait le rez-de-chaussée d'une maison sur trois niveaux. Bow-windows, moulures au plafond, parquets anciens. Elle avait disposé avec goût des plantes en pots (lierre, arbre de Jade, fougères) groupées devant les fenêtres, sur des tables. Toujours dans le séjour, des piles de livres et un canapé bleu défoncé couvert de coussins orange, rouge et rose vif.

« Très joli chez vous », dis-je, et cette fois j'étais sincère.

Tricia se dirigea vers le canapé. Elle m'invita à m'asseoir, mais elle-même resta debout, comme désemparée. C'était la première fois qu'une de ses élèves disparaissait, me dis-je. À moins qu'il n'y eût autre chose ?

« De l'eau ? me proposa-t-elle après un petit temps.

— Non, merci. »

Puisqu'elle restait debout, j'en fis autant.

« Est-ce que… on a des nouvelles de Roxy ? demanda-t-elle.

— Pas à ma connaissance.

— Et les chiens ?

— Ils étaient attachés devant un café. L'air en parfaite santé tous les deux.

— Mais le reste de la famille… Ils ne donnent pas beaucoup de détails aux informations, mais apparemment… ils sont tous morts. »

La conseillère d'orientation me lança un regard, dans lequel je ne décelai aucune peur. Juste de la tristesse.

« Oui », confirmai-je.

Elle poussa un grand soupir et s'assit, d'un seul coup. Comme si le fil d'une marionnette venait d'être coupé. Je m'assis à côté d'elle dans le canapé. Elle paraissait plus jeune que je ne m'y attendais. La fin de la vingtaine, le début de la trentaine. De longs cheveux bruns. Jolie.

« Je crois que la police soupçonne Roxy, murmurai-je sur le ton d'une confidence entre voisines. Le fait qu'elle ait été absente précisément au moment du drame…

— Pardon ? Mais c'est ridicule ! Roxy ne ferait pas de mal à une mouche. Vous pouvez me croire, je travaille dans un lycée, je sais le genre de sociopathe qui se cache aujourd'hui derrière le masque de l'adolescent moyen. Mais Roxy ? Jamais de la vie.

— Je la voyais toujours avec ses chiens, renchéris-je. Elle avait l'air de bien s'en occuper.

— Rien d'étonnant, Roxy a pour ainsi dire élevé son frère et sa sœur. Elle fait partie de nos élèves les plus responsables. Demandez à n'importe quels profs du lycée : s'ils pouvaient cloner Roxy une centaine de fois, ils le feraient. »

Je baissai la voix. « Parce que les parents… n'étaient pas très présents ?

— Je ne sais pas. Je ne les ai rencontrés qu'une fois. Ils travaillent tous les deux beaucoup. Elle est infirmière de nuit à la clinique, et lui entrepreneur dans le bâtiment et surmené. J'ai l'impression qu'ils avaient beaucoup de mal à jongler entre leurs contraintes quotidiennes. Ajoutez à cela trois enfants dans trois établissements scolaires différents... Roxy faisait de son mieux pour les aider, parfois à ses dépens. L'an dernier, nous avons eu un problème de retards à répétition : on s'est alors aperçus qu'elle avait du mal à accompagner sa sœur au collège et à être à l'heure au lycée. Quand on a compris ça, j'ai pris contact avec la mère, mais la vérité c'est qu'à cette heure-là Juanita n'était pas encore rentrée de son service de nuit, tandis que Charlie était déjà parti sur ses chantiers. Autrement dit, c'était à Roxy d'assurer la tranche du matin à la maison et elle était assez âgée pour être légalement responsable. Pour finir, j'en ai discuté avec les professeurs de Roxy. Étant donné qu'elle était toujours ponctuelle pour ses devoirs à la maison et attentive en classe, ils ont accepté de ne pas exiger de billets de retard. C'était ce que nous pouvions faire de mieux pour aider une famille méritante. »

Je ne connaissais rien à ce type de situation, mais je hochai la tête en signe de sympathie. « Vous êtes très compréhensifs. »

Nouveau haussement d'épaules. « C'est mon métier d'aider ces jeunes à trouver leur voie entre le lycée, la maison et la vraie vie. Les adolescents d'aujourd'hui ont de gros poids sur les épaules.

— Roxy a beaucoup d'amies ? Elle a l'air très gentille.

— Est-ce qu'elle est populaire, vous voulez dire ? Non. C'est une calme. À l'heure du déjeuner, on la voit généralement le nez dans un livre. »

BFF123... me rappelai-je. Mais la supercherie de

Roxy me surprenait d'autant moins que j'étais moi-même en train de mentir sans vergogne. « C'est une grande lectrice ?
— Aucun doute là-dessus.
— Une bonne élève ?
— Au-dessus de la moyenne. Lire et écrire sont ses passions. Je sais qu'elle travaille à une rédaction en plusieurs parties sur laquelle Mme Chula, sa professeure, ne tarit pas d'éloges. Elle voulait que Roxy participe à un concours d'écriture avec ces textes, mais Roxy a refusé.
— Ah bon ? Et elle parle de quoi, cette rédaction ?
— Je ne me rappelle plus très bien. Une histoire de famille parfaite. Mais je sais que les deux premiers chapitres ont ému Mme Chula aux larmes.
— Et que lit Roxy ? demandai-je par pure curiosité.
— Oh, tous ces romans de fantasy à la mode, ceux où l'on découvre que des adolescents ordinaires possèdent des pouvoirs guerriers cachés et qu'ils sont appelés à sauver le monde. Le mythe du héros dans toute sa splendeur. »

Cette idée m'intrigua. Roxy et moi nous serions-nous appréciées si nous avions eu l'occasion de mieux nous connaître ? Elle qui protégeait sa famille ; moi qui jouais les justicières. Je ne lisais pas beaucoup ; peut-être qu'elle aurait mis ça à mon débit. Et puis j'étais à peu près certaine que dans ces romans les héroïnes belliqueuses étaient ravissantes, tandis que moi je ne ressemblais à rien avec mes joues creuses et mes ongles déchiquetés. Tout de même...

« C'est vrai qu'une chose m'inquiétait, reprit la conseillère.
— Ah oui ?

— Il y a un groupe de filles latinos au lycée. Il se murmure qu'elles forment un gang. Elles ont toutes un grain de beauté sur la joue et une prédilection pour les jeans déchirés. D'après la rumeur, Lola, la sœur de Roxy, fait déjà partie de ce groupe au collège. Et maintenant Roxy subit la pression des filles du lycée. J'ai surveillé la situation du coin de l'œil : rien de grave ne s'est encore produit. J'ai l'impression que Roxy joue finement la partie : elle ne dit pas franchement non, mais repousse toujours l'échéance – il faut que j'aille chercher ma sœur, récupérer mon frère, promener les chiens, que sais-je. Elle les tient à distance.

— Pour l'instant.

— Voilà.

— Mais quand elle sera à court de faux-fuyants ?... »

Encore un haussement d'épaules. « Des filles, surtout en meute ? Elles peuvent lui pourrir la vie.

— De quelle façon ? Menaces physiques, véritable passage à tabac ? J'ai entendu dire que les gangs de filles pouvaient être pires que ceux de garçons.

— Ça, croyez-moi, l'époque est révolue où les filles s'invectivaient pendant que les garçons faisaient le coup de poing. Aujourd'hui elles s'empoignent tout aussi violemment, souvent armées de cutters, de lames de rasoir, ce que vous voulez. C'est pour ça que nous n'autorisons même pas un couteau à beurre dans l'enceinte de l'établissement.

— Mais après les cours, en dehors du lycée ?... »

Tricia me regarda dans les yeux. « Je ne peux pas tout contrôler. Oui, s'il se met à dos un groupe d'ados difficiles, n'importe quel lycéen peut avoir la vie dure. J'ai entendu des histoires de bagarres à coups de chaînes, de ceintures cloutées, de battes de baseball. Quand je dis aux parents que leurs enfants sont soumis à un stress énorme, ce ne sont pas des mensonges.

— Roxy se tenait à la marge. Une solitaire.

— C'est ça.

— Donc elle subissait ce stress.

— Oui.

— Et elle n'avait absolument aucun ami pour l'aider?»

Tricia hésita. «Il y a bien un garçon. C'est la seule personne que je revois avec elle. À vrai dire, c'est un solitaire, lui aussi. On les apercevait parfois ensemble au foyer.

— C'est son petit ami?

— Je ne sais pas.

— Et comment s'appelle-t-il?

— Mike. Mike Davis. Il est, disons, un peu différent. Mais Roxy et lui ont l'air de bien s'entendre. Franchement, j'étais contente de les voir ensemble. Lui aussi fait partie de ces élèves qui n'ont pas forcément la vie facile au lycée.

— Vous auriez son adresse?

— Oui. Mais je ne vous la donnerai pas.»

Je me figeai, regardai la conseillère.

«Flora Dane, dit-elle posément. Il m'aura fallu le temps. Depuis votre arrivée, votre tête me disait quelque chose. Je vous ai vue à la télé. Vous avez contribué au sauvetage de l'étudiante, l'an dernier.

— Oui.

— Vous n'êtes pas une voisine de Roxy.

— Je me fais du souci pour les chiens, répondis-je, parce qu'il fallait bien dire quelque chose.

— Pourquoi êtes-vous là en réalité ?

— Je connais Roxy. Elle fait partie d'un… groupe de soutien auquel j'appartiens. Nous sommes inquiets pour elle.

— Un groupe de soutien ? »

Je n'entrai pas davantage dans les détails. Au bout de quelques instants, la conseillère eut un petit hochement de tête. « Qu'est-il arrivé à la famille de Roxy ? demanda-t-elle.

— Je ne sais pas.

— Mais vous ne pensez pas que c'est elle ?

— Je pense qu'elle a des ennuis. Est-ce que vous auriez remarqué des changements ces dernières semaines ? Des retards plus fréquents ? Est-ce qu'elle était stressée, est-ce qu'elle ne rendait pas ses devoirs, est-ce qu'elle s'était confiée à quelqu'un ?

— Non. Mais le lycée est très grand. Il peut se passer des jours sans que je croise un élève. À moins qu'un incident précis ne soit porté à mon attention… »

Je hochai la tête.

« Je ne peux pas vous communiquer les coordonnées d'un élève, dit-elle finalement, mais si vous me donnez votre numéro de téléphone, je peux demander à l'ami de Roxy de vous contacter.

— Entendu.

— On a vraiment retrouvé les chiens ?

— Oui. Et il faut réellement qu'on leur trouve un point de chute.

— D'accord. Je peux aussi étudier la question. »

Je me levai. « Merci. »

Au dernier moment, la main sur la poignée de la porte, Tricia hésita : « Vous vous rappelez ce que j'ai dit sur ce groupe de jeunes filles qui essayait de recruter Roxy ? »

Je hochai la tête.

« À ce qu'il paraît, Lola, la petite sœur de Roxy, est plus que proche de ce gang. Je ne sais pas si vous l'avez rencontrée, mais elle est très jolie. Dangereusement jolie, pour une gamine de treize ans. »

J'attendis.

« Elle est aussi, m'a-t-on dit, très consciente de ses atouts.

— Manipulatrice.

— Je ne pense pas qu'elle ait rejoint le groupe simplement pour passer le temps. D'après ce que j'ai vu et entendu, Roxy est la plus responsable de la famille, mais la cadette a le don de créer des problèmes partout où elle passe.

— De quoi parlons-nous ? Drogue, violence ?

— Je ne sais pas. Mais avec une bande d'adolescentes enragées ? Tout est possible. »

12

Nom : Roxanna Baez
Classe : Seconde
Professeure : Mme Chula
Genre : Récit personnel

Qu'est-ce qu'une famille parfaite ?

Chapitre 2

Ma petite sœur et moi nous tenons dans le salon miteux. La dame au visage pincé est avec nous. Elle tient mon épaule d'une main de fer, comme si elle pensait que j'allais me sauver d'une seconde à l'autre. De l'autre côté, Lola se colle si fort à moi que je la sens trembler.

Manny est parti. Je ne veux pas y penser. Lola ne peut pas s'arrêter de pleurer. La police a emmené notre frère, une autre dame était là. Pas en corsage violet, en chemise blanche, mais avec le même air à la fois strict et désolé. Nous ne l'avons pas vue arriver. D'une certaine manière, ils nous ont pris à revers. Sans bien savoir pourquoi, je me sens trahie. C'est peut-être surtout par moi-même que je suis déçue : malgré tous mes efforts, je n'ai rien vu venir.

« Faites vos valises », nous a dit la dame. Quelles valises ? Lola m'a regardée d'un air interrogateur, alors je l'ai emmenée. Nous avions nos cartables, c'est tout. Je les ai décrochés de leurs patères, sans vouloir regarder celui de Manny, un sac Iron Man rouge. On ne l'avait même pas laissé prendre de vêtements. Ni sa petite voiture préférée. Pourquoi ne l'a-t-on rien laissé emporter ?

Mon sac à dos est bleu pastel. Il m'allait bien quand j'avais huit ans. Aujourd'hui, les bretelles sont un peu justes, mais il fait encore l'affaire. Celui de Lola est rose vif. Plus récent. Le papa de Manny, Hector, le lui avait acheté avant de partir. Il était toujours gentil avec Lola et moi. Il est resté avec notre mère pendant cinq ans, soit cinq ans de plus que ce que nous avons connu avec nos propres pères.

Les vêtements. Des semaines que nous n'avions plus d'argent pour faire des lessives. J'avais lavé des culottes et des chaussettes dans le lavabo. Elles étaient encore humides, étalées sur les radiateurs, le rebord des fenêtres, là où j'avais trouvé de la place. Sans un mot, j'ai tendu ses sous-vêtements à Lola et rassemblé les miens. Lola avait un chien en peluche bleu. J'ai pris nos brosses à dents.

Au dernier moment, j'ai aperçu une chaussette. Petite, noire. Une chaussette de Manny, coincée sous une porte de placard. Je l'ai ramassée. Elle sentait le pied de petit garçon en sueur. Je l'ai fourrée dans la poche avant de mon sac.

Ensuite nous sommes parties.

Et maintenant nous sommes là.

La femme qui va nous accueillir est énorme, presque aussi large que haute, avec un double double menton. Un quadruple menton? Elle porte un peignoir bleu et ses cheveux forment un tampon de paille de fer gris et noir autour de son visage rebondi. Quatre enfants se tiennent derrière elle. Trois garçons, une fille. Tous me dévisagent. Puis, d'un seul mouvement, ils tournent leur attention vers Lola.

Le plus grand des garçons affiche un sourire narquois. Il donne un coup de coude à la fille, une blonde, avec une moue qui me déplaît. À côté d'eux, un garçon plus petit, tout maigre, se balance et tressaute sur place. Il refuse de croiser mon regard, secoué comme un prunier.

« Je vous présente Roxanna, dit la dame à l'air pincé en secouant mon épaule. Elle a onze ans. Et sa petite sœur, Lola, huit.

— Appelez-moi Maman Del », nous ordonne la grosse dame.

Lola et moi hochons lentement la tête. La grosse dame nous tend la main. Nous la prenons.

« Ça, c'est Roberto. » Elle tire l'aîné des garçons vers l'avant. « Treize ans. Anya, douze ans. Sam, dix ans. Et celui-là... dit-elle en poussant du doigt le garçon tout maigre et sautillant, il a onze ans comme toi, Roxanna. Mike, il s'appelle. »

Mike lève soudain les yeux et croise un instant mon regard. Son corps s'immobilise. Puis il se dérobe et son sautillement reprend.

« Nous n'avons pas beaucoup de filles, comme tu vois, Roxanna...

— *Roxy.*

— *Roxy, tu pourras dormir sur un lit de camp dans la chambre d'Anya. Lola, tu es la plus jeune, alors on va te mettre avec les bébés.* »

Il y a des bébés dans cette maison ?

Derrière la femme, je vois Mike bouger de nouveau. Il fait non de la tête.

« *Non merci, dis-je. Je vais aller avec Lola dans la chambre des bébés. Je pourrai me rendre très utile.*

— *Absurde. C'est trop petit. Si tu veux vraiment m'aider avec les bébés, tu n'as qu'à prendre cette chambre et Lola dormira avec Anya à ta place.* »

Le garçon agité secoue la tête de plus belle. Le plus grand, Roberto, le surprend et lui donne un coup de poing dans l'épaule.

« *Je reste avec ma sœur, répété-je.*

— *Il n'y a pas assez...*

— *On dormira toutes les deux par terre chez les bébés. Et on aidera toutes les deux. On sait faire. On a... on avait... un petit frère.* »

La femme me regarde d'un air contrarié, les plis de son visage se creusent. Elle ne sait pas quoi faire de moi. À mes côtés, Lola tremble toujours de manière incontrôlable. Elle me serre la main comme si sa vie en dépendait. Je sens ses ongles s'enfoncer dans ma chair.

Un instant, je revois Manny. Je l'entends pleurer : « *Roxy, Roxy, Roxy ! Non...* »

Une onde de chagrin me parcourt. Je la neutralise. Je serre les dents.

Lola et moi n'avons pas de papas. Juste notre mère, et elle est partie. Mais Manny a Hector. Hector aimait son fils. Avant cette dernière dispute, quand Hector a crevé la cloison d'un coup de poing avant de partir avec pertes et fracas pour ne plus jamais revenir...

Si seulement je trouvais un moyen de le contacter. De le prévenir pour Manny. Je suis certaine qu'il viendrait le chercher. Et peut-être que si je le lui demandais vraiment gentiment, il nous prendrait aussi, Lola et moi. Je peux me rendre utile. Je vous jure. Je peux vraiment me rendre utile.

« Qu'elles dorment un petit moment avec les bébés, dit la dame à l'air pincé, qui a enfin lâché mon épaule. Le temps de se sentir chez elles.

— Pourquoi pas. »

Plus grand-chose à ajouter après cela. La dame à l'air pincé s'en va. Lola et moi sommes conduites à l'étage par la fille, Anya, qui a de longs cheveux blond vénitien et des yeux exotiques d'un vert mordoré. Elle pourrait être belle, sans cette manière qu'elle a de nous sourire d'un air faux. Elle me fait penser à un chat qui sourirait de contentement devant ses nouveaux jouets.

Il y a bel et bien des bébés. Trois. Entassés dans une pièce à peine assez grande pour un seul. Je ne sais pas comment Lola était censée dormir par terre vu la place qu'occupent les trois berceaux. Et je vois encore moins comment nous tiendrons à deux. Mais on s'arrangera. Parce que nous ne pouvons pas rester l'une sans l'autre, je commence à le comprendre. Je ne sais pas ce qui se passe dans cette maison, mais il ne faut jamais se laisser surprendre seul.

La chambre d'Anya se trouve en face de celle des bébés.

Elle a un simple matelas à même le sol. Il y aurait assez de place pour un deuxième, mais je tiens à la nurserie. À côté de la chambre d'Anya, une autre plus grande : trois lits de camp pour les trois garçons.

Il y aurait eu la place pour Manny, me dis-je. Mais aussitôt je me réjouis qu'il ne soit pas là.

Bruit de casseroles au rez-de-chaussée.

« La cloche du dîner », explique Anya. De nouveau ce sourire narquois, et elle descend avec nous à la cuisine.

Il y a deux tables. Une pour les garçons, l'autre pour les filles. Nouvelle disposition, rien que pour nous. Nous disons le bénédicité et faisons tourner un grand saladier de pâtes à la sauce tomate. Pas fameux, mais c'est le premier repas chaud que Lola et moi prenons depuis un moment. Nous commençons à enfourner avec entrain avant de nous arrêter net. Les autres nous regardent avec de grands yeux, même Maman Del.

« On ne se sert qu'une fois, dit-elle. Et on finit son assiette. Pas de gâchis de nourriture dans cette maison. »

Lola et moi hochons la tête, essayons de ralentir la cadence. Plus tard, je fais la vaisselle avec Anya. Lola et les garçons essuient. Mike l'agité se rapproche insensiblement de moi. Je sens quelque chose contre ma cuisse. Un petit couteau à beurre.

« Ce soir », murmure-t-il comme un mauvais présage, avant de me mettre le couteau dans la main. Puis il s'écarte en se balançant et empile des assiettes essuyées.

Lola et moi recevons chacune un oreiller et deux

couvertures. Dans la nurserie, les bébés pleurent. Je montre à Lola comment changer une couche. Maman Del nous fournit les biberons. Profitant d'un instant de répit, nous nous lavons les dents. Mais nous passons le plus clair de notre temps dans la nurserie. Les bébés blottis contre nous.

Huit heures du soir. Extinction des feux. Nous devrions passer nos pyjamas, mais non. Au lieu de cela, nous déplaçons les berceaux pour libérer un peu d'espace. Nous sommes obligées de nous allonger en chiens de fusil sur le tapis loqueteux pour tenir à deux. Peu importe. Nous avons déjà dormi dans plus petit.

Je m'autorise un instant à me détendre. Je sens le souffle de ma sœur sur ma nuque, comme tant de fois auparavant. La maison est vieille. Elle craque, elle ronronne, mais on n'y entend pas de cris, de bris de bouteilles, de coups de poing dans les murs. En fait, c'est trop calme pour moi.

Les bébés gigotent, font des gargouillis, poussent des petits soupirs de bébés.

Je commence à m'assoupir.

La porte s'ouvre. Je distingue à contre-jour la silhouette du grand garçon dans le couloir, Roberto. Anya aux cheveux d'or est à côté de lui. Elle glousse. Ça ne me dit rien qui vaille.

« Hé, les nouvelles, chuchote le garçon. Vous venez jouer avec nous... »

Derrière moi, Lola pleurniche.

Je suis l'aînée. C'est à moi d'affronter la situation.

Je tâte le couteau à beurre.

Je me lève.

Je me dresse face à eux.

Je sais une chose : une famille parfaite, ça ne tombe pas du ciel. Ça se construit. À coups d'erreurs. De regrets. De réparations. Une mère boit, on lui prend ses enfants. L'un d'eux est emmené de son côté, les deux autres doivent faire en sorte de rester ensemble. La cadette est menacée, l'aînée résiste.

Erreurs. Regrets. Réparations. Ceci est l'histoire de ma famille. Et nous ne sommes pas encore au bout.

13

Forte affluence à la clinique en ce samedi après-midi, il fallut donc un peu de temps à Phil et D.D. pour trouver un responsable qui connaissait Juanita Baez et pourrait les orienter. Enfin, trente minutes plus tard, ils étaient bien installés dans la salle de repos du personnel en compagnie de Nancy Corbin, infirmière urgentiste censément proche de la victime.

« Alors c'est vrai ? » demanda-t-elle. C'était une femme d'une quarantaine d'années, avec des cheveux blonds coupés court, des yeux d'un bleu profond. Ses mains tremblaient lorsqu'elle souleva sa tasse de café, mais elle garda un visage impassible, en femme qui avait l'habitude d'annoncer et d'apprendre de mauvaises nouvelles. D.D. lui sut gré de son sang-froid ; elle n'avait pas de temps à perdre en mélodrames. Cinq heures après les signalements de tirs, le temps jouait contre eux.

« Nous avons entendu un reportage : toute la famille est morte et Roxy a disparu ? continua l'infirmière.

— Vous connaissiez la famille de Juanita ?

— Les enfants ? Bien sûr. Elle en parlait tout le temps. Sa famille, c'était toute sa vie.

— Et Roxanna ? Vous l'avez vue aujourd'hui ?

— Non. Mais ça n'a pas arrêté, aux urgences. Il y a

une télé allumée en permanence dans la salle d'attente, c'est comme ça que nous avons appris pour l'alerte-enlèvement. Si Roxy était passée, quelqu'un l'aurait remarquée.

— Quand avez-vous vu Juanita pour la dernière fois ? demanda Phil.

— Voyons... Nous avons été de service ensemble dans la nuit de mercredi à jeudi. Juanita travaille toujours de nuit du lundi soir au vendredi matin, et elle a ses week-ends libres. Moi c'est plus aléatoire, tantôt le jour, tantôt la nuit.

— Mais Juanita a un emploi du temps fixe ? releva Phil. Est-ce que ce n'est pas inhabituel pour une infirmière ?

— Si, mais elle a de l'ancienneté, et puis tout le monde n'a pas envie de travailler la nuit. Pour elle, au contraire, cela représentait la possibilité de passer plus de temps auprès de ses enfants. Elle assurait la tranche de onze heures du soir à sept heures du matin (qui se prolongeait souvent jusqu'à huit ou neuf heures) et ensuite elle allait à ses réunions. Vous savez qu'elle était alcoolique, n'est-ce pas ?

— Oui.

— Après le service, elle filait droit à ses réunions. C'était très important pour elle. Ensuite elle rentrait enfin à la maison, elle dormait entre trois et six heures, ça dépendait, et elle se réveillait quand les enfants rentraient de l'école. Elle passait tout l'après-midi et toute la soirée avec eux avant de retourner au travail.

— Un emploi du temps éreintant », observa simplement D.D., qui préférait laisser Phil mener la conversation. Elle le considérait comme le yin de son yang : alors qu'elle-même était tranchante et énergique, lui avait une présence chaleureuse et même réconfortante. Avec ses cheveux bruns clairsemés et son pantalon à la coupe décontractée, il avait exactement l'air de ce qu'il était : un père de famille nombreuse heureux en ménage – souvent l'idéal face à des témoins angoissés ou des suspects arrogants. D'ailleurs, Nancy Corbin avait gravité vers lui à la seconde où ils s'étaient assis. Le fait que, malgré son front dégarni, Phil ait conservé un certain charme suranné ne nuisait sans doute pas.

« Et encore, répondit l'infirmière, les difficultés ne s'arrêtaient pas là. Le vendredi, Juanita devait plus ou moins se forcer à ne pas fermer l'œil de la journée afin d'être suffisamment fatiguée pour dormir la nuit suivante, vivre le jour le samedi et le dimanche, et retourner au travail le lundi soir. Croyez-moi, ces changements de rythme sont toujours difficiles à encaisser. Mais pour Juanita, c'était l'organisation la plus logique. Les nuits sont bien payées, et comme ça elle pouvait être chez elle quand les enfants étaient réveillés, même si c'était au détriment de sa santé.

— Une mère très aimante, apparemment, remarqua Phil.

— Ce n'est rien de le dire. Elle avait perdu la garde de ses enfants une fois. Vous êtes au courant, certainement ? Elle en parlait très facilement. Elle a touché le fond le jour où les services de protection de l'enfance lui ont pris les enfants à cause de son alcoolisme. Elle a dû lutter contre la dépendance, la dépression et le système tout entier pour les récupérer. Elle vous aurait dit que chaque jour passé auprès d'eux était un jour béni. » La voix de l'infirmière se brisa et elle se décomposa. Regardant sa tasse, elle la porta à ses lèvres d'une main tremblante pour en prendre une gorgée. «Vous savez qui a fait ça? demanda-t-elle doucement.

— Est-ce qu'elle avait des ennemis? Un patient que vous auriez perdu récemment, une famille qui la tiendrait pour responsable?»

Nancy secoua la tête.

«Et parmi ses collègues, les médecins? insista Phil.

— Tout le monde appréciait Juanita. Elle résistait bien à la pression, elle n'était pas du genre à se plaindre ni à pleurnicher. Et elle avait un sacré sens de l'humour. Il faut tout ça pour tenir les nuits.

— Elle fréquentait quelqu'un? demanda D.D.

— Parmi le personnel soignant, vous voulez dire? Non. Elle tenait à Charlie. Ils formaient un beau couple.

— Des problèmes sur le front familial? Des difficultés financières, des relations tendues?

— Les budgets sont toujours serrés, répondit Nancy avec philosophie. Les joies d'un système de santé qui n'a les moyens ni d'aider ses patients ni de rémunérer son personnel. C'est pour ça que Juanita travaillait de nuit au lieu de rester à la maison avec les enfants. Mais je sais que la situation était encore plus difficile avant qu'elle n'emménage avec Charlie. Elle considérait leur rencontre comme un vrai cadeau du ciel. Un type stable, travailleur, gentil avec les enfants, qui ne tenait pas à faire la fête ou à picoler. Elle trouvait que la vie lui souriait, depuis un an.

— Il ne buvait pas, lui? demanda D.D., Hector ayant laissé entendre que Charlie avait aussi un petit côté fêtard.

— Non, répondit Nancy avec fermeté. Si ç'avait été

le cas, Juanita ne serait jamais restée avec lui. Elle vous aurait dit que l'abstinence était toujours un défi pour elle. Mais elle aimait ses enfants. Et pour eux…

— Elle acceptait un rythme de vie dément et disait non à l'alcool.

— Exactement.

— Charlie et elle étaient heureux en couple ?

— Mercredi soir, elle ne m'a rien dit de négatif sur lui. Il vous arrive de travailler de nuit, tous les deux ?

— Dans ma folle jeunesse, lui répondit Phil. Aujourd'hui, je serais plutôt sur le pont vingt-quatre heures sur vingt-quatre.

— Alors vous savez ce que c'est : il se noue des liens particuliers quand on est les seuls à s'activer pendant que tout le monde dort. Ça fait trois ans que Juanita travaille de nuit. On a eu le temps de se confier beaucoup de choses.

— Vous avez rencontré Charlie ? questionna D.D.

— Bien sûr. Quand il partait de très bonne heure pour un chantier, il faisait un saut pour déposer son petit déjeuner à Juanita. Il avait l'air d'un type bien. Dieu sait que ça me plairait qu'un bel entrepreneur me livre un bon burrito à six heures du matin.

— Et les enfants ? reprit Phil en changeant de sujet. Roxanna a seize ans, c'est ça ? Jamais facile, l'adolescence.

— Roxy ? Je l'adopterais dans l'heure. Organisée, responsable. Elle est dix fois trop mûre pour son âge et Juanita en avait conscience. Plus encore que le reste… je crois qu'elle regrettait le poids que son alcoolisme avait fait peser sur les épaules de sa fille. Après le départ d'Hector, pendant sa descente aux enfers, comme disait

Juanita, Roxy s'était occupée de ses frère et sœur. Elle leur préparait à manger, elle lavait leur linge, elle les emmenait à l'école. En fait, Juanita cherchait comment faire en sorte que Roxy se détende un petit peu. Surtout qu'avec l'arrivée de Charlie, elle aurait pu reprendre une vie d'enfant. Mais je ne sais pas si on peut revenir en arrière comme ça.

— Et la famille au sens large ? Celle de Charlie, de Juanita ?

— Du côté de Charlie, je ne sais pas. Juanita a une sœur, Nina, mère de quatre enfants. Mais ils habitent Philadelphie. Quand Juanita a touché le fond et que les services sociaux lui ont enlevé les enfants, on les a placés en famille d'accueil, considérant que la famille de Juanita vivait trop loin. Et j'imagine qu'ayant déjà quatre enfants à charge, Nina ne tenait pas plus que ça à en accueillir trois de plus.

— Donc, dans leur environnement immédiat...

— Je n'entendais parler que d'elle, Charlie et les enfants. Oh, et Rosie et Blaze, évidemment.

— Est-ce que Roxanna est stressée ? intervint Phil. Est-ce qu'elle se met la pression ? On nous a parlé d'insomnies. »

Nancy prit un instant de réflexion, avala une nouvelle gorgée de café.

« Juanita se posait des questions ces derniers temps, dit-elle finalement.

— Des questions ? relança Phil en échangeant un regard avec D.D.

— Ça a commencé avec Lola, la deuxième. Une gamine qui a toujours été difficile : révoltée, dispersée, impulsive. Sans parler de ses mauvaises fréquentations.

Mais en septembre, il y a eu un incident. Elle s'était attiré les foudres d'un professeur à qui elle n'avait pas rendu un devoir. Alors qu'il était en train de lui faire la leçon (elle allait avoir une très mauvaise note, ce n'était pas une façon de commencer l'année…), Lola a réagi en suggérant une méthode pour avoir une meilleure note. Une proposition très explicite… » Nancy les regarda. « Il y avait d'autres élèves dans la salle à ce moment-là, toute la classe, et ils ont vu Lola… toucher le professeur à des endroits interdits. »

D.D. n'en revenait pas. À côté d'elle, Phil, les yeux écarquillés, fut le premier à s'exprimer. « En septembre de cette année ? Lola a treize ans, non ? Donc elle est quoi, en troisième année de collège ? »

Nancy poussa un gros soupir. « Le principal a dit à Juanita que ce n'était pas la première fois que Lola avait des gestes déplacés ; l'année précédente, il y avait eu des signaux d'alerte, mais rien d'aussi alarmant. Le principal s'inquiétait du fait que ce comportement datait à peu près du moment où Juanita avait emménagé chez Charlie.

— Il pensait que Charlie abusait de la fillette, traduisit D.D.

— Juanita jurait que ça n'avait rien à voir avec Charlie. D'après elle, les incartades de Lola avaient commencé avant qu'il n'entre dans leur vie. Elle pensait qu'il s'était passé quelque chose à l'époque où les filles étaient en famille d'accueil. Roxy et Lola avaient été placées ensemble. Lola refuse de parler de cette période, et même Roxy n'est pas bavarde sur le sujet. Mais d'après Juanita, Lola n'était plus la même quand elle l'avait récupérée.

— Juanita s'est renseignée sur la famille d'accueil ?

— Elle a fait des recherches. Il y a quelques semaines, nous avons eu un patient qui s'était ouvert la main en coupant son bagel : vous n'imaginez pas le nombre de blessures de ce genre qu'on voit aux urgences entre six et sept heures du matin. Croyez-moi, mieux vaut se contenter de beignets. Toujours est-il que ce type s'est révélé être avocat. Juanita et lui ont discuté. Il a dit que cela l'intéresserait de l'aider.

— Quel genre d'avocat ? demanda Phil.

— Pénaliste, j'imagine. Il disait à Juanita que si elle arrivait à démontrer que l'État n'avait pas su protéger ses enfants après lui en avoir retiré la garde, il pourrait y avoir beaucoup d'argent à la clé. Des millions de dollars de dommages et intérêts, vous voyez l'idée.

— À condition que Juanita puisse fournir des preuves, reprit lentement D.D. Mais le pouvait-elle ? D'après vous, ni l'une ni l'autre des filles ne voulait parler. »

L'infirmière haussa les épaules. « Je vous le disais, Juanita en était à se renseigner. Et pas seulement pour une question d'argent. Quelque chose ne tournait pas rond chez Lola. Elle était devenue intenable. Juanita et elle se disputaient sans arrêt, pratiquement tous les soirs. Et Juanita en souffrait.

— Lola faisait tout pour se faire remarquer. » Phil se tourna vers D.D. « Et si la fameuse amie de Roxy, c'était sa propre sœur ?

— Possible. Mais dans ce cas pourquoi ne pas tout simplement dire au groupe de soutien qu'elle cherchait des conseils pour sa petite sœur ?

— Pour préserver son intimité. Surtout s'il s'agissait d'agression sexuelle. »

D.D. hocha lentement la tête : Phil n'avait pas tort. Surtout que si Roxy avait autant le sens des responsabilités qu'on le disait, elle était peut-être dévorée de remords de savoir que sa sœur avait subi des abus dans leur famille d'accueil. Raison de plus pour chercher de l'aide tout en s'efforçant de garder ses secrets.

« Le nom de cet avocat ? demanda Phil.

— Aucune idée, dit Nancy, perplexe. Attendez, le casier de Juanita est là. Elle a peut-être sa carte de visite. »

Elle se leva et se dirigea vers la rangée de casiers gris. Au prix de quelques manœuvres, elle réussit à l'ouvrir. D.D. et Phil ne dirent rien : c'était bien aimable de la part de l'infirmière de faire leur boulot.

D'après ce que voyait D.D., le casier en question contenait une pile de blouses propres, un cardigan pour rajouter une couche en cas de besoin et plusieurs bouteilles d'eau en plastique. L'intérieur de la porte était couvert de photos : les enfants, Juanita avec les enfants, Charlie et les deux chiens. Des instants de bonheur en famille figés pour l'éternité.

Tout semblait montrer que Juanita Baez avait su repartir sur de nouvelles bases ces dernières années. Elle ne buvait plus, s'était acheté une conduite et avait mis le paquet pour récupérer ses enfants. Un bon emploi, une relation stable, un logement convenable. D.D. savait que les tribunaux mettaient la barre très haut avant de rendre leurs enfants à des personnes dépendantes. Les exemples de réussite étaient exceptionnels.

Mais Juanita Baez avait relevé le défi. Tout ça pour découvrir que cette parenthèse d'un an avait été plus préjudiciable à ses enfants qu'elle ne le pensait ?

« Voilà. » Nancy avait trouvé la carte de visite scotchée au bas de la porte. « Daniel Meekham.

— Roxy savait que sa mère était en relation avec un avocat ? demanda D.D.

— J'ignore ce que Juanita a pu leur confier. Elle était en colère, mais elle se faisait aussi des reproches. Si elle n'avait pas bu comme un trou...

— Pensait-elle que Roxy avait elle aussi été victime d'abus ? » glissa Phil.

Nancy ne savait pas. « Roxy ne fait pas les quatre cents coups comme Lola. Qui est une vraie beauté, par-dessus le marché. Alors que Roxy, bon, c'est Roxy. Une fille gentille, intelligente, mais pas de quoi affoler les foules, si vous voyez ce que je veux dire. En même temps, est-ce que ça compte dans les histoires d'abus sexuels ? Je ne sais pas. Je crois qu'à ce stade, Juanita avait surtout une montagne de questions. Et deux filles qui ne lui faisaient pas encore suffisamment confiance pour lui donner les réponses. Triste à dire, mais c'est comme ça. »

D.D. hocha la tête. « Vous pensez que Roxy aurait pu s'en prendre à sa famille ?

— Non. » Un non catégorique. Pas l'ombre d'un doute.

« Et Hector Alvalos ? lança Phil.

— Le père de Manny ? » Nancy semblait surprise. « Je... je n'en sais rien. Juanita et lui ont connu des hauts et des bas, mais maintenant qu'ils sont tous les deux abstinents... Pour être franche, Juanita ne parle pas souvent de lui. Sinon pour dire qu'il va venir chercher Manny ou le ramener le dimanche. J'avais dans l'idée que tout roulait de ce côté-là.

— Et les pères de Roxy et Lola ? demanda D.D. Juanita n'en parlait jamais ?

— Jamais.

— Aucune chance qu'ils soient récemment revenus dans sa vie ?

— À trois heures du matin, une nouvelle de cette importance serait forcément arrivée dans la conversation.

— Elle connaît leurs noms ? insista Phil.

— Il y a deux pères différents, c'est tout ce que je sais. Celui de Roxy devait être blanc. Vu ses cheveux bruns, ses yeux noisette.»

D.D. approuva, même s'ils n'avaient que les photos de famille pour en juger. Lola Baez avait la même beauté exotique que sa mère : cheveux noir de jais, regard sombre, teint basané, traits délicats. Alors que Roxanna se démarquait : des cheveux plus bruns que noirs, une peau plus pâle, des traits plus grossiers, moins bien dessinés. Elle n'avait rien d'un vilain petit canard, mais entre sa mère et sa sœur, elle avait pu avoir le sentiment d'en être un.

«Lola, c'est Juanita jeune… continua Nancy Corbin. En fait, la moitié des disputes entre ces deux-là viennent du fait qu'elles se ressemblent trop.

— Juanita n'a jamais cherché à contacter les pères des filles, devina D.D. Peut-être qu'elle n'est même pas certaine de leur identité.

— Vous n'avez jamais été jeune et stupide ?

— Pas à ce point-là.» D.D. laissa un temps de silence, attendant de voir si son interlocutrice aurait quelque chose à ajouter. Puis, comme Nancy ne disait plus rien : «Très bien. Si vous voyez autre chose, dit-elle en lui tendant sa carte, merci de nous appeler.

— Sans faute. » L'infirmière hésita. «Vous ne savez vraiment pas où est Roxy ?
— Non.
— Est-ce qu'elle a pu être kidnappée ?
— Nous n'écartons aucune hypothèse.
— C'est une gentille fille. Je ne sais pas ce qui s'est passé, mais… elle ne le méritait pas. Elle avait déjà vu sa famille déchirée une fois. Ce n'est pas juste qu'elle doive revivre ça. »

Phil et D.D. serrèrent la main de l'infirmière et la laissèrent reprendre son service pendant qu'eux-mêmes poursuivaient leur enquête.

Ils étaient tout juste revenus dans le hall de la clinique, D.D. retournant dans sa tête les derniers renseignements recueillis pour décider de la suite des opérations, quand le téléphone de Phil sonna. Il jeta un coup d'œil à l'écran. «Neil», dit-il. Neil était le coéquipier qu'ils avaient laissé sur la scène de crime en compagnie de Manley.

Phil et D.D. s'immobilisèrent le temps qu'il décroche. Comme il arrive en pareilles circonstances, Neil fut le seul à tenir le crachoir. Phil hocha la tête. Ses yeux s'arrondirent.

«On arrive. » Il raccrocha et rangea son téléphone dans sa poche avant d'annoncer à D.D. : « Il y a eu de nouveaux coups de feu – sur Hector Alvalos. »

D.D. en resta pantoise.

«Et tiens-toi bien : une jeune fille répondant au signalement de Roxy Baez a été aperçue fuyant les lieux. »

14

Quittant l'appartement de Tricia Lobdell Cass, je marchai sans but, essayant de réfléchir utilement. Qui était Roxy Baez ? Une élève responsable, une sœur dévouée, une promeneuse de chiens. Sans doute avait-elle menti au groupe en disant qu'une amie à elle avait besoin d'aide. Mais est-ce que je croyais tout de même qu'elle en avait besoin ? Pour elle ? Pour sa sœur ?

Et, après tous ces événements, où avait-elle pu aller ? Qu'allait-elle faire ?

Je n'avais pas menti au commandant Warren : sur le forum du groupe de soutien, je conseillais à ceux qui se sentaient en danger de mort de se réfugier dans un lieu public. Un endroit plein de témoins et de caméras.

Mais dans le cas de Roxy, elle se serait immédiatement fait repérer par la police. Or, à en croire les derniers bulletins d'information, les recherches étaient toujours en cours. On avait retrouvé les chiens, mais pas la jeune fille. Comment était-ce possible ? Comment une adolescente pouvait-elle disparaître aussi complètement de la circulation ?

J'aurais parié sur l'aide d'un ami. Forcément. Peut-être le fameux Mike Davis ? En tout cas, une personne en qui elle avait confiance et qui avait suffisamment foi en elle pour la cacher malgré les circonstances. Se faisant du même coup son complice.

Je n'arrêtais pas de consulter compulsivement mon téléphone, espérant que la conseillère d'éducation avait pu joindre Mike Davis, que le gamin allait m'appeler d'un instant à l'autre et qu'il aurait toutes les réponses à mes questions.

Quand mon téléphone finit par bourdonner, je fis pratiquement un bond et décrochai aussitôt. Mais ce n'était pas le jeune Mike. C'était Sarah, du groupe de survivantes.

Et la nouvelle qu'elle avait à m'annoncer était des plus choquantes.

L'accès au café où j'avais retrouvé le commandant Warren et son collègue Phil était à présent interdit par un ruban de scène de crime jaune. D.D. et Phil étaient accroupis au pied de l'arbre où les chiens étaient précédemment attachés. Les animaux n'étaient plus là. Et le trottoir était maculé de taches rouge vif.

Les chiens, par chance, étaient indemnes, mais on ne pouvait pas en dire autant d'Hector Alvalos, qui était venu les chercher.

Je ne fis même pas mine de passer sous la rubalise. D'après mon expérience, D.D. avait un sixième sens pour flairer ce genre de choses. Et de fait…

« Je rêve ! Encore vous ? »

Elle me fusilla du regard. Je ne mouftai pas.

« J'ai des infos.

— On les connaît, vos scoops. »

Je ne mordis pas à l'hameçon, désormais habituée à ses sarcasmes. Nous avons tous des raisons de nous

157

cuirasser. Je connaissais les miennes. Et je m'étais toujours dit que D.D. devait en avoir son lot.

Quelques minutes s'écoulèrent. Elle discutait avec Phil, à voix trop basse pour que je les entende. Puis finalement, à contrecœur, elle se redressa et se dirigea vers moi.

« Hector Alvalos ? demandai-je.

— Comment le savez-vous ?

— Les gens parlent. Et quand on veut une info exclusive sur les lieux d'un reportage, il faut soudoyer le cameraman. Personne ne fait jamais attention à lui. »

D.D. resta interloquée. « J'essaierai de m'en souvenir », dit-elle enfin.

Sans doute le plus beau compliment auquel j'aurais jamais droit de sa part. « Il va bien ?

— Il a eu la bonne idée de se faire tirer dessus à quelques rues d'un grand hôpital. Et de prendre la balle dans l'épaule. Il a de bonnes chances de s'en sortir.

— Où sont les chiens ?

— Une enseignante du lycée de Roxy est venue les chercher en disant qu'elle pouvait s'en occuper quelques jours. »

Je me demandai s'il s'agissait de la conseillère d'éducation.

« Cet Hector, c'est le père d'un autre membre de la fratrie ?

— De Manny. Le petit frère. »

Je fis la moue, essayant de trouver un sens à cette nouvelle. « Il était proche de la famille ? Il passait beaucoup de temps chez eux ?

— Il venait chercher son fils tous les dimanches.

— Est-ce qu'il pourrait être l'auteur des meurtres de ce matin ? »

D.D. me toisa. «Et puis quoi? Hector Alvalos aurait tué son ex et toute sa famille, y compris son fils?»

La question se posait. «Violences familiales. Il faut bien s'interroger sur tous les protagonistes, pas vrai? Même les ex.

— Vous allez devenir enquêtrice, Flora? Renoncer à jouer les franc-tireuses et régulariser la situation?

— Si je faisais ça, il faudrait que je me tape toute la paperasse.»

D.D. soupira, mais je la vis esquisser un sourire. «Un inconvénient auquel j'aurais dû songer il y a des années. D'accord, vous voulez apprendre à raisonner en vraie policière? C'est juste, la procédure exige que nous vérifiions l'alibi d'Hector pour ce matin. D'autant qu'il a un casier judiciaire. Mais jusqu'à présent personne ne nous a signalé de tensions récentes entre son ex et lui.

— En revanche, vous pensez toujours que Roxy, la plus responsable de la famille…» À mon tour de tester ses hypothèses.

D.D. leva les mains. «Je ne dis pas non plus que cette jeune fille a tué toute sa famille. Surtout qu'elle semblait très proche de ses frère et sœur et qu'elle n'avait ni addiction ni petit ami désaxé pour la détourner du droit chemin. J'aborde cette affaire sans aucun a priori.

— Sauf en ce qui concerne cet incident, dis-je en désignant d'un signe de tête les taches de sang sur lesquelles Phil était encore penché. Le bruit court qu'on a vu fuir dans la rue une jeune fille répondant au signalement de Roxy.

— Nous avons les mêmes informations.

— Les témoins l'ont bien vue? Ont-ils distingué son

visage ? Suffisamment pour la reconnaître grâce à la photo diffusée par les médias ?

— Disons que les dépositions parlent plutôt d'une jeune fille brune courant dans la rue. En jean et sweat à capuche.

— C'est tout ? D'après la conseillère d'éducation avec qui j'ai discuté, il y a des gangs de jeunes filles latinos à la fois dans le collège et dans le lycée du quartier. Cette description pourrait correspondre à n'importe lequel de leurs membres. »

D.D. me lança un regard mauvais. « Vous vous permettez d'interroger l'entourage de Roxy ?

— Je cherchais de l'aide pour les chiens, répondis-je d'un air de sainte-nitouche. Ça a marché, d'ailleurs. J'ai l'impression que c'est justement la conseillère d'éducation qui est venue les chercher. » Puis, avant que D.D. ne remonte sur ses grands chevaux, j'ajoutai : « Le sac à dos bleu layette : si c'était vraiment Roxy qui courait dans cette rue, vous devriez le voir sur les images de vidéosurveillance du quartier. Ce serait une confirmation plus solide que les affirmations de n'importe quel témoin oculaire.

— Heureusement que vous êtes là », dit D.D., mais sur un ton moins sarcastique. Corroborer les témoignages était important et elle le savait.

« Est-ce que quelqu'un l'a vue tirer ?

— Non. Les gens ont entendu la détonation. Hector s'est effondré. Ensuite des témoins ont affirmé avoir vu une fille prendre la fuite.

— Sur ce trottoir ou sur celui d'en face ? »

D.D. me regarda d'un air songeur. « C'est vous la spécialiste de la survie. Dites-le-moi. »

Je relevai le défi : « Une arme de poing ? Pas une carabine ?

— Un 9 mm. »

D'accord. Donc le tireur devait se trouver relativement près. L'idéal pour lui aurait été d'être sur le même trottoir. Et même, tant qu'à faire, de s'approcher d'Hector avant de tirer. Mais dans ce cas, il n'aurait pas dû manquer sa cible. Et il aurait été plus logique de tirer plusieurs fois dans le torse ou l'abdomen qu'une seule fois dans l'épaule. Sans compter que Roxy Baez était désormais une des personnes les plus recherchées de tout l'Est américain. Avait-elle réellement pu traverser une foule de buveurs de café sans qu'aucun d'eux s'en aperçoive ?

Je tournai mon attention vers le trottoir d'en face, où les services municipaux avaient implanté un autre îlot de verdure. Un arbre et quelques buissons bas, des parterres de pensées aux couleurs vives. Quelqu'un (disons une adolescente filiforme prenant soin de dissimuler son visage) avait pu rester un moment adossé au tronc sans se faire remarquer. Tout en gardant les chiens dans sa ligne de mire.

Je pris un instant de recul. D'accord, je n'étais peut-être pas la mieux placée pour comprendre les problèmes d'une adolescente lambda. Mais, s'agissant d'une jeune fille qui venait de perdre toute sa famille et qui se sentait en danger de mort…

Qu'elle ait réagi ainsi ? Qu'elle soit restée à l'affût pour venger ses proches ? Cela me paraissait tout à fait plausible.

« Vous disiez qu'Hector était là pour les chiens ? demandai-je au commandant Warren.

— Oui.

— Vous l'aviez appelé ?

— Roxy avait fixé à leurs colliers des messages demandant à qui les trouverait de bien vouloir contacter Hector. »

Je hochai la tête. « À sa place... » Je me tournai vers D.D., haussai les épaules. « Ces chiens faisaient d'excellents appâts », constatai-je finalement.

D.D. me regarda avec de grands yeux. Percuta. « Vous voulez dire... que Roxanna aurait écrit les messages dans ce but précis ? Merci d'appeler ce numéro, non pas parce que ces chiens méritent un foyer agréable, mais parce que ça fera venir cet homme à l'endroit où je serai en train de le guetter ?

— Regardez le trottoir d'en face : elle se poste au pied de cet arbre, le visage dissimulé par les branches basses. Il lui suffit de trouver le bon endroit pour voir à travers le feuillage et surveiller les chiens ni vue ni connue. »

D.D. regarda l'arbre de l'autre côté, puis le sang sur leur trottoir. « Phil, le héla-t-elle. Là-bas. L'arbre qui fait la paire avec celui-là. Regarde au pied du tronc. Cherche des douilles et demande aux techniciens d'étudier la trajectoire. »

Un tir pas évident, me dis-je, ce qui expliquait que la balle n'ait fait qu'effleurer l'épaule de la victime.

« Vous abordiez ce genre de questions sur votre forum qui n'existe plus ? me lança D.D.

— Comment tirer en pleine ville dans une rue passante ? Non. Mais faire preuve d'imagination, garder un coup d'avance sur l'adversaire... Certainement. »

D.D. soupira, se massa les tempes. « Laisser les chiens devant ce café, glisser ces messages dans leurs colliers...

Vous croyez qu'elle a attiré Hector ici. Qu'elle en a fait une cible. Sacrément bien pensé, si vous voulez mon avis. Et d'une grande froideur.

— Si toutefois c'est bien elle qui courait dans cette rue, rappelai-je avec prudence étant donné que les témoignages laissaient place au doute.

— Pourquoi? Quelle raison Roxy aurait-elle eue de s'en prendre à Hector? Qu'est-ce que vous me cachez?»

Je secouai la tête. «Rien. Je ne connaissais même pas le nom d'Hector avant aujourd'hui. Je découvre l'affaire au fur et à mesure, comme vous. Mais puisque nous en sommes à envisager tous les scénarios… La première idée qui me vient est celle d'une vengeance. Vous avez le droit de penser qu'Hector n'a rien à voir avec la mort de la mère et des frère et sœur de Roxanna, mais il vous reste beaucoup de choses à apprendre sur la situation familiale. Tandis que Roxy la vivait. Elle est forcément mieux informée que vous.»

D.D. fit la grimace. «Super, donc maintenant je suis censée tomber sur le râble d'un homme qui pleure la mort de son fils et qui soigne une plaie par balle.

— Vous préférez devenir franc-tireuse? lui proposai-je. Démissionner de la police municipale, rejoindre le camp des indépendants? Il y a moins de formulaires à remplir.

— Ne me tentez pas. Vous qui êtes si maligne, vous savez quel type de pistolet elle a?

— Non, comme je vous l'ai dit…

— … Vous ne recommandez pas les armes à feu pour les femmes. Génial. Alors où est-elle?»

Je clignai des yeux. «Aucune idée. Si on l'a vue courir dans la rue… quelqu'un a bien dû la prendre en chasse?

— Ce témoignage sur la fuite d'une jeune fille est arrivé cinq bonnes minutes après le coup de feu. Le temps que les renforts rappliquent, elle avait une sacrée longueur d'avance. Des patrouilles sont parties vers le nord, mais vous savez ce que c'est, en pleine ville. Elle a pu s'enfuir dans un millier de directions depuis tout à l'heure.

— Ou alors elle a un abri.

— Une planque ? Qu'est-ce qui vous fait dire ça ?

— Est-ce qu'une jeune fille inexpérimentée peut réellement passer inaperçue aussi longtemps en restant dans la rue ? Même pour cette opération… dis-je en montrant l'endroit où les chiens avaient été attachés. Nous étions là il y a deux heures, vous et moi. Les chiens y étaient, disons, depuis une heure. Roxy pouvait laisser les messages, mais elle n'avait aucun moyen de savoir quand les chiens seraient retrouvés, ni à quel moment Hector finirait par se pointer. Si elle les utilisait vraiment comme appâts, il fallait qu'elle reste dans les parages. Sinon comment aurait-elle su que son plan avait fonctionné ?

— Pas bête, murmura D.D. Pas bête du tout.»

Nous commençâmes toutes les deux à observer autour de nous. J'écartai l'hypothèse de l'îlot de verdure. C'était une chose d'utiliser cet arbre comme couverture une fois Hector arrivé, mais rester au même endroit pendant des heures en l'attendant ? Je cherchais des renfoncements de porte d'où il serait possible de guetter dans l'ombre. Voire des endroits animés (le café, un petit commerce sur le trottoir d'en face, les boutiques du quartier) où Roxanna avait pu flâner nonchalamment, soi-disant pour faire des emplettes et, tout en gardant la tête basse, lancer de temps à autre un coup d'œil furtif vers les chiens.

Mais là aussi, entre le nombre de flics qui patrouillaient dans le secteur et la multitude d'écrans de télé et de smartphones sur lesquels s'affichait sa photo à cause de l'alerte-enlèvement, quelqu'un aurait bien eu le déclic : *Hé, cette fille ne vous dit pas quelque chose ?*

D.D. fut la première à trouver la solution. Pendant que je regardais alentour, elle avait levé le nez.

Là, sur le trottoir d'en face, au-dessus du commerce, au premier étage : une rangée de fenêtres et un grand panneau «À louer».

«Un local vacant avec vue imprenable sur le café. Qu'est-ce que vous en dites ? me demanda D.D.

— Ça donne envie de forcer l'entrée.

— Roxanna est aussi douée que vous pour crocheter les serrures ?

— Il n'y a qu'une seule manière de le découvrir. Vous allez me demander de ne pas y aller ?

— Quel intérêt ?»

Je ne pus m'empêcher de sourire. «Je savais que vous finiriez par me trouver des qualités.

— Taisez-vous et écoutez-moi bien. Nous sommes sur la piste d'une gamine de seize ans qui a peut-être abattu toute sa famille, ou du moins tiré sur le père de son frère. Pour être honnête, je compte sur votre présence pour détourner son attention et éviter qu'elle nous dézingue toutes les deux.»

Rien à redire à ce raisonnement. Direction le trottoir d'en face, D.D. la main déjà posée sur la poignée de son arme.

15

D.D. fit passer Flora derrière elle dans l'escalier étroit qui menait au premier étage du bâtiment. Elle n'était pas une grande admiratrice de la jeune femme parce qu'elle n'avait pas un goût très prononcé pour les gens qui s'affranchissent des règles. D'un autre côté, Flora n'avait jamais montré de tendances violentes à l'encontre de membres des forces de l'ordre ou de civils innocents. Seuls avaient à la craindre les violeurs, kidnappeurs et autres tueurs en puissance.

D.D. aurait bien voulu savoir où situer Roxanna Baez dans ce spectre. Pour l'instant, plus elle en apprenait sur cette fille, moins elle la comprenait.

L'escalier raide menait à un palier ouvert. Sur la porte de gauche, une kyrielle de noms. Peut-être un cabinet comptable, ou une agence de garantie de caution, D.D. n'en savait rien. À droite, le fameux local vacant. Une rangée de vitres permettait d'en apercevoir l'intérieur. Un espace rectangulaire. Pas de meubles, sauf que la pièce était coupée en deux dans la longueur par une double série de postes de travail modulaires bleus. Ceux qui s'ouvraient vers D.D. et Flora semblaient vides. Mais ceux qui donnaient de l'autre côté de la cloison séparatrice gardaient tout leur mystère.

Flora étudiait déjà la serrure.

« Vous allez la crocheter ? demanda D.D. avec ironie.

— Inutile. C'est une serrure à code comme en utilisent la plupart des agences immobilières. Il suffit de trouver les quatre chiffres. »

Sous les yeux de l'enquêtrice, Flora tapa 1-2-3-4. Pas mal, comme point de départ, mais D.D. avait une meilleure idée.

« Moi j'essaierais 3-6-0-6. »

Flora obtempéra. La serrure s'ouvrit avec un déclic. Flora regarda D.D. avec étonnement. « Comment avez-vous deviné ?

— La plupart des entreprises programment le système avec les quatre derniers chiffres du téléphone portable de leur agence immobilière. Regardez là-haut », dit D.D. en montrant la photo souriante d'une superbe brune en tailleur bleu impeccable et gros collier de perles. *Je m'appelle Sandra Johnson et j'ai la clé de votre avenir !* clamait l'affiche. Sous la photo, son numéro de portable, inscrit au gros marqueur noir.

« Vous êtes sûre de ne pas vouloir devenir franc-tireuse ? demanda Flora.

— Vous me flattez. Maintenant, reculez. C'est moi qui ai la plaque de police et le pistolet. Je passe la première. Si tout le reste échoue...

— J'ai des dosettes de lait en poudre et je sais m'en servir.

— Pardon ?

— Renseignez-vous, un de ces quatre.

— Sans façon », marmonna D.D. avant de pousser la porte en douceur pour entrer dans la pièce poussiéreuse.

Elle resta tout d'abord immobile. Quand la visibilité

est réduite, il est toujours avisé de se servir de ses autres sens. Qu'y avait-il à entendre ? Le souffle inquiet d'un intrus de l'autre côté de la cloison tendue de tissu bleu ? Le plancher qui craquait sous ses pas ? Le déclic du chien dans la main d'une adolescente angoissée armant son pistolet ?

Rien. La rumeur légère de la circulation dans la rue. Point barre.

L'odeur ? Poussière. Abandon. Un lieu inoccupé depuis un moment. Louer une telle surface de bureaux à Brighton devait être incroyablement onéreux, il fallait donc trouver la bonne entreprise et le bon projet pour conclure un bail. Et en attendant... c'était la planque idéale pour une gamine en cavale : elle pouvait rester à l'abri derrière la cloison de séparation, invisible de quiconque montait les escaliers, et se faire suffisamment petite pour ne pas être aperçue depuis la rue.

Selon toute probabilité, la fille était partie depuis belle lurette. Si elle avait attendu ici le retour d'Hector pour le prendre en embuscade, mission accomplie. Ensuite elle s'était enfuie dans la rue et son séjour ici était déjà de l'histoire ancienne.

Mais si certaines proies de petite taille, une fois chassées de leur terrier, se mettent à courir indéfiniment, d'autres au contraire font d'instinct demi-tour et se terrent. La plupart du temps, ce sont ces lapins-là qui survivent.

Il était donc possible que Roxanna soit revenue ici, en lieu sûr, ce qui expliquerait qu'elle soit introuvable dans la rue. Et peut-être, dans ce cas, était-elle en ce moment même accroupie dans un des bureaux vides. Sac à dos aux pieds.

Un pistolet serré contre elle ?

La porte du local ne se trouvait pas exactement au milieu du mur, mais décalée vers la droite. D.D. partit donc de ce côté afin de contourner la longue cloison bleue le plus vite possible pour jeter un œil dans l'autre moitié de la pièce, tout en prenant soin de marcher comme sur des œufs.

Flora resta sur le seuil, officiellement par prudence. Mais peut-être aussi était-elle idéalement placée pour couper la retraite à Roxanna si celle-ci cherchait à prendre la poudre d'escampette. D.D. n'était pas encore certaine de la loyauté de Flora dans cette affaire, mais si Roxy avait réellement supprimé toute sa famille, petit frère et petite sœur compris, les foudres de Flora risquaient d'être aussi redoutables pour elle que la soif de justice de D.D.

À mesure que D.D. se déplaçait, l'air s'empoussiérait. Elle plissa le nez, réprima une envie d'éternuer. De la main gauche, elle ouvrit son étui de ceinture, dégaina lentement son arme. Lorsqu'un froid glacial sévissait en hiver, elle souffrait encore d'une douleur à l'épaule gauche, souvenir de la fracture par arrachement dont elle avait été victime deux ans plus tôt. À choisir, elle préférait tirer à une main : la main droite. Mais, avec le temps et à force de rééducation, elle avait retrouvé la faculté de prendre la position de Weaver, à deux mains – indispensable pour être déclarée apte au service et recouvrer le plein exercice de ses fonctions. Et, par une journée douce comme celle-ci, son bras gauche pivotait en souplesse, elle dégainait son Glock 10 et se mettait en position sans effort excessif.

Elle arriva au bout de la longue rangée de postes de travail. Ralentit le pas. Contrôla sa respiration.

Inspirer.

Expirer.

Fléchir les jambes.

Passer enfin de l'autre côté. Le soleil entrait généreusement par la rangée de fenêtres sur la rue, illuminant un espace propre et dégagé. Vite à présent, tac, tac, tac, pas le temps de réfléchir : tout en restant ramassée sur elle-même, elle parcourut l'alignement de bureaux. Rien, rien, rien.

Et puis si : une bouteille d'eau. Vide, écrasée, au milieu d'un carré abandonné. Et des traces de pas. À peine visibles, mais bien présentes. Des empreintes ovales sur la fine couche de poussière qui recouvrait le sol. D.D. examina cela de plus près. Dans le rayon de soleil, elle distingua un fil. Bleu clair, une fibre solide, comme il pourrait s'en détacher d'un sac à dos qui s'effiloche.

D.D. termina son inspection, puis retourna vers le poste du milieu tandis que Flora s'avançait dans la pièce.

« Bonne pioche ? demanda celle-ci.

— Une bouteille d'eau vide. Un fil bleu.

— Pas exactement des preuves accablantes.

— Non, mais l'indice que le local a bien été squatté. Je mets une pièce sur Roxanna Baez. »

D.D. se tourna vers Flora pour l'observer. Celle-ci, qui avait contourné la cloison séparatrice, regardait la bouteille écrasée par terre. Puis elle se retourna et étudia la vue par la fenêtre qui se trouvait directement en face.

« D'ici, elle voit les chiens, confirma-t-elle. La vue n'est pas idéale, puisqu'elle est en partie occultée par des branches d'arbre et des pieds de parasol. Mais ça fait l'affaire. Elle peut guetter en toute discrétion. Et, à la seconde où Hector se présente, elle dévale les escaliers et sort pour passer à l'action.

— Vous lui aviez parlé de cet endroit ? demanda D.D. d'une voix égale.

— Moi ? » Flora semblait réellement surprise. Inconsciemment, elle tâta son pansement, où D.D. remarqua de nouveaux points de sang. « Pas un quartier que je connais. C'est la première fois que j'entre dans ce café, dans ce bâtiment, tout.

— Un autre membre de votre groupe ? »

Haussement d'épaules. « Je ne peux jurer de rien, mais ça m'étonnerait. Un dispositif pareil… dit Flora en montrant le local désert autour d'elle, c'est assez complexe. Et ce truc d'entrer grâce au numéro de portable de l'agence de location ? Il n'en a jamais été question sur le forum, je peux vous le certifier.

— Et se servir des chiens comme appât ? Futé, ça aussi, comme stratégie.

— Je sais. » Flora se renfrogna, l'air aussi soucieuse que D.D. Elle fit encore quelques pas dans la pièce, mais secoua finalement la tête, comme si quelque chose lui échappait. « Vous disiez que la fille qu'on a vue s'enfuir portait un sweat à capuche. Est-ce que ça colle avec le signalement de Roxy dans la matinée ?

— Un témoin l'a vue quitter son domicile vêtue d'une chemise rouge. Mais elle a facilement pu transporter ce sweat dans son sac et l'enfiler après avoir vu l'alerte-enlèvement.

— D'accord : se munir d'une tenue de rechange passe-partout (de préférence des vêtements trop grands qui donneront une fausse idée de votre corpulence), j'admets que l'astuce vient de moi. Mais attacher deux chiens afin d'attirer une victime à un endroit visible depuis une planque idéalement choisie... » Flora secoua la tête. « C'est quoi le profil de cette fille, déjà ? Fugueuse à répétition, quelque chose ? Parce que ce n'est pas nous qui lui avons appris ça. Alors d'où tient-elle cette science ?

— Bonne question. D'après les premiers témoignages, Roxy est une bonne élève, une grande sœur responsable, qui prend soin de ses proches.

— Autrement dit, tout ceci n'a aucun sens. »

Toutes deux se turent, perdues dans leurs pensées.

« La conseillère d'éducation du lycée m'a signalé l'existence d'un gang de filles, finit par dire Flora. Un groupe de Latinos qui voulaient recruter Roxy. D'après la rumeur, Lola en faisait déjà partie. Est-ce que ceci expliquerait cela ? Roxy aurait fini par céder à la pression ? Et elle serait en train de mettre à exécution un projet et une stratégie définis par d'autres ?

— Projet qui voudrait que Roxy tue toute sa famille et ensuite Hector ? Pourquoi serait-elle entrée dans une combine pareille ?

— À moins que le gang n'ait tué la famille pour forcer Roxy à coopérer, proposa Flora. Que savez-vous d'Hector ? Est-ce qu'il pourrait être dealer de drogue ? Le gang a tué sa famille, alors elle se venge sur Hector ? »

D.D. haussa un sourcil, étudia cette hypothèse. « À première vue, il avait tout du père endeuillé. Et comme tous nos moyens sont concentrés sur la recherche de Roxanna, nous n'avons pas encore enquêté en profondeur sur son passé. Tout est possible.

— Ça pourrait expliquer que Roxy ait eu si peur. Elle savait que sa sœur avait rejoint le gang, d'où une pression accrue pour qu'elle-même l'intègre. Peut-être qu'on exigeait des deux sœurs qu'elles prennent part à un trafic de drogue ou autre activité illicite.

— Pourquoi le gang aurait-il tué Lola et laissé la vie sauve à Roxanna? contesta D.D.

— Pour lui faire passer un message.

— Exterminer une famille, c'est assez radical comme message. Et ça attire bigrement l'attention de la police.

— Il me semble que c'est à Hector que nous devrions poser ces questions. Il est vivant, n'est-ce pas? Mettons-le sur le gril.

— Nous?»

Flora haussa les épaules. «Juste une idée comme ça. Non que je n'aie pas moi-même une liste de choses à faire.»

D.D. se renfrogna, croisa les bras sur sa poitrine. «Qu'entendez-vous par là?

— Vous savez quoi: laissez tomber.» Flora jeta un coup d'œil à son téléphone, qui venait de vibrer dans sa main. «Allez parler à Hector. Emmenez votre copain Phil. Il n'est pas mauvais.

— Trop aimable de votre part.

— J'ai une autre piste à creuser.

— C'est-à-dire?

— On verra bien. Peut-être que d'ici deux heures, je m'arrangerai pour vous retrouver.

— Avec Roxanna Baez au bout d'une laisse?

— Il ne faut pas rêver. Mais allez savoir.»

D.D., les bras toujours croisés, dévisagea Flora, méfiante devant son soudain désir de lui fausser compagnie.

Un million de choses à faire, se disait-elle: prévenir les

techniciens de scène de crime pour qu'ils traitent ce nouveau lieu ; faire le point avec Phil ; et bien sûr interroger Hector Alvalos à la clinique, tout en se renseignant sur les autres pistes que Neil et Carol avaient pu découvrir. Du travail jusque par-dessus la tête. Et puis elle voulait s'accorder au moins quelques minutes pour appeler chez elle et prendre des nouvelles du chiot. Encore une question qui lui trottait dans la tête : sa famille s'était-elle agrandie et son nouveau membre était-il en ce moment même en train de se faire les dents sur ses chaussures préférées ?

Mais non, elle était là, face à la justicière autoproclamée la plus connue de Boston – une femme pleine de mystère, avec son pansement ensanglanté et son portable qui vibrait.

« Je n'ai pas confiance en vous, finit par dire D.D. D'une manière ou d'une autre, vous avez joué un rôle dans cette affaire. Et vous allez me faire marcher jusqu'à ce que je trouve lequel.

— Je ne sais pas où se trouve Roxanna. Ça m'étonnerait qu'elle ait tué sa famille. Quant à ce nouvel incident... je ne sais pas ce qui se passe. Vous avez ma parole d'honneur. Mais je ne suis pas près de lâcher l'affaire. J'ai autant envie de réponses que vous.

— Pourquoi ?

— C'est comme ça. Peut-être que si je n'avais pas été enlevée sur une plage par un pervers violent, mon tempérament m'aurait naturellement poussée à devenir policière. Mais mon histoire a fait de moi celle que je suis aujourd'hui.

— Si vous la trouvez, vous nous prévenez.

— Je ne tiens pas à ce qu'il y ait d'autres victimes.

— Mais si cette affaire a bien un rapport avec les

gangs, insista D.D., et que vous avez par bonheur l'occasion d'entrer en relation avec un groupe de dealers...

— C'est quand même vous que j'appellerai. Ce milieu-là... ce n'est pas mon rayon.

— Indic, dit sèchement D.D.

— Pardon?

— Faites votre enquête et rendez-moi compte. Vous serez mon indic. C'est pour vous la garantie de l'anonymat, ce qui vous permettra de rester cool aux yeux de votre fan-club; et pour moi, une aide concrète pour retrouver une jeune fille disparue. Considérez cela comme le premier échelon dans la hiérarchie policière.

— Super. Et qu'est-ce qu'on me donne? Un pin's? Un stylo-bille?

— On vous donne vos deux heures. Et ensuite, comme vous dites, on se retrouve.

— Je sens comme une menace... D'accord. Je marche. Mais vous me direz ce que vous aurez appris auprès d'Hector Alvalos. Le prix à payer pour avoir mes tuyaux.

— Je vais même vous donner un acompte: pendant que vous appreniez l'existence de gangs latinos dans les écoles, j'apprenais que Juanita Baez menait une enquête sur ce qui s'était passé pendant l'année où ses enfants étaient en famille d'accueil. Roxy et Lola avaient été placées dans la même. Juanita soupçonnait fortement que Lola y avait été victime d'abus sexuels, même si aucune des filles ne voulait en parler. Elle avait pris contact avec un avocat. Si elle avait des preuves ou qu'elle était à la veille d'en trouver, les dommages et intérêts pouvaient se chiffrer en millions de dollars, sans parler des poursuites au pénal.

— De quoi pousser quelqu'un au meurtre.

— Phil et moi allons interroger l'avocat de Juanita. Mais je me disais que ce serait bien d'interroger aussi certains des enfants placés dans la même famille que Lola et Roxy. Or, les enfants placés…

— … ne sont souvent pas très enclins à se confier à des représentants de l'autorité. Tandis qu'à une femme comme moi…

— Ils vous reconnaîtront peut-être : "Vue à la télé."»

Flora leva les yeux au ciel.

«Vous vous entraînez au combat au couteau ? demanda brusquement D.D. en montrant la main gauche de Flora. Je ne crois pas une seconde que vous vous soyez fait ça au corps à corps.

— Non, je ne joue pas du couteau.»

D.D. attendit. Lui décocha son regard d'enquêtrice le plus perçant. Mais Flora ne lui fournit pas davantage de détails. D.D. regrettait parfois que Jacob Ness ne soit plus de ce monde, ne serait-ce que pour pouvoir rencontrer le monstre qui avait enfanté une adversaire aussi coriace. Il devait être au-delà de l'abominable pour que Flora soit à ce point résiliente aujourd'hui.

Elle se demanda si la jeune femme avait conscience de sa propre force. Ou si, la nuit tombée, elle redevenait l'ancienne étudiante sans défense.

Certaines nuits, D.D. rêvait encore d'une voix qui fredonnait *Un bébé dans un berceau* avant qu'elle ne bascule dans les escaliers.

En tant qu'enquêtrice, elle ne pouvait pas admettre que les gens se fassent justice eux-mêmes. Mais en tant que victime, elle comprenait.

Elle tendit la main. Flora la serra. Et D.D. se fit la

réflexion qu'elle venait de conclure un pacte avec le diable.

Flora sortit du local vacant. D.D. prit son téléphone pour appeler les techniciens de scène de crime.

16

Dans les bandes dessinées, le superhéros a toujours un mythe des origines. J'avais vu assez de films pour savoir comment ça marchait : à la suite d'un drame, le héros ou l'héroïne perd tout ce qu'il ou elle aimait et devient une épave. C'est à ce moment-là (envoyez les violons) qu'il renaît de ses cendres, la silhouette et l'esprit affûtés, et qu'il se lance dans une quête de vengeance. Sous les hourras enthousiastes de la foule.

Mon kidnapping était-il mon acte de naissance ? Ce qui signifiait que, par un pervers retournement de situation, je devais à Jacob tout ce que j'étais devenue ? L'idée me hérissait. Je préférais la version que j'avais servie au commandant Warren : si je n'avais pas été enlevée sur cette plage de Floride, j'aurais continué mes études à Boston et, tôt ou tard, je me serais rendu compte qu'une carrière de policière me correspondait. Un travail qui avait du sens, qui supposait d'agir plutôt que de rester les fesses sur une chaise. Je serais peut-être même retournée au fin fond du Maine, adjointe au shérif d'un quelconque patelin, et j'aurais joué avec les renards.

Allez savoir ! La jeune Flora, si pleine d'optimisme, n'aurait peut-être pas fait une très bonne policière : elle avait tendance à voir le meilleur en chaque individu – ce qui n'est sans doute pas une grande qualité chez une enquêtrice.

Il était donc possible que Jacob soit la source de ma force. Je n'avais pu devenir moi-même (une femme déterminée, armée pour la survie et dotée d'un fort désir de revanche) qu'en passant quatre cent soixante-douze jours en sa compagnie.

Je préférais ne pas y penser.

Mais nous venons tous de quelque part, pas vrai ?

Il faut un méchant pour faire un héros.

Et il avait fallu un monstre pour faire celle que j'étais.

Quand j'eus parcouru deux pâtés de maisons depuis la planque de Roxy, mon portable vibra de nouveau. Numéro secret, mais je devinai qu'il s'agissait de Mike Davis, l'ami de Roxy, qui prenait enfin contact avec moi grâce à la conseillère d'éducation. Il m'avait déjà appelée, mais je me trouvais alors avec le commandant Warren, à qui rien n'échappait. J'avais fait de mon mieux pour répondre discrètement par texto : *Suis avec police, rappellerai.*

Sur le point de partir, j'avais ajouté : *Rencontrons-nous.*

Il était logique qu'il me rappelle à peu près à ce moment-là. Je sautai sur mon téléphone : « Flora Dane. »

Il parlait d'une voix essoufflée, assourdie, comme s'il ne voulait pas être entendu.

« Dans trente minutes, dit-il. Au parc.

— J'ai besoin de connaître votre nom.

— Vous savez qui je suis.

— J'essaie d'aider Roxanna.

— Venez au parc. » Il m'indiqua son emplacement.
« Je porte un coupe-vent bleu et une casquette des Patriots, réussis-je à glisser.
— Je sais. »
Et il raccrocha.

Trente minutes. Pas beaucoup de temps.
J'appelai Sarah pour que nous prenions nos dispositions en conséquence.

Samedi après-midi, temps radieux, le parc était bondé. Des gamins aux blousons de couleurs vives traversaient les pelouses en poussant des petits cris. Des joggeuses en collants Lycra à motifs psychédéliques s'enfonçaient dans les allées sinueuses. Des couples avec chien. Des couples sans chien. Ce parc était l'un des rares espaces verts au milieu d'une véritable jungle de béton et tous les habitants du quartier en profitaient.

Je n'avais jamais rencontré Mike Davis et la conseillère d'éducation ne m'avait guère donné d'indices, mais je le reconnus tout de même immédiatement : un ado qui se tenait à l'écart, l'air gêné dans un sweat à capuche gris beaucoup porté. Au lieu d'aller vers lui en ligne droite, je choisis de suivre l'allée qui me mettrait le plus dans son champ de vision.

Il leva brusquement les yeux. Je frôlai du bout des doigts la visière de ma casquette avec la sensation d'être dans un film d'espionnage. Il hocha la tête d'un air hésitant, puis décolla et se mit à marcher à mes côtés. Il avait une démarche curieuse, aussi bondissante que portée vers l'avant, comme un bâton sauteur forcé à un déplacement horizontal. Il ne parla pas tout de suite, tambourinant sur ses cuisses du bout des doigts. Je me demandais s'il prenait quelque chose. Méthamphétamine, cocaïne, Adderall. De nos jours, les jeunes abusaient de tout et n'importe quoi, y compris des médicaments contre l'hyperactivité. À moins que ce ne fût précisément le problème : il aurait eu besoin d'un traitement contre l'hyperactivité.

Je n'y connaissais pas grand-chose. Jacob aimait se droguer, mais il n'était pas très partageur. J'avais appris à reconnaître les signes indiquant que la nuit allait être longue ; quant à savoir ce qu'il consommait, à quelle dose et à quelle fréquence, cela restait un mystère pour moi.

« Là-bas », dit Mike.

Je le suivis vers un secteur relativement calme du parc, à côté d'un bosquet de buissons. Ma mère aurait sans doute pu nommer ces plantes. Moi, je n'avais jamais eu la patience.

« Vous cherchez Roxanna », dit-il de but en blanc. Il tressautait sur place. J'essayais de croiser son regard, pour comprendre à qui j'avais affaire, mais il gardait les yeux baissés, le visage détourné.

« Je suis une amie, dis-je finalement. Je fais partie d'un groupe. Elle s'est adressée à nous il y a quelques semaines, elle cherchait de l'aide. »

Il hocha la tête. Chose encourageante, la nouvelle n'avait pas l'air de le surprendre.

« Est-ce qu'elle t'a contacté ? » tentai-je d'une voix égale.

Vigoureuse dénégation de la tête.

« Tu sais que sa famille est morte ? Ils ont été tués par balle. Tous. Même Lola et Manny.

— Ce n'est pas elle ! » Il clignait des yeux à présent. La colère, me dis-je, mais peut-être autre chose. Les larmes ? Le chagrin ? « Et Blaze et Rosie ? demanda-t-il finalement.

— Les chiens vont bien. Je crois que votre conseillère d'éducation, Mme Lobdell Cass, les a recueillis. »

Il acquiesça.

« Elle m'a dit que vous étiez amis, Roxanna et toi. Vous passiez du temps ensemble au lycée ? »

Nouveau hochement de tête.

« J'ai cru comprendre qu'elle était en délicatesse avec un groupe de filles qui voulaient qu'elle rejoigne leur gang, qui faisaient pression sur elle.

— Un "gang" ? dit-il avec un ricanement de mépris. Une bande de pétasses, oui. Roxy était trop bien pour elles et elles le savaient.

— Ça ne veut pas dire que ça leur plaisait.

— Ce n'est pas ce que vous croyez. On parle de Roxy, là ! Elle n'allait pas entrer dans un gang. Elle cherchait de l'aide pour sa sœur. Lola. »

J'attendis, le laissai venir. Il tambourinait de nouveau sur son jean, sans relâche, *tap, tap, tap*.

« Lola s'était mise à traîner avec certaines de ces filles, les minigangsters du collège, on dira, fit-il avec un haussement d'épaules. Rien de surprenant. Elle n'arrêtait pas de chercher les problèmes. Et Roxy la tirait toujours d'affaire. Mais là, c'était plus grave. Dans les écoles, les prisons, les quartiers : les gangs font la loi partout. Il faut y entrer. Il faut en faire partie. Tout le monde a envie d'appartenir à une famille. » Mike fredonna des notes que je ne reconnus pas. « Sauf Roxy et moi. On est des solitaires. Depuis toujours et pour toujours. La vie est plus dure, mais quand on est suffisamment naze, les gens vous fichent la paix.

— Vous êtes en dehors du jeu, Roxy et toi?

— Évidemment. Vous voudriez, vous, passer du temps avec moi, être mon amie?»

Il leva les yeux. De grands yeux marron encadrés de cils épais. Il avait des yeux de chiot, me dis-je, mais quelque chose clochait dans son regard. Il essayait de croiser le mien, sans y parvenir tout à fait. Pas un problème de drogue. Un syndrome d'Asperger, peut-être. Ou une autre forme d'autisme, légère mais suffisante pour faire de lui un être à jamais à part. Il avait raison: la vie au lycée ne pouvait être que plus difficile.

«Est-ce que Lola touchait à la drogue?

— C'est pour ça qu'elle a rejoint le gang.

— Elle consommait?

— Elle a dit à Roxy qu'elle en avait besoin. Mais pas de traces d'injection. Roxy a vérifié. Elle s'est dit que Lola dealait peut-être.

— Lola revendait de la drogue? Quel type de drogue?»

Encore ce petit air de musique. «Elle voulait faire partie du milieu. Appartenir à un cercle. C'était mieux que d'être seule. Elle l'avait appris à ses dépens. Et puis, l'argent, le pouvoir, vous voyez. Monter en grade. Elle était jolie. Autant que ça serve.

— Qu'est-ce que tu veux dire?» Son agitation de grelot était contagieuse. Je me surpris à hocher la tête en rythme, comme pour le suivre.

«Chez Maman Del. Je les ai prévenues dès le premier jour: ne jamais rester seul.

— Qui est Maman Del?

— Notre mère d'accueil.» Grimace. «Faut pas se faire envoyer là-bas.

— Attends, tu as été placé dans la même famille que Lola et Roxanna?» D.D. avait évoqué les soupçons que nourrissait Juanita Baez concernant le séjour de ses filles en famille d'accueil, mais j'ignorais que Mike Davis faisait déjà partie de leur vie à cette époque.

«Ouais. Maman Del. *The farmer in the dell, the farmer in the dell...*» Mike fredonna de nouveau la comptine et s'arrêta brusquement. «Mais elles sont parties. Leur vraie mère s'est corrigée et les a reprises. Incroyable, hein?» Il haussa les épaules. «Elles sont parties. Je ne les ai pas revues pendant des années.

— Elles sont parties, mais toi, tu es resté chez Maman Del? Tu vis toujours là-bas?

— Depuis que j'ai cinq ans.

— Et cette maison se trouve à Brighton?

— *The farmer in the dell, the farmer in the dell*, psalmodia-t-il.

— Je ne comprends pas très bien : si cette famille d'accueil se trouve à Brighton et que Juanita y vit aussi, où est-ce que les filles sont allées quand elles sont retournées chez leur mère? Est-ce que vous n'auriez pas dû continuer à fréquenter la même école? Et à vous y croiser?

— La mère de Roxy travaille à la clinique Sainte-Élisabeth. Donc à Brighton. La famille d'accueil est à Brighton. Mais Brighton est une ville chère, alors Maman Del prend beaucoup d'enfants, surtout des bébés. Plein d'argent à se faire avec les bébés. Mais la mère de Roxy, c'est une vraie maman, pas une mère d'accueil. L'État ne lui verse pas de salaire pour ses enfants, donc elle est partie en banlieue. Les loyers sont moins chers. » Mike hocha la tête d'un air docte en se balançant sur ses talons. « La stabilité du logement fait partie des conditions pour qu'on rende un enfant à ses parents. »

Je commençais à comprendre : même si Juanita y travaillait, Brighton était une ville trop onéreuse pour une mère célibataire avec trois enfants et elle avait dû partir en banlieue et accepter des trajets pour faire des économies. Comme le disait Mike, le juge avait dû poser un certain nombre de conditions avant de lui rendre la garde des enfants, dont la stabilité du cadre de vie. « Donc, quand Juanita a récupéré Roxy et Lola, elles sont parties…

— Loin, dit Mike avec dépit.

— D'accord, mais elles ont fini par revenir à Brighton. Comment ça se fait ?

— C'est à cause de Charlie. Il est entrepreneur. Il avait une maison à Brighton, il la retapait. Il a rencontré la maman de Roxy aux urgences. Il s'était coupé sur un chantier. Elle lui a fait des points de suture. Ils ont emménagé chez lui. La maison était plus près de la clinique. Un logement stable et gratuit. Les conditions étaient remplies. »

Logique. « Donc Lola et Roxy sont revenues ici après une période d'absence. Mais toi, c'est différent, ajoutai-je. Tu as dû rester chez Maman Del. »

Il cligna rapidement des yeux, sans dire un mot.

« Quand vous êtes-vous retrouvés ?

— L'an dernier.

— Roxanna a intégré le lycée ?

— Juste avant Noël.

— Elle se souvenait de toi ? »

Mike arrêta de s'agiter et me regarda. « Jamais elle ne m'oubliera.

— Et les autres enfants de la famille d'accueil ? demandai-je lentement, d'autres hypothèses commençant à se former dans mon esprit. Elle les a retrouvés, eux aussi ?

— Anya et Roberto, dit-il en reprenant sa gigue. Ne jamais se faire surprendre seul chez Maman Del.

— Mike, qu'ont fait Roberto et Anya ?

— Tout ce qu'ils pouvaient sans se faire pincer.

— Ils vous ont fait du mal ? À Roxy ? À Lola ?

— Nous, on mettait des laxatifs dans leurs repas. Du vomitif. Tout ce qu'on pouvait sans se faire pincer.

— Vous les neutralisiez ? Pour vous protéger ? »

Il parlait moins, s'agitait plus.

« Est-ce que vous les avez dénoncés à Maman Del ? À quelqu'un d'autre ? »

Mike ouvrit de grands yeux. Secoua vigoureusement la tête.

« D'accord. Donc quand Roxy est revenue à Brighton, elle t'a revu, toi, mais aussi cette Anya et ce Roberto.

— Oui.

— Elle les a reconnus ? Et eux, ils l'ont reconnue ?

— Oui. Ne jamais rester seul.

— Ils ont voulu reprendre leurs mauvaises habitudes ? De quoi ? De harceler et maltraiter Roxanna ?

— Ne jamais rester seul », prêcha-t-il de nouveau.

La situation s'éclairait. Et je regrettais que Sarah n'ait pas rencontré Roxanna plus tôt, parce que son flair ne l'avait pas trompée : Roxy vivait dans la peur et avait besoin d'aide. L'heureux dénouement de l'idylle entre sa mère et son nouveau compagnon les avait ramenées, sa sœur et elle, en plein enfer. Et comme elles étaient encore des enfants, elles n'en avaient parlé à personne. Je comprenais ça. Les adultes non plus n'appellent pas toujours au secours.

«Et Lola? demandai-je. Elle a trois ans de moins, donc elle n'était pas dans le même établissement scolaire. Est-ce qu'il y avait aussi des enfants de chez Maman Del au collège?

— Tout le monde a des amis, et les enfants méchants ont des amis méchants. Roxanna est mon amie. Nous restions à l'écart des autres. Mais Lola, sa famille et ses amis ça ne lui suffisait pas. Elle voulait plus. Elle voulait se sentir en sécurité partout.

— C'est pour ça qu'elle est entrée dans la bande? Elle pensait qu'appartenir à un gang la protégerait de voyous comme Anya et Roberto?

— Elle n'avait rien pigé.

— Comment ça?

— Roxy lui avait promis qu'elle la protégerait. C'était son rôle: Lola s'attirait des problèmes, Roxanna la défendait.

— Roxy n'aimait pas ce gang. Elle avait peur pour sa sœur?

— Elle avait peur pour nous tous.

— Depuis qu'elle était revenue à Brighton? Qu'elle avait revu les autres enfants placés?

— Ne jamais rester seul.

— Et toi, Mike? Quand Roxy et Lola sont parties, tu t'es retrouvé seul.

— J'ai protégé Roxy. J'ai essayé.

— Avec des laxatifs, des vomitifs... Et un pistolet,

Mike ? Est-ce que tu en aurais donné un à Roxanna ? Est-ce que tu l'aurais aidée à en acheter ? »

Il ne dit rien, mais sur sa cuisse ses doigts ralentirent le rythme. Révélateur, me dis-je : le signe qu'il m'avait menti ou qu'il s'apprêtait à le faire. Mais il ne parla pas. Se contenta de fixer un point derrière moi.

Une journée si radieuse. Tous ces gamins qui riaient aux éclats dans un parc joyeux.

J'aurais voulu pouvoir dire à ce garçon que je savais ce qu'il éprouvait, à propos de son amie qui se sentait à part, de sa propre vie de garçon à part. Il n'était pas le seul à sentir la chaleur du soleil sur son visage mais pas dans son cœur.

« Tu sais où se trouve Roxanna ? »

Il secoua la tête, mais je n'étais pas convaincue.

« Tu vis toujours chez Maman Del ?

— Encore deux ans. » Autrement dit, il savait peut-être où se trouvait Roxy, mais elle ne pouvait en aucun cas avoir trouvé refuge avec lui dans la maison où elle avait vécu l'enfer. Alors où, dans ce cas ?

« Et Roberto et Anya ? Ils sont encore chez Maman Del ?

— Roberto aimait faire pleurer les enfants. Pour le plaisir. Roxy m'a appris à m'occuper des bébés. Quand elle est partie avec Lola, je me suis installé chez les bébés. Ils sont plus sympas que Roberto.

— Est-ce que Roberto s'intéressait particulièrement à Lola ? » En même temps que je posais cette question, je procédais à un rapide calcul mental : Juanita avait perdu la garde des enfants quatre ou cinq ans plus tôt. Donc Roxanna devait avoir onze ans et Lola huit ? À huit ans, on est encore très jeune et sans défense.

À entendre Mike, cela faisait d'elle une cible idéale pour Roberto.

« Tout le monde s'intéressait particulièrement à Lola, dit Mike. Elle est très jolie. Trop jolie, d'après Roxy.

— J'imagine que ce n'était pas facile. Roxy devait se faire beaucoup de souci pour elle, surtout quand Roberto rôdait dans les parages.

— Roberto est mort.

— Pardon ?

— En juin. Il s'est tiré une balle. Maman Del a piqué une crise. Anya a pleuré. Mais nous, non.

— Roberto le diabolique ? Celui qui torturait tout le monde, qui avait pris Lola comme souffre-douleur, il est mort ? » C'était bien la dernière chose à laquelle je m'attendais.

« Au début du mois de juin. Juste avant la fin des cours. Suicide. Une balle dans la tempe. Rideau.

— Qu'a dit Roxy ?

— Pas grand-chose.

— Comment est-ce possible ? D'après toi, Roberto était un tyran, d'abord dans la famille d'accueil et ensuite dans le lycée que vous fréquentez tous les deux. Elle n'était pas contente qu'il soit mort ?

— Roxanna ne parlait pas beaucoup.

— Et toi ?

— Je n'ai pas dit grand-chose non plus. »

J'étais franchement déroutée. « Et Lola ? »

Nouveau haussement d'épaules. Les tics reprirent de plus belle.

« Mike, Roxy est venue nous trouver, mon amie et moi, parce qu'elle cherchait de l'aide. Elle avait très peur. C'était il y a seulement quelques semaines, donc

Roberto était déjà mort. Est-ce que tu sais de quoi elle avait encore peur ?

— Sa famille.

— Elle avait peur de sa famille ? De sa mère, par exemple ? De Charlie, son compagnon ? Ou alors d'Hector, le père de son petit frère ? Est-ce qu'elle parlait de lui ?

— Roxy avait peur pour Lola.

— Lola avait des problèmes à la maison ? Avec Charlie, peut-être ? Est-ce qu'il abusait d'elle ? Roxy t'a parlé de ça ?

— Lola en voulait à Roxy, elle lui disait qu'elle n'était pas sa mère. Mais de toute façon elle en voulait aussi à leur mère.

— Pourquoi ?

— Elle était comme ça. Roxy dit toujours que Lola est la reine pour s'attirer des ennuis.

— Mike, aide-moi à comprendre. Roxy devait avoir de bonnes raisons de s'inquiéter, puisque tout le monde est mort, y compris Lola. Que s'est-il passé ? Il faut m'aider pour que Roxy ne soit pas la prochaine victime.

— Roxy ne leur a pas fait de mal. Elle protégeait Lola. C'était son rôle.

— Et chez Maman Del, est-ce qu'elle l'avait toujours protégée ? »

Mike refusait de croiser mon regard.

« Est-ce que Roxy arrivait à se protéger elle-même ? »

Il gardait les yeux rivés au sol. Finie la gigue. Une immobilité absolue et, curieusement, plus inquiétante.

« Je protégeais Roxy. Roxy protégeait Lola. Nous faisions de notre mieux.

— Mais ça ne suffisait pas toujours, suggérai-je.

— Roberto est mort. Mais tout le monde n'est pas aussi facile à supprimer.

— Un instant... Mike ! »

Trop tard : ayant dit ce qu'il avait à dire, il avait tourné les talons et s'en allait sans un regard en arrière.

Et moi je restai plantée là. Je fis mine de tripoter la fermeture de mon coupe-vent, de rajuster ma casquette sur mon crâne. Avec toutes les idées qui se bousculaient dans ma tête, pas difficile d'avoir l'air distraite.

Mais, du coin de l'œil, je vis Mike Davis sortir du parc. Puis, un battement de cils plus tard, une silhouette familière apparaître à quelques pas derrière lui pour le prendre en filature.

Sarah, en chasse.

J'espérais que j'avais été une bonne professeure.

17

Nom : Roxanna Baez
Classe : Seconde
Professeure : Mme Chula
Genre : Récit personnel

Qu'est-ce qu'une famille parfaite ?

Chapitre 3

Le juge nous montre le jardin des enfants : une parcelle en forme de haricot dans un coin ensoleillé près des marches à l'arrière du tribunal. Il y a un petit arbre au milieu. Un poirier, nous dit-il, la floraison est magnifique au printemps. C'est un enfant de cinq ans qui l'a planté il y a vingt ans, la première affaire de ce juge. Depuis cette époque, il a invité tous les enfants à enrichir le jardin. Lola, Manny et moi avons chacun un petit godet de quatre pensées. Elles fleuriront cet automne, explique-t-il, puis elles mourront pour l'hiver. Mais (pause dramatique avec regard appuyé à Manny) pas avant d'avoir semé leurs graines. Ce qui signifie que nous pourrons revoir nos pensées au printemps. Plus grandes et plus fortes. Comme nous.

Manny hoche vigoureusement la tête. Il apprécie les fleurs, mais surtout la possibilité qui lui est donnée de jouer avec la terre. Lola et moi nous en fichons. Nous voulons juste être à côté de notre petit frère. Mémoriser le moindre de ses gestes. Enregistrer chacune de ses réactions, chacun de ses rires. Mes côtes me font souffrir. Je me déplace avec précaution pour que personne ne s'en aperçoive. Lola a l'air tout aussi ankylosée, mais elle n'en parle pas plus que moi.

Manny semble se porter comme un charme. Nous nous concentrons sur lui, sur tout ce que nous aimons chez lui et qui nous manque.

Derrière nous se tient Susan Howe. C'est notre bénévole du CASA. Elle ne travaille pas pour l'État, nous a-t-elle précisé, comme si ces nuances pouvaient avoir un sens pour nous. Assise à nos côtés pendant les audiences, elle s'efforce de répondre à nos questions. « Quand est-ce que je verrai maman ? demande toujours Manny. Pourquoi est-ce que je ne peux pas rentrer à la maison ? »

Mme Howe est aussi notre avocate, à Lola et à moi. « Quand est-ce qu'on verra Manny ? » lui demandons-nous systématiquement. C'est elle qui organise ces rencontres. Elle nous observe aussi, rédige des rapports sur notre évolution dans la famille d'accueil, sur notre attitude pendant les rares entrevues avec notre mère, etc. Son rôle ne doit pas être confondu avec celui de la dame au visage pincé, Mme McInnis, la représentante des services de protection de l'enfance, celle qui a mis tout ce bazar.

Le mois dernier, nous étions déjà dans ce même tribunal devant ce même juge pour ce qu'on appelle une audience de placement. En gros, Mme McInnis a fait la liste de tous les manquements de notre mère à notre égard. L'école témoignait que nous n'avions jamais de casse-croûte ni d'argent pour notre déjeuner. Notre bailleur disait que nous avions six mois d'impayés de loyer et qu'il avait entamé une procédure d'expulsion. La voiture de maman avait été saisie. Elle avait perdu son travail. La police avait dû intervenir à de multiples reprises à cause de leurs querelles d'ivrognes, à elle et Hector.

Ma mère était assise à sa propre table avec son avocat. Commis d'office, certainement – on aurait dit un adolescent maigrichon et boutonneux qui aurait piqué le plus beau costume de son père en espérant que personne ne s'en apercevrait. Ses mains tremblaient lorsqu'il lut les contre-arguments qu'il avait jetés sur une feuille. Sa voix se brisa à deux ou trois reprises. Ma mère refusait de nous regarder.

Elle pleurait sur sa chaise.

Manny tendit les bras vers elle. « Maman, maman, maman, maman, maman. »

Elle baissa la tête. Ses larmes redoublèrent.

Manny resta sur mes genoux jusqu'à la fin de l'audience, mes bras bien serrés autour de ses épaules tremblantes, Lola collée contre moi. Mme Howe était avec nous. Elle me tapota le bras deux ou trois fois. Mais nous ne réagissions pas. Elle n'était pas des nôtres. Elle n'était pas de la famille.

Aujourd'hui, c'est l'audience prescriptive. Comme des enfants sages, nous plantons nos fleurs avec le juge. Nous sourions, nous hochons la tête, nous avons l'air reconnaissants. Dans cette nouvelle vie, il nous faut faire plaisir à beaucoup d'adultes. Qui disent tous agir dans notre intérêt. Lola et moi apprenons à être méfiantes. Très méfiantes.

On rentre dans le tribunal. Je porte Manny. Il a quatre ans, il est trop grand pour ça, mais il déteste ce lieu. Il sait déjà qui nous y verrons et son petit corps tremble. Un instant, au bout du long couloir, je vois la silhouette d'un homme à contre-jour devant une vitre éclairée par le soleil. Un grand gaillard. Hector, me dis-je. Ils ont retrouvé Hector! Il va recueillir Manny et le mettre à l'abri. Et peut-être que, si je le lui demande gentiment, il nous prendra aussi, Lola et moi.

J'entends un petit hoquet à côté de moi : Lola a vu la même silhouette. Mais alors l'homme se retourne. La lumière frappe son visage. Il ne s'agit pas du tout d'Hector. Juste d'un autre grand type qui vaque à ses occupations. Je me voûte et pose ma joue sur le sommet du crâne de Manny, heureuse de n'avoir rien dit.

Le juge nous quitte pour passer dans son bureau. Nous suivons Mme Howe à l'intérieur de la salle d'audience, où nous entrons par le fond en file indienne. Mme McInnis est déjà là avec son air pincé, assise à droite devant un monceau de documents. Elle lève un instant les yeux, puis détourne le regard. Elle sait que nous la détestons, que nous la tenons pour responsable de tout cela. Et pourtant, le mois dernier, quand elle a lu la longue liste des accusations de négligence, c'est pour nous et non pour elle que je me suis sentie gênée. Parce que ma mère, Hector et moi n'avions pas été capables de faire mieux que ça. Ce qui avait obligé cette dame à intervenir et à déchirer notre famille.

195

Je sais à quel moment Manny voit notre maman parce qu'il se raidit entre mes bras. Il ne la réclame pas à grands cris. Il pousse des petits gémissements du fond de la gorge, et c'est pire. J'ai mal aux côtes. Je peine à respirer. Heureusement que nous sommes presque arrivés à notre table, celle du milieu, où nous nous installons avec Mme Howe.

Lola tire une chaise pour moi. Je la prends et j'assois Manny sur mes genoux. Il regarde vers la table de ma mère, alors j'en fais autant. Même avocat boutonneux que le mois dernier, même costume trop grand. Mais ma mère... elle a meilleure mine. Son visage est moins creusé. Elle s'est lavé les cheveux et les a coiffés en une queue-de-cheval épaisse, brillante sous les lumières du tribunal. Elle porte un chemisier que je n'avais jamais vu. Pêche, une couleur douce qui lui sied au teint.

Elle regarde dans notre direction. Manny se balance sur mes genoux. Lola se ronge les ongles. Moi je ne bouge pas. Elle sourit. Un sourire timide. Plein d'espoir. Et mon cœur se brise en mille morceaux. Je voudrais courir vers elle et pleurer. Me lever et hurler. Réduire ce nouveau chemisier en charpie. Le recoudre lambeau après lambeau.

Jamais je n'ai autant aimé et haï quelqu'un. Je ne sais pas si j'aurai la force de supporter une tension pareille. Je détourne les yeux, regarde le crâne de Manny. Quand je jette un coup d'œil vers Lola, elle se tient parfaitement immobile, les joues sillonnées de larmes.

Le juge entre dans la salle et l'audience commence.

Encore des listes. L'audience de placement

énumérait tous les torts de ma mère, celle-ci fait l'inventaire de tout ce qui doit à présent arriver. Prise en charge de sa toxicomanie et de son alcoolisme. Logement sûr et permanent. Emploi stable. Formation à la parentalité. Thérapie. Dépistage aléatoire de la consommation de drogue. Ma mère approuve d'un signe de tête chaque nouvelle injonction. Il y a un mois c'était une paumée alcoolique, aujourd'hui c'est une mère repentante, prête à tout pour récupérer ses enfants. Je me demande combien de temps cette nouvelle phase durera.

Le juge s'interroge sur les pères. L'acte de naissance de Manny porte le nom d'Hector Alvalos. Où est M. Alvalos ? Mme McInnis répond que l'État n'a pas été en mesure de le localiser. Je jette un coup d'œil vers ma mère. Elle regarde la table. Je me demande si elle a honte d'avoir chassé Hector. Ou si elle dissimule son visage parce qu'elle sait où il se trouve, mais qu'elle ne veut pas qu'il revienne dans sa vie. Même pas pour Manny, qui s'est remis à pleurer en entendant le nom de son père.

Le juge se tourne à présent vers ma sœur et moi. Et les filles ? Qui sont leurs pères ? Seul le nom de la mère figure sur les actes de naissance.

« Je ne connais pas le nom des pères, dit notre mère.

— Comment est-ce possible ? Avez-vous informé l'un ou l'autre de ces hommes que vous étiez enceinte ? Leur avez-vous demandé de l'aide ? »

Elle secoue la tête.

« Pourquoi ?

— Je... À l'époque, je ne pouvais pas être certaine de l'identité du père. »

Je suis cramoisie. Lola aussi.

« Mais vous devez bien avoir des hypothèses ? insista le juge. Je peux ordonner des tests de paternité. »

Ma mère secoue la tête. « Aucune hypothèse. J'étais... jeune et très inconséquente à l'époque.

— Vous buviez, conclut le juge.

— Oui. Je faisais la fête presque tous les soirs. Le temps que je me rende compte que j'étais enceinte... Je ne sais pas, monsieur le juge. Je ne sais pas. »

Lola s'est figée à côté de moi. Je crois qu'elle est trop gênée pour bouger jusqu'au moment où je m'aperçois qu'en fait elle est trop en colère, qu'elle serre les poings. Depuis un mois, je fais de mon mieux pour la protéger. Nous restons dans le coin des bébés. La nuit, je monte la garde. Mais Roberto et Anya sont patients, tenaces. Mon petit couteau a déjà disparu. Ils attendent, provoquent des disputes et m'accusent quand Maman Del débarque. La punition : une nuit dans le placard du rez-de-chaussée, ce qui fait que Lola se retrouve toute seule.

Je suis en train de découvrir des stratagèmes plus efficaces. Mettre des laxatifs au chocolat dans leur dessert, des somnifères en vente libre dans leur dîner. Je ne peux pas gagner en m'opposant frontalement à eux, alors je fais de mon mieux pour les mettre hors d'état de nuire. Mike s'est montré un bon allié : il glisse du paracétamol sous ma serviette, me laisse du sirop vomitif en guise de cadeau sous mon oreiller. Mais c'est une lutte sans fin et stressante. Nos cicatrices, à Lola et moi, sont là pour en témoigner.

Quand elle nous rend visite, Mme Howe prend

toujours de nos nouvelles. De quoi avons-nous besoin ? En quoi peut-elle nous aider ? Nous ne disons jamais rien. La dernière fois que nous avons parlé, on nous a retirées à notre famille. Quelles que soient les bonnes intentions de tous ces adultes, notre situation a empiré.

« Je suis désolée, dit ma mère. J'ai manqué à mes devoirs envers mes enfants. Envers moi-même. Je le sais. Mais je n'ai pas touché à une goutte d'alcool depuis dix-sept jours. Je fais des efforts, monsieur le juge. Je fais des efforts. »

Ce discours plaît au juge jardinier. Il abat son marteau, déclare la séance levée. Lors de la prochaine audience, programmée dans trois mois, il s'agira de faire le point sur les progrès de ma mère au regard des conditions posées : est-elle encore abstinente, va-t-elle à ses rendez-vous de suivi, occupe-t-elle un emploi stable, a-t-elle trouvé un logement convenable, etc. ? En attendant, nous restons en famille d'accueil, mais nous serons désormais autorisés à voir notre mère toutes les semaines.

Manny fait un petit bond sur mes genoux, tend instinctivement les bras vers elle. Mais Lola et moi ne bronchons pas. Nous savons à quoi nous en tenir, Mme Howe nous a prévenues : cette audience n'était qu'une première étape, qui visait à définir les objectifs de ma mère. Quatre autres suivront. Des bilans après trois, six et neuf mois. Puis, au bout de douze mois, l'audience de fin de mesure.

Autrement dit, nous ne sommes pas près de quitter notre famille d'accueil.

Nous sortons de la salle d'un pas fatigué. Et au

moment de quitter le bâtiment, j'aperçois de nouveau la silhouette du grand type. Il se détourne rapidement, mais cette fois-ci j'ai mieux vu son visage. Hector. En fait, c'est bel et bien Hector qui hante ce tribunal. Pourquoi ne se fait-il pas connaître? Pourquoi ne ramène-t-il pas Manny à la maison? Et nous aussi, tant qu'on y est?

Je m'immobilise et agrippe le bras de Lola pour lui dire: Regarde. Mais déjà il est parti et elle grimace parce que mes doigts serrent trop fort.

«Désolée», dis-je aussitôt en la lâchant. Mme Howe me dévisage. Manny aussi.

Hector. J'ai vu Hector. Il était là et... il nous a abandonnés.

Encore une fois.

Je me détourne de Lola et Manny. Sans un mot de plus.

Où sont-elles, ces familles parfaites? La vôtre en fait-elle partie? Celle de votre amie, de votre voisine? Je ne crois pas qu'il soit possible d'en désigner une en particulier. Celles qui ont le plus de chances de susciter notre admiration sont tout simplement celles dont les secrets sont les mieux gardés.

Non, les vraies familles parfaites ont des défauts, des faiblesses et des cicatrices. Il leur a fallu échouer et reconnaître leurs erreurs. Il leur a fallu tout rater pour apprendre à faire certaines choses correctement. Il leur a fallu haïr pour savoir ce qu'il fallait aimer.

Manny est ma famille parfaite. Lola est ma famille parfaite.

Ma mère. Hector.

Mon père, qui n'est qu'une ligne vierge sur un acte de naissance.

Je crois qu'une famille parfaite, c'est une famille qui a appris à pardonner.

C'est pourquoi j'espère qu'au bout du compte, malgré tout ce que j'ai pu faire, ils me pardonneront tous.

18

« Vous vous trompez. Roxanna ne me ferait jamais de mal. C'est une gentille fille. En plus, elle n'aurait pas pris le risque de blesser les chiens.

— Je vous en prie, monsieur Alvalos », insista D.D., mais le gaillard détourna la tête, les lèvres serrées, la mine sombre. D.D. lança un regard vers Phil, qui semblait tout autant à court d'idées.

Ils étaient de retour à la clinique Sainte-Élisabeth, où Hector avait été admis aux urgences. Bonne nouvelle pour eux, il avait précisément été confié aux soins de Nancy Corbin, l'infirmière qu'ils avaient interrogée dans la matinée. Et la plaie était sans gravité. Pas besoin d'intervention chirurgicale, il suffisait de nettoyer, panser et laisser cicatriser. Hector se reposait dans une petite salle d'examen. Il portait une blouse de patient à motifs bleus et était bordé serré sous un drap blanc rêche. Il avait une perfusion fixée avec du sparadrap sur le dos de la main, un capteur de saturation en oxygène à l'index et deux ou trois autres tuyaux qui servaient à Dieu sait quoi et qui allaient Dieu sait où.

Est-ce qu'une plaie par balle vous valait même encore une nuit d'hospitalisation ? se demanda D.D. Peut-être que le personnel soignant se disait qu'un dur à cuire comme lui, le visage déjà barré par une vilaine cicatrice, ne voudrait de toute façon pas faire de vieux os à l'hôpital ? Hector était pâle, mais ne semblait pas trop se ressentir de sa mésaventure.

En attendant, l'infirmière leur avait donné l'autorisation de s'entretenir avec lui ; malheureusement Hector ne l'entendait pas de cette oreille.

« Des témoins ont vu une jeune fille répondant au signalement de Roxy fuir les lieux », reprit Phil.

Hector secoua la tête. « J'en ai vu plein, des filles, dans le coin. Il faisait beau, tout le monde était de sortie. Ça pourrait être n'importe laquelle.

— Qui se serait mise à courir dans la rue ? insista D.D.

— Vous ne vous mettriez pas à courir, vous, si vous entendiez des coups de feu ? »

D.D. poussa un gros soupir et se massa les tempes. Cette affaire lui filait la migraine. Et dire que, sept heures plus tôt, son principal souci était de savoir quelle race de chien ils allaient ramener du refuge. Elle consultait régulièrement son portable, guettant des nouvelles. Jusque-là, rien. Alex avait dû voir l'alerte-enlèvement et il la laissait faire tranquillement son boulot. Quelle tristesse : à l'heure qu'il était, elle aurait préféré avoir à affronter un jeune chiot.

« Racontez-nous depuis le début, dit Phil pour lancer leur témoin réticent sur un autre sujet. Après notre discussion de ce matin...

— Je suis allé à une réunion, répondit aussitôt Hector et, à sa façon de prononcer ce mot, D.D. comprit qu'il parlait des Alcooliques anonymes. En sortant, j'ai trouvé un message sur mon téléphone. De votre part. Au

sujet des chiens. Et justement, j'étais d'accord pour les prendre. Ce sont de braves bêtes. Manny les adorait… »
La voix d'Hector s'enroua, un début de panique se lut dans son regard.

« Vous êtes allé au café, l'encouragea D.D. en douceur.

— Blaze et Rosie. Je les ai tout de suite vus, attachés sous l'arbre. Il y avait un agent posté à côté d'eux. On aurait dit… leur garde du corps. »

D.D. et Phil acquiescèrent.

« Je me suis approché. Je lui ai donné mon nom et ensuite mon téléphone pour qu'il écoute le message. Je ne voulais pas qu'il croie que je mijotais un mauvais coup. Quand on est costaud comme moi, on n'est jamais trop prudent. »

Hector montrait son visage balafré et D.D. n'eut pas de mal à imaginer que sa carrure et son attitude ne devaient pas toujours lui attirer les bonnes grâces de la police. Surtout vu son comportement le matin même sur la scène de crime, où il avait jeté un de ses subordonnés à terre.

« J'ai joué avec Rosie et Blaze. Ils avaient l'air heureux de me retrouver. Je leur ai dit que je les emmenais à la maison, qu'ils allaient vivre chez moi. Ils vont bien ? s'inquiéta soudain Hector. Qui s'en occupe ?

— Ils vont très bien. Une enseignante du lycée de Roxy les a recueillis.

— Elle a une maison ? Avec jardin ? Il leur en faut un. Blaze aime être dehors, Rosie aussi. C'est Manny qui me l'a dit.

— Cette dame a promis de prendre soin d'eux. Quand nous en aurons fini ici, si vous vous sentez assez bien (et si notre petite conversation s'est bien passée), on pourra faire en sorte que vous retrouviez les chiens. D'accord ? »

Hector baissa les yeux et hocha la tête d'un air penaud. Pour un dur à cuire, il lui rappelait sacrément son petit garçon de cinq ans quand il se faisait gronder.

« L'agent m'a rendu mon téléphone, continua Hector. Il a passé un coup de fil de son côté et m'a dit que tout était en ordre et que je pouvais emmener les chiens.

— Ensuite il est parti, précisa Phil, puisque tels étaient les faits qu'ils avaient pu reconstituer.

— Oui, il s'est éloigné à pied. Je suis resté là à me demander s'il fallait que j'appelle un taxi, puisqu'on ne peut pas monter dans le bus avec des chiens. Je me disais aussi que je pouvais peut-être rentrer en marchant, vu qu'il faisait beau, mais est-ce que ça ne risquait pas de faire trop loin pour eux ? Ils avaient peut-être faim, et ça m'a fait penser qu'il fallait que je leur achète à manger. Et sans doute des coussins, des jouets. Tous ces détails pratiques auxquels je n'avais pas pensé. Et là...

« Boum. J'ai entendu le coup de feu. J'ai reconnu le bruit. J'en avais entendu assez souvent. Mais au début je n'ai pas réalisé... Mon bras... Mon épaule. J'avais l'impression qu'elle était en feu. C'est quand j'ai vu du sang dégouliner sur ma main que j'ai compris que j'avais été touché. Que c'était moi la cible. Je me suis jeté à terre. Devant les chiens. Je voulais les protéger. Parce que je n'avais pas été là pour Manny, vous voyez. Alors il fallait que je sauve les chiens. Vous comprenez ? Mon fils les adorait... »

D.D. et Phil comprenaient. La voix d'Hector s'éraillait et ses yeux sombres se voilaient de nouveau.

«Les gens criaient. Quelqu'un a hurlé de rester couché. Rosie et Blaze se sont collés à moi. Tout tremblants. Ou alors c'était moi, je ne sais pas. Mais il ne s'est rien passé.» Hector voulut hausser les épaules mais grimaça de douleur. «Plus de coups de feu. Rien. J'ai attendu, longtemps, et l'agent est revenu, et puis tous ces gyrophares et toutes ces sirènes.

— Vous avez vu quelqu'un courir dans la rue? le questionna Phil.

— Beaucoup de gens couraient.

— Même sur l'autre trottoir?

— Je n'ai pas regardé l'autre trottoir. Je suis resté concentré sur les chiens. Ils étaient dans tous leurs états, ils gémissaient.

— Auriez-vous vu quelque chose juste avant le coup de feu? tenta D.D. Un reflet, par exemple, un mouvement fugitif que vous auriez aperçu du coin de l'œil?»

Hector secoua la tête.

«Combien de temps pensez-vous être resté avec les chiens avant d'être touché?

— Je ne sais pas. J'avais parlé un moment à l'agent. Peut-être dix minutes, un quart d'heure?»

Autrement dit, raisonna D.D., largement assez longtemps pour que Roxy le voie arriver depuis sa planque au premier étage, sorte discrètement dans la rue, se positionne derrière l'arbre et le prenne pour cible.

«Vous possédez une arme à feu? demandait Phil à Hector.

— Moi? Non, pas du tout. Pourquoi j'en aurais une?» Mais, tout en parlant, il avait le regard fuyant. D.D. se demanda une nouvelle fois ce qu'ils ignoraient sur cet homme. Sa douleur de père semblait réelle. Et pourtant, si leur théorie était exacte et que Roxy lui avait tendu un piège en l'attirant devant ce café, quelle en était la raison? Cela voulait forcément dire qu'Hector n'était pas un tiers totalement neutre, un élément extérieur à la famille. Il avait dû jouer un rôle dans ce qui se tramait au sein du ménage Boyd-Baez pour se retrouver sur la liste des personnes à abattre. Pire encore: peut-être Roxy croyait-elle qu'il avait assassiné sa famille, d'où sa tentative de vengeance? Avec les chiens en guise d'appât?

D.D. résista à l'envie de se masser une nouvelle fois les tempes. Les affaires criminelles lui faisaient souvent penser à des images déformées: quand on les regarde de face, rien n'a de sens. Mais dès qu'on fait un pas de côté, une image apparaît. Voilà ce dont Phil et elle avaient besoin à présent: trouver le bon angle d'observation pour comprendre comment ils s'étaient retrouvés avec quatre morts et un blessé en une demi-journée.

« Et Charlie? insista Phil. Il avait une arme? »

Hector grimaça. « Je ne peux pas répondre pour lui. Il ne m'appréciait pas tellement. Mais j'imagine mal Juanita accepter la présence d'une arme à feu sous leur toit. Elle ne les aime pas. En tant qu'infirmière urgentiste, elle sait les dégâts qu'elles peuvent causer. »

Phil hocha la tête; à dire vrai, il avait déjà cherché en vain le nom de Charlie Boyd dans la liste des permis de port d'arme. Celui d'Hector Alvalos, aussi. Ce qui prouvait seulement que ni l'un ni l'autre ne possédait d'arme déclarée et n'empêchait pas de poser la question.

Cet usage d'une arme à feu faisait partie des pièces du puzzle qui chiffonnaient D.D. Elle voyait bien Roxanna se cacher dans le local à l'abandon en face du café ; d'ailleurs, c'était la meilleure explication au fait qu'une armée de patrouilleurs et de civils aux aguets n'ait pas encore pu la localiser plusieurs heures après l'assassinat de la famille. D.D. pouvait aussi imaginer Roxy attachant les chiens sur le trottoir d'en face pour attirer Hector dans sa ligne de mire. Mais où la jeune fille s'était-elle procuré une arme ? Et quand avait-elle appris à tirer ? Viser un homme à vingt mètres de l'autre côté d'une rue animée tout en s'abritant derrière un arbre, ce n'était pas un mince exploit. Roxanna, si elle était bien à l'origine du coup de feu, avait eu de la chance d'atteindre sa cible, même à l'épaule, et de ne pas avoir touché un malheureux passant ou les deux chiens.

Roxy aurait-elle même pris le risque de tirer alors que Blaze et Rosie étaient si proches ? Le geste semblait imprudent à D.D., or rien de ce qu'ils avaient appris au sujet de cette jeune fille ne donnait à penser qu'elle était impulsive.

« Vous disiez que Juanita vous reprochait son alcoolisme, reprit-elle. Et Roxanna ? Elle vous le reprochait aussi ? »

Hector secoua la tête. « Je... Aucune idée.

— Vous alliez chercher Manny tous les dimanches, intervint Phil. Qui s'occupait du passage de relais ? Juanita ? Charlie ?

— Parfois Roxanna. Rien n'était fixé. Je ne m'attardais pas. Je frappais à la porte, Manny sortait. Même chose à la fin de la journée. En sens inverse. Manny était un petit garçon sage. Il était prêt quand j'arrivais.

— Mais Juanita était à la maison, rappela D.D., se souvenant des explications qu'elle avait reçues sur l'emploi du temps démentiel de la mère de famille. Il lui arrivait de discuter avec vous ?

— De temps à autre. On échangeait sur des bricoles. Manny avait tel devoir à faire, tel entraînement de foot. Un match plus tard dans la semaine. J'essayais autant que possible d'aller le voir à ses activités.

— Et dans ce cas-là, vous passiez du temps en compagnie de Juanita et Charlie ?

— Non. Il ne vaut mieux pas qu'on se voie, Juanita et moi. On le sait tous les deux. On garde nos distances.

— Et Roxanna ? demanda Phil. Vous lui parliez pendant les matchs de foot de Manny ?

— Non. Elle restait avec Juanita et Charlie. Souvent elle emportait des livres. Elle faisait ses devoirs dans les gradins. »

Une autre idée traversa l'esprit de D.D. : « Et Lola ? »

Les yeux d'Hector s'arrondirent légèrement et il détourna rapidement le regard.

« Lola restait avec sa famille ? insista D.D.

— Juanita et elle se disputaient trop, marmonna-t-il.

— Donc Lola allait de son côté. Peut-être même qu'elle venait auprès de vous. Pour le plaisir de provoquer sa mère. »

Hector n'avait plus l'air d'un gros dur. Au contraire, sa cicatrice rendait son visage terreux pitoyable. « J'évite d'être seul avec Lola, dit-il finalement. Au bord du terrain de foot, même si je ne suis pas avec Juanita et Charlie, il y a foule. Plein d'autres familles. Quand je suis avec Lola, je fais bien attention à ce qu'il y ait beaucoup de gens autour de nous.

— Est-ce que Lola apprécie votre force et vos biceps, Hector ? demanda posément D.D. Est-ce qu'elle se dit que, si vous étiez assez bien pour sa mère, vous seriez sans doute assez bien pour elle ?

— Assez ! » Hector frappa du poing sur son lit d'hôpital. La douleur lui arracha aussitôt une grimace ; sa poche de perfusion se balançait et une des machines s'était mise à biper. « C'est une enfant. Elle ne comprend pas. Même si elle se trouve jolie, ce n'est qu'une petite fille.

— *C'était* une enfant, rectifia D.D. *C'était* une petite fille. Elle est morte, Hector. Assassinée, ce matin même. Quelques heures avant qu'on ne vous tire dessus. Pourquoi ? Dites-nous ce qui se passe. En mémoire de Lola, en mémoire de Manny, dites-nous ce que vous avez fait, Hector. Crachez le morceau. Maintenant !

— Mais je ne sais pas ce que j'ai fait ! Je ne comprends pas. Il n'y a aucune raison qu'ils soient tous morts. Aucune raison que Manny… Je n'y comprends rien. Mon petit garçon, si beau. Je ne comprends pas ! » Hector frappa le matelas surélevé de l'arrière du crâne. Les larmes ruisselaient sur son visage. « Ce n'est pas moi ! gronda-t-il. Je n'aurais jamais pu. Mais je ne sais pas non plus qui est le coupable. Tout ça n'a aucun sens. Nous étions juste une famille, une famille normale, avec ses problèmes. Avec beaucoup de petits travers, oui, mais rien d'assez grave pour mériter ça. *Rien !* »

D.D. et Phil échangèrent un regard et laissèrent passer quelques minutes, le temps pour leur homme de retrouver son sang-froid.

« Pourquoi ne vouliez-vous pas rester seul avec Lola ? » demanda alors D.D. avec fermeté.

Hector poussa un profond soupir. Ferma les yeux.

« Allons, Hector. Nous savons que vous voudriez la protéger. Mais c'est une enquête pour meurtre : tout va se savoir. Plus tôt vous nous direz tout, plus tôt on pourra trouver des réponses. Découvrir qui a tué votre beau petit garçon. Et peut-être, avec un peu de chance, sauver Roxanna par la même occasion. Vous comprenez bien qu'elle est en danger ? Si elle n'a pas tué sa famille, alors c'est quelqu'un d'autre et ce quelqu'un est à ses trousses. Mais si c'est elle qui a assassiné sa famille et peut-être aussi tiré sur vous, cela fait d'elle une fugitive armée et dangereuse recherchée par toutes les polices de Boston. Aucun de ces scénarios n'est bon, Hector. Il faut que vous nous aidiez à la retrouver les premiers. Qu'on la protège d'elle-même. »

Hector, les yeux toujours fermés, finit par dire : « Lola faisait tout pour se faire remarquer... Par des gestes déplacés, vous voyez. Il y a eu un incident au collège, avec un professeur. Elle a eu des mots... des gestes indécents. Devant témoins, ses camarades de classe.

— Comment le savez-vous ? demanda Phil.

— Juanita m'en a parlé. Elle m'a pris à part, pour me mettre en garde. Pour que je sois prudent avec Lola. Mais je m'en doutais déjà. Cette façon qu'elle avait de s'habiller, de se comporter... En tant qu'homme, ça me mettait mal à l'aise.

— Vous pensez que Charlie abusait d'elle ? demanda D.D. sans prendre de gants.

— Je ne sais pas. Juanita a tout de suite abordé la question, mais pour écarter cette hypothèse. Avec le recul, elle avait l'impression que Lola avait changé avant même leur installation avec Charlie. Mais que les choses s'étaient aggravées pendant cette dernière année. Lola avait treize ans, elle entrait pour de bon dans l'adolescence.

— Qu'est-ce que vous en avez pensé ? » demanda D.D.

Hector ouvrit de grands yeux, l'air très troublé. « Ces gamins... À l'époque où je vivais avec Juanita, ils étaient tous sages. Roxanna était déjà une adulte en miniature. Par notre faute, je sais. On faisait la bringue, on se disputait... et Roxanna tenait la baraque. Alors on faisait la bringue encore plus. Voilà jusqu'où on était tombés, à quel point on était malades. »

D.D. hocha la tête. Dans l'exercice de leurs fonctions, Phil et elle avaient souvent affaire à des alcooliques, qu'il s'agisse de suspects, mais aussi de victimes ou même de collègues. L'addiction ne connaissait pas de frontières.

« Lola n'avait rien à voir avec Roxanna. Elle ne voulait pas faire ses devoirs, suivre les règles ou se tenir tranquille. Elle sortait de son lit dès que Roxanna s'était endormie. Je la surprenais à nous espionner, sa mère et moi. Retourne te coucher, je lui disais, et elle y allait. Ou alors : Va voir si ton frère dort bien. Parce qu'elle adorait Manny. Elle aurait fait n'importe quoi pour lui. Roxanna n'arrêtait pas de lui donner des ordres, alors que Manny la vénérait. Lola adorait ça.

« Ensuite... tout est parti en vrille. Juanita était malheureuse comme les pierres. Elle trouvait que je travaillais trop souvent le soir, que je rentrais encore plus tard que je n'aurais dû. Elle m'accusait de voir d'autres femmes, de tout et n'importe quoi. Et puis l'appartement était trop petit, les enfants avaient besoin de vêtements neufs, bref... rien n'allait et tout était ma faute. Du coup elle s'est mise à picoler encore plus, jusqu'à recevoir une lettre d'avertissement de son employeur. Après elle a été menacée de renvoi, et là aussi c'était ma faute parce que j'aurais dû être à la maison pour m'occuper des gosses et nous trouver un meilleur logement ; sauf que si j'avais été davantage à la maison, comment est-ce que j'aurais gagné assez pour nous payer un appartement plus grand ? » Hector haussa les épaules. « Ensuite l'école a appelé parce que les enfants n'avaient rien à manger pour le déjeuner et qu'ils portaient tous les jours les mêmes vêtements. Roxanna n'était qu'une enfant et elle ne pouvait pas non plus tout faire...

« Il y a eu une dispute. Je ne sais même plus qui a commencé. Mais la grosse dispute. J'étais fou de rage. Carrément... *hors de moi.* J'avais envie de cogner Juanita. N'importe quoi pour qu'elle arrête de me hurler dessus. Qu'elle arrête de me donner l'impression d'être une *merde.* J'ai serré les poings. Le coup aurait pu partir, mais c'est là que j'ai vu les enfants. Ils étaient plantés dans le salon, à me dévisager. Mon Manny pleurait. Lola l'avait pris dans ses bras. Alors qu'il faisait déjà la moitié de sa taille. Et Roxanna les enlaçait tous les deux. Pour les protéger. De moi.

« Alors j'ai frappé le mur à la place. Mon poing a carrément traversé la cloison. Juanita a arrêté de gueuler sur moi. Le silence est tombé dans la pièce.

« Je... je n'ai pas supporté. J'ai attrapé ma sacoche et je me suis barré. Définitivement.

— Vous êtes allé en Floride, dit D.D. Et pendant votre absence...

— Juanita a perdu la garde des enfants. Manny a été confié à une famille d'accueil, Roxanna et Lola à une autre. On a expliqué à leur mère qu'il était impossible de placer trois enfants dans une même famille.

— Juanita s'est rachetée, par la suite, remarqua Phil. Elle a dû répondre à toutes les exigences du tribunal, pour qu'on lui rende ses enfants au bout d'un an. Un sacré tour de force.

— Elle a arrêté de boire. Elle avait touché le fond et elle s'est battue pour remonter. Elle est forte. Je l'ai toujours su. Ça fait partie des choses qui m'ont séduit chez elle.

— Mais les enfants…, le relança D.D.

— Quand je suis revenu dans la région, que j'ai appris ce qui s'était passé, les efforts que faisait Juanita, ça m'a encouragé à m'inscrire aux Alcooliques anonymes, à arrêter de boire. Mon parrain a organisé une rencontre avec Juanita. On a parlé pour la première fois depuis bien longtemps. On a tous les deux reconnu nos torts. Et j'ai recommencé à voir Manny. Au début, il était très silencieux. Presque timide. Je comprenais. Il avait vu son père se transformer en monstre sous ses yeux. Et le pire, c'est que le monstre l'avait ensuite abandonné. Je me suis excusé auprès de lui. J'ai essayé de lui expliquer cette maladie. Je lui ai dit que j'allais mieux, je lui ai promis de ne plus jamais le quitter.

«Il m'a dit qu'il comprenait. Sa mère aussi avait été malade. Tellement malade que tout le monde avait dû partir de la maison. Et il espérait qu'on ne retomberait plus jamais malades.»

D.D. et Phil hochaient la tête.

«Manny… il était petit au plus fort de l'affaire. Je ne sais pas quel souvenir il en garde. Et puis il avait ses sœurs. Tant qu'ils étaient ensemble, au moins, Roxanna et Lola s'occupaient de lui au mieux. Il s'en est remis. Je ne vois pas quoi dire d'autre. Mon beau petit garçon m'a pardonné. Nous nous sommes retrouvés. Il adorait venir me voir. Quand j'arrivais chez lui, son visage s'illuminait. On jouait au foot. On se promenait dans le parc. On... on formait de nouveau une famille.

« En revanche les filles... Roxanna me tient à l'œil. Elle se souvient. Elle m'a peut-être pardonné, mais elle n'a pas oublié. Les premiers mois, elle me vrillait tellement du regard que je sentais comme un trou brûlant dans ma poitrine. Mais j'ai tenu parole, comme Juanita. Je n'ai pas pris une goutte d'alcool depuis des années. Je suis devenu le père que j'aurais toujours dû être. Dernièrement, Roxanna s'est radoucie avec moi. Il lui arrive même de me parler. Du moment que Manny est heureux, elle me pardonne.

« Lola, par contre... c'est elle la plus lunatique. Parfois follement gaie. Et... tactile. À me caresser le bras, à me faire de grands câlins. Mais je ne sais pas. Ils me faisaient un effet bizarre, ses câlins. Dès le début... il y avait un truc qui clochait chez elle. Elle était *trop* gaie. *Trop* tactile. Comme si elle se donnait trop de mal. Et puis il y avait ces colères noires. Les devoirs, les tâches ménagères, l'heure du coucher, tout était prétexte à conflit. D'après Manny, elle crie sur Roxanna autant que sur Juanita. "T'es pas ma vraie mère", ce genre de choses.

« Juanita ne savait plus par quel bout la prendre. Elle ne me disait pas grand-chose, notez bien. Mais après l'histoire du professeur... elle m'a confié qu'elle était inquiète. Elle se demandait s'il ne s'était pas passé quelque chose quand les filles étaient en famille

215

d'accueil. Elle avait même engagé un avocat pour qu'il creuse la question.

— Et vous, qu'en pensiez-vous ? demanda D.D.

— Ça m'a paru une hypothèse logique. Même si Charlie ne me portait pas dans son cœur, rien chez lui ne m'a jamais fait penser que ce n'était pas un type bien. Il avait l'air gentil avec les enfants et surtout… Roxanna le respectait, alors qu'elle peut être un juge sévère. Et puis Lola et elle dorment dans la même chambre, donc il n'aurait rien pu faire à Lola sans que Roxanna le sache, pas vrai ? Je ne pense pas qu'elle aurait gardé le silence. Elle l'aurait dénoncé. Ou bien elle lui aurait réglé son compte elle-même. Restait à savoir ce qui était arrivé à Lola. Parce que, maintenant que Juanita m'en parlait… Tous les enfants avaient changé après cette fameuse année. On avait tous changé, d'ailleurs. Il fallait qu'on redevienne une famille. Mais Lola n'a jamais eu l'air de se rétablir. Son état a empiré, en fait.

— Est-ce que Juanita vous a parlé des amies de Lola ? De la bande de filles avec qui elle traînait ?

— Juanita ne les aimait pas. Elle trouvait que Lola avait de mauvaises fréquentations. Et puis elle avait lu des livres sur le sujet. Le jour où elle m'en a parlé, elle m'a dit que Lola avait sans doute subi… des abus sexuels… dans sa famille d'accueil. Elle pensait que Lola exprimait son mal-être. Ses amies, ses transgressions ? C'était une façon pour la gamine de se punir.

— Qu'en disait Roxanna ? demanda Phil, perplexe. Les deux filles avaient été placées ensemble.

— D'après Juanita, Roxanna refusait de parler de cette période. Elle avait juste l'air très perturbée quand on l'évoquait. Mais, euh… » Hector s'interrompit. Prit une profonde inspiration. Fit une brève grimace à cause de la douleur. « J'avais vu les enfants. Les trois. Je ne l'ai jamais dit à Juanita, mais... quand j'étais en Floride, j'ai reçu un coup de fil d'un ami, qui m'a prévenu que les enfants avaient été retirés à Juanita et qu'elle devait suivre une cure de désintoxication. J'étais furieux. J'ai paniqué. Manny. Où avaient-ils emmené mon fils ?

« Alors j'ai refait toute la route jusqu'à Boston. Ça faisait, quoi, deux mois que j'étais parti ? On entend tellement d'horreurs sur le sort des enfants retirés à leur famille.

« Je les ai retrouvés au tribunal. Il y avait une audience. J'ai suivi ça de l'extérieur de la salle. Les enfants étaient tous ensemble, avec une femme que je n'avais jamais vue. Juanita était assise de l'autre côté. Elle avait l'air changée. Ses cheveux étaient beaux. Son visage lumineux. Elle avait l'air mieux que depuis des mois. Sobre. J'ai compris qu'elle était sobre.

« Alors que moi... » La voix d'Hector s'enroua. « Moi, je ne l'étais pas. Avant d'entrer dans le tribunal, j'avais même tellement la trouille que je m'étais enfilé trois verres de tequila. Pour me calmer les nerfs. Mais je me suis senti con. J'avais fait tout ce chemin pour voler au secours de mon petit garçon, mais je buvais encore comme un trou. »

Hector contemplait les draps blancs de l'hôpital. « L'audience s'est terminée. Je me suis réfugié au bout du couloir en espérant que personne ne me remarquerait. Manny avait l'air en forme. Il discutait avec ses sœurs, il tenait la main de Lola, qui lui souriait.

« Roxanna, cela dit..., se déplaçait bizarrement. Avec raideur. Je ne sais pas si d'autres l'ont remarqué. Mais

217

j'avais l'impression qu'elle souffrait. Comme si elle avait pris des coups.

— Qu'avez-vous fait ? » demanda Phil.

Hector leva les yeux vers les deux enquêteurs. « Rien. J'étais soûl. Et quand j'ai regardé Juanita, qui essayait de se racheter, quand j'ai vu les enfants s'accrocher les uns aux autres, j'ai eu honte. C'était moi, la cause de ce malheur. Juanita avait raison. Tout était vraiment ma faute et j'étais un raté. Je les ai quittés et je suis allé au bar. Comme un raté. »

Hector ferma les yeux, reposa la tête en arrière. « Elle m'avait vu, ajouta-t-il d'un seul coup. On n'en a jamais parlé, mais ce jour-là, au tribunal, Roxanna s'est tournée vers le bout du couloir. Elle m'a regardé dans le blanc des yeux. Juste avant que je me tire.

— Elle vous a vu au tribunal ? Elle vous a vu les abandonner ? reprit vivement D.D.

— Moi aussi, à sa place, j'aurais eu envie de me coller une balle, dit Hector. Mais pas aujourd'hui ; il y a cinq ans, à l'époque où je le méritais. Je ne suis pas parfait. J'ai commis beaucoup d'erreurs et Roxanna a le droit de me haïr. Manny et Lola aussi. Mais pourquoi maintenant ? Nous sommes redevenus une famille. Nous avons retrouvé un équilibre. Alors pourquoi... Voilà ce que je ne m'explique pas. Pourquoi maintenant ?

— Vous disiez que Lola était de plus en plus intenable. » D.D. réfléchissait à voix haute.

« Mais Juanita essayait de l'aider. Elle savait que ce n'était pas la faute de sa fille.

— Juanita posait des questions auxquelles Lola ne voulait pas qu'on trouve de réponse, suggéra Phil.

— Dans ce cas, pourquoi est-ce que c'est Lola qui est

morte ? On devrait avoir Roxanna sur le carreau et Lola en cavale, non ? objecta Hector. Et pourquoi Manny ? Ni l'une ni l'autre n'aurait jamais touché au moindre de ses cheveux.

— Vous disiez que Roxanna se déplaçait avec raideur au tribunal. Comme si on l'avait battue ?

— Oui. Elle se tenait trop droite, les coudes au corps. J'ai participé à suffisamment de rixes de bar pour savoir reconnaître les lendemains douloureux. Elle avait l'air d'avoir les côtes endolories. »

D.D. jeta un regard à Phil. « Peut-être que Roxanna avait aussi des secrets à garder sur cette année-là. Des questions auxquelles elle ne souhaitait pas que Juanita ait de réponses.

— Elle n'aurait pas touché à un cheveu de Manny, répéta Hector. Et même si elle avait des raisons de m'en vouloir... je suis sobre. Juanita est sobre. On s'est conduits comme des gamins irresponsables à l'époque, mais aujourd'hui nous sommes de bons parents.

— Et si c'était justement ça le problème ? marmonna D.D. Roxanna a toujours eu un rôle de parent et voilà que vous l'en privez ?

— Ça n'a aucun sens », s'offusqua Hector.

D.D. ne pouvait pas lui donner tort : elle se raccrochait aux branches et elle le savait. La question de fond soulevée par Hector était la bonne : cinq ans plus tôt, cette famille était en pleine décomposition et Roxanna aurait peut-être eu des raisons de s'en prendre à eux, du moins à Juanita et Hector. Mais aujourd'hui ils étaient sobres. Juanita avait récupéré ses enfants et semblait jusque-là avoir remis sa vie sur ses rails. Alors, encore une fois, quel changement intervenu ces dernières semaines avait inquiété Roxy au point qu'elle aille chercher de l'aide auprès du groupe de Flora – et avait pu conduire au carnage de ce matin ?

« Dernière question, lança Phil : vous disiez que Lola avait un comportement fantasque. Est-ce qu'il était possible qu'elle se soit droguée ? »

Hector poussa un soupir malheureux. « J'aurais envie de répondre non. Ç'aurait brisé le cœur de Juanita. Mais depuis cet incident avec le professeur… Avec Lola, tout est possible.

— Et jusqu'où irait Roxanna pour protéger sa sœur ? » demanda D.D.

Hector haussa les épaules et répéta : « Tout est possible. »

19

« Où êtes-vous ? demandai-je à Sarah au téléphone.
— Derrière le lycée, me répondit-elle à voix basse. J'ai suivi notre cible. Je l'ai dans ma ligne de mire.
— Est-ce qu'il y a quelqu'un avec lui ?
— Pas encore. Mais il a l'air d'attendre.
— C'est peut-être un point de rendez-vous, supposai-je tout haut. D'autres personnes autour de vous ?
— Tu te fiches de moi ? Entre l'entraînement de football, le hockey sur gazon, le foot américain... tu vois le tableau. Ça grouille de gamins, d'entraîneurs, de parents. »
J'avais oublié. Le week-end, le lycée accueillait aussi des entraînements sportifs, réunions d'associations et autres activités extrascolaires. Et si cela en faisait précisément l'endroit où Roxanna pourrait le plus facilement se fondre dans la foule ? Ou du moins faire le point avec son meilleur ami et probable complice, Mike Davis ?
« Au fait, repris-je, il n'y aurait pas par hasard une petite grappe de filles latinos dans les parages ?
— Des filles qui traînent, ce n'est pas ce qui manque. Difficile de différencier un groupe d'un autre sans s'approcher davantage. Je ne veux pas effaroucher notre cible. »
Je comprenais. Il y avait de bonnes chances pour que

Mike ait déjà repéré Sarah sur le trajet du lycée. En soi, une femme qui marchait dans la rue sous le soleil n'avait rien de louche, mais si cette même personne réapparaissait dans l'enceinte de l'établissement, cela risquait d'attirer son attention.

« D'accord, dis-je finalement. Tiens bon. Préviens-moi si Roxanna se pointe. Et si tu repères quoi que ce soit qui ressemble à une réunion de gang ou à du trafic de drogue, ce serait bon à savoir aussi.

— Sans blague ? Dans un lycée ?

— Je savais que je pouvais compter sur toi. »

Je venais de raccrocher lorsque D.D. et Phil sortirent de la clinique et je m'attelai à ma mission suivante.

« Déjà ? s'étonna D.D. en regardant sa montre d'un air dubitatif. Ça fait vraiment deux heures ?

— On ne voit pas le temps passer quand on s'amuse, lui assurai-je tout en tendant la main à Phil. Flora Dane. Nouvelle indic de la police de Boston. Ravie de faire votre connaissance. »

Phil roula des yeux en me dévisageant. « C'est une blague ? demanda-t-il à D.D.

— Désolée. On ne choisit pas toujours.

— Comment va Hector ? »

D.D. haussa les épaules. « Il va s'en sortir. Il soutient mordicus que ce n'est pas Roxanna qui lui a tiré dessus. Qu'elle n'avait aucune raison de s'en prendre à lui. Et, l'argument qui fait mouche : qu'elle n'aurait pas pris le risque de blesser les chiens en ouvrant le feu alors qu'il était si proche d'eux.

— Donc il n'a pas vu le tireur ? Ou alors il refuse d'admettre que ce puisse être Roxy ?

— Il n'a soi-disant pas vu le tireur. »

J'entendis le scepticisme dans la voix de D.D. À mon grand dam, c'était d'ailleurs un ton que je commençais à imiter.

« Mais ce fil bleu dans le local à l'abandon, il venait bien du sac de Roxanna, non ? »

D.D. me lança un sourire dépité. Leva de nouveau sa montre. « Leçon du jour pour l'enquêtrice amateur : les résultats d'analyse ne tombent pas en moins de deux heures. Il faudra me reposer la question demain matin, et encore, uniquement parce que les techniciens font des heures sup' quand une affaire a autant de retentissement.

— Notez que les justiciers solitaires ne rencontrent pas ce genre de problèmes.

— Vous faites vous-même les analyses ? demanda Phil.

— Pensez-vous. Un fil bleu exactement de la même couleur que le sac à dos de Roxy, c'est concluant. On coche la case et on passe à la question suivante. »

Nouveau roulement d'yeux. Il était doué.

« Vous avez appris quelque chose d'utile ? coupa D.D. avec impatience.

— Je crois. J'ai rencontré Mike Davis, l'ami de Roxanna. Il s'avère qu'il a été placé dans la même famille que les deux filles. »

L'information me valut immédiatement l'attention des deux enquêteurs.

« Que vous a-t-il raconté ? demanda D.D.

— L'important serait plutôt ce qu'il ne m'a pas raconté. Dans une enquête pour homicide, on s'interroge sur les changements récents dans la vie de la victime, pas vrai ? Par exemple, nous savons que Roxanna était très stressée et qu'elle frappait aux portes afin de trouver de l'aide pour une amie.

— Je n'ai pas besoin d'une leçon de police criminelle, merci.

— Nous savons aussi que Lola, sa petite sœur, faisait des siennes et que la maman se posait des questions sur leur séjour en famille d'accueil.»

D'un moulinet de la main, D.D. me fit signe d'accélérer. Phil ne cachait pas sa mauvaise humeur. Manifestement, il n'approuvait pas ma promotion au rang d'indic. Je lui énumérai donc mes découvertes avec force clins d'œil.

«Je crois que tout pointe dans la même direction: il y a cinq ans, quand Juanita a perdu la garde de ses enfants, les filles ont été placées à Brighton, chez Maman Del. Or, d'après Mike Davis, cette maison était un antre peuplé d'enfants cruels. Un univers à la Dickens. Deux d'entre eux, Roberto et Anya, faisaient régner leur loi et frappaient les plus petits pour le plaisir.»

D.D. échangea un regard avec Phil. Jusque-là, mon récit ne les surprenait pas, ce qui doucha un peu mon enthousiasme. Je continuai.

«À ce qu'il paraît, Roxanna et Lola se défendaient en glissant du laxatif ou du vomitif dans les repas de leurs bourreaux pour les mettre hors d'état de nuire. Mais ça ne marchait pas toujours.»

D'un signe de tête, les enquêteurs m'encouragèrent à poursuivre.

«Tout tient à leurs changements de quartier successifs, continuai-je avec un regain de conviction. Quand Juanita a cessé de boire, elle ne s'est pas contentée de reprendre les filles, elle les a emmenées vivre ailleurs. Une mère célibataire ne peut pas payer un loyer à Brighton.»

D.D. pencha la tête.

« Mais plus tard, aux urgences, elle a fait la connaissance de Charlie l'entrepreneur. Et en décembre dernier...

— Elle s'est installée chez lui, compléta D.D. Et les enfants sont revenus à Brighton. » Phil et elle échangèrent de nouveau un regard.

« Où Roxanna s'est retrouvée fréquenter le même lycée que ses anciens tourmenteurs, Roberto et Anya, finis-je avec des accents de triomphe.

— Et Lola? demanda Phil.

— Les enfants cruels ont généralement de jeunes comparses. Lola aussi a dû faire de mauvaises rencontres au collège. Mais le nœud du problème, c'est que, sans même s'en rendre compte, Juanita a ramené ses filles en territoire ennemi. D'où leur frayeur. Au lycée, Roxanna faisait front commun avec son ancien allié, Mike Davis, qui avait essayé de la soutenir chez Maman Del. À entendre Mike, Roxanna veillait sur Lola et lui veillait sur Roxy. Mais cela ne suffisait pas à rassurer Lola. Et c'est pour ça, d'après Mike, qu'elle est entrée dans une bande.

— C'est ce qui s'appelle se jeter dans la gueule du loup, murmura Phil.

— Trafic de drogue? questionna D.D. avec inquiétude.

— Roxy n'a trouvé aucune preuve du fait que Lola en prenait, mais peut-être qu'elle dealait. Elle disait à Roxanna que, tant qu'à être jolie, autant que ça serve. Ça me laisse à penser que Lola en avait assez de se sentir impuissante. Rejoindre un gang lui assurait une protection. La possibilité de gravir les échelons, d'acquérir du pouvoir.

— Soif de vengeance », conclut D.D.

Je ne savais pas.

«Et les deux autres jeunes? demanda Phil. Roberto et Anya? Où sont-ils à l'heure qu'il est?

— Roberto est mort. Il s'est tiré une balle il y a plusieurs mois. Mais je parierais qu'Anya rend la terre entière responsable de sa disparition, sauf lui-même. Peut-être qu'il a eu maille à partir avec Lola et sa bande? Ou que Roxy et lui ont réglé leurs comptes? Je ne sais pas. Mais Lola et Roxy reviennent et boum, à peine quelques mois plus tard, plus de Roberto? Dans la police, on ne croit pas aux coïncidences, n'est-ce pas?»

D.D. haussa un sourcil. «Vous pensez que Lola et Roxy pourraient avoir poussé le gamin au suicide?

— Pourquoi pas? C'est louche, ce concours de circonstances.

— Dans la police, on évite aussi les conjectures», remarqua sèchement Phil.

Je haussai les épaules. «Peu importe que Roxy et Lola aient ou non joué un rôle dans sa disparition. Ce qui compte, c'est que l'amie de Roberto (sa *petite* amie?) ait cru que c'était le cas. Roberto et elle avaient fait la guerre à Lola et Roxy par le passé. Si elle pensait que les filles étaient mêlées à sa mort...

— ... cela lui donnait une raison d'abattre Lola et Roxy, dit D.D.

— Problème: Roxy était sortie promener les chiens. Alors Anya a dû se contenter de flinguer toute sa famille à la place.

— Conjecture», maugréa Phil. Il ne m'aimait vraiment pas. «Dans ce cas, qui a tiré sur Hector? contra-t-il. Roxanna ou Anya?

— C'est vous qui avez interrogé Hector, pas moi. Peut-être qu'Anya l'avait vu venir chercher Manny, qu'elle le considérait comme un membre de la famille et que, dans son esprit malade, elle voulait tous les supprimer.

— Hector ne passait pas de temps avec Lola ou Roxanna, objecta Phil. Il ne leur avait pas non plus rendu visite dans la famille d'accueil. Aucune raison de l'associer aux filles.

— Qui sait ce qui peut se passer dans un esprit détraqué?» dis-je avec froideur, et mon ton, ou peut-être mon regard, devait être plus acéré que je ne le pensais, car Phil fut le premier à détourner les yeux.

D.D. s'interposa. «Ne nous énervons pas.»

Je détendis ma posture.

«Je ne vois pas Anya tirer sur Hector, dit-elle. Deuxième leçon du jour : la solution la plus simple est généralement la bonne. Le fil bleu du sac à dos de Roxy nous indique qu'elle s'est trouvée à proximité de la scène de crime. Nous savons aussi qu'elle a écrit les messages demandant expressément qu'Hector vienne chercher les chiens. Elle a un lien avec la victime et elle a eu la possibilité matérielle de commettre le crime. Quant au mobile... nous en avons encore beaucoup à apprendre sur cette famille.

— Si c'est Roxanna qui a tiré sur Hector, où s'est-elle procuré le pistolet? demandai-je. J'ai posé la question à Mike Davis. Il n'a pas souhaité répondre, mais vu son attitude... il est possible qu'il l'ait aidée. Ou qu'il soit au courant de quelque chose.

— Je serais aussi curieuse de savoir comment elle a appris à tirer, observa D.D. Se planquer derrière un arbre et toucher une cible de l'autre côté d'une rue passante... Chapeau.

— Est-ce qu'à la connaissance d'Hector la famille aimait faire mumuse avec des armes?

— Non. D'après lui, Juanita avait horreur des pistolets. Circulez, il n'y a rien à voir.

— Donc si Roxanna s'est entraînée, raisonnai-je à voix haute, c'est de son côté et avec une arme de contrebande.»

Quelque chose m'échappait. Les questions de Roxanna sur le forum donnaient l'impression d'une personne relativement inexpérimentée. Mais ce tir embusqué en pleine rue... D.D. avait raison : un coup de maître. Une fois de plus, qui était donc cette fille et où avait-elle appris tout cela ? Surtout en l'espace de quelques semaines. Les astuces prodiguées par mon groupe de soutien aux victimes étaient bonnes, mais pas à ce point-là.

«Votre impression sur ce Mike Davis ? me demanda D.D. C'est un ami de Roxanna, vous disiez. Et s'il la cachait ?

— Il vit encore dans la famille d'accueil, donc aucune chance qu'il l'ait planquée là-bas. En revanche, je ne serais pas étonnée qu'il l'aide d'une manière ou d'une autre.

— On devrait le faire suivre, dit D.D. à Phil.

— C'est fait.»

Tous deux me regardèrent avec des yeux ronds.

«Pardon ?

— On devrait le faire suivre par une personne *compétente*, précisa D.D.

— C'est fait, je vous le répète. Vous avez votre réseau, j'ai le mien. C'est bien comme ça que ça marche ?

— Je n'ai pas confiance en vous. Ni en votre réseau.

— J'ai pourtant été efficace, non ?»

Ma voix était remontée dans les aigus. D.D. ne me

gratifia pas d'une riposte percutante, mais ne détourna pas non plus les yeux. Nous ne nous ressemblions pas, je le savais. J'avais mon style, elle avait le sien. Mais elle ne pouvait pas nier mes résultats. Violeurs, kidnappeurs, assassins : ces dernières années, mon tableau de chasse s'était enrichi, même s'il m'en avait coûté. Mon petit doigt me disait que le commandant Warren faisait partie de ces flics qui ne peuvent pas dormir tant qu'ils n'ont pas toutes les réponses. Moi, j'étais une survivante et je ne pouvais pas dormir tout court.

Peu importe la manière, il n'y a que le résultat qui compte.

« Disons que je préfère vous tenir la bride courte », reconnut D.D.

Je haussai les épaules.

« Bon, continua-t-elle en se tournant vers Phil. On va mettre le paquet pour retrouver cette fameuse Anya et la convoquer en vue d'un interrogatoire.

— Attendez.

— Quoi encore ? s'exclama Phil, franchement agacé.

— Avec... tout le respect que je vous dois, dis-je (même si nous savions tous que ces mots m'arrachaient la bouche), je crois que vous devriez vous concentrer sur Maman Del. C'est elle qui dirige la maisonnée, qui connaît tous les protagonistes. »

Les deux enquêteurs me considéraient d'un œil noir.

Je continuai : « Et pendant ce temps-là, je tenterai le coup avec Anya. »

Phil n'en revenait pas : « Mais enfin, on rêve...

— Anya est une enfant placée ! Un produit du système. Coupable ou innocente, jamais elle ne voudra parler à deux enquêteurs. Vous l'avez dit vous-même :

les enfants placés n'aiment pas coopérer avec les représentants de l'autorité. Et même si je ne doute pas que vous ayez dans votre manche des techniques d'interrogatoire pour de telles occasions, tout ce qu'elle pourra vous dire restera sujet à caution.

— Tandis qu'avec vous…? s'irrita D.D.

— Moi, je suis Flora Dane. J'ai retrouvé une étudiante…

— Après quoi je vous ai sauvées toutes les deux, me rembarra D.D.

— J'ai brûlé vif un violeur. Ce qui, dans certains milieux, n'est pas aussi mal vu qu'on pourrait le croire. Je suis une survivante. Ça me fait plus de points communs avec Anya que vous. »

D.D. grommela dans sa barbe, regarda Phil, refit la grimace. Mais je savais que j'avais emporté le morceau. Parce que j'avais raison. Une adolescente placée? Pur produit de l'Assistance publique? Par définition, Anya me ressemblait plus qu'elle ne leur ressemblait. Et même si jamais elle avait aussi des morts sur la conscience… cela ne faisait toujours pas de nous des personnes si différentes.

« Comment allez-vous la trouver? demanda D.D.

— J'ai bien trouvé Mike Davis. Et la conseillère d'éducation. Vous avez votre réseau, j'ai le mien. »

D.D. était moins renfrognée, mais elle s'interrogeait encore. « Jusqu'où comptez-vous aller? me demanda-t-elle d'un seul coup.

— Je ne sais pas.

— Si vous retrouvez Anya, si vous parvenez à la conclusion qu'elle a bel et bien tué quatre personnes aujourd'hui…?

— Est-ce que je vais la brûler vive ? formulai-je carrément.

— Ou lui faire subir une autre forme de "justice" à votre façon.

— En réalité, je n'éprouve aucun plaisir à faire souffrir les gens, dis-je sans pouvoir deviner si D.D. me croyait ou non. Je vais recueillir sa version des faits. Et je vous rendrai compte. Comme je l'ai fait après ma petite conversation avec Mike Davis.

— Que vous avez fait prendre en filature, si j'ai bien compris.

— S'il rencontre Roxy, vous aimeriez le savoir, non ? Et si Anya fait une bonne candidate pour le rôle de l'assassin, vous voudriez aussi qu'on la tienne à l'œil, pas vrai ?

— Je n'ai pas confiance en vous », répéta D.D. Phil marmonna ce qui devait être une approbation. « Vous êtes trop endurcie, continua-t-elle. Trop en colère. Ça vous rend imprévisible.

— Drôle de remarque, venant de vous.

— Vraiment ? Vous voulez m'expliquer ce pansement que vous avez à la main ? Et pourquoi la plaie n'arrête pas de saignoter ?

— Je me suis blessée. Ça vous va ?

— Non. Non, ça ne me va pas. Parce que c'est la vérité, mais pas *toute* la vérité. Ce qui est un vrai problème quand quelqu'un comme vous parle avec quelqu'un comme moi. »

Furieuse, je la regardai en cachant ma main gauche dans mon dos avec embarras.

« Aujourd'hui, j'adopte un chien, reprit-elle soudain, ce qui me précipita dans la plus grande perplexité et lui valut un regard surpris de Phil. Mon mari et mon fils sont en train de choisir l'heureux élu en ce moment même. Ce qui signifie que j'ai trois bonnes raisons de rentrer chez moi ce soir : un mari, un enfant, un toutou. Et vous, Flora ? Qu'est-ce qui pourrait vous pousser à rester dans le droit chemin ? »

Bonne question. Une question que j'avais longtemps retournée dans ma tête. J'aurais dû parler de ma mère, de son immense amour pour moi. De ses sacrifices. De ses souffrances. De ses pâtisseries. Et puis il y avait Samuel, mon avocat des victimes, qui au fil des années avait déjà dû répondre des dizaines de fois à mes coups de fil nocturnes. Il y avait aussi mon frère, à l'autre bout du monde, qui m'aimait encore, je le savais. Et mon groupe de soutien, ma nouvelle petite bande d'inadaptés sociaux qui me regardaient comme un modèle.

J'avais une vie. Je ne savais pas très bien quand et comment c'était arrivé, mais j'avais une vie. Ce qui prouvait que je n'avais pas menti à Sarah le jour où je m'étais pointée chez elle : on peut survivre à des atrocités et réapprendre à vivre.

« Je vous rendrai compte », promis-je finalement.

D.D. ne me lâchait pas du regard. Puis, comme je ne cillais pas : « Soyez prudente.

— Comme toujours. »

Je repartis d'un pas léger. Sur la piste d'un tueur et aussi heureuse qu'une femme comme moi pourrait jamais l'être.

20

D.D. avait reçu un texto de la part de sa famille. Avec une photo. Elle avait une folle envie de déverrouiller l'écran pour la regarder. Une photo de Monsieur Chien ? D'Alex et Jack avec Monsieur Chien ? De n'importe quoi qui parle de chez elle ? Parce qu'elle aurait eu bien besoin d'une tranche de vie de famille. De quelques instants pour se souvenir des bonnes choses de l'existence.

Mais il y avait plus urgent. Elle appela Neil, alias Richie Cunningham, ainsi que Phil et elle aimaient à surnommer le benjamin de la brigade criminelle à cause de ses cheveux poil de carotte et de son air d'éternel adolescent. Mais, à vrai dire, Neil avait bien gagné en maturité ces dernières années et, comme il n'était plus le petit dernier de la bande depuis l'arrivée de Carol Manley au sein de l'équipe, on lui confiait des pans entiers des enquêtes. D.D. en éprouvait une fierté de maman et Phil en rayonnait d'orgueil paternel.

« D'autres découvertes importantes au domicile des Boyd-Baez ? lui demanda D.D.

— Rien qui saute aux yeux.

— L'enquête de voisinage ?

— Tout le monde s'accorde à dire qu'ils offraient l'apparence d'une famille normale. Pas de disputes bruyantes, pas de fêtes. Pas d'allées et venues à des heures indues. Juanita avait une réputation de cordon-bleu et Charlie était connu pour filer des coups de main aux voisins qui avaient besoin de petites réparations. Tout le monde les appréciait sans les connaître plus que ça. Juanita et les enfants n'étaient arrivés que dans le courant de l'année dernière.

— Est-ce que quelqu'un a vu le meurtrier entrer dans la maison un peu avant neuf heures ?

— Non.

— Des images de vidéosurveillance dans la rue de derrière ? On sait que le tireur a franchi la palissade. Il avait saboté les caméras du premier bâtiment, mais il doit bien y en avoir d'autres dans le coin.

— On croirait... mais non.

— Tu veux rire ? Dans un quartier aussi dense ? Depuis quand Big Brother ne nous regarde-t-il plus ? s'exclama D.D. avec humeur.

— Pas dans cette rue, lui confirma Neil. Je me suis penché sur la situation financière de la famille. Jusqu'ici, rien ne semble très mystérieux. Salaires mensuels, dépenses courantes. Pas de dépôts ni de retraits importants. Des activités limitées avec la carte bancaire. Pas la vie de château, mais ils s'en sortaient.

— Et les transactions en espèces ? Des opérations qui pourraient trahir des activités illicites, du trafic de drogue ?

— Charlie intervenait à la fois en tant que sous-traitant sur des gros chantiers et en tant qu'indépendant sur des chantiers plus modestes. Pour ceux-là, il était sans doute souvent payé en liquide, mais, je te le répète, on ne voit ni dépôts inexpliqués ni achats somptuaires (bijoux, matériel hi-fi, chaussures haut de gamme) qui permettent souvent aux barons de la drogue de blanchir leurs bénéfices. Et nous n'avons trouvé ni coffre-fort, ni cache sous le lit. Même pas un rouleau de billets dans le freezer.

— Donc, sur une échelle de un à dix, la probabilité que Juanita ou Charlie aient secrètement été des trafiquants de drogue...?

— Je dirais trois, et encore, uniquement parce qu'il se passait forcément des choses suffisamment graves pour motiver un quadruple meurtre. Mais Carol et moi avons fouillé la baraque de fond en comble sans rien trouver de l'arsenal typique du trafiquant. Juste une famille normale qui menait une existence normale dans une maison normale », conclut Neil d'une voix où D.D. entendit un léger tremblement.

Elle ne répondit pas tout de suite. Elle voyait ce qu'il voulait dire. Neil n'était ni marié ni père de famille (en fait, il était gay et avait grandi dans une famille de pochetrons catholiques irlandais), mais les drames familiaux étaient toujours durs à encaisser. Un beau-père abattu dans son canapé ; une maman exécutée dans la cuisine. Quant aux enfants... D.D. refusait toujours d'y penser.

« Ben a procédé à un examen superficiel des corps in situ, continua Neil en parlant de Ben Whitley, médecin légiste de la police de Boston et accessoirement ancien amant de Neil. Pas de traces d'injection évidentes sur Juanita ou Charlie. Mais Ben n'a pas manqué d'émettre les réserves d'usage...

— Aucune conclusion définitive avant l'autopsie complète au labo, dit D.D. sur un ton sentencieux.

— Exactement.
— Et Lola Baez ? »

Pour la première fois, D.D. entendit de la surprise dans la voix de Neil. « La gamine de treize ans ? Qu'est-ce que tu veux savoir ?

— La rumeur dit qu'elle faisait partie d'une bande. Qu'elle dealait peut-être. Ou qu'elle se droguait. On n'a aucune certitude. »

Silence – Neil étudiait la question. « Ben va faire une analyse toxicologique, c'est la procédure dans ce genre d'affaires. Mais si tu veux vraiment faire le tour de la question, je peux lui demander une analyse de différents segments des cheveux de Lola. Non seulement ça nous dira de manière indiscutable si elle se droguait, mais aussi à peu près à quel moment elle a commencé – ou arrêté, d'ailleurs. »

D.D. était impressionnée. « Parfait. Des dates, c'est exactement ce qu'il nous faut. La famille a connu beaucoup de changements au cours de la dernière année. Juanita a rencontré Charlie, elle a emménagé chez lui à Brighton avec ses enfants. Ce qui, apparemment, les a aussi remis dans l'orbite d'autres pensionnaires de leur famille d'accueil avec qui les comptes n'étaient pas soldés. Mieux nous pourrons reconstituer les derniers mois de la famille, mieux ce sera.

— Compris, lui assura Neil.

— Autre chose que je devrais savoir ? » demanda D.D. Neil était désormais capable de mener sa barque tout seul, elle lui faisait confiance.

« J'ai trouvé une police d'assurance-vie souscrite par Charlie. Vingt mille. Au bénéfice de Juanita. De quoi payer les frais d'obsèques, à ce stade. »

Pour quatre personnes, songea D.D.

« La maison est au nom de Charlie, continua Neil. Aucune trace d'un testament, donc la propriété va probablement se retrouver au tribunal des successions. En un mot comme en cent...

— Guère de raisons financières de tuer Charlie. Bon. »

D.D. se mordilla la lèvre. En tant que responsable d'enquête, il lui revenait de bien gérer des moyens qui n'étaient pas illimités. Après la première alerte, elle avait demandé à ses limiers et agents de patrouille de ratisser les alentours immédiats du domicile des Boyd-Baez. Mais sept heures plus tard, alors qu'un nouvel incident s'était produit et que Roxanna avait peut-être été aperçue aux environs du café, le périmètre géographique de l'enquête avait changé. Et sans doute aussi les questions à poser, vu ce qu'ils avaient appris sur la famille.

« Je veux que vous vous concentriez sur les enfants, dit-elle. Tu prends Lola et tu donnes Manny à Carol. Laissez tomber les auditions des voisins et cherchez du côté des écoles : les professeurs, les meilleurs amis, les pires ennemis. J'ai en particulier besoin de tout savoir sur l'année où les enfants étaient sous la responsabilité des services sociaux. Je vais moi-même aller de ce pas voir la famille d'accueil de Lola et Roxanna. Mais quid de l'enseignant de Lola cette année-là, de ses camarades ? Quels amis a-t-elle conservés ou laissés tomber ? Je ne sais pas trop, mais Juanita Baez soupçonnait que Lola avait été victime d'abus sexuels dans la famille d'accueil. Elle travaillait avec un avocat sur la possibilité d'engager une procédure.

— Intéressant.

— Demandez à tous ceux que vous interrogez si Juanita les aurait aussi questionnés. J'aimerais suivre le fil de son enquête, pour ainsi dire. Elle était en train de remuer la vase, alors à qui a-t-elle fait peur ?

— Tu penses qu'elle était peut-être sur une piste ? Et que certaines personnes ont pu être tentées d'étouffer l'affaire pour éviter un grand procès qui aurait été un désastre en termes d'image et d'indemnisation ?

— Exactement. Ce qui nous amène à Roxanna Baez. Elle avait peur de quelque chose, semble-t-il. Pour elle-même, pour sa sœur, on ne sait pas très bien, mais ces dernières semaines elle était à cran. Oh, ça me rappelle que je dois te parler de notre dernière recrue au milieu de ce bazar : Flora Dane.

— Pardon ? » Cette fois-ci, le ton de Neil ne laissait aucun doute sur sa stupéfaction.

« Elle est venue nous voir, Phil et moi, ce matin. Il se trouve qu'elle a créé un groupe de soutien pour survivants. Et que Roxanna Baez est leur dernier membre en date.

— Pardon ? répéta Neil, dont l'étonnement allait croissant.

— Il se peut qu'elle nous aide à retrouver Roxy. En tout cas, je l'ai embauchée comme indic.

— Tu délires », dit posément Neil. Ce qui témoignait du nombre d'années qu'il avait passées à travailler aux côtés de D.D. Beaucoup d'enquêteurs de la Criminelle la considéraient comme une cinglée monomaniaque ; très peu osaient le lui dire.

« Je suis sûre que Phil partage ton avis, répliqua-t-elle en glissant un regard vers le bout de trottoir où son collègue était lui aussi en grande conversation téléphonique. Mais le fait est qu'on a besoin de savoir tout ce qu'il y a à savoir sur Roxanna Baez et qu'il nous faut ces informations pour hier. Flora a déjà ses entrées auprès de cette fille et un peu d'aide ne nous fera pas de mal. »

Silence absolu de Neil.

« Excuse-moi, reprit-elle sur un ton où elle ne pouvait s'empêcher de laisser poindre le sarcasme, mais est-ce que tu aurais retrouvé Roxy d'un coup de baguette magique et juste oublié de me le dire ? Les patrouilles de quartier l'ont localisée ? Elle est en face de toi en ce moment même ?

— Non, admit Neil à contrecœur.

— Est-ce que tu es au courant qu'on a tiré sur Hector ? Que Flora m'a aidée à identifier la planque de Roxy dans le bâtiment d'en face ? Et que Roxy porte un sac à dos bleu clair que nous pouvons ajouter à notre signalement pour l'avis de recherche ?

— C'est Roxy qui a tiré sur Hector ? » demanda Neil, avec moins d'hostilité que de résignation.

D.D. poussa un profond soupir, son propre énervement refluant. « Je serais tentée de dire que oui, mais sincèrement je n'en suis pas certaine. Roxy était terrée dans des bureaux vacants en face de la scène de crime. Et on a vu une personne répondant à son signalement s'enfuir à toutes jambes. Des agents sont en train de passer le quartier au peigne fin et de récupérer les images des caméras de vidéosurveillance qui pourraient nous confirmer que c'est bien Roxy qu'on a vue fuir avec son sac à dos. Mon problème, c'est de savoir *pourquoi* Roxy aurait tiré sur Hector.

— Et massacré toute sa famille, ajouta Neil. Ici, en

tout cas, Carol et moi n'avons rien trouvé qui suggère que Roxy était en conflit avec sa mère ou qu'elle se livrait à des activités illégales. Pas non plus de petit ami malfaisant à l'horizon.

— Tous les témoignages indiquent qu'elle aimait ses frère et sœur et qu'elle se mettait en quatre pour les protéger.

— Mais si Roxy est innocente, pourquoi ne s'est-elle pas livrée à la police? objecta Neil. Quelle raison aurait-elle de se cacher?

— Si je devais risquer une hypothèse, je dirais qu'elle a peur.

— Mais de quoi?

— Franchement, Neil, c'est la question à laquelle nous avons plutôt intérêt à répondre.»

D.D. mit fin à la conversation. Phil, qui avait raccroché de son côté, l'attendait.

«J'ai récupéré les coordonnées des deux côtés, annonça-t-il: la famille d'accueil des filles d'une part, l'avocat de Juanita de l'autre.»

D.D. hésita. «La famille d'accueil réfutera mordicus toute allégation de maltraitance.

— Alors que l'avocat a peut-être déjà déniché des éléments de preuve, renchérit Phil.

— Va pour l'avocat.»

D.D. jeta un coup d'œil à son téléphone. Le texto d'Alex qu'elle n'avait toujours pas lu. La photo qu'elle n'avait toujours pas ouverte.

La famille. Tant de choses dans la vie tournaient autour d'elle.

Elle glissa son appareil dans sa poche et suivit Phil vers sa voiture.

21

Les premières fois où je suis passée devant le lycée, je n'ai absolument pas vu Sarah. Je cherchais une femme mince en vêtements passe-partout planquée derrière un arbre ou rôdant autour d'un buisson. Mais de l'autre côté de la rue s'étirait une grande dalle de béton : un traiteur, une petite épicerie et un prêteur sur gages se partageaient un parking. Pas un arbre, pas une brindille qui aurait permis à l'espionne en herbe de se cacher. Et depuis l'intérieur des magasins, il aurait été trop difficile de surveiller ce qui se passait dans l'enceinte du lycée pour garder Mike Davis à l'œil.

Je parcourus le trottoir dans un sens, puis dans l'autre, la tête rentrée dans les épaules. Comme l'avait dit Sarah, la cour du lycée était très animée. Des jeunes la traversaient en tenue de sport, d'autres étaient agglutinés en petits groupes. Je découvris Mike dans un coin d'ombre près du bout du bâtiment. Il se balançait d'avant en arrière sur ses pieds. Peut-être avait-il des écouteurs dans les oreilles. Ou peut-être écoutait-il simplement la musique dans sa tête.

Au troisième passage, alors que j'étais gagnée par l'anxiété, j'entendis : « Psst. »

Je me tournai vers la chaussée et découvris enfin Sarah. Elle n'était ni en train de rôder ni de faire les cent pas, mais restait bien au chaud sur le siège passager d'une voiture à l'arrêt. Lorsque je m'approchai, elle entrouvrit sa portière.

«Je ne savais pas que tu avais une voiture.

— Je n'en ai pas. Celle-ci n'était pas fermée à clé. J'ai fait comme chez moi.»

Épatée, je lui tirai mon chapeau: «Joli sens de l'improvisation.

— Comme tu vois, il n'y a pas de bon endroit où se tenir pour surveiller. Et comme je suis trop âgée pour être une élève et trop jeune pour être une maman, je n'étais pas sûre de pouvoir tourner en rond très longtemps autour des terrains de sport sans que les gens se posent des questions.»

Je m'accroupis à côté de la voiture. Une petite économique, gris métallisé. Un autocollant pour le parking réservé aux élèves sur le pare-brise. Une collection de chouchous pour cheveux autour du levier de vitesse.

J'étais de plus en plus admirative. Sarah pouvait passer pour une grande sœur attendant que son frère ou sa sœur sorte d'un entraînement. Elle avait son téléphone à la main – encore un détail bien vu: elle s'ennuyait et envoyait des textos pour tuer le temps. La plupart des passants ne devaient même pas la voir. Quant à ceux qui regardaient par hasard dans la voiture, risquaient-ils de remarquer une femme seule, le nez sur son téléphone? Rien de bien passionnant.

«Alors, quelque chose à signaler? la questionnai-je.

— À propos de M. Bojangles?» Sarah mâchait du chewing-gum, concession faite à la nervosité que lui inspirait sa première filature. Elle fit une bulle, la laissa éclater. Actors Studio, me dis-je. «Non, il reste à s'agiter dans le même petit coin. De temps en temps, on jurerait voir remuer ses lèvres. Peut-être qu'il parle à toutes ces voix dans sa tête.

— Ou alors il a le Bluetooth et il parle à quelqu'un au téléphone.»

Sarah fit une autre bulle, qu'elle laissa aussi éclater. «Impossible de m'approcher suffisamment pour en avoir le cœur net. Mais d'ici je pourrais observer d'éventuelles retrouvailles. Et jusque-là, nada.»

J'approuvai, regardai à travers le pare-brise en direction de Mike, qui faisait exactement ce que Sarah m'avait dit: bondissant sur l'avant de ses pieds, il murmurait tout seul.

«Alors comme ça, c'est lui le grand ami à la vie, à la mort de Roxanna? demanda Sarah.

— On dirait.

— Elle a la fibre protectrice.»

Cette remarque retint mon attention. Je dévisageai Sarah si intensément qu'elle en rougit et fit claquer son chewing-gum. «Je veux dire, imagine la situation. Un gamin comme ça? Vu les petites frappes qui font la loi au lycée, c'est pratiquement comme s'il se baladait avec une cible dans le dos. Roxy était peut-être cataloguée "bonne élève", mais je l'ai rencontrée: elle pouvait viser plus haut.

— J'ai cru comprendre que Mike les aidait, Lola et elle, dans la famille d'accueil. Peut-être que passer du temps avec lui est sa manière à elle de lui renvoyer l'ascenseur.

— Dans ce cas, elle est protectrice *et* fidèle, dit Sarah.

— Tu ne penses pas qu'elle s'en soit prise à sa famille.

— La fille que j'ai rencontrée était trop à bout de

nerfs pour agir avec un tel sang-froid. Si on me disait qu'elle avait tué quelqu'un en situation de légitime défense, d'accord. Mais supprimer toute sa famille ? Et ensuite sortir promener les chiens ? Jamais de la vie.

— La police a besoin de l'interroger, fis-je remarquer d'une voix douce.

— Elle ne m'a pas contactée, affirma-t-elle tout net en réponse à la question que je n'avais pas posée. Au début, ça pouvait se comprendre : elle avait besoin de se mettre à l'abri pour se sentir suffisamment en sécurité avant de m'appeler. Mais maintenant je m'inquiète. Je me dis que si elle était en situation de demander de l'aide... Nous sommes les plus susceptibles de croire à sa version, n'est-ce pas ? Si elle ne peut pas se confier à nous, alors à qui ? »

Je hochai la tête. Je commençais à me poser la même question. Surtout vu l'heure qu'il était. Presque dix-sept heures. La journée de travail s'achevait, et toujours pas le moindre signe de vie de sa part.

Sarah leva son téléphone. « Je ne reste pas les bras croisés », dit-elle.

Je plissai les yeux, scrutai l'écran. « C'est un site à leur mémoire, constatai-je en découvrant un montage de photos.

— Voilà. J'ai déniché la page Facebook de la mère de Roxanna. Pleine de photos de famille. Alors j'ai créé un site en souvenir de la famille Baez. J'ai publié les photos, des petits commentaires trouvés en ligne. Un hommage virtuel. »

J'attendis. En un an, Sarah, la survivante aux abois qui se barricadait dans son studio, avait fait beaucoup de chemin.

« On va pouvoir identifier les adresses IP. Savoir lesquelles reviennent plusieurs fois sur cette page.

— Beaucoup de gens visitent ce genre de site plus d'une fois.

— Oui, mais Roxanna est en cavale, on est d'accord ? Elle n'a ni ordinateur ni téléphone.

— Rien n'est moins sûr. Mais si elle a un téléphone, la police la localisera à la seconde où elle l'allumera.

— Sauf que tout le monde connaît le truc. Donc, si elle veut avoir des nouvelles (et elle doit crever d'envie d'en avoir), elle sera obligée d'aller sur un ordinateur en libre accès. Dans une bibliothèque, tu vois, un cybercafé ou autre. »

Je hochai la tête. Comprenant où elle voulait en venir, je traduisis : « Donc on peut regarder si on ne trouverait pas plusieurs fois une adresse IP située dans un lieu public. Et chercher Roxanna là-bas.

— Si on voulait être vraiment pointues, on pourrait même essayer de repérer des constantes. Est-ce que cet ordinateur consulte le site toutes les heures à l'heure pile, par exemple. Ça nous dirait *à quel moment* aller dans ce lieu public.

— Sacrément bien pensé.

— Je sais.

— Tu fais du super boulot.

— Je sais. » Elle fit claquer son chewing-gum. Souffla une nouvelle bulle. Mais quand elle me lança un regard, il était plein de tristesse. « Je voudrais vraiment l'aider, Flora. C'est moi qui suis allée la chercher. Moi qui l'ai fait entrer dans le groupe. Je ne peux pas m'empêcher de penser que tout est ma faute. »

Une femme aborda Mike Davis. Clairement pas une élève. Tout à notre conversation, Sarah et moi ne l'avions pas vue arriver. Mais elle avait déjà un certain âge, des cheveux poivre et sel bouclés, une tenue soignée : pantalon marron, pull vert forêt, veste matelassée beige et écharpe en soie vert et or. Un peu recherché pour les terrains de sport.

Enseignante ? Membre du personnel administratif ? Elle s'arrêta pile devant Mike. Celui-ci faisait le pois sauteur, comme d'habitude, mais lorsqu'elle parla, il s'immobilisa.

Lentement, il retira un écouteur. Observa son interlocutrice. Puis il lui répondit. Elle pencha la tête sur le côté en écoutant sa réponse. Revint à la charge. Le garçon secoua la tête.

Il y avait un détail qui clochait dans cet échange. Et je finis par mettre le doigt dessus : c'était elle l'adulte, la figure d'autorité. Et cependant leur langage corporel indiquait qu'elle ne lui parlait pas de haut. Elle le suppliait.

Et le lycéen refusait de lui donner ce qu'elle voulait. Il s'était remis à s'agiter. J'étais trop loin pour en être certaine, mais je l'imaginais tambouriner du bout des doigts sur sa cuisse.

Au bout d'une ou deux minutes, la femme se retira. Elle regarda autour d'elle, observa les nuées d'adolescents. Les activités sportives touchaient à leur fin, de plus en plus d'élèves quittaient les différents groupes et sortaient du lycée. Sarah avait déjà la main sur la poignée de la portière. Il était temps.

« Tu veux que je continue à le filer ? me demanda-t-elle.

— Si tu crois pouvoir.
— Je peux.
— Entendu. »

J'observai la femme s'éloigner des terrains de sport et pris la même direction en gardant ma cible dans ma ligne de mire.

Elle s'était garée à une rue de là. Elle venait de rejoindre sa Subaru rouge, la main sur la portière, quand je la rattrapai. Elle se retourna brutalement vers moi.

« Oui ? » demanda-t-elle d'une voix sèche, le regard direct.

Je ne pus m'empêcher de faire un pas en arrière et mes doigts gigotèrent par réflexe. Elle devait être professeure parce que j'eus aussitôt l'impression de me retrouver à l'école.

« Je… suis une amie de Roxanna Baez. »

Elle s'étonna : « Une amie ? Vous êtes trop vieille pour être lycéenne. »

Je réfléchis vite. « Nous nous sommes rencontrées au club de kick-boxing. Roxy s'intéressait à l'autodéfense, je lui donnais des leçons. Je voyais bien que quelque chose la préoccupait et j'aurais voulu l'aider. Alors ce matin, quand j'ai vu les nouvelles… » Je haussai les épaules d'un air malheureux.

« Vous vous appelez ? »

Je lui tendis la main. Mieux vaut tard que jamais. « Flora Dane. »

Froncement de sourcils. « On se connaît ? »

Je ne dis rien, me contentai d'attendre. Elle finit par prendre ma main. « Susan Howe.

— Vous êtes professeure ?

— Je l'étais. J'ai enseigné l'anglais au collège pendant trente ans avant de prendre ma retraite. »

Je n'avais aucun mal à le croire. Mais si elle avait pris sa retraite, comment connaissait-elle à la fois Roxy Baez et Mike Davis ? Encore un instant et je compris : « Vous travaillez pour les services sociaux ? C'est pour ça que vous avez un devoir de réserve ? Vous ne voulez pas attenter à la vie privée de Roxy ? Si ça peut vous aider, sachez que je suis au courant pour l'année qu'elle a passée chez Maman Del. Avec sa sœur et Mike Davis. J'ai discuté avec Mike tout à l'heure.

— Que vous a-t-il dit ?

— Qu'il ne fallait jamais se faire surprendre seul chez Maman Del. »

Susan Howe grimaça. Ses épaules s'effondrèrent. D'un seul coup, elle avait l'air épuisée. « Si seulement l'un d'eux m'en avait parlé plus tôt, murmura-t-elle. Enseigner à des enfants est difficile, mais je découvre qu'essayer de les sauver est pratiquement mission impossible. Vous prenez un café ? »

Je m'avisai que je n'avais pas déjeuné, alors qu'il était bientôt l'heure du dîner. « Et si on mangeait un morceau ? Il y a un traiteur en face du lycée.

— On pourrait en choisir un moins proche ? Je connais une épicerie italienne plus haut dans la rue. »

J'acceptai. Elle referma sa voiture à clé et partit vers le nord d'un pas énergique. Tout en elle respirait la compétence. Je me demandai si Roxy l'appréciait. Ou si, du moins, elle lui faisait suffisamment confiance pour se livrer à elle.

De fait, deux carrefours plus loin, l'italien. Brusquement affamée, je commandai un sandwich aux boulettes de viande avec supplément de provolone. Susan prit un café, noir. Je payai ma commande, elle paya la sienne et nous nous assîmes dans un petit box marron qui aurait mérité un bon coup de ménage. Susan Howe étala une serviette en papier devant elle et posa sa tasse dessus.

Je me servis de l'emballage de mon sandwich pour en faire autant.

« Je ne travaille pas pour les services sociaux, dit-elle d'un seul coup. Je suis bénévole pour le CASA. Vous connaissez ? »

Le slogan d'un spot radio pour cette association de défense des enfants me traversa l'esprit : « *Qui parlera pour moi ?... Vous, peut-être ?* » Quelque chose comme ça. Je hochai la tête.

« Nos bénévoles assistent les enfants au sein du système judiciaire. Par exemple, quand un enfant est retiré à ses parents et placé en famille d'accueil, on désigne quelqu'un comme moi pour l'accompagner, l'aider à comprendre la procédure, mais aussi se livrer à des observations et remettre des rapports indépendants au tribunal sur le bien-être de l'enfant dans sa famille d'accueil, la manière dont se passent les rencontres avec le parent biologique, etc. Si l'enfant a des demandes (si, mettons, il souhaite voir un frère ou une sœur placé dans un autre foyer), il m'en fait part et je les transmets à qui de droit. Je n'ai aucun pouvoir. Je ne peux rien lui donner, ni rien lui promettre. Je suis surtout là pour écouter, expliquer et guider l'enfant pendant une période de transition très stressante.

— Si vous faites tout ça, que fait l'assistant social ?

— Les agents du DCF, les services de protection

de l'enfance, sont les représentants de l'État. Comme ce sont eux qui retirent les enfants aux parents pour les placer en famille d'accueil, beaucoup de gamins les considèrent comme leurs ennemis, même s'ils s'efforcent en réalité d'agir au mieux dans leur intérêt. Pour vous donner une image : au tribunal, l'agent du DCF siège aux côtés de l'avocat de l'État. Le parent biologique s'installe de l'autre côté avec son avocat. Et moi, je m'assois au milieu avec l'enfant. Est-ce que ça vous aide à comprendre mon rôle ?

— Et combien de temps dure votre mission ?

— Retirer définitivement ses droits à un parent n'est pas chose facile. Cela demande au minimum un an et une demi-douzaine d'audiences. La première sert à établir les preuves de négligence ou de maltraitance. La deuxième énonce précisément les démarches que le parent doit accomplir pour qu'on lui rende son enfant : faire soigner sa toxicomanie, décrocher un emploi, trouver un logement stable, etc. Viennent ensuite d'autres audiences qui permettent de suivre ses progrès. Mon rôle consiste à expliquer tout cela aux enfants. Pour les aider à comprendre que, oui, leur parent les aime, mais qu'il doit remplir telle ou telle condition avant que l'enfant puisse rentrer chez lui. Cela fait cinq ans que je suis bénévole. Dans les cas de toxicomanie, on demande pratiquement aux parents de déplacer des montagnes. Comment décrocher un emploi, alors qu'ils ont un casier parce qu'ils ont volé pour se procurer de la drogue ? Comment trouver un logement, alors qu'ils n'ont pas d'emploi ? C'est un cercle vicieux. Le système est fait pour protéger les enfants et non pour briser les familles, mais avec l'aggravation du problème de toxicomanie...

— La plupart des parents ne récupèrent jamais leurs enfants.»

Elle confirma d'un signe de tête.

«Et vous faites tout cela bénévolement?

— Je vous l'ai dit : j'ai enseigné à des collégiens pendant trente ans. Il faut croire que j'ai des tendances masochistes.»

J'avais englouti la première moitié de mon sandwich à la viande. Après un instant de réflexion (quand aurais-je de nouveau l'occasion de manger?), j'attaquai la deuxième. «Mais Juanita Baez a récupéré les siens, dis-je la bouche pleine.

— Il y a de temps en temps des réussites.

— Autant dire des exceptions qui confirment la règle.

— Elle aimait ses enfants, dit d'un seul coup Susan avec une tristesse non feinte. Je n'interviens pas auprès des parents, je ne les vois qu'au tribunal. Mais cette femme adorait ses enfants. Et elle s'est battue pour eux. Parce que c'est vraiment une bataille. Quand je me suis lancée, je pensais que les situations seraient plus tranchées : d'un côté, les mauvais parents qui ne méritaient pas leurs enfants; de l'autre, les bons parents qui avaient juste besoin de temps pour reprendre leur vie en main. Mais tous les parents, bons ou mauvais, aiment leurs enfants. Et tous les enfants, à tort ou à raison, aiment leurs parents. Malheureusement, ces dernières années en particulier, on dirait que l'addiction aux opiacés est en train de l'emporter. Et, même si ces gens sont attachés à leurs enfants, au bout du compte certains ont encore plus besoin de leur drogue. Vous avez suivi la crise de l'aide à l'enfance dans la presse?»

Je fis signe que non.

« Ces dernières années, le nombre d'enfants retirés à leur famille a bondi de près de trente pour cent. En gros, le Massachusetts compte aujourd'hui plus de neuf mille enfants qui ont besoin d'une famille d'accueil. Le problème, c'est que l'État n'en a pas suffisamment pour répondre à la demande. Résultat : alors qu'autrefois une famille ne pouvait pas accueillir plus de quatre enfants, aujourd'hui l'État accorde des dérogations qui permettent d'en placer cinq, six ou sept sous le même toit. On m'a parlé de cas où ils étaient une dizaine. Mais il va de soi que de telles situations sont elles-mêmes sources de problèmes. »

Et notamment de décès ou de cas de maltraitance. Ces gros titres-là ne m'avaient pas échappé.

« Le système est à saturation, résumai-je. Trop d'enfants, pas assez de moyens.

— Exactement.

— Ça ne doit pas vous faciliter la tâche.

— Je ne m'occupe que d'un enfant à la fois. Ou, dans le cas d'une fratrie, de deux ou trois.

— Lorsqu'il y a trois enfants, est-ce qu'il ne faudrait pas les placer ensemble ? » Je ne citai pas de noms, puisque nous avions décidé de nous en tenir à des généralités.

« Idéalement, oui. Mais vu la pénurie de places, c'est déjà un miracle d'arriver à en caser deux sous le même toit.

— Est-ce que les familles d'accueil sont suivies, évaluées ?

— Dans la mesure où le DCF a le temps.

— Et avec la brutale augmentation du volume

d'activité... Il vous arrive de constater des anomalies, de faire des signalements ?

— En réalité, je ne passe pas beaucoup de temps avec les assistants familiaux. Je vois les enfants au tribunal et je les rencontre à leur demande ou quand je leur propose une sortie. Aller papoter autour d'un déjeuner, par exemple. Mais ce ne sont pas des animaux de zoo, je ne passe pas mon temps à les observer.

— Les enfants ont la possibilité de vous appeler ?

— Oui, et ils s'en servent. J'ai un téléphone dédié à ce travail de bénévolat. Quand une fratrie est éclatée, la demande numéro un est de voir les autres membres de la famille. J'ai notamment accompagné deux sœurs à qui leur petit frère manquait cruellement. »

Je hochai la tête – message reçu.

« Mais parfois aussi ils m'appellent parce qu'ils ont besoin de vêtements, de produits d'hygiène. Ces enfants, on leur laisse parfois moins de temps qu'à un repris de justice pour faire leurs bagages avant de les expédier dans une nouvelle maison. Et même si les familles d'accueil perçoivent une indemnité et une allocation habillement... elles ont beaucoup d'enfants à charge, alors que moi je concentre mon attention sur un seul. C'est plus facile pour lui de me solliciter pour que je débloque la situation.

— Je vois.

— Pareil pour les rendez-vous médicaux, ajouta brusquement Susan. Il peut arriver que l'enfant me demande d'en prendre un ; ensuite je fais en sorte que l'assistant familial l'y emmène. »

J'attendis. La fin de mon sandwich gouttait sur le papier d'emballage brun.

« On nous apprend ça en formation, parce qu'une des principales demandes des filles concerne la contraception. »

Je ne mouftai pas.

« Il peut être déstabilisant de voir une adolescente de treize ou quatorze ans demander un rendez-vous pour avoir la pilule, des préservatifs, que sais-je. Là encore, je n'ai pas à porter de jugement ni à donner d'autorisation. Je prends note et je me retourne vers mes interlocuteurs pour voir ce qu'il est possible de faire. Une fois, cela dit, c'est une très jeune fille qui a formulé cette demande. Elle avait huit ans. »

Je regardai Susan avec des yeux ronds. Elle prit sa tasse de café, puis la reposa. D'une main tremblante.

« Je lui ai demandé pourquoi. Elle n'a rien voulu dire. J'ai fait de mon mieux pour l'interroger sur son entourage, à l'école, dans la famille d'accueil, est-ce qu'il y avait autre chose qu'elle aurait voulu me confier ? Même si elle pouvait avoir l'impression que la relation était librement consentie, toute activité sexuelle avec une enfant de huit ans était évidemment un abus caractérisé. Mais elle n'a jamais voulu s'expliquer. Pour finir, elle m'a dit qu'elle n'avait pas demandé ça pour elle, mais pour une amie. Une fille plus grande qui n'avait pas de bénévole du CASA.

« Je lui ai dit que j'étais prête à l'aider, mais qu'il me fallait le nom de cette jeune fille. Elle s'est refermée comme une huître et n'a plus rien voulu dire. Elle a retiré sa demande et le sujet a été clos. Mais récemment... » Susan prit une grande inspiration. « J'ai vu un parent reprendre contact avec moi. C'était la première fois que ça m'arrivait. Une mère qui voulait m'interroger sur le séjour de ses filles en famille d'accueil. Sur ce que j'avais pu voir ou savoir. Et j'ai repensé à cet après-midi-là, à l'appel lancé par cette petite fille de huit ans. »

Susan me regarda.

« Aujourd'hui, je me demande si elle ne disait pas la vérité au sujet de cette prétendue amie. Huit ans, c'est très jeune pour avoir besoin de contraception ; en revanche, sa sœur de onze ans qu'elle adorait... »

Une sœur de onze ans qui, des années plus tard, formulerait le même genre de demande en faveur d'une mystérieuse amie ? BFF123 – autrement dit, peut-être, Soeuradorée123 ?

« Est-ce que vous avez fait part de vos soupçons à la maman ?

— Oui, quand je lui ai parlé, il y a deux semaines.

— Et qu'a-t-elle répondu ?

— Rien. Elle a pris des notes. Et elle a fondu en larmes.

— Je suis désolée.

— Cette famille était ma réussite, dit soudain Susan Howe. Cinq ans que je fais ça. Cinq ans que je m'efforce d'aider des enfants. Ils étaient ma seule et unique réussite. Les enfants, la mère, tout le monde allait mieux.

— Jusqu'à aujourd'hui.

— Jusqu'à aujourd'hui. »

Il n'y avait plus rien à ajouter.

22

Nom : Roxanna Baez
Classe : Seconde
Professeure : Mme Chula
Genre : Récit personnel

Qu'est-ce qu'une famille parfaite ?

Chapitre 4

Comment savoir ce qu'on deviendra à l'âge adulte ? Un raté ? Un camé ? Ou bien, par une sorte de miracle, l'un de ceux qui arrivent à s'élever au-dessus des épreuves ? Quand on a mon âge, comment savoir que tout finira par s'arranger ?

Je les vois, ces enfants. Ceux qui portent tous les jours le même tee-shirt. Ils ont une gamelle pour le déjeuner, mais elle est vide. Ils transportent un classeur, mais leurs devoirs ne sont jamais faits. Certains font les quatre cents coups, perturbent la classe. Crient leur souffrance à la face du monde.

Mais d'autres, bien plus nombreux, ne disent jamais un mot. Ils viennent, ils s'assoient en cours, présents mais à part. Ils savent que le monde est là mais déjà inaccessible.

Les adultes jugent. Les enfants aussi. La première idée qui vient à l'esprit de tout le monde : cette gamine est une vaurienne, comme sa mère ; ce garçon est un raté, comme son père. Certains de ces enfants deviendront quand même des gens importants. On connaît tous leurs histoires. Ils feront de leur frustration et de leur colère des leviers pour réussir en politique, dans les affaires, dans le sport ou dans les arts. Les magazines publieront d'eux des portraits réconfortants. Ils seront des modèles à suivre.

Comment savoir ce qu'on va devenir ? Surtout une enfant comme moi, avec une mère alcoolique et un père qui n'existe pas. Comment savoir que tout finira par s'arranger quand on est tombé dans le puits sans fond de l'aide à l'enfance ?

Maman Del. Six mois qu'on nous a retirées à notre mère, mais je serais incapable de vous dire si ma sœur et moi avons gagné au change. Nous avons un toit au-dessus de nos têtes et à manger dans nos assiettes. Ça ne fait pas pour autant de cet endroit une maison.

Lola et moi volons des couteaux à beurre, des tournevis, des limes à ongles, tout ce qui pourrait nous aider à survivre une nuit de plus. Se méfier de Roberto ou Anya ne suffit pas. Ils conspirent contre nous avec la même énergie que nous mettons à déjouer leurs plans. Ils cassent la vaisselle, tyrannisent les autres enfants jusqu'à ce qu'ils craquent, trouent le canapé tout miteux avec des cigarettes pour nous accuser. M'accuser moi, plutôt. Tout est bon pour nous séparer, Lola et moi.

Lola est insomniaque. La tension nécessaire pour rester sur ses gardes en permanence. Les corvées sans fin, changer les couches, consoler les bébés. Elle maltraite son cuir chevelu, ses cheveux ternes tombent par poignées et les cernes s'assombrissent sous ses yeux. Elle est devenue l'une de ces enfants qui vont à l'école mais qui sont toujours ailleurs. Je la rassure : tout ira bien. Déjà, on est là l'une pour l'autre. Et puisque maman continue à suivre le parcours obligé, à répondre aux exigences du tribunal, la famille sera bientôt réunie.

Mais les jours se changent en semaines, les semaines en mois, et nous avons toutes les deux de plus en plus de mal à y croire. La maison n'est plus qu'un lointain souvenir. Notre nouvelle réalité, c'est la lutte pour la survie qui se joue toutes les nuits. Et je vois ma petite sœur sombrer de plus en plus sous mes yeux.

Je suis l'aînée. C'est à moi de prendre mes responsabilités.

On devrait faire du sport, lui dis-je un jour. Des activités périscolaires. Tout ce qui nous permettra de passer plus de temps en dehors de chez Maman Del. Comme je suis au collège, j'ai des possibilités. Football en automne, basket en hiver, softball au printemps. Je n'avais jamais fait de sport, mais là n'est pas la question.

Malheureusement, pour Lola, qui est à l'école primaire, il n'existe pratiquement rien après les cours. Les activités proposées par les maisons de quartier où les centres de loisirs ne sont programmées que le week-end et demandent la présence d'un parent. Elle pourrait y tuer une heure ou deux, mais guère plus.

*Un jour pourtant, en marchant vers la maison depuis l'arrêt de bus, je découvre la solution : une affiche indique que le théâtre de quartier va monter une adaptation d'*Oliver Twist *et recherche de jeunes comédiens. Je ne peux pas m'empêcher de rire.* Oliver Twist *? De Charles Dickens ? Ils ont été voir comment ça se passe dans les familles d'accueil du vingt et unième siècle ? Mais je continue à lire : « Rigueur et motivation indispensables. Seuls les talents confirmés seront retenus. » Les répétitions occuperont quelques heures un soir sur deux et la plupart des week-ends. Sans compter que quand la pièce sera montée et que les représentations auront commencé...*

C'est parfait. Lola et moi allons intégrer la troupe et ne plus jamais mettre les pieds chez Maman Del.

Je traîne Lola aux auditions. Elle y va à reculons. Elle est fatiguée. Déprimée. Tout ce qu'elle veut, c'est rester avec les bébés. Mais voilà, on y est. Elle monte sur scène, fait ce qu'on lui dit. Les projecteurs s'allument, elle lève les yeux...

Et elle reprend vie. Pour la première fois depuis des mois, ma petite sœur rayonne. Ce n'est pas seulement qu'elle foule les planches, elle en a littéralement pris possession. À la fin, tout le monde applaudit. Les autres enfants la considèrent avec respect et admiration. C'est gagné : ma petite sœur devient la première Oliver Twist *féminine.*

De mon côté, je vais travailler sur les décors et je recrute Mike Davis, qui a autant besoin que nous de fuir Maman Del. Pour un garçon en permanence secoué de tics, il a une main étonnamment stable quand il est concentré. C'est aussi un artiste prodigieux, capable de transformer un simple panneau de contreplaqué en un fond de scène peint avec minutie. Et nous en profitons pour voler autant d'objets coupants que nous le pouvons. En prévision de notre inévitable retour chez Maman Del.

Je crois qu'Oliver Twist serait d'accord avec moi : l'espoir est une drôle de chose. On en a besoin, mais il y a des moments où il faut renoncer. Sans jamais complètement baisser les bras non plus, sinon c'est sans retour.

Nous voyons désormais notre mère toutes les semaines. Nous lui parlons de notre nouvelle vie au théâtre. Elle nous raconte des anecdotes sur son nouveau travail d'infirmière urgentiste. Mais bizarrement, plus elle a l'air en forme, plus Lola et moi restons en retrait. Parce que c'est trop dur de la quitter pour retourner chez Maman Del. Trop douloureux d'espérer qu'elle pourra réellement rester sobre. Que nous pourrons un jour reformer une vraie famille.

Et Manny. Nous le voyons aussi une fois par semaine lors des visites familiales. Il s'illumine chaque fois qu'il nous retrouve, mais six mois ont passé et à la fin de l'heure il court sans se faire prier vers sa mère d'accueil. J'ai pris l'habitude d'observer le visage de ma mère, qui s'oblige à regarder son fils se jeter dans les bras d'une autre. C'est sa pénitence, j'imagine. Je me demande si ça la réconforterait de savoir ce que Lola et moi endurons, de savoir que nous redoutons chaque seconde passée chez Maman Del. Mais peut-être que c'est mesquin de ma part. Manny a l'air d'avoir de bons parents d'accueil, affectueux. Il faut souhaiter que ce soit vrai.

Le théâtre me donne de l'espoir. Regarder ma sœur arpenter la scène et déclamer son texte. Peindre des heures durant, Mike silencieux à côté de moi. Plus tard, nous montons dans les cintres et nous nous asseyons sur le pont volant, le théâtre entier à nos pieds. À cette altitude, tout paraît petit, insignifiant. L'espace d'un instant, nous ne nous inquiétons même plus de Maman Del.

Nous ne sommes plus que des enfants qui font ce qu'aiment faire les enfants. Courir. Grimper. Rire.

Échanger un premier baiser.

Nouvelle lueur d'espoir : je vais survivre à cette épreuve. Mon frère et ma sœur aussi. Nous allons faire partie de ces réussites exemplaires. De ces enfants qui se sont servis de leur colère et de leur frustration pour s'en sortir par le haut. Nous serons des modèles à suivre.

Le soir nous retournons chez Maman Del. Nous retrouvons les bébés, leurs cris et leurs pleurs. Roberto et Anya et leurs petites manœuvres. C'est moins grave, parce que demain nous aurons encore théâtre. Et encore. Et encore.

Alors j'aurais dû me méfier, n'est-ce pas ? Nous étions bien placées pour savoir que rien d'aussi merveilleux ne pouvait durer très longtemps.

Huit semaines après le début des répétitions, nous trouvons un flacon de whisky à notre retour. Posé par terre dans la chambre des bébés. Accompagné d'un message : « Il paraît que votre mère est une ivrogne. Et vous ? »

Un ricanement résonne dans le couloir. Roberto et Anya, qui attendent. Qui guettent. Ils sont tellement plus grands et plus forts que nous.

Je regarde le flacon.

Je suis l'aînée. C'est à moi de prendre mes responsabilités.

Mais Lola...

« Je t'aime », dit-elle et, avant que je puisse l'empêcher d'attraper et de vider tout le flacon, elle ajoute : « Pardonne-moi. »

Le flacon est vide. Ma sœur s'effondre. Je suis assise par terre à côté d'elle, une scène digne d'un très mauvais mélo. Mike me rejoint. Mais ni l'un ni l'autre ne dit rien.

Où sont-elles, ces familles parfaites ? Est-ce que ça existe, d'ailleurs ? Une famille où tout se passe bien, où personne ne fait jamais de mal aux autres ?

Ou bien n'y a-t-il que des familles comme la mienne, avec toutes ces leçons que nous sommes en train d'apprendre à nos dépens ?

23

D.D. et Phil auraient voulu s'entretenir avec l'avocat de Juanita Baez avant de se rendre dans la famille d'accueil. Mais, lui ayant laissé deux messages sans obtenir de réponse, ils durent changer leur fusil d'épaule. D'abord Maman Del, puis l'avocat. L'heure tournait et ils ne pouvaient pas se permettre de rester les bras croisés.

Ni, dans le cas de D.D., de continuer à couver son téléphone du regard avec une folle envie de voir des photos de Monsieur Chien pour se changer les idées.

Donc, direction Maman Del.

L'adresse était facile à trouver : un bâtiment trapu sur deux niveaux au milieu d'un alignement hétéroclite de maisons mitoyennes. Un grillage d'un mètre de haut fermait un bout de jardin poussiéreux semé d'un bric-à-brac de jouets. Phil ouvrit le portillon et précéda D.D. dans l'allée fissurée qui conduisait au perron. Deux bicyclettes pour jeunes enfants étaient appuyées contre la rampe. Au pied du mur, une poubelle remplie de balles en plastique – rien qui puisse partir trop loin ni faire trop de dégâts, nota D.D.

Elle toqua. Attendit. Toqua de nouveau. La porte s'ouvrit et un enfant noir apparut. Le crâne rasé, d'immenses yeux noirs, il devait avoir dans les huit ans. Ses yeux allèrent de D.D. à Phil, puis de nouveau à D.D. Sans un mot.

« Nous cherchons Maman Del », expliqua finalement D.D., décontenancée par le regard de ce garçon qui ne cillait pas.

Il hocha la tête.

« On peut entrer ? »

Il hocha de nouveau la tête, sans bouger pour autant.

D.D. posa une main sur le panneau de la porte et la poussa en douceur. Le garçon recula d'un pas et D.D. et Phil le suivirent à travers une pièce à vivre encombrée (murs jaunis, canapé marron défoncé, gobelets en plastique, canettes de soda et paquets de chips vides) jusqu'à une autre qui tenait lieu de salle à manger.

Au milieu trônait une énorme table de pique-nique présidée par une femme plus imposante encore. Elle leva les yeux à leur arrivée. D'après son visage blanc entouré de bourrelets de chair et surmonté de cheveux secs grisonnants, D.D. lui donna entre trente et cent trente ans. Impossible d'être plus précis.

La femme ne se leva pas pour les accueillir, mais prit une serviette pour s'essuyer les mains. Attablés avec elle, trois enfants âgés de six à douze ans. Aucun adolescent, garçon ou fille, parmi eux.

Phil et D.D. avaient manifestement interrompu le dîner. Au menu : des pâtes qui sentaient le poisson dans une barquette en aluminium. Un gratin de pâtes au thon, peut-être ? Un plat qui n'avait jamais eu les faveurs de D.D. Et, à voir les enfants promener leurs pâtes dans leur assiette, ce n'était pas trop à leur goût non plus.

« Commandant D.D. Warren, police de Boston,

annonça D.D. Mon collègue, Phil LeBlanc. Nous aurions des questions à vous poser concernant la famille Baez. Nous croyons savoir que Lola et Roxanna ont vécu ici quelque temps. »

Maman Del poussa un grognement et s'écarta enfin de la table. D.D. se rendit compte qu'elle était assise sur un pliant. Un des plus gros sièges à armature métallique qu'elle ait jamais vus, et pourtant il devait être régulièrement remplacé, vu le poids qu'il devait supporter.

Des pleurs de bébé se firent entendre à l'étage.

« Ricky, dit Maman Del à l'huissier lugubre qui avait ouvert à D.D. File là-haut. »

Le gamin se carapata aussitôt, heureux de cette porte de sortie.

« Vous trois. Finissez vos assiettes. Ensuite vaisselle. Magnez-vous le train. »

Se précipitant à leur tour, les enfants rassemblèrent ce qui restait de gratin dans leur assiette et avalèrent la masse caoutchouteuse d'un coup de glotte décidé. Après quoi ils décollèrent comme des fusées, assiette et couverts à la main, et déguerpirent vers la cuisine.

« Vous accueillez aussi des bébés ? demanda D.D. avec curiosité.

— Un ou deux, dit la femme, mais à son ton D.D. devina qu'elle arrondissait à la baisse.

— Et combien d'autres enfants ?

— J'ai une dérogation », dit Maman Del en regardant D.D. d'un air rusé. Les dérogations étaient le nouveau graal pour certaines familles d'accueil, auxquelles elles permettaient d'entasser plus d'enfants sous le même toit et donc de gagner plus d'argent.

L'accueil d'enfants placés était un travail exigeant et

D.D. le savait. De nombreux assistants familiaux remplissaient leur mission avec abnégation et croyaient ardemment en la possibilité d'aider les enfants qu'on leur confiait. Mais quelque chose disait à D.D. que Maman Del n'entrait pas dans cette catégorie.

« Vous n'avez pas un autre pensionnaire ? demanda-t-elle. Mike Davis ?

— Il est sorti.

— Quoi faire ?

— C'est un ado. Les ados ne vont pas vous raconter leur vie. Tant qu'il rentre avant le couvre-feu…

— Et une fille, Anya ?

— Sortie aussi. Elle répète une pièce de théâtre. Avec la troupe du quartier. »

D.D. en prit note. Autrement dit, Maman Del accueillait actuellement six enfants et au moins un ou deux bébés. Ce qui devait lui rapporter dans les deux cents dollars par jour, nets d'impôts, sept jours sur sept.

Où passait tout cet argent ? se demanda D.D. Ni dans l'hébergement, ni dans la nourriture, de toute évidence.

« J'ai vu les infos », reprit Maman Del. Elle était toujours assise dans son pliant, les mains croisées sur sa formidable bedaine. Elle portait une robe d'intérieur à fleurs, de celles qu'affectionnent les grands-mères italiennes. À moins que ce ne soit une robe hawaïenne. « C'est vrai que la famille est morte, y compris Lola ?

— Oui. »

La femme fit une grimace. « Vous avez retrouvé Roxanna ?

— Non.

— Intelligente, cette gamine. Toujours le nez dans des livres. Toujours à étudier. Une vraie tête. Et douée avec les bébés aussi. Elle ne m'a jamais fait l'effet d'une fille violente.

— Quand avez-vous vu Roxy et Lola pour la dernière fois ?

— Le jour de leur départ. La bénévole du CASA est passée les prendre pour les emmener au tribunal. Elle m'avait prévenue que c'était la dernière audience. L'audience de fin de mesure, un truc du genre. Si tout se passait comme prévu, elles ne reviendraient pas. Et elles ne sont pas revenues.

— Même pas pour rendre visite à leurs amis ? demanda innocemment D.D.

— Quels amis ? Lola et Roxy étaient toujours fourrées ensemble. Elles dormaient carrément l'une contre l'autre sur le sol de la nurserie pour ne pas être séparées. Comme cul et chemise, ces deux-là.

— Vous pensez que Roxy aurait pu faire du mal à Lola ? demanda Phil.

— Non. Lola, par contre... c'était une rebelle. Allez savoir de quoi elle aurait été capable. Mais Roxanna, son idée fixe, c'était : je suis l'aînée, je suis responsable. Ça arrive souvent avec les enfants placés. Les parents sont des bons à rien, alors le gosse devient le parent.

— Et Roberto et Anya ? glissa D.D.

— Roberto est mort. Qu'est-ce que vous voulez savoir ?

— Il se serait suicidé, apparemment.

— C'est ce que m'a dit la police.

— Où s'était-il procuré une arme ?

— C'est pas le choix qui manque dans le quartier. Vous trouverez des vendeurs à tous les coins de rue.

— Sa disparition n'a pas l'air de vous bouleverser, remarqua Phil.
— Ce sont des choses qui arrivent. Familles détraquées, enfants détraqués.
— Combien de temps a-t-il vécu chez vous ? demanda D.D. avec agacement.
— Sept ans.
— Sept ans ? Et tout ce que vous trouvez à dire, c'est "ce sont des choses qui arrivent" ?
— Parce que vous vous imaginez qu'on peut s'attacher aux gosses qu'on nous confie ? Vous voyez combien j'en ai ? Et j'en aurai d'autres à la seconde où une place se libérera. La ville est pleine d'enfants dont personne ne veut. Je fais de mon mieux, mais aucun enfant n'a envie d'aller en famille d'accueil. Quand ils franchissent la porte, ils ne sont pas ravis d'être là. Les plus faciles laissent passer l'orage. Les plus difficiles se révoltent. Disons que Roberto appartenait plutôt à la deuxième catégorie.
— Il vous créait des problèmes ?
— À moi, non. Mais aux autres gamins... Je ne suis pas aussi stupide qu'ils le croient.
— Précisez, ordonna Phil.
— Roberto aimait faire sa loi. Quand il est arrivé ici, il était dans la moyenne d'âge. Mais un an plus tard, il était le plus vieux et dans son esprit ça voulait dire qu'il était le chef. Les plus jeunes, les derniers arrivés, devaient lui obéir.
— Et s'ils refusaient ? »

Haussement d'épaules. « Leur doudou risquait de disparaître. Ou bien leur oreiller, un jouet apporté de chez eux. Il mettait du piment dans leur assiette, du dentifrice dans leurs chaussures. Il avait de l'imagination quand il voulait.

— Et ses relations avec Anya?

— Sa petite amie? Enfin, son ex, puisque maintenant...»

D.D. trépignait d'impatience, l'insensibilité de cette femme lui tapait sur les nerfs. «Vous laissez des couples se former sous votre toit?

— Si vous vous figurez qu'ils respectent des consignes à cet âge-là! Filles et garçons dorment dans des chambres différentes, évidemment. Mais de toute façon... les ados ne passent pas beaucoup de temps dans la maison.»

D'où l'absence de Mike et Anya, qui semblait ne faire ni chaud ni froid à Maman Del.

«Est-ce qu'Anya était complice des mauvais tours de Roberto?

— Ils étaient solidaires.

— Et quels étaient leurs rapports avec Lola et Roxanna?

— Ils avaient pris les deux sœurs en grippe. Elles arrivaient tout droit de leur famille et étaient encore ensemble. Il y avait de quoi rendre les autres jaloux. Roberto faisait de son mieux pour les séparer. Mais je m'étais aperçue de leur petit manège: Roberto et Anya cassaient de la vaisselle, pinçaient les bébés et accusaient Roxy pour qu'elle se fasse gronder. Juste des gamineries, en fait.»

D.D. n'était pas certaine d'être d'accord avec cette appréciation. «Est-ce que vous les avez vus en venir aux mains? Est-ce qu'il leur arrivait de frapper les filles? De les menacer?

— Pas de bagarres. C'est la règle. Tout le monde le sait. »

Raison de plus pour pratiquer l'omerta le cas échéant. Phil devait être parvenu à la même conclusion puisqu'il demanda : « Et les enfants qui tombent dans les escaliers ? Qui se cognent aux portes ? Ça arrive ? »

Maman Del lui lança un regard furtif. « Maintenant que vous le dites, Roxanna est tombée une fois dans les escaliers. Il faut avouer qu'ils ne sont pas en meilleur état que le reste de la maison. »

D.D. se souvint de la remarque d'Hector : quand il avait vu Roxanna au tribunal, elle semblait souffrir des côtes. Elle se demanda s'il s'agissait des séquelles de cette soi-disant chute dans les escaliers ou si Maman Del était bien aussi stupide que les enfants le pensaient. « Est-ce que Lola ou Roxanna ont eu besoin de voir un médecin pendant qu'elles vivaient chez vous ? demanda-t-elle.

— Une fois, mais c'était la faute de Lola. »

D.D. s'empara de l'information. « Que s'était-il passé ?

— Cette petite idiote s'était enfilé une bouteille de whisky. Cul sec. J'ai entendu les bébés pleurer, Roxanna hurler, Mike crier. Je suis montée et j'ai trouvé Lola en train de dégueuler partout. Ensuite ses yeux se sont révulsés et je n'ai pas eu le choix. Je l'ai emmenée aux urgences, ils lui ont fait un lavage d'estomac et ils l'ont sermonnée sur les méfaits de l'alcool.

— Où avait-elle trouvé cette bouteille ? insista Phil.

— Pas la peine de me regarder comme ça. Il n'y a pas d'alcool dans cette maison. La plupart de ces gamins ont des parents accros. Même le sirop contre la toux est sous clé.

— Où étaient Roberto et Anya pendant cet épisode ? demanda à son tour D.D.

— Ils regardaient depuis le seuil de leur chambre.

— Ils regardaient, c'est tout ? »

Maman Del la toisa. « Vous n'en auriez pas fait autant ?

— Lola devait avoir huit ans, dit Phil. Elle était toute jeune. Pourquoi aurait-elle bu une bouteille entière de whisky ?

— La mère était alcoolique, à ce qu'on m'a dit. Quand un gamin grandit avec ce spectacle sous les yeux... il a toutes les chances de le reproduire.

— Et que s'est-il passé à la suite de cet incident ? » reprit D.D.

Toujours ce haussement d'épaules désinvolte. « La Protection de l'enfance est venue fouiner. La bénévole du CASA est passée. Personne n'a rien trouvé à redire. Les filles ont repris leur rythme. On a tourné la page.

— Plus de chutes dans les escaliers ?

— Plus de chutes.

— Ni de rencontres avec des poignées de porte ?

— Non. Lola jouait dans une pièce avec la troupe du théâtre de quartier, *Oliver Twist*. Roxanna s'occupait des décors. Mike aussi. Et Roberto et Anya les ont rejoints. J'imagine qu'ils en ont eu marre des conflits et qu'ils ont préféré enterrer la hache de guerre. Sauf Mike. Il a quitté la troupe. Difficile de faire plaisir à tout le monde. »

D.D. retourna toutes ces informations dans sa tête avec une moue dubitative. Elle ne voyait pas une petite fille de huit ans s'enfiler une bouteille de whisky en pleine nuit sur un coup de tête. On avait dû la forcer.

À en croire les récits de Mike Davis, cela ressemblait à un sale tour de leurs bourreaux. Peut-être Roxanna était-elle arrivée trop tard pour s'interposer.

Lola avait donc bu cet alcool et s'était retrouvée à l'hôpital.

Et ensuite tout ce petit monde avait décidé de faire la paix ?

D.D. n'y croyait pas une seconde. Son cynisme de policière lui fournissait une tout autre interprétation de la situation : Lola avait été à l'hôpital et Roxanna avait rendu les armes. Elle avait fait les quatre volontés de Roberto à condition qu'ils laissent sa petite sœur tranquille. Après quoi Roberto et Anya s'étaient mis à fréquenter le théâtre de quartier, lieu de leur nouveau passe-temps, pour la tenir à l'œil.

Abus sexuels ? Est-ce que ça pouvait être aussi terrible et aussi simple que cela ? Roxanna s'était laissé faire pour protéger sa petite sœur ? Mais, dans ce cas, comment expliquer que ce soit Lola qui ait exprimé son mal-être ?

Dieu seul savait ce qui pouvait se passer dans un bouge pareil. L'envie de partir démangeait déjà D.D., or elle n'était pas une enfant sans défense. Tout chez Maman Del et dans cette maison respirait le désespoir. Pas étonnant que les ados s'efforcent de passer le plus de temps possible à l'extérieur.

« Vous avez rencontré Juanita Baez ? demanda Phil.

— La mère des filles ? Elle est venue. Pas comme les autres, celle-là. En général, je ne vois pas beaucoup les parents. En même temps, c'est pas souvent que les enfants retournent dans leur famille.

— Que voulait-elle savoir ?

— Elle m'a posé les mêmes questions que vous. Mais en un peu plus agressif. Elle était persuadée que Lola avait été victime d'un pervers chez moi. »

D.D. considéra la femme avec un regain d'intérêt.

« Écoutez, gronda Maman Del. Cette maison n'a rien d'un palace. Et je ne suis pas une bonne fée. Mais je fais les choses proprement. Il y a des règles et elles sont strictement appliquées. Pas d'alcool, pas de drogue, pas de touche-pipi. Rien.

— Où dormez-vous ? demanda D.D., prise d'une idée soudaine. Avec tous ces enfants, la nurserie pour les bébés... il ne peut pas y avoir des milliers de chambres à l'étage, elles doivent toutes être occupées.

— J'ai ma chambre au rez-de-chaussée. »

D.D. regarda autour d'elle.

« Où ça ? Je vois séjour, salle à manger, cuisine. C'est tout. » Puis elle comprit : la première pièce en façade, celle qui ressemblait à un dépotoir, jonchée de canettes de soda et d'emballages de paquets de chips. « Vous dormez sur le canapé, c'est ça ? À l'avant de la maison, le plus loin possible des escaliers. En fait, ils pourraient faire des claquettes à l'étage que vous n'en sauriez rien.

— J'ai le sommeil léger, grommela la femme, mais son regard fuyait aux quatre coins de la pièce, elle était piégée.

— La vérité, c'est que vous ne savez pas ce qui se passe chez vous, dit D.D., poussant son avantage. Et que ça ne vous intéresse pas. Vous courez juste après l'argent, c'est aussi simple que cela.

— Simple ? Vous croyez que c'est simple, comme situation ? J'ai six enfants et trois bébés à habiller et à nourrir. Je n'ai pas besoin qu'une fliquette maigre

273

comme un clou vienne me donner des leçons. Ce boulot est difficile. Ces enfants sont difficiles. Mais je fais de mon mieux. Et je ne plaisante pas avec les règles. Si quelqu'un a abusé de cette petite fille, ce n'est pas sous mon toit.

— Alors où ?

— À l'école. Dans le bus. Dans le parc. Il y a le choix. Les gamins passent beaucoup de temps ensemble, vous savez, et pas seulement dans cette maison. »

D.D. se renfrogna. De fait, tous les pensionnaires de Maman Del devaient fréquenter la même école. Et cependant...

« À propos de ce théâtre de quartier... », commença-t-elle avant d'entendre une porte s'ouvrir dans son dos.

Phil et elle se retournèrent.

Une jeune fille se tenait sur le seuil. D.D. comprit tout de suite.

« Anya Seton ? » demanda-t-elle.

Et l'adolescente prit la fuite.

24

Après avoir pris congé de Mme Howe, la bénévole du CASA, je fis une petite promenade. Le vent s'était levé, les températures plongeaient vers une froidure tout automnale à mesure que le soleil s'effaçait à l'horizon. Je me recroquevillai dans mon mince coupe-vent en regrettant de ne pas avoir pensé à mettre plus de couches, et même une écharpe.

Le quartier était encore animé malgré l'heure tardive. Brighton faisait partie des secteurs les plus denses de Boston et cela se voyait à l'œil nu. Des rues étroites où s'entassaient au coude à coude immeubles de logement massifs et maisons de ville anémiques ; des artères plus larges, bourdonnantes de cafés, de petites épiceries, de laveries. Tout le monde y trouvait son bonheur et de quoi s'occuper.

Je me demandais si Roxanna s'était plu ici. Avait-elle eu peur, quand sa mère leur avait annoncé qu'ils allaient emménager chez son nouvel ami à Brighton ? Avait-elle vu cela comme un retour vers le passé ? Ou bien, trois ans après leur séjour chez Maman Del, Lola et Roxy considéraient-elles que la page était tournée ? Qu'elles n'étaient plus des enfants placées vulnérables, mais une famille de nouveau réunie, qui vivait dans une vraie maison – avec deux chiens, s'il vous plaît ?

Est-ce que la situation avait été agréable, au début ? Ou bien est-ce qu'à seize ans, Roxanna Baez faisait déjà partie de ces enfants qui ont vécu presque toute leur existence dans la peur ? Redoutant ce qu'elle trouverait chez elle en rentrant de l'école ? Le dernier minable que sa mère aurait été pêcher dans un bar ? Tous les stratagèmes qu'il lui faudrait inventer pour protéger ses petits frère et sœur ?

Le brio de Roxy ne devait peut-être rien à mes conseils et à mon groupe, et tout au fait qu'elle avait passé sa vie à se préparer au pire. Comment me mettre à sa place ? À seize ans, je n'étais encore qu'une jeune fille innocente qui grandissait dans la ferme de sa mère. Et pour la première fois depuis longtemps, je me dis que j'avais eu de la chance.

J'aurais bien voulu que Roxanna nous contacte. Je ne m'attendais pas à ce qu'elle m'appelle comme par miracle ; je la connaissais à peine. Mais Sarah avait passé un peu de temps avec elle. Elle l'avait convaincue de rejoindre notre groupe de soutien, elle s'était portée garante d'elle. Si Roxy pensait pouvoir faire confiance à quelqu'un au milieu de ce désastre, c'était certainement à notre petite bande.

Mais nous n'étions encore que des connaissances de fraîche date. Et tout indiquait que Roxanna Baez avait pour habitude de régler ses problèmes seule.

Sarah ne m'avait pas donné de nouvelles. J'en déduisis qu'elle était encore aux basques de Mike Davis. Et décidai donc de m'attaquer au dossier Anya Seton.

Postée à un coin de rue, je commençai par chercher

son nom sur Google avec mon téléphone. Le premier résultat qui sortit fut une page du site internet du lycée annonçant une adaptation théâtrale de *La Belle et la Bête* au printemps précédent, avec Anya Seton dans le rôle de la Belle. Tiens donc. Alors comme ça, l'ancienne ennemie jurée des filles était devenue comédienne.

A priori, pas de compte Twitter. Il était possible qu'elle ait Snapchat ou Instagram, mais dans ce cas, c'était sous un nom d'utilisateur que je n'arrivais pas à deviner.

Je continuai à faire défiler les réponses et tombai sur le site d'un théâtre de quartier où l'on devait jouer *Wicked* cet automne. Avec Anya dans le rôle de Glinda, la bonne sorcière du Sud. Je cliquai sur l'agenda et découvris qu'une répétition venait de s'achever. Puis je fis apparaître l'emplacement du théâtre sur une carte et m'y rendis.

Brighton n'était pas immense. Un de ces quartiers avec trop de rues et de bâtiments pour qu'aucun trajet y soit jamais en ligne droite. C'était plutôt : deux cases vers la gauche ici, plus loin une case vers la droite, ensuite à gauche à la patte-d'oie. Heureusement, les technologies modernes me tenaient lieu de fil d'Ariane.

Le temps que j'arrive au théâtre (une ancienne église dans le style typique de la Nouvelle-Angleterre), les étroites fenêtres de la façade étaient éclairées, mais le calme régnait. Je jetai un coup d'œil par la vitre la plus proche de la porte, mais elle était occultée par un bon centimètre de crasse. J'essayai ensuite la porte, qui me donna accès à un petit vestibule, où je découvris une deuxième porte au châssis en bois encore plus massif. Mais celle-là était fermée à clé.

Je frappai.

Pas de réponse. Soit la répétition était terminée, soit les comédiens étaient trop imbus de leur importance pour prêter l'oreille à ce qui se passait dehors.

Si j'étais une adolescente sortant d'une répétition à dix-neuf heures trente un samedi soir, qu'est-ce que je ferais ?

« Je prolongerais la soirée avec des amis » me semblait la réponse la plus probable. Anya jouait le premier rôle, donc elle aimait être au centre de l'attention. Partir seule et rentrer chez elle (dans une famille d'accueil, qui plus est) serait un retour sur terre trop brutal. Alors elle devait chercher à entretenir la magie du théâtre. Se joindre aux membres de la troupe qui allaient dîner, prendre un verre, un café, que sais-je.

Ils devaient être à pied. Personne, et surtout pas des adolescents, ne pouvait se permettre de se déplacer en voiture à Boston. Donc un établissement à proximité. Je consultai de nouveau mon téléphone, repérai trois restaurants et un café à distance raisonnable. Les restaurants avaient l'air trop luxueux, le café, Chez Monet, plus adapté au budget d'une comédienne en herbe.

Sitôt entrée dans l'établissement, je repérai un groupe qui pouvait être celui que je cherchais, au fond de la salle. Mais j'arrivais à contretemps : à peine avais-je pris une table près de la porte qu'ils repoussaient leurs chaises pour se lever.

Je passai rapidement les visages en revue. Je ne savais pas très bien à quoi ressemblait Anya. Sur l'affiche de *La Belle et la Bête* que j'avais vue, elle portait de toute évidence une perruque, sans parler de la gigantesque robe de bal jaune.

Mon regard s'arrêta cependant sur une jeune fille. De longs cheveux blond vénitien qui tombaient en ondulations parfaitement disciplinées sur un trench-coat noir. Des yeux vert mordoré légèrement bridés, ce qui lui donnait un petit air exotique. Elle aurait été absolument renversante, n'eût été son sourire calculateur lorsque, se retournant vers un homme corpulent et nettement plus âgé, elle posa une main sur son bras.

Anya Seton. J'en aurais mis ma main à couper.

Je me détournai, laissai le groupe passer. Quatre jeunes gens, un adulte grisonnant. Dix contre un que c'étaient les comédiens et le metteur en scène.

Je m'absorbai dans la contemplation d'un poster au mur, les fameux nymphéas du peintre qui avait donné son nom à ce café. Le groupe sortit sur le trottoir, toujours bavardant.

« Je vous donne le menu ? »

Je me retournai et découvris un serveur, que je regardai d'un air absent.

« Non, merci. »

Par la vitrine, je vis le groupe se disloquer.

« Vous les connaissez ? demandai-je aussitôt au serveur.

— Ce sont des habitués.

— La blonde avec des reflets roux, ce ne serait pas Anya Seton par hasard ? »

Il me lança un regard méfiant. « Pourquoi ?

— Oh, je l'ai vue jouer dans une pièce un jour. Il m'a semblé la reconnaître.

— C'est ça. Elle joue dans la plupart des pièces montées ici. Plus tard, elle sera une star, dit-il en levant les yeux au ciel. Elle aime bien nous le rappeler quand elle

279

signe une serviette en papier pour nous la laisser en guise de pourboire.

— C'est vrai ?

— Comme je vous le dis. Parce que c'est bien connu, entre le théâtre amateur de Brighton et Broadway, il n'y a qu'un pas.

— Tout le monde a le droit de rêver.

— Vous voulez dire que ceci n'est pas le sommet de ma carrière ? » répondit-il en montrant son tablier noir taché de café au lait.

Je fus suffisamment prise de court pour éclater de rire. Et je m'aperçus que ce serveur était joli garçon. La fin de la vingtaine, des yeux marron de velours, un sourire de timide.

Et aussitôt, je perdis pied. Je ne savais pas comment m'y prendre avec les types mignons. Je remarquais même rarement qu'ils l'étaient. J'avais fait des progrès, mais je portais encore des blessures en moi. Inconsciemment, je commençai à triturer mon pansement. Un simple effleurement déclenchait une petite douleur aiguë. Je m'y raccrochais, et en même temps elle m'attristait.

Sans la moindre raison, je repensai à ma mère. À tous ces espoirs et à ces rêves qu'elle nourrissait toujours pour moi. Elle qui trouvait encore la force de m'aimer, alors que je savais que la plupart de mes actions (y compris cette nouvelle quête d'une adolescente disparue) lui fendaient le cœur.

Le groupe était en train de se disperser. Anya partit vers le haut de la rue, le bras possessivement passé dans celui du metteur en scène, tandis que les autres s'éloignaient dans la direction opposée.

« Il faut que j'y aille », dis-je.

Le serveur mignon haussa les épaules. « Inutile de lui courir après pour un autographe. Revenez demain à peu près à la même heure. Elle ne demandera pas mieux que de vous le signer.

— D'accord... merci.

— On se connaît ? demanda-t-il soudain. Vous ne seriez pas comédienne, vous aussi ? Votre visage me dit quelque chose. Je vous ai peut-être déjà vue à la télé ?

— Non, répondis-je, vous ne me connaissez pas. »

Puis je lui tournai le dos et pris la porte.

Après la chaleur du café, l'air du soir me fit l'effet d'une claque. Je commençai à remonter la rue tête baissée en me voûtant dans mon coupe-vent léger. Seul avantage : sa couleur bleu marine m'aidait à me fondre dans l'obscurité. J'entendis des bruits de pas devant moi. Un murmure de voix ponctué d'éclats de rire.

Alors que nous approchions du carrefour, je ralentis pour garder mes distances. Anya et le metteur en scène attendaient au feu. Il lui glissa quelques mots à l'oreille. Très intime pour une relation strictement professionnelle, me dis-je. La jeune fille pouffa, un rire qui me fit froid dans le dos.

Encore deux pâtés de maisons. Au troisième, il dégagea son bras à regret. Encore des chuchotements. Rappel des répétitions à venir ou promesses d'un autre genre de rendez-vous ? Anya tourna la tête pour lui tendre une joue pâle en une offrande gracieuse. Il effleura des lèvres sa peau de porcelaine, puis il partit vers la gauche, sans doute pour rentrer chez lui, tandis qu'Anya continuait tout droit.

J'hésitai. Une femme qui marche seule dans les rues de Boston la nuit apprend à se tenir sur ses gardes. Mes bruits de pas ne manqueraient pas d'attirer son attention. Surtout qu'Anya, enfant de l'Assistance publique, avait eu tout loisir d'aiguiser ses capacités de survie en milieu hostile.

Je ne continuai donc pas tout droit. Au contraire, puisque le type était parti vers la gauche, je rejoignis le trottoir de droite; mon trousseau de clés serré dans mon poing, je laissai l'une d'elles dépasser entre deux doigts. Si Anya regardait de mon côté et remarquait ma présence, elle ne verrait qu'une autre femme seule qui marchait à vive allure en pratiquant une technique d'autodéfense classique.

Une fois de l'autre côté de la rue, je gardai la tête baissée et pressai encore un peu le pas, comme tendue vers une destination. Pas besoin de voir Anya. Une des astuces de base en matière de filature consiste à utiliser ses cinq sens. J'entendais ses pas, le choc rythmique de ses bottes noires sur le trottoir. Tant que la cadence se maintenait, mon allure aussi. Un, deux, trois pâtés de maisons. Je restais de mon côté, légèrement devant elle à présent.

Enfin elle ralentit. Mon pouls s'accéléra d'un coup. Il me fallut toute la force de ma volonté pour ne pas m'arrêter et jeter un coup d'œil dans sa direction. Je m'appliquai plutôt à faire un rapide inventaire des bâtiments devant lesquels je venais de passer.

Sur l'autre trottoir, une maison trapue. La lumière du perron allumée. Un grillage, quelques jouets éparpillés dans le jardin. Une halte-garderie du pauvre, m'étais-je dit en première analyse.

Ou alors une famille d'accueil avec jeunes enfants.

Je tournais au coin juste au moment où j'entendis le portillon s'ouvrir avec un grincement derrière moi : Anya entrait dans le jardin de la maison délabrée.

Patience. J'aimerais pouvoir dire que c'était pendant les mois de convalescence qui avaient suivi ma libération que j'avais appris la patience. Mais en réalité Jacob avait toujours été un maître dans l'art de la persévérance. Quand il traquait des femmes, guettant la proie parfaite. D'après lui, il avait passé des heures sur cette plage de Floride avant que je vienne danser, ivre, dans son champ de vision. Et alors il avait su (comme une évidence, me dit-il plus tard) que j'étais la femme de sa vie.

Le grand amour d'un prédateur.

Je repensai à ce serveur mignon dans le café. Aux gens normaux, à ces relations que je n'aurais jamais. Et je me remis à tripoter mon pansement.

Je venais de rebrousser chemin vers la maison où Anya avait disparu dans le jardin quand j'entendis un cri, suivi d'un martèlement de bottes.

Anya réapparut sous les réverbères. Elle repassa le grillage en trombe et partit vers le haut de la rue aussi vite que le lui permettaient ses chaussures en cuir verni, le commandant D.D. Warren à ses trousses.

Je souris. Toutes mes idées noires s'étaient envolées lorsque je sortis de l'ombre.

« Hé, Anya, criai-je depuis le coin du trottoir d'en face, je peux avoir un autographe ? »

Interloquée, la jeune fille se retourna.

Et mon sourire s'élargit encore quand D.D. la plaqua au sol.

En fin de compte, ça devenait amusant, ce boulot d'indic.

Anya poussa des cris de harpie lorsque D.D. la releva de force : « Enlevez vos sales pattes de moi ! Lâchez-moi ! Comment osez-vous…

— Commandant D.D. Warren, police de Boston. Alors taisez-vous donc. »

Contre toute attente, les hurlements d'Anya redoublèrent. Je traversai la rue, Phil nous rejoignit au petit trot et plusieurs lumières extérieures s'allumèrent. Les voisins voulaient profiter du spectacle.

« Nous avons des questions au sujet de Lola et Roxanna Baez…

— Qu'est-ce qu'elles ont encore été raconter comme mensonges ?

— Vous avez passé toute la journée au théâtre ? » demandai-je à Anya. D.D. tenait toujours son bras en étau.

« Évidemment. La répétition générale est pour jeudi soir. Faut être au point. »

J'échangeai un regard avec Phil et D.D. Autrement dit, Anya n'avait pas vu les infos.

« C'est du sérieux, le théâtre, pour vous », remarquai-je.

Elle haussa un sourcil. « Doug (c'est notre metteur en scène) a travaillé à Broadway. Il dit qu'il pourra m'obtenir des auditions, qu'il me fera signer dans une grande agence. Après cette pièce, bye-bye, la compagnie. Le mois prochain, j'aurai dix-huit ans et alors là : New York, attention les yeux ! L'année prochaine à cette même époque, je serai la nouvelle sensation de Broadway.

— Dites donc, Lola doit être verte de jalousie, observa D.D.

— Laissez-moi rire. C'était il y a cinq ans qu'elle jouait les premiers rôles, et ça n'a pas duré. Il a suffi que Doug me voie.

— Qu'est-ce qui vous a amenée au théâtre ? » demanda D.D.

Anya rougit, hésita. Elle avait cessé de se débattre, mais elle se tenait avec raideur, le menton haut. « C'est Lola et Roxy qui nous ont parlé de la pièce.

— "Nous" ? » relevai-je.

Elle me lança un regard. Mon coupe-vent bleu et ma casquette semblaient la laisser perplexe. Étais-je une policière ? Qui travaillait sous couverture ?

« À moi et Roberto. Mon petit ami. Il croyait en moi. Quand il a entendu Roxy et Lola parler de cette mise en scène d'*Oliver Twist*, il m'a encouragée à passer une audition. Lola a son petit talent... mais je suis meilleure.

— Roberto et vous êtes entrés dans la troupe, relança D.D. Vous avez repris le premier rôle...

— Doug a tout de suite décelé mon potentiel. J'étais trop grande pour le rôle d'Oliver Twist, alors Lola a pu le garder, mais dès la pièce suivante, Doug a construit tout le spectacle autour de moi. » La jeune fille se rengorgeait visiblement.

« Et Roberto ?

— Il est devenu régisseur. Il avait l'œil sur tout.

— Et Roxy ?

— Quoi, Roxy ? Cette mocheté ? Elle travaillait aux décors. Loin des regards, dit-elle sur le ton de l'évidence.

— C'était donc il y a cinq ans, rappela D.D. À l'époque où Roxy et Lola vivaient chez Maman Del avec vous et Roberto. On nous a dit que Roberto n'était pas toujours très gentil avec les nouveaux venus.

— N'importe quoi! C'est Lola et Roxy que vous devriez interroger. Roxy aurait pu dormir dans ma chambre, vous savez, la plus grande. Mais non, elle a préféré s'entasser dans la nurserie, avec les bébés qui pleuraient, sous prétexte de rester avec sa sœur. Et que je chuchote ; et que je chuchote tous les soirs. Et ensuite elles se sont mises à empoisonner notre nourriture!

— Empoisonner votre nourriture? » La question m'avait échappé.

« Oui. On dînait et on était malades toute la nuit. Ou alors elles mélangeaient des médicaments à notre repas, on tombait comme des masses sur notre lit et on était pratiquement incapables de lever le petit doigt le lendemain matin. Un jour, j'ai surpris Roxy en train d'écraser un comprimé (de l'Advil, Roberto lui a fait avouer) pour le mettre dans la sauce des spaghettis. »

Je penchai la tête sur le côté. « Qu'est-ce qui pouvait les pousser à faire une chose pareille?

— Elles arrivaient tout droit de leur famille. Pas question qu'elles partagent quoi que ce soit avec des enfants de l'Assistance.

— Vous n'avez jamais rien fait pour mériter ça, Roberto et vous? Vous étiez plus âgés. Plus grands. On m'a raconté des choses au sujet de Roberto…

— Taisez-vous!

— Ne jamais se faire surprendre seul chez Maman Del, dis-je d'un air sentencieux.

— Taisez-vous! » cria-t-elle encore plus fort. De nouvelles lampes extérieures s'allumèrent.

« Qui a donné à Lola le whisky qui l'a envoyée à

l'hôpital? l'interrogea sèchement D.D. Vous ou Roberto?

— Je ne vois pas de quoi...

— Répondez à la question!»

Derrière D.D., Phil décrivait un demi-cercle lent en montrant sa plaque d'enquêteur au cas où un voisin curieux aurait eu l'idée d'appeler la police.

«C'était une blague!

— Une petite fille de huit ans a fini aux urgences.

— Et toutes les crasses qu'elles nous faisaient? On ne pouvait même plus manger! Et puis c'était il y a cinq ans, qu'est-ce que ça peut vous faire?

— Il s'agit plutôt de savoir ce que ça vous fait à vous, dit froidement D.D. Elles sont revenues il y a un an. Lola plus jolie que jamais. Je me suis laissé dire qu'elle voulait réintégrer la troupe. Une fille sublime comme elle, pourquoi pas?»

Je regardai D.D. avec étonnement. Je ne savais pas qu'elle avait eu l'occasion de discuter avec le metteur en scène, que j'avais moi-même aperçu pour la première fois ce soir. Mais je compris bientôt qu'elle bluffait. Elle était douée à ce jeu-là. Il faudrait que je m'en souvienne.

«Lola est venue, elle a fait son petit repérage, et alors? Ça fait des années. Doug connaît mon talent. D'ailleurs, s'il a choisi de monter *Wicked* cet automne, c'est parce que je suis parfaite dans le rôle de Glinda. Vous savez, lui aussi veut retourner à Broadway, et je suis son ticket d'entrée.

— Vous semblez très proche de ce Doug, dis-je.

— Le talent attire le talent.

— Et il travaille aussi *étroitement* avec tous ses premiers rôles masculins et féminins? insista D.D.

287

— Taisez-vous.

— Qu'en pensait Roberto ? » J'avais pris le relais. « *Mais taisez-vous !* »

Les lèvres d'Anya tremblaient, ses yeux luisaient. On aurait pu la croire au bord des larmes, sauf que de son propre aveu elle était excellente comédienne.

« À quoi riment toutes ces questions ? Lola voulait réintégrer la troupe, et alors ? C'est toujours moi la vedette. Doug connaît son métier et, en tant que metteur en scène, c'est lui que ça regarde, après tout.

— À quoi ça rime ? » D.D. bascula sur ses talons. Elle ne tenait plus Anya par le bras, mais ne quittait pas son visage des yeux. « Lola Baez a été tuée par balles ce matin. »

Impossible de s'y tromper : la brève expression de surprise d'Anya fut presque aussitôt suivie d'un air de triomphe.

« Et Roxy ? demanda-t-elle.

— On ne sait pas. Mais le petit frère de Lola, sa mère et son compagnon ont tous été assassinés chez eux. »

Anya toisa D.D. avec froideur. « Quand on traîne avec des ordures, on finit à la décharge, dit-elle.

— Pardon ?

— Lola. Vous regarderez le point noir sur sa joue. Ce n'est pas un grain de beauté, c'est un tatouage. Elles ont toutes le même dans leur gang. Les Niñas Diablas. Les lettres sont microscopiques, écrites en rond. Des filles qui se vantent d'être des beautés fatales… comme si Lola avait jamais été autre chose, railla Anya.

— Elle faisait partie de ce gang ?

— Tout le monde le sait.

— Alors pourquoi l'auraient-elles tuée ?

— Pas la peine de me regarder. Je ne suis pas une racaille comme elles. Comment je saurais ce qu'elles ont dans le crâne ? Lola avait assouvi sa vengeance ; peut-être qu'elle voulait quitter la bande.

— Quelle vengeance ? » demandai-je.

Les yeux d'Anya se mirent à briller d'un éclat plus dur. « Roberto, dit-elle d'une voix étranglée. Sa mort, il y a quatre mois. C'est le gang. Je le sais.

— Il s'est suicidé... commença D.D.

— Mon œil ! Jamais Roberto n'aurait fait une chose pareille. C'est cette bande de salopes. Elles le harcelaient sans cesse, sûrement sur ordre de Lola. Elles avaient un flingue, elles l'ont buté. J'ai essayé d'expliquer ça à la police, mais personne n'a voulu m'écouter. Les gens ne voient que ce qu'ils ont envie de voir. D'abord ils l'ont rejeté comme n'importe quel raté. Et ensuite quand il est mort... »

Elle cligna des yeux, les essuya de nouveau.

« Il m'aimait, souffla-t-elle. On était ensemble. Maman Del avait accepté qu'il reste un an de plus pour finir le lycée parce qu'il avait du retard. Dès qu'on aurait eu notre diplôme, on serait partis pour New York. On aurait eu un chez-nous, on aurait fait notre vie. Il aurait pris un boulot dans un bar. Je serais montée sur scène. Et on aurait réussi. Ensemble. »

Anya tourna son visage sur le côté. Sous la lumière tamisée des réverbères, je vis des sillons de larmes sur ses joues. Du chiqué, me dis-je. Et en même temps... c'était poignant. Si elle jouait simplement la comédie, elle avait raison : Broadway, attention les yeux.

« Lola et sa bande de potes ont tué Roberto. Renseignez-vous. Tout le monde le sait. C'était la condition de Lola pour entrer dans le gang. Et elles l'ont volontiers acceptée.

— Et Roxy?» poursuivit tranquillement D.D.

Anya haussa les épaules, s'essuya le visage. «Je ne sais pas. En général, Roxy allait partout où allait Lola. Son trip de grande sœur protectrice.

— Donc elle est aussi entrée dans le gang?

— Je ne fréquente pas cette clique. Ce n'est pas comme si cette bande de tarées latinos allait accueillir une fille comme moi à bras ouverts.

— Tout le monde savait que Lola appartenait à ce gang, vous disiez. Sa mère aussi?

— Je ne connais pas la famille de Lola. Je n'ai même jamais rencontré sa mère. J'ai juste eu le droit de les entendre la réclamer en chialant tous les soirs, dit Anya avec amertume.

— Et votre mère à vous? demandai-je.

— Taisez-vous.» Mais il n'y avait plus de feu dans sa voix. Juste de l'apathie. Je reconnaissais ce ton pour l'avoir entendu dans ma bouche ou chez d'autres survivants.

À chacun sa manière de réagir devant les épreuves, me dis-je. Et, que j'apprécie Anya Seton ou non, elle portait manifestement son lot de cicatrices. Elle ferait son chemin à New York. Entre son look métissé et sa volonté de fer, rien ne l'arrêterait.

«Où étiez-vous ce matin aux alentours de neuf heures? relança D.D.

— J'étais avec Doug.

— Déjà en répétition?» m'étonnai-je.

Anya me lança un regard plein de suffisance. «Évidemment», répondit-elle sur un ton que tous surent interpréter. Ainsi donc, elle était passée des bras de son premier amour, Roberto, au lit du metteur en scène. Prête à tout pour réussir.

«Nous lui demanderons confirmation, l'avertit D.D.

— Mieux vaut peut-être attendre que sa femme soit partie au travail. Elle n'est pas encore au courant pour nous deux. Elle croit seulement qu'il est très… consciencieux.»

Je levai les yeux au ciel, un goût de bile au fond de la gorge.

«Nous cherchons encore Roxy Baez, reprit D.D.

— Vous croyez qu'elle va venir ici? Qu'elle va vouloir s'en prendre à moi?

— Je n'en sais rien. À vous de nous le dire.

— Ce que je peux vous dire, c'est que si vous la voulez vivante, il vaudrait mieux que je ne la retrouve pas en premier.

— Je croyais que c'était Lola qui avait tué Roberto.

— De toute manière, ces deux-là… Lola ne faisait rien sans que Roxy soit au courant. Sa sœur était une bombe, mais c'était Roxy le cerveau. Rien à foutre que Lola et sa famille soient mortes. Je regrette seulement que Roxy ne les ait pas encore suivies.»

25

Dix heures du soir. Phil et D.D. débriefaient dans la voiture de cette dernière.

« Tu crois que ta nouvelle indic sait quelque chose ? demanda Phil sur un ton clairement réprobateur.

— Non. Si Flora avait Roxy, elle serait avec elle au lieu de nous filer le train.

— Un point pour toi. Mais tu crois qu'on peut lui faire confiance ?

— À Flora ? Je crois que, tant que nos intérêts convergent, elle peut nous rendre service.

— Mais quel est son intérêt, à elle ?

— Protéger Roxy.

— Autant dire, encore une fois, qu'elle pourrait nous la cacher. »

D.D. observa Phil. Ils se connaissaient depuis un sacré bout de temps. Plus âgé et plus expérimenté, son collègue était une sorte de figure paternelle pour elle. En tout cas, il n'hésitait pas à lui faire savoir quand elle déconnait et il avait le bon goût de respecter son tempérament de bourreau de travail. Pour autant, il leur fallait parfois accepter de ne pas être d'accord sur certains sujets. D.D. avait le sentiment que Flora Dane allait bientôt en faire partie.

« Je reconnais volontiers que je n'approuve pas

toujours ses méthodes », commença-t-elle. Phil poussa un grognement : c'était l'euphémisme de l'année. « Mais en tant qu'indicatrice… sa réputation lui ouvre des portes et lui donne une certaine crédibilité auprès de pans entiers de la population qui ne parleraient pas à la police. Nous en avons besoin, à l'heure qu'il est. Plus il y aura de paires d'yeux et d'oreilles qui chercheront Roxy, mieux ce sera.

— Je ne lui fais pas confiance, rétorqua Phil.

— J'entends bien.

— Je ne souhaiterais pas à mon pire ennemi de vivre ce qu'elle a vécu. Mais pour quelqu'un qui n'a que le mot de survie à la bouche… c'est une femme brisée. Et je doute qu'elle-même se rende compte à quel point.

— Ce pansement ensanglanté…, marmonna D.D.

— Exactement. Ça la rend imprévisible. » Phil regarda sa collègue sans ciller. « Peut-être que Flora peut trouver plus rapidement un terrain d'entente avec des enfants des rues ou des chefs de bande, mais rien ne remplace l'expérience d'un enquêteur. »

D.D. recevait le message cinq sur cinq : rien ne pouvait les remplacer, Neil, Carol Manley et lui – son équipe surchargée de travail et pas toujours appréciée à sa juste valeur. Phil n'était pas seulement la voix de la raison, il était aussi sa conscience.

« Je crois que Roxy est repartie en sous-marin, dit-elle pour en revenir au sujet qui les occupait. Elle est planquée dans un autre abri, comme ces bureaux déserts en face du café. Pour autant qu'on le sache, il se peut qu'elle en ait une kyrielle aux quatre coins de Brighton.

— Rien de tel qu'une gamine de seize ans bien préparée. »

D.D. poursuivit son idée. « Nos témoins s'accordent

tous sur deux points concernant Roxy Baez : elle aurait fait n'importe quoi pour protéger ses frère et sœur et elle était dans un état de stress grandissant. J'en déduis qu'elle voyait venir un drame. Et peut-être que ces planques n'étaient pas seulement pour elle, mais aussi pour Lola, au besoin.

— À cause du gang ?

— Précisément. Il faut qu'on trouve ces Niñas Diablas. Arrête-moi si je dis une bêtise, mais je crois qu'on devrait d'abord consulter la brigade antigang. La seule chose que je sais sur les bandes de filles, c'est qu'elles ont la réputation d'être deux fois plus violentes que les hommes.

— Ça m'a l'air d'une mission taillée sur mesure pour Flora Dane.

— Je ne suis pas certaine que la ville survivrait à une telle hécatombe. »

Phil approuva.

« Et Hector Alvalos ? » demanda D.D.

Avec tous ces événements, elle ne savait plus ce qu'il devenait.

« Il passe la nuit à l'hôpital. Sous surveillance policière. Je me dis qu'on devrait affecter une unité à son domicile quand il sortira.

— Parfait. Puisqu'elle a échoué dans sa première tentative de meurtre, on peut espérer que Roxy retentera le coup.

— Qu'est-ce qu'elle manigance, à ton avis ?

— Aucune idée. Mais deux éléments essentiels n'arrêtent pas de revenir sur le tapis : primo, il est arrivé quelque chose à Roxy et Lola il y a cinq ans, quand elles étaient en famille d'accueil ; deuzio, quand elles sont revenues à Brighton, Lola est entrée dans un gang, peut-être pour se protéger de leurs anciens ennemis, mais peut-être carrément pour passer à l'offensive et pousser un de ses bourreaux au suicide.

— Tu crois qu'Anya Seton avait raison au sujet de son petit ami ? Le suicide de Roberto n'en serait pas un ?

— Une mort violente il y a quatre mois, et maintenant un quadruple meurtre : la coïncidence ne me plaît pas. Tous les voyants sont au rouge chez moi.

— Je vais ressortir le dossier sur la mort de Roberto, lui promit Phil. Histoire d'y jeter un œil.

— Il faut qu'on parle avec cet avocat que Juanita avait engagé, continua D.D. en réfléchissant à voix haute. Manifestement, elle avait posé beaucoup de questions à droite, à gauche. Qu'avait-elle découvert ? Qui s'était-elle mis à dos ?

— Au point peut-être de provoquer son assassinat ?

— Exactement.

— Je crois qu'on devrait aussi interroger le metteur en scène, dit Phil. On sait déjà qu'il couche avec au moins une de ses très jeunes comédiennes.

— Peut-être qu'il a aussi eu une liaison avec Lola, ajouta D.D.

— Dans ce cas, elle était tellement jeune que ça tomberait sous le coup de la loi.

— Il faut reconnaître que les filles Baez n'ont pas été épargnées durant leur courte existence », soupira D.D. en se frottant le front. Elle était fatiguée de sa longue journée, mais elle avait encore une adolescente dans la nature, peut-être en danger, peut-être elle-même dangereuse...

« On devrait faire un break, suggéra Phil, comme s'il lisait dans ses pensées. Se reposer et se retrouver demain matin. Personnellement, j'aimerais bien rentrer chez moi, embrasser ma femme et me souvenir des bonnes choses de la vie. Pas toi ?»

D.D. sourit enfin. «Tu as raison: je vais rentrer chez moi prendre des nouvelles de ma famille et faire enfin connaissance avec Monsieur Chien.»

Elle prit son temps pour regagner sa banlieue. Après une longue journée, il aurait été tentant de rentrer à la niche par le plus court chemin. Elle l'avait souvent fait par le passé, à l'époque où elle vivait seule dans un loft de North End. Mais à présent qu'elle était mariée et mère d'un petit garçon, elle jugeait préférable de ménager une transition entre son travail et sa vie personnelle. Il lui fallait se détacher des horreurs qu'elle avait vues (quatre personnes abattues chez elles) pour ne pas les avoir encore devant les yeux en entrant dans son propre salon. Effacer de son cerveau l'image de ces deux enfants terrifiés qui avaient vécu leurs derniers instants acculés dans un coin de leur chambre pour ne pas fondre en larmes en entrant dans celle du petit Jack.

Anya Seton avait laissé entendre que Lola était une garce sans cœur, capable de presque n'importe quoi. Tout ce que voyait D.D., c'était Lola cachant la tête de son petit frère au creux de son épaule pour qu'il ne sache pas ce qui l'attendait.

Elle se demanda à quel point Roxy était au courant des détails du drame. Elle n'était plus convaincue que la jeune fille pouvait avoir assassiné sa famille. Mais d'après les témoignages, Roxy savait qu'un malheur les guettait. Une menace qu'elle avait cherché à contrer avec l'énergie du désespoir. Un danger auquel elle-même tentait encore d'échapper.

À moins qu'elle ne soit directement passée au stade des représailles.

D.D. ne fermerait pas beaucoup l'œil cette nuit. Flora Dane et Roxy Baez non plus, cela dit. Une ville peuplée d'insomniaques. De gens qui en savaient trop, qui avaient trop perdu et qui cherchaient encore le moyen de continuer à vivre.

Lorsque D.D. se gara dans son allée, elle fredonnait l'une des chansons préférées de Jack : « Tout est super génial !!! », la chanson du film *La Grande Aventure Lego*. Un air entraînant fait exprès pour rendre fous les parents, surtout que les enfants de cinq ans pouvaient le chanter du matin au soir.

Mais c'était aussi un truc qu'elle avait mis au point des années plus tôt : se réciter un passage des livres de chevet de Jack ; chanter une berceuse ; se raconter la dernière blague « Toc-toc-toc. Qui est là ? » ; se remplir la tête de son fils, cette boule de douceur et de tendresse maladroite.

Et s'en servir pour chasser les fantômes.

Elle ouvrit silencieusement les verrous de la porte. Entra sur la pointe des pieds, compte tenu de l'heure tardive. Lança des regards de tous côtés.

À la recherche de Monsieur Chien.

Au final, elle n'avait jamais regardé la photo sur son téléphone. Vu la journée qu'elle passait, elle avait décidé qu'elle méritait bien de faire connaissance avec Monsieur Chien en personne.

Alex était allongé sur le canapé. Il sourit lorsqu'elle entra à pas de loup dans le séjour. Puis il montra son ventre du doigt.

Une couverture noire et blanche y était étalée. Ou plutôt un chien blanc dégingandé à la robe irrégulièrement tachée de noir et couronné de deux grandes oreilles noires bien dessinées.

Il leva la tête et considéra D.D. avec des yeux sombres expressifs.

«Je te présente Kiko, dit Alex. La plus belle chienne tachetée de tout l'Est américain.»

D.D., accroupie à côté de lui, était bien d'accord.

«Mademoiselle est arrivée avec un énorme hippopotame : son jouet préféré, raconta Alex trente minutes plus tard, alors qu'ils étaient sortis dans le jardin et qu'ils essayaient de convaincre Kiko de faire ses besoins. C'est une croisée de dalmatien et de braque allemand à poil court. Elle a un an. Très tonique, mais intelligente. Fortes aptitudes au dressage, comme ils disent. Malheureusement, sa première famille n'avait pas assez de temps à consacrer à sa dépense physique et à son éducation.»

D.D. haussa un sourcil.

En réponse à la question qu'elle n'avait pas posée, Alex expliqua : «Toi qui aimes courir, maintenant tu as une camarade. Même chose pour Jack qui aime jouer au ballon. Et moi qui aime donner des ordres à tout le monde, j'ai une nouvelle victime.

— Je vois que tu as bien étudié la question.

— En fait, ça a été complètement magique.» Sa voix s'adoucit d'un ton. «Je sais que c'est difficile pour toi, D.D. Que tu aurais voulu être là, mais que ton travail t'en a une fois de plus empêchée. Alors je ne voudrais pas retourner le couteau dans la plaie. Mais quand on est entrés dans le refuge, avec tous ces chiens... Des chiots, des adultes, qui aboyaient, qui sautaient, qui dormaient. On a parcouru toute la rangée. Je ne savais pas ce que Jack allait faire. C'était un spectacle impressionnant. Et un peu triste, sincèrement. Tous ces chiens qui cherchaient une famille.

« Et là, Jack a vu Kiko. Ou l'inverse. Je ne sais pas. Elle s'est approchée du fond de la cage. Elle s'est assise et elle l'a regardé droit dans les yeux. Il s'est accroupi devant elle et il a dit : "C'est ce chien, papa. C'est lui que je veux." »

« La bénévole du refuge s'est mise en devoir de me prévenir que c'était une boule d'énergie, qu'elle demanderait du travail, qu'elle avait la réputation de mordiller les objets et qu'elle était nerveuse en compagnie de ses congénères. » D.D. fit la grimace. La chienne mordillait. Ses précieuses chaussures.

« Mais quand je lui ai expliqué que nous avions un jardin clos, un petit garçon de cinq ans très actif et pas d'autre chien dans les parages… Je crois qu'ils étaient faits l'un pour l'autre. Et c'est aussi l'avis de Jack. »

Kiko revint enfin vers eux au petit trot. « Gentille fille », susurra Alex sur un ton dont D.D. aurait juré qu'il l'avait déjà employé avec elle.

Il tendit une friandise à D.D. « Donne-lui pour qu'elle sache que tu fais partie de la meute. »

D.D. n'avait pas grandi entourée de chiens. Mais elle en connaissait, bien sûr. Elle en avait rencontré chez d'autres gens ou au parc. Aussi était-elle étonnée d'avoir le trac et de s'inquiéter non pas tant de savoir si elle aimerait la chienne, mais si la chienne l'aimerait.

Elle lui tendit la récompense cent pour cent naturelle, sans gluten ni céréales, qu'Alex avait achetée et qui sentait meilleur que ce que Phil et elle avaient réussi à avaler pour le dîner.

Kiko s'approcha lentement. Une longue patte après l'autre. La chienne avait une silhouette svelte, de pouliche, tout en oreilles et en jambes. Elle étira son cou. Puis, très doucement, prit la friandise entre les doigts de D.D. et la goba.

«Oh, dit D.D.

— Caresse-lui les oreilles. Autrement, elle aime bien qu'on la gratte sous le menton.»

D.D. caressa les oreilles soyeuses de la chienne, la gratouilla sous le menton. Kiko s'appuya contre sa jambe avec un gros soupir.

«Je vais avoir des petits poils blancs sur tous mes vêtements, c'est ça ?

— Gagné. C'est le prix à payer.

— Et Jack ?

— Il est aux anges. Heureux comme un roi. Il m'a déjà piqué mon téléphone pour prendre un millier de photos. Comme il voulait qu'elle dorme dans sa chambre, on y a installé sa caisse, mais à la seconde où on l'a posée dedans, elle s'est mise à aboyer et à pleurer. Pas des aboiements sonores, plutôt des *hou, hou, hou*. Fais-moi confiance : Jack te fera une imitation demain matin.

— J'ai hâte.

— Au refuge, on nous a prévenus qu'il lui faudrait une ou deux semaines pour s'acclimater. Le mieux, c'est de l'habituer à la caisse. L'enfermer dedans quand nous ne sommes pas là et la libérer dès notre retour pour qu'elle fasse ses besoins. Ne pas lésiner sur les récompenses et les compliments. On va tous devoir apprendre à se connaître. En attendant, il faut mettre toutes les corbeilles à papier en hauteur. Tes chaussures sont à l'abri dans ta penderie. Et Jack a ordre de garder la porte de sa chambre fermée, sinon les Lego perdus et les frais de vétérinaire seront pris sur son argent de poche.

— Je valide.

— Oui, sauf que vu la capacité de concentration d'un enfant de cinq ans…

— On a environ soixante secondes avant qu'il oublie.

— Kiko est jeune. Nous sommes des débutants. Je crois qu'on doit tous se faire à l'idée qu'on n'échappera pas à quelques bêtises.

— Il est encore question de mes chaussures, là ?

— Les bottines en cuir noir que tu as retirées à la seconde où tu es entrée dans la maison, tu veux dire ?

— Et merde. » D.D. battit rapidement en retraite. Cette fois-ci, Kiko la suivit, dansant sur ses talons. Les mouvements brusques excitaient la chienne, manifestement. Encore une chose à garder à l'esprit. D.D. ramassa ses bottines et remarqua les trois paniers qu'Alex avait installés sur une étagère en hauteur dans le vestiaire. « Oh.

— Quoi ? » demanda Alex qui arrivait derrière elle. Les tennis lumineuses de Jack étaient posées sur le banc. Pas par terre, mais tout de même à portée de la chienne haute sur pattes. D.D. les ramassa aussi.

« La famille d'aujourd'hui, expliqua-t-elle à mi-voix. Ils avaient un banc, un panier, des chaussures. Notamment une paire pour le petit garçon qui aurait été tout à fait du goût de Jack. »

Alex posa les mains sur ses épaules. « Je suis désolé.

— Je déteste ces scènes. » Elle fourra ses bottines et les tennis de Jack dans les nouveaux paniers. Puis elle se pinça l'arête du nez. « L'assassin est entré droit dans la maison. Il a tué le beau-père dans le salon, la mère dans la cuisine. Et ensuite il est monté chercher les enfants à l'étage. Ils ont vu leur mort venir. La gamine de treize ans a essayé de protéger son petit frère. Le genre d'image que je n'arriverai jamais à m'enlever de la tête. Aucun de nous n'y arrivera. »

Alex la tourna vers lui. Elle pleurait. Tout bas. Elle avait horreur de cela ; elle était enquêtrice à la Criminelle, elle aurait dû tenir le choc. Mais désormais elle était aussi maman. Et sa capacité à compartimenter trouvait parfois ses limites.

« Vous avez retrouvé l'adolescente ? Celle de l'alerte-enlèvement ?

— Non.

— Tu crois que c'est elle ?

— Ça m'étonnerait. De l'avis général, elle se serait coupée en quatre pour protéger ses frère et sœur. Sa mère était une alcoolique repentie qui avait même perdu un moment la garde des enfants. Roxy, l'aînée, a assumé un rôle de parent. Elle aurait pu en vouloir à sa mère pour tout ça, mais nous n'avons aucune raison de penser qu'elle aurait tué son frère et sa sœur de sang-froid.

— Un ex de la mère, le père des enfants ?

— On ne connaît pas l'identité des pères biologiques des filles. Le père du garçon, qui est également le dernier ex en date de la mère, a aussi pris une balle dans la matinée. Il se pourrait que ce soit Roxy qui ait tiré, donc elle pense peut-être que c'est lui l'assassin. Mais la plupart des pistes conduisent à la petite sœur, qui faisait partie d'un gang, et au fait que leur mère menait depuis quelque temps une enquête sur l'année que ses filles avaient passée en famille d'accueil. Elle pensait qu'elles avaient été victimes de mauvais traitements, peut-être d'abus sexuels. On essaie de joindre son avocat, mais en tout état de cause Juanita Baez était en train de secouer le cocotier et peut-être de trouver matière à un procès retentissant.

— Dans le but de réclamer des millions de dollars de dommages et intérêts à l'État?

— C'est le bruit qui court.

— Les ronds-de-cuir de l'administration ne s'amusent généralement pas à supprimer toute personne susceptible de porter plainte contre l'État.

— C'est vrai, mais les personnes qui risquaient d'être éclaboussées par un procès pouvaient avoir moins d'états d'âme. Nous sommes allés chez Maman Del, l'assistante familiale. La baraque m'a donné la chair de poule. Et si c'était une façade pour un réseau de prostitution enfantine? Dans ce cas, beaucoup de gens auraient eu intérêt à étouffer l'affaire.

— On ne te verra pas demain, prédit Alex.

— Non, désolée.» D.D. baissa les yeux. Kiko léchait ses doigts à l'endroit où elle avait tenu la friandise. La chienne agissait avec beaucoup de douceur. D.D. lui caressa de nouveau les oreilles, ce qui lui valut un timide remuement de queue.

«Je ne sais pas pourquoi, mais je ne pense pas que je manquerai à Jack, dit-elle à regret en admirant le nouveau membre de la famille.

— Mais il ne cessera jamais de t'aimer. Et tu peux t'attendre à ce qu'il t'envoie des dizaines de photos avant la fin de la journée.»

D.D. sourit. «Ce serait chouette.

— Est-ce que tu as la moindre idée du tour que ça va prendre? Combien de temps une ado peut-elle échapper aux radars dans une ville où tout le monde est aux aguets?»

D.D. secoua la tête. «Franchement, avec cette fille? Dans cette affaire? Je ne sais pas du tout où on va.»

26

Je regagnai l'appartement de Sarah peu après minuit. J'étais passée en coup de vent à l'hôpital pour apprendre qu'Hector Alvalos s'y trouvait encore, endormi, dans un état stable. J'avais aussi repéré un certain nombre d'agents de police en faction. J'avais été tentée de saluer chacun d'eux d'un signe de tête. Entre membres des forces de l'ordre... Mais j'ignorais si ma nouvelle casquette d'indicatrice me valait le moindre respect de la part des autres flics.

J'étais ensuite retournée au café où Hector s'était fait tirer dessus et j'étais remontée dans les bureaux vides sur le trottoir d'en face. Revenir sur ses pas était une technique éprouvée qu'employaient souvent les fugitifs pour semer leurs poursuivants. Mais le local était plongé dans le noir et désert. Aucune trace de Roxanna Baez.

Je ne voyais qu'un seul autre endroit où chercher l'adolescente. Ça n'aurait pas été son idée la plus brillante, mais la tentation est parfois irrésistible.

La maison de la famille Baez.

Personne sur le trottoir, mais un début de lieu de recueillement s'était constitué au pied de la clôture. Un de ces amoncellements spontanés de fleurs, bougies et peluches qui apparaissent souvent dans le sillage d'une tragédie. Je vis un ballon de football, des petites voitures, plusieurs messages écrits à la main : *Vous aurez toujours une place dans nos cœurs*, etc. Mais aussi, planquée dans un coin, presque invisible sous un bouquet d'œillets, une bouteille en verre. De la tequila. Jamais ouverte.

Je m'accroupis pour l'examiner de plus près.

Qui avait pu laisser une bouteille d'alcool pour honorer la mémoire d'une alcoolique assassinée ? Un ancien compagnon de beuverie ? Un ami de Juanita aux Alcooliques anonymes ?

Et comment interpréter ce geste ? Dernier toast à une vaillante camarade ? Ou sarcasme : les poivrots ne récoltent que ce qu'ils méritent ?

Je regardai à droite et à gauche. Mais, à cette heure tardive, toutes les maisons de la rue étaient paisibles. Rien ne bougeait.

Je me demandai si Roxanna était passée. Si le chagrin l'avait ramenée ici et si elle s'était tenue à ce même endroit en s'interrogeant sur les derniers instants de sa famille. Était-elle contente d'être allée promener les chiens ? Ou regrettait-elle d'avoir été absente ? Parce que, si elle avait été à la maison, elle aurait peut-être pu arrêter le tireur ? Ou au moins partager le sort de sa famille ?

Je ne savais pas. Roxy n'avait rejoint notre groupe que récemment et nous avions toujours plus de questions que de réponses à son sujet. C'est le propre des survivants. Nous ne racontons nos histoires qu'au compte-gouttes, au fil du temps. Même pour nous, certaines expériences restent trop violentes pour être communiquées d'un seul coup.

Les rues étant désertes et mes seules idées valables épuisées, je me dirigeai vers l'appartement de Sarah. Je m'attendais à moitié à y trouver Roxy, mais non, il n'y avait que Sarah ; installée à sa petite table, elle pianotait à tout-va sur son ordinateur portable.

« Mike Davis ? » lui demandai-je. Sarah et moi nous embarrassions rarement de préliminaires.

« Je l'ai suivi jusqu'à un Starbucks. Ne le voyant pas ressortir, j'ai cru que je l'avais perdu, mais en fait il travaille là-bas comme barista. Quand je suis partie, il préparait la mousse de lait pour son centième *latte*. Impossible de traîner dans le coin pendant tout un service sans lui mettre la puce à l'oreille. »

J'approuvai et pris la chaise en face d'elle. « Je suis passée devant chez Roxy. Les voisins ont commencé à constituer un lieu de recueillement devant la clôture. Et quelqu'un a déposé une bouteille de tequila bon marché. Tu imagines laisser de l'alcool en hommage à une alcoolique ?

— C'est d'un goût douteux, admit Sarah sans cesser de pianoter.

— Je ne te le fais pas dire. Dans ce cas, qui avait des raisons d'en vouloir à Juanita Baez ?

— Quelqu'un qui avait eu à souffrir de son alcoolisme.

— À part les enfants qu'on lui avait retirés pour les coller en famille d'accueil parce qu'elle n'était pas fichue d'assumer, tu veux dire ?

— Il y aurait eu de quoi être furax, reconnut Sarah, mais quelles chances y a-t-il que Roxy ait pu acheter une bouteille de tequila et revenir incognito dans le quartier où se trouvait la plus grande concentration de policiers lancés à ses trousses ?

— Juanita Baez enquêtait sur l'époque où Roxy et Lola étaient en famille d'accueil. Peut-être que ses questions ont hérissé le poil de certaines personnes. Ce soir j'ai eu l'occasion de parler avec une adolescente placée dans la même famille. Anya, elle s'appelle, et je ne dirais pas que c'est la jeune fille la plus épanouie de la ville.

— Dans la même maison que Mike Davis ?

— Voilà. Chez la tristement célèbre Maman Del.

— Intéressant.

— Tout juste le genre d'environnement aimant qui a pu conduire Lola Baez à entrer dans un gang et à vouloir se venger d'un petit tyran, Roberto, mort il y a quelques mois.

— Lola Baez appartenait à un gang ?

— Les Niñas Diablas. Des petites Latinos. » Un temps. « Est-ce que ça pourrait être elles, la tequila ? Hommage à une camarade tombée au champ d'honneur ? » Mais je secouai la tête. Trop de choses m'échappaient encore dans cette affaire.

Sarah me regardait. « En tout cas, ça explique tous ces messages en espagnol.

— Quels messages ?

— J'ai créé un site à leur mémoire, tu te souviens ? Pour qu'on puisse remonter aux adresses IP des visiteurs. »

Évidemment. Sarah tourna son portable vers moi. Je regardai l'écran, où s'affichait une suite apparemment infinie de messages.

« Le site est très actif, confirma Sarah. Des inconnus simplement attirés par la tragédie de cette famille décimée. Mais aussi des collègues d'hôpital de Juanita, des clients et collègues de Charlie. Des camarades de classe de Manny, quelques professeurs. Et puis toute une flopée de messages en espagnol. Je les ai passés dans Google Traduction.

— De quoi parlent-ils ?

— De vengeance. »

Je ne dis rien, les yeux rivés sur l'écran. « Quelle vengeance ? Celle qu'elles ont exercée en tuant Lola ou celle qu'elles veulent obtenir maintenant ?

— Les représailles qu'elles préparent. Contre…, dit Sarah en cliquant vers un nouvel écran… les Malvadas. Ce qui se traduit grosso modo par Démones.

— Donc une vendetta Diablesses contre Démones ?

— Ça sonne mieux en espagnol. »

Je fronçai les sourcils, tapotai la table. « Que sait-on de l'un ou l'autre de ces gangs ?

— J'étais en train de me renseigner. Ils ont l'air de fonctionner sur le principe de la montée en grade. D'abord tu es louveteau, ensuite tu deviens scout, tu vois ? Donc à treize ans, les gamines commencent, disons, Diablotines, et ensuite elles prennent du galon pour rejoindre l'échelon du dessus, les Diablas, le pendant féminin des Diablos.

— Et comment on prend du galon ? demandai-je, même si j'en avais déjà une petite idée.

— Par le sexe et la violence. Essentiellement pour le compte des organisations mères, si on peut dire. D'une manière générale, il semblerait que les membres des gangs féminins soient, disons, au service des hommes…

— Même à treize ans ?

— Oui. Et ça provoque des drames. C'est mon mec. Non, c'est le mien. Les règlements de comptes sont encouragés et si tu dois attaquer ta rivale au couteau pour revendiquer ton homme une bonne fois pour toutes, tu marques des points. Mais les gangs participent aussi activement au trafic de drogue. Donc on peut prendre du galon en maîtrisant un territoire, en le défendant, en l'agrandissant, etc.

— Et quand tu dis *territoire*, j'imagine que tu veux parler des collèges, aires de jeux et autres parcs ?

— Tu ferais une excellente recrue, me félicita Sarah.

— Jusqu'au moment où il faudrait passer à la casserole et où je trancherais le pénis du type.

— Ça pourrait susciter des remous.

— Et qu'y gagnent les membres ? Un sentiment d'appartenance ? De sécurité ? C'est sans doute ce que cherchait Lola.

— Exactement. C'est la raison d'être des gangs, ici comme ailleurs. Il y a beaucoup d'enfants sans repères, livrés à la pauvreté. Si on veut s'en sortir par ses propres moyens, cela signifie qu'on sera seul, voire à la rue. Alors que si on jure fidélité à la bande, on y gagne aussitôt une famille.

— Lola avait déjà une famille », fis-je doucement remarquer.

Sarah me regarda. « Roxy avait peur. Quand je l'ai rencontrée, elle était terrifiée, ça se voyait. Donc, quelle que soit l'origine de la menace…

— Leur famille n'aurait pas suffi à les sauver. » Je hochai lentement la tête. « Lola était belle. Elle venait d'une famille marquée par l'addiction et elle-même n'était pas considérée comme un modèle d'équilibre. Pour elle, la vie de gang était peut être séduisante en soi.

— D'après ce que j'ai lu, elle avait toutes les qualités requises. Belle, le sang chaud, prompte à riposter.

— Peut-être qu'en contrepartie les autres l'ont aidée à réaliser son projet : tuer son ancien ennemi juré, Roberto.

— Le tyran ?

— Sa petite copine, Anya, prétend que Roberto l'aimait trop pour se suicider. Surtout qu'ils avaient de grands projets puisqu'ils voulaient quitter Brighton pour aller faire un tabac à New York. Sa mort était donc forcément l'œuvre de Lola. Ses potes avaient descendu Roberto ou l'avaient poussé à se tirer une balle, quelque chose comme ça. Par ailleurs, à entendre Anya, Lola et Roxy n'étaient pas vraiment des victimes sans défense chez Maman Del. Elles avaient appris à rendre coup pour coup.

— C'est parfois nécessaire pour survivre », commenta Sarah d'une voix neutre.

Nous étions bien d'accord.

« D'après Mike Davis, le gang voulait aussi recruter Roxy. Mais je n'ai pas l'impression qu'elle avait le profil, continuai-je en interrogeant Sarah du regard. Autant Lola était une gamine en révolte, autant Roxy était sérieuse. Elle aurait anticipé les problèmes que ça lui aurait attirés. Et je la vois mal satisfaire sans états d'âme les désirs de différents Diablos.

— Le fait que Lola ait appartenu au gang pouvait leur donner un moyen de pression sur Roxy, dit Sarah, mais je ne sais pas. À lire leurs messages, les Niñas Diablas sont furieuses du meurtre de Lola. Elles ne se l'attribuent pas, elles le considèrent comme une attaque à leur encontre.

— Une agression des Démones ?

— Les Malvadas. »

Je réfléchis à la situation. «Est-ce que ça pourrait être aussi simple que ça? Lola faisait partie d'un gang et toute sa famille s'est fait descendre dans le cadre d'une guerre de territoire?

— Pour le savoir, il faudrait interroger le gang.»

Je haussai un sourcil.

Sarah secoua aussitôt la tête. «N'y songe même pas. Les filles sont *plus* violentes que les mecs. Et ces gangs latinos revendiquent fortement leur identité. Ça ne les intéressera pas de parler à deux *gringas*. Elles nous égorgeront avant même de nous demander ce qui leur vaut le plaisir de notre visite.

— Il nous faut une monnaie d'échange. Une bonne raison pour elles de nous écouter.

— Tu es cinglée.

— Qualité hautement désirable quand on veut jouer les Zorro.»

Sarah secoua la tête. «Je ne crois pas que je pourrai...»

Je l'arrêtai d'un geste de la main. «Aucune importance. Tu en fais déjà beaucoup. Et je t'en suis très reconnaissante.»

Elle hocha la tête, encore troublée. «Il y a des connexions avec des adresses IP publiques, dit-elle. Tu te souviens pourquoi j'ai créé cette page, à l'origine?

— Pour voir si Roxy s'y rendrait depuis un cybercafé ou autre, et si on pourrait la localiser de cette manière.

— Pour l'instant, je n'ai pas vu une adresse en particulier revenir plusieurs fois. Il y a bien des gens qui se connectent depuis la bibliothèque ou autre, mais pas de visiteur assidu qui sorte du lot – qui multiplierait les

311

visites, passerait beaucoup de temps à cliquer d'une page à l'autre, par exemple.

— Roxy a eu une longue journée, dis-je. À sa place, je serais planquée pour dormir un peu. »

Pour la première fois, Sarah sourit. « Non, à sa place, tu serais planquée pour mijoter ton prochain coup. »

Je repensai aussitôt à Hector Alvalos. Était-ce Roxy qui lui avait tiré dessus ? Et quel rôle jouait-il dans toute cette histoire ? Parce que Sarah avait raison : si j'avais été Roxy et que j'avais perçu Hector comme une menace, je serais en train de mettre au point ma prochaine offensive.

« Que penses-tu de Mike Davis ? lui demandai-je, puisque c'était elle qui l'avait suivi presque toute la journée.

— Je ne pense pas qu'il sache où elle se trouve.

— Qu'est-ce qui te fait dire ça ?

— Il traîne… au hasard. Il a passé le plus gros de l'après-midi à vadrouiller d'un point à un autre. Le parc pour te rencontrer, ensuite la cour du lycée, ensuite un café. Sans véritable but, ni destination. J'ai eu l'impression qu'il choisissait ces endroits dans l'espoir que Roxy vienne à lui et non l'inverse. Il ne savait pas où la trouver.

— Ou alors il est très prudent. »

Sarah me lança un regard dubitatif. « Roxy est son amie. Toute sa famille vient d'être assassinée et elle a choisi de fuir la police. Ce qui suggère que soit elle est coupable, soit elle est encore terrifiée.

— Encore terrifiée.

— Je penche également de ce côté. Et sans doute que Mike Davis aussi. Moyennant quoi, je suis sûre qu'il préférerait lui venir en aide concrètement : lui donner de l'argent, des provisions, ce que tu veux. Au lieu de ça, il reste trois heures planté à ne rien faire au bord des terrains de sport du lycée. Je doute que ce soit sa manière préférée de passer ses après-midi.

— Il faut qu'on continue à étudier son cas demain.

— Autrement dit, tu veux que je reprenne ma filature. Pendant que toi, tu irais discuter avec une bande de *chicas* qui t'accueilleront le couteau entre les dents.

— Dit comme ça, j'ai hâte d'y être.

— Jusqu'où comptes-tu pousser le bouchon ?

— Quel bouchon ?

— Tout ça, dit Sarah avec un geste vague. Cette obsession des victimes. Tu m'as prise sous ton aile. Tu as tendu la main aux membres du groupe. Tu nous enseignes l'autodéfense, comment gérer nos angoisses, reprendre pied dans la vraie vie. Mais toi, Flora ? Qu'est-ce que tu deviens dans tout ça ?

— Je suis dans la vraie vie. J'ai passé toute la journée à collaborer fructueusement avec la police pour retrouver une adolescente disparue.

— Et demain tu vas te jeter dans les bras d'un gang qui pratique la violence. Tu appelles ça vivre ? Parce que ça me fait plutôt l'effet d'un comportement suicidaire. »

Je ne répondis rien.

« J'ai envie de reprendre mes études, dit doucement Sarah. J'y pense depuis un moment. Je voudrais finir mon cursus. Trouver un vrai boulot... »

Je tressaillis imperceptiblement.

« Et peut-être même... » Haussant les épaules, elle leva les yeux vers moi. « Je me dis de plus en plus que je pourrais tomber amoureuse. Me marier. Avoir des enfants. Mener la vie dont je rêvais. Avant.

— Il n'y a rien de mal à cela.

— Mais toi, tu ne raisonnes pas comme ça. Ça fait des années que tu es revenue. Mais tu n'es jamais retournée à l'université. Tu ne parles pas d'avenir. Ton seul horizon est la survie.

— Je sais.

— Tu veux que ton histoire se termine bien ?

— Je ne suis pas certaine de savoir ce que ça veut dire.

— Tu veux un mari ? Des enfants ?

— Je n'imagine pas faire un jour confiance à un homme à ce point-là. Ni que des petits êtres vivants dépendent de moi. »

Sarah hocha la tête d'un air pensif. « Culpabilité du survivant ?

— Sans doute.

— Tu as sauvé une étudiante. Tu essayes de me sauver. Et maintenant Roxy. Est-ce que ça changera quelque chose ? »

Je ne pus m'empêcher de sourire. « Sarah, je ne voudrais surtout pas minimiser ce que tu as vécu, mais en fin de compte ça s'est résumé à une très mauvaise nuit.

— Alors que toi, tu as vécu quatre cent soixante-douze jours de cauchemar ?

— Il y a un peu de ça. Tu apprécies le forum ?

— Oui.

— Et il t'aide ?

— C'est certain.

— Alors je suis contente de m'y consacrer. Ça me suffit. Pour l'instant.

— Vraiment ? Alors qu'est-ce qui est arrivé à ta main ? »

Je la collai par réflexe contre moi, comme pour parer un coup. « Juste une blessure d'entraînement...

— Ne mens pas. Ne me dis pas la vérité si tu n'y es pas prête, mais épargne-moi les mensonges. Tu es tout ce que j'ai, Flora. Alors si tu me mens...

— Excuse-moi.

— Ce n'est pas grave. Tu l'as dit : quatre cent soixante-douze jours de cauchemar. Je comprends. »

Je baissai les yeux vers ma main. Le pansement blanc tacheté de rouge. Et j'eus honte. Vraiment honte. Mais pas au point d'en parler.

« Tu dors ici ? demanda Sarah. Pas envie de rester seule cette nuit.

— Ça marche », dis-je en me jurant de ne plus triturer ce pansement.

Sarah ferma l'ordinateur. Nous avions déjà fait cela, surtout au début, au plus fort de ses cauchemars. Elle sortit ses couvertures et son oreiller d'appoint. L'une après l'autre, nous nous lavâmes les dents dans la micro-salle de bains. Pyjama pour elle, tee-shirt trop grand pour moi. Je m'allongeai sur le canapé. Sarah se glissa dans son lit une place.

Dans le noir, je sentis de nouveau la présence de mon pansement. Et juste en dessous, une écharde, profondément enfoncée dans la chair.

Tout ce temps, au début. Seule dans une caisse de la taille d'un cercueil. Où j'enfonçais mes doigts dans les trous d'aération grossiers et où je jouais avec les éclats de bois qui s'y plantaient, simplement pour m'occuper.

La douleur à l'époque, aiguë et concrète.

La douleur aujourd'hui, exquise et familière.

Les progrès que j'avais faits. Les blessures que je portais encore en moi.

Je me demandais où était Roxy Baez en ce moment même. Dormait-elle, terrassée par cette journée éprouvante ? Ou préparait-elle la suite des opérations ?

Mais quand je finis par m'endormir, ce ne fut pas de Roxy que je rêvai. Comme cela m'arrivait encore trop souvent, je rêvai de Jacob Ness. Il souriait en refermant ses doigts crochus sur mes épaules. Puis il soulevait lentement ma main pansée.

« Je te tiens, disait-il. Toi et moi, on est à jamais inséparables. »

Et nous savions tous les deux qu'il avait raison.

27

Nom : Roxanna Baez
Classe : Seconde
Professeure : Mme Chula
Genre : Récit personnel

Qu'est-ce qu'une famille parfaite ?

Chapitre 5

Où se cache-t-elle, cette famille parfaite ? Comment la trouver ? Pouvez-vous m'aider à transformer ma famille en famille parfaite ? Surtout maintenant que les services sociaux nous ont séparés les uns des autres ?
Ma sœur pleure. Toute la nuit. Je la prends dans mes bras, j'essaie de la consoler, mais ça me fait fondre en larmes à mon tour. Neuf mois après notre arrivée chez Maman Del, je ne sais pas combien de temps encore nous tiendrons. Toutes ces journées d'angoisse et ces nuits de terreur. Je suis l'aînée. Je suis censée être forte et capable. « Prends soin de ta petite sœur. » Combien d'années ai-je entendu ça ? Et plus tard : « Prends soin de ton petit frère. » J'ai essayé, encore et encore.

Mais Manny est parti et Lola est en train de mourir. Pas extérieurement, mais à l'intérieur. Elle n'est plus que l'ombre d'elle-même, elle agit comme une automate, jusqu'au soir où elle se traîne à l'étage pour rejoindre les bébés. Elle les berce dans ses bras maigres. Et elle pleure de plus belle.

Le théâtre était son refuge, mais après la nuit de la bouteille de whisky, Roberto et Anya se sont mis à y venir. Figurez-vous qu'Anya avait toujours rêvé d'être une vedette. Et que Roberto est son premier admirateur. « Vous lui donnerez ce rôle, nous ordonne-t-il. Vous lui apprendrez ces répliques. Vous ferez exactement ce que je vous dirai. Sinon. »

J'ai passé toute la nuit aux urgences à tenir la main de ma petite sœur de huit ans pendant qu'on lui faisait un lavage d'estomac et qu'on la soignait pour intoxication éthylique. En comptant les bleus sur ses bras, en regardant ses côtes décharnées.

Jusque-là, je me disais qu'on ne s'en sortait pas trop mal, qu'on se défendait bien.

Je me mentais à moi-même.

Désormais, où qu'on aille et quoi qu'on fasse, Roberto est là. Plus grand, plus fort, avec ce sourire cruel aux lèvres. « Vous ferez exactement ce que je vous dirai. »

Alors j'obéis. Pour le bien de Lola.

Sommes-nous vouées à souffrir toujours autant ? Ne pourrons-nous jamais nous sentir aimées, protégées, en sécurité ? Nous amuser comme les autres enfants ? Pouffer de rire pour des bêtises, faire les folles dans les couloirs ?

À l'école, je reste à part. J'observe tous les élèves

que je croise. Est-ce à cela que ressemble un véritable enfant de onze ans ? Peut-être que si je pouvais m'habiller comme ça, fréquenter ces amis-là ou marcher la tête haute dans les couloirs... Mais je n'ai rien de tout cela. C'est au-dessus de mes forces. Je suis seulement moi, qui n'ai qu'un sac à dos, deux tenues de rechange et un grand trou au milieu de la poitrine.

J'ai beau essayer d'être forte pour Lola, moi aussi je ne suis qu'une enfant dépassée.

Je déteste ma mère. Je sais qu'il ne faut pas. Elle est malade. L'assistante sociale le dit, la bénévole du CASA est d'accord. Notre pauvre maman se donne beaucoup de mal pour remettre sa vie sur ses rails.

Dites, vous ne croyez pas qu'elle aurait dû y penser avant d'avoir des enfants ?

Nous la voyons toujours une fois par semaine. Elle jacasse : son boulot, le groupe de soutien, ses progrès formidables. Ce n'est qu'une question de temps avant que nous formions de nouveau une famille. Manny se pelotonne sur ses genoux, la tête sur son épaule, comme si le temps n'avait pas passé, que rien n'avait changé. Il sait vivre dans l'instant présent. Tandis que Lola et moi... Nous mangeons Manny des yeux. Nous nous repaissons de la vue de notre petit frère, qui nous manque tellement. Et nous essayons de limiter nos paroles et nos gestes, de crainte de laisser paraître nos dernières blessures.

« Vous êtes si belles, toutes les deux », roucoule notre mère en nous regardant. Lola et moi nous demandons si elle a les yeux en face des trous.

Plus tard, en nous ramenant à la maison, Mme Howe, la dame du CASA, nous observera plus attentivement. « Comment allez-vous ? demandera-t-elle avec son regard de maîtresse d'école. De quoi avez-vous besoin ? » Mais Lola et moi ne disons jamais rien.

Demandez à n'importe quel enfant de l'Assistance : ce sont les adultes qui nous ont mis dans cette mouise.

Je déteste mon père. Je ne sais même pas qui c'est.. Juste un Blanc qui m'a donné des cheveux châtain terne et des yeux noisette. Je ne veux pas de ses cheveux, de ses yeux, de sa peau claire. Mon père m'a transmis des gènes horribles. Ensuite il s'est tiré pour que ma mère se noie dans l'alcool et qu'il n'y ait plus personne pour nous sauver.

Sommes-nous vouées à souffrir toujours autant ?

Les bébés pleurent, tous les soirs. Nous leur caressons le dos. Nous murmurons et fredonnons pour les réconforter. Nous leur mentons. Nous leur disons qu'ils sont en sécurité, que le monde est bon et qu'il n'y a aucune raison de pleurer. En espérant être parties d'ici avant qu'ils soient suffisamment grands pour se rendre compte à quel point nous les avons trompés. Avant qu'ils comprennent que nous ne sommes nous aussi que de grands bébés, aussi seuls qu'eux-mêmes.

Pourquoi les gens font-ils des enfants ? Pourquoi nous mettre au monde si vous n'avez même pas un petit bout de vous-même à nous donner ? Il ne nous faut pas grand-chose. Juste de l'amour, un toit, un mot gentil de temps en temps. Vous seriez étonnés du peu qui suffit à notre bonheur.

Je regarde autour de moi dans cette affreuse maison et je ne vois partout que du malheur. Vous voyez l'île des Jouets abandonnés ? Eh bien, chez Maman

Del, c'est le dépotoir des enfants mal-aimés. Nous sommes tous complètement perdus. Même Roberto et Anya. Je les entends pleurer tous les deux au milieu de la nuit. Et parfois je surprends Roberto dans la chambre d'Anya ; ils sont recroquevillés côte à côte, accrochés désespérément l'un à l'autre. Plus de sourires cruels ni de regards fourbes. Juste deux enfants tristes. Anya n'a même jamais connu ses parents. Elle a toujours été seule au monde.

Pour autant que je le sache, c'est une des raisons pour lesquelles elle nous déteste.

Mike est amoureux de moi. Je le devine à sa façon de m'observer. Aux petits cadeaux qu'il me fait. À ce moment que nous avons partagé sur la passerelle avant que Roberto ne nous prenne le théâtre. Mais moi je ne suis pas amoureuse. Je ne peux pas. Je me consacre tout entière à Lola, pour trouver le moyen de lui faire passer un jour de plus, une nuit de plus.

On ne peut pas souffrir comme ça toute sa vie. Si ?

Un jour, je partirai d'ici. Je travaillerai bien à l'école, je ferai des études, je décrocherai un bon boulot et je trouverai ma place dans le monde, une place que personne ne pourra jamais me prendre. Jamais je ne toucherai à l'alcool. Jamais je ne me mettrai en couple avec un pilier de bar minable. Je fonderai une vraie famille. Avec un mari qui reste et des enfants qui peuvent compter sur moi. Et je borderai mes enfants dans leur lit tous les soirs en leur disant qu'ils sont aimés, protégés et désirés.

Mes enfants n'auront jamais à connaître le tribunal ni les familles d'accueil. Quand ils liront des livres, ils croiront aux dénouements de conte de fées. Ils marcheront dans les couloirs de l'école habillés de vêtements neufs, avec de bons amis, la tête haute.

Voilà mon rêve. Mon jardin secret. Quand Anya part de son rire horrible, je m'y raccroche un peu plus. Quand Roberto entre dans la chambre des bébés à deux heures du matin et nous oblige à faire ce qu'il veut, je l'enfouis tout au fond de moi. Et plus tard, quand Lola pleure, je lui murmure ma promesse à l'oreille :

Un jour, on partira d'ici.

Un jour, on se fera notre famille parfaite à nous.

Parce qu'on ne peut pas souffrir comme ça toute sa vie. Si ?

28

Hou, hou, hou, houuuuuuu…

Alex ne plaisantait pas : la dernière venue de la famille n'aboyait pas, elle pleurait. À chaque fois, sans exception, qu'on la mettait dans sa caisse. À deux heures du matin, Alex y renonça, emporta la huitième merveille du monde sur le canapé et lui permit de s'allonger sur son ventre. À six heures du matin, D.D., entendant les ronflements d'Alex se mêler à ce qui ne pouvait être que des bruits de mastication, sortit de la chambre, reprit le rouleau de papier-toilette à Kiko et montra à la petite chienne le chemin du jardin pour qu'elle fasse ses besoins.

Lorsque D.D. revint dans le salon, Alex avait mystérieusement déserté le canapé et rallié la chambre, dont la porte était désormais hermétiquement close.

D.D. baissa les yeux vers Kiko, qui lorgnait encore le rouleau de papier mâchouillé avec une évidente convoitise.

« Bon. Toi et moi. Il faut qu'on apprenne à se connaître. Qu'est-ce que tu en dis ? Tu veux jouer à la baballe ? C'est parti. »

Elle attrapa son téléphone portable, la doudoune d'Alex et ressortit, Kiko sur les talons. La perspective du jeu semblait exciter la jeune croisée dalmatien, qui caracolait fièrement autour des chevilles de sa maîtresse.

À cette heure matinale, le ciel commençait à peine à s'éclaircir. Si les premières lueurs de l'aube suffisaient pour distinguer la clôture, il faisait encore trop noir pour, disons, courir après une balle. Mais un des charmes de la vie en banlieue, c'est qu'on n'y est jamais vraiment seul. Déjà des voisins se levaient pour les aventures de la journée, les cuisines et les salons du quartier s'éclairaient, des lampes de jardin s'allumaient. En actionnant l'interrupteur de sa véranda, D.D. ne fit que rejoindre le mouvement.

Elle lança la balle au fond du jardin. Kiko décolla comme une fusée. Et D.D. regarda son téléphone en se demandant qui appeler à cette heure indue.

Ben Whitley. Avec quatre cadavres à autopsier, tous liés à une alerte-enlèvement, leur consciencieux légiste n'avait même pas dû rentrer chez lui hier soir. On savait qu'il avait l'habitude de piquer des sommes sur les tables de la morgue. D.D. préférait ne pas y penser.

Kiko revint. Lâcha la balle. D.D. la ramassa et la relança, puis appuya sur la touche d'appel rapide de son téléphone. Jusque-là, cette histoire de chien ne se passait pas trop mal.

Ben décrocha à la troisième sonnerie. «Quoi?» Ben pouvait être un peu rude. C'était une des nombreuses qualités que D.D. lui trouvait.

«J'ai adopté une chienne, dit-elle.
— Sans blague?
— Elle s'appelle Kiko et il paraît que c'est la meilleure chienne tachetée de tout l'Est américain.
— Je devine que c'est Jack qui a eu gain de cause.
— Oui, avec un petit coup de main d'Alex. Hier ils

sont allés au refuge. Et maintenant nous avons une croisée dalmatien qui pleure à fendre l'âme à chaque fois qu'on la pose dans sa caisse. Elle aime aussi mâcher le papier-toilette.

— Gare à tes chaussures.

— J'envisage de transférer toutes mes paires au bureau.

— On n'est jamais trop prudent.

— Tu as dormi?

— Pas vraiment.

— Moi non plus. Alors, quelles nouvelles?

— Voyons...» À l'autre bout du fil, D.D. entendit Ben se passer la main sur le visage. Il devait rassembler ses idées après de trop longues heures d'une triste besogne. «Pour les adultes, pas de grosse surprise. La mort a été causée par de multiples blessures par balle, calibre 9 mm.

— 9 mm? Mais le pistolet que j'ai retrouvé dans le jardin était un .22.

— Dans ce cas, je peux raisonnablement affirmer que ce n'est pas l'arme du crime.

— Zut.» C'était à présent D.D. qui se passait la main sur le visage.

Hou-hou?

D.D. baissa les yeux et découvrit Kiko qui la fixait. La chienne poussa la balle du bout du museau d'un air éloquent. D.D. la ramassa et travailla son lancer.

«Les douilles retrouvées à l'endroit où Hector Alvalos a pris une balle sont aussi du 9 mm», se souvint-elle. Autrement dit, l'arme qui avait servi à cette occasion pouvait être celle du meurtre de la famille Boyd-Baez. Or une jeune fille correspondant au signalement de Roxy avait été vue en train de fuir les lieux. Triple zut.

« J'ai envoyé les balles au laboratoire de balistique pour analyse, dit Ben. Ils ne devraient pas tarder à avoir des infos pour toi. »

D.D. hocha la tête. Mieux valait attendre d'en savoir davantage. Partir du principe qu'elle avait retrouvé l'arme du crime l'avait déjà suffisamment mise dans la panade. La patience n'avait jamais été son fort.

« Juanita Baez présente des lésions hépatiques cohérentes avec un passé d'alcoolique, continua Ben. Mais il y a aussi des signes de cicatrisation qui indiqueraient une abstinence récente. J'ai demandé une analyse toxicologique, mais je n'aurai les résultats que dans quelques jours.

— Charlie Boyd ?

— Aucun signe de consommation de drogue, tabac ou alcool. Là aussi, décès causé par trois balles dans la poitrine, dont la deuxième a sectionné l'aorte. L'hémorragie interne a dû provoquer une mort quasi instantanée.

— Ce qui explique qu'il n'ait pas eu le temps de sortir du canapé.

— Exactement.

— Et les enfants ? demanda D.D. à mi-voix.

— Manny Baez, neuf ans. Trois balles dans le côté et dans le dos. Celle qui l'a tué est entrée sous l'aisselle, en plein dans le cœur. »

D.D. imaginait trop bien la scène. Manny se détournant du tueur debout sur le pas de la porte, se collant à sa grande sœur pour qu'elle le protège. « À quelle distance ? demanda-t-elle.

— Vu les traces de poudre sur les vêtements, je dirais moins de deux mètres. Le tireur s'est avancé dans la chambre avant de faire feu. »

D.D. hocha la tête. Kiko, de retour, remuait la queue en regardant la balle avec insistance. Pour se donner une chance de dominer ses émotions, D.D. la ramassa et la relança.

« C'est avec la fille, Lola Baez, que les choses deviennent intéressantes, reprit Ben. Pour commencer, elle est morte d'une seule balle.

— *Une seule balle ?* s'exclama D.D.

— L'assassin a posé l'arme contre la tempe et tiré. »

D.D. prit le temps d'absorber le choc. « Elle était la cible, murmura-t-elle.

— En général, dans les cas d'homicides multiples, la victime sur laquelle on s'acharne est la cible principale. Donc, si chaque membre de la famille a droit à trois balles, la cible en question peut prendre tout un chargeur dans le buffet, par exemple. Mais dans le cas présent, cette exécution à bout touchant suggère que Lola Baez était la destinataire de cette fureur meurtrière. Rien n'a été laissé au hasard. L'assassin est entré dans la chambre, il a tiré trois fois sur Manny Baez. Et il s'est encore approché pour poser le canon de l'arme directement sur la tête de Lola.

— Je vois », dit D.D., pratiquement dans un état second. La chienne était de retour. D.D. ramassa docilement la balle, la relança.

« Il y a autre chose.

— Je t'écoute.

— Lola Baez présente aussi des signes d'activité sexuelle récente.

— Viol ?

— Ni hématome visible ni lacération, donc ça a pu être une relation consentie, même si je n'oublie pas une seconde qu'une gamine de treize ans n'est pas en âge de donner son consentement. J'ai aussi trouvé des traces de spermicide, ce qui signifie très probablement que son partenaire portait un préservatif. Pas de trace de sperme, mais j'ai retrouvé un poil qui pourra servir pour des tests ADN.»

D.D. approuva.

Chienne. Balle. Lancer.

«Drogue? demanda-t-elle.

— Pas de traces d'injection, mais là aussi j'attends les résultats des analyses toxicologiques.

— Le grain de beauté sur sa joue?

— Ah oui, Phil m'a appelé à ce sujet hier soir. Je l'ai examiné à la loupe et ton information était bonne: ce qui apparaît de prime abord comme une tache noire est en réalité un tatouage. Assez fascinant, d'ailleurs. Le principe est un peu le même que pour graver un nom sur un grain de sable. Le tatoueur a écrit "Las Niñas Diablas" dans un cercle quasi parfait. Il ne doit pas y avoir beaucoup de salons de tatouage dans le coin capables d'un tel niveau de précision. C'est la première fois que je vois ça.

— Est-ce qu'on peut faire ça chez soi? Comme en prison, tu vois, avec de l'encre de stylo-bille et une aiguille?

— Non, il faut un instrument très fin et une loupe éclairante. Par ailleurs, comme la peau gonfle au fur et à mesure qu'on injecte l'encre, soit le tatouage a été réalisé en plusieurs fois pour permettre une écriture aussi serrée, soit, deuxième hypothèse, il a été réalisé en une seule fois avec un tampon à tatouer. Je sais que ça existe, mais je n'en ai jamais vu. En tout cas, je peux te dire qu'on a affaire à un artiste.

— Donc je cherche l'artiste attitré d'un gang. Génial.

— La brigade antigang possède une base de données

des signes de reconnaissance. Je l'ai noté dans mon compte rendu.

— Merci. » Kiko était de retour et regardait D.D. Elle se baissa une nouvelle fois vers la balle. « C'est Lola, dit-elle pour elle-même. L'assassin en avait après Lola et les autres n'ont été que des victimes collatérales.

— Tu ne crois pas que la grande sœur a joué un rôle ?

— Je ne sais plus. Roxanna n'avait pas de raison évidente de tuer ses frère et sœur. D'un autre côté, on sait qu'elle était stressée et que les relations étaient tendues avec Lola. Nous avons aussi la preuve qu'elle s'est cachée près de l'endroit où Hector Alvalos s'est fait tirer dessus, justement avec un 9 mm.

— La même arme ?

— C'est tout à fait possible. Toxicomanie, guerre des gangs, secrets de famille bien gardés : ce ne sont pas les pistes qui manquent, juste les éléments tangibles. Je suis preneuse de tout ce que tu pourras découvrir. Et le plus tôt sera le mieux.

— Le contraire m'aurait étonné. »

Le téléphone de D.D. vibra. Un appel entrant. Elle s'attendait à ce que ce soit Phil, vu qu'il n'était même pas sept heures, mais à son grand étonnement le nom d'un cabinet d'avocats s'affichait à l'écran. L'avocat de Juanita, auquel elle avait laissé plusieurs messages la veille.

« Je dois y aller, dit-elle à Ben. Tu me tiens au jus.

— Promis. »

Ben raccrocha. D.D. prit l'appel suivant et continua à jouer avec la chienne.

« Commandant D.D. Warren, se présenta-t-elle.

— Daniel Meekham, du cabinet Meekham, Croft and Bane. Je vous rappelle suite à votre message d'hier. J'étais en Floride pour la semaine. Je suis rentré tard hier soir.» Un temps. «J'ai appris les nouvelles.

— Donc vous savez que Juanita a été assassinée hier. De même que son compagnon, Charlie Boyd, et deux de ses enfants.

— Oui.

— Sa fille aînée, Roxanna Baez, reste introuvable. Vous la connaissez?

— La fille? Non. Je n'ai jamais parlé qu'avec Juanita. Et notre relation remontait à peu de temps. Je veux dire, je l'avais rencontrée par hasard aux urgences il y a quelques semaines. Un bagel. Le couteau qui dérape. Oups.

— Vous êtes spécialisé dans les poursuites au pénal.

— Exact.

— Nous avons cru comprendre que Juanita s'était adressée à vous au sujet d'une affaire concernant ses deux filles. Elle pensait qu'il avait pu leur arriver quelque chose il y a cinq ans, quand la garde de ses enfants lui avait été retirée et qu'ils avaient été confiés à des familles d'accueil.»

L'avocat ne commenta pas.

«Monsieur Meekham, vous comprenez bien que votre cliente est décédée? Le respect de la confidentialité de vos échanges ne lui sera plus d'aucune utilité. D'autant que nous avons d'excellentes raisons de penser que Roxanna Baez est elle-même en danger. Sauver la fille de votre cliente doit nécessairement passer avant la protection de sa vie privée.

— J'entends bien. Mais comme je vous le disais, c'est un dossier relativement récent. J'essaie de mettre de l'ordre dans mes idées.

— Je vous aide: Juanita pensait que sa fille Lola avait

été victime d'abus sexuels pendant qu'elle était sous la responsabilité des services sociaux. Pour être précise, pendant qu'elle était placée chez Maman Del. Vous confirmez ?

— Je confirme.

— Pour en avoir le cœur net, Juanita avait mené sa petite enquête. Elle avait interrogé Maman Del, par exemple.

— Exact.

— J'imagine que vous avez également pris vos renseignements sur cette femme.

— Oui. » De nouveau cette légère hésitation. « Maman Del, de son vrai nom Delphinia Agnes, exerce comme assistante familiale agréée depuis vingt-quatre ans. Pendant toute cette période, la maison a toujours été remplie au maximum de ses capacités, soit entre six et huit pensionnaires.

— Je croyais que l'État ne donnait pas d'agrément pour plus de quatre enfants jusqu'à une date récente ?

— Il y a toujours eu des dérogations dans les cas exceptionnels. Elles sont simplement devenues plus fréquentes.

— Est-ce que Maman Del a elle-même des enfants ?

— Pas d'enfant, jamais mariée. Elle était enseignante à l'école maternelle avant de tomber en invalidité. Elle s'est alors lancée dans cette activité d'assistante familiale après avoir complété sa formation.

— Elle est propriétaire de la maison ?

— Elle en a hérité de sa famille il y a trente ans. Sur le papier, elle a un frère, mais je n'ai pas encore réussi à le localiser. Officiellement, elle est la seule propriétaire.

— Donc c'est une assistante familiale professionnelle,

pour ainsi dire. Elle prend les gamins, elle les entasse et elle encaisse les chèques.

— Elle gagne entre soixante et soixante-dix mille dollars par an, nets d'impôts, confirma Meekham.

— Pas d'emprunt à rembourser pour la maison ?

— Non.

— Alors où passe cet argent ? Ce ne sont pas des sommes faramineuses pour vivre à Boston, mais sans emprunt immobilier à rembourser, elle devrait être assez à l'aise. Or, du moins d'après ce que j'ai vu, elle ne se ruine pas pour les repas des enfants.

— Elle a un modeste compte-épargne. Achète un nouveau minibus tous les cinq ans. Les impôts fonciers sont plus lourds qu'on ne l'imaginerait. Et d'après ses relevés de carte de crédit, elle dépense beaucoup au Walmart, officiellement pour acheter du matériel de puériculture, des vêtements d'enfant, etc. Dans l'ensemble, ses comptes sont propres. Pas de gros dépôts, pas de gros retraits. »

D.D. fit la moue. Cela semblait exclure l'existence d'un réseau de pédophilie ou de pédopornographie, qui aurait laissé des revenus inexpliqués dans son sillage.

« J'en suis encore à essayer de localiser d'autres comptes, ajouta Meekham, comme s'il lisait dans ses pensées. Il se peut qu'elle possède des fonds dans un paradis fiscal, des bitcoins, que sais-je. Comme je vous le disais, je ne travaille sur ce dossier que depuis quelques semaines.

— Il est possible qu'elle possède d'autres comptes sous différents noms, des noms d'emprunt, traduisit D.D.

— Exactement.

— A-t-elle fait l'objet de plaintes ?

— Souvent. Mais rien de nature à inspirer une

inquiétude immédiate. Elle a reçu des mises en garde pour sureffectif, des avertissements pour manque d'hygiène. Plusieurs notes signalent que les repas répondent à peine aux exigences minimales. Elle a à deux reprises fait l'objet d'une enquête lorsque des enfants ont été admis aux urgences. Mais rien de tout cela n'a jamais conduit à des mesures disciplinaires. À lire son dossier, ce n'est pas la meilleure assistante familiale de la ville, mais pas la pire non plus, et en période de pénurie, quelqu'un comme elle peut passer entre les mailles du filet.

— Qu'aviez-vous prévu de faire ensuite ?
— J'essayais de retrouver les photos.
— Les photos ? s'étonna D.D.
— Voyons voir… » Elle entendit son interlocuteur fourrager dans ses papiers. « Mon enquêteur a tout de même découvert quelque chose en discutant avec la conseillère d'éducation du lycée, Tricia Lobdell Cass : au printemps dernier, la rumeur a couru qu'un élève se vantait de posséder des photos intimes de Lola et Roxanna Baez. Or figurez-vous que ce garçon avait été pensionnaire chez Maman Del en même temps qu'elles.

— Un certain Roberto ? demanda D.D. avec un mauvais pressentiment.

— Roberto Faillon, c'est ça. En voilà un qui avait des antécédents. Un dossier épais comme le bras : chapardages, agressions, troubles à l'ordre public, vandalisme, tout ce que vous voulez. De la vraie graine de voyou. D'après Mme Lobdell Cass, ces photos ont fait un certain bruit vers la fin de l'année scolaire. Vous savez comment ça se passe au lycée. L'information circule par des textos groupés ou sur des réseaux sociaux connus de tous les élèves, ce qui leur permet de continuer depuis le confort de leur chambre le harcèlement commencé pendant la journée. Le bruit courait que Roberto avait posté la photo d'une camarade de classe à moitié nue sur le site interne de l'école où tous les élèves pouvaient la voir, mais que l'image n'était pas d'assez bonne qualité pour qu'on distingue le visage de la jeune fille. Quand le lycée a eu vent de l'histoire, le directeur a convoqué Roberto dans son bureau, mais celui-ci a clamé son innocence. Entretemps la photo avait disparu du site. Sans doute pour être publiée sur un autre réseau social dès le lendemain.

— Le directeur a confisqué le téléphone ?

— Il en a apparemment examiné le contenu, avec l'autorisation de Roberto. Il n'a rien trouvé et il l'a rendu.

— Ce qui ne prouve strictement rien. Roberto a pu télécharger les photos sur un serveur pour les récupérer plus tard, changer de téléphone, toutes sortes d'entourloupes.

— Et vu le dossier du gamin, je dirais qu'il s'y connaissait en entourloupes.

— Donc il se peut qu'il ait réellement possédé des photos, peut-être prises à l'époque où les filles et lui vivaient ensemble chez Maman Del. » D.D. secoua la tête. Les mauvaises langues peuvent être sans pitié au lycée. Que ces photos aient ou non existé, Lola et Roxy n'auraient pas été les premières à être victimes d'une campagne d'humiliation. Pas étonnant que Roxy ait eu les nerfs à vif.

Ni que Lola se soit sentie obligée d'entrer dans un gang.

« Et que s'est-il passé ensuite ? demanda-t-elle, même si elle en avait déjà une idée assez précise.

— Roberto s'est tiré une balle. Fin mai, début juin ? Et il a emporté toutes les rumeurs et fines allusions dans la tombe.

— Et les photos ? Quelqu'un a dû hériter de son téléphone.

— Je me suis fait la même réflexion. En fait, j'ai même passé un coup de fil au commissariat de quartier la semaine dernière pour savoir s'ils avaient saisi l'appareil dans le cadre de l'enquête sur le suicide. D'après la conseillère d'orientation, les photos avaient pour ainsi dire disparu de la circulation à la mort de Roberto. Mais si ces images existent encore quelque part et qu'elles remontent à l'époque où les filles étaient placées... Roxy n'avait que onze ans. Lola huit. Par définition, on serait en présence de pornographie infantile. Ce qui aurait été sévèrement puni par la loi et aurait apporté de l'eau au moulin de ma cliente.

— Mais vous n'avez pas retrouvé le téléphone.

— Il s'est littéralement volatilisé. Roberto avait une petite amie, Anya Seton, mais jusqu'à présent celle-ci s'est montrée très réticente à coopérer avec mon enquêteur.

— J'ai rencontré la demoiselle. "Très réticente" est un euphémisme. » D.D. se mordilla la lèvre. Kiko, de retour, lui poussait la main avec empressement. Elle manquait à ses devoirs de lanceuse de balle et se remit au travail.

« Avez-vous cherché s'il existait d'autres comptes au nom de Roberto Faillon ? Dans le cloud, par exemple, ou sur d'autres sites de publication d'images ? Si Roberto faisait chanter les filles avec des photos ou même s'il s'amusait juste à les torturer du simple fait de leur existence, il devait les avoir sauvegardées.

— J'y travaillais. »

D.D. hocha la tête. Elle aussi mettrait ses informaticiens sur le coup. D'autant qu'elle venait de se souvenir qu'il n'y avait aucune donnée concernant des réseaux sociaux dans l'ordinateur de la chambre des filles. D'après Neil, aucune trace évidente de comptes Instagram, Snapchat et tutti quanti. Ajoutez à cela que l'historique avait été récemment effacé.

Roxy avait-elle supprimé toute trace de navigation et leurs comptes sur les réseaux sociaux ? Dans le but de protéger sa sœur des images choquantes qui auraient pu s'y afficher ? Ou bien avait-on envoyé à Roxy une copie de ces photos pour la menacer, si bien que la jeune fille, après les avoir regardées, avait tenté de nettoyer le disque dur ?

Sauf qu'effacer la mémoire d'un ordinateur demande beaucoup plus de manipulations que la plupart des utilisateurs n'en ont conscience. On ne peut pas gommer les informations comme ça, il faut les recouvrir avec de nouvelles données en se servant de logiciels spécialement conçus à cette fin. Autrement dit, les ingénieurs de la police de Boston seraient très certainement en mesure de reconstituer tout ce que Roxy avait pu vouloir cacher. D.D. allait devoir relancer Phil à ce sujet.

« Savez-vous qui a mené l'enquête sur le suicide de Roberto ? » demanda-t-elle à l'avocat.

Meekham lui donna le nom de l'officier chargé de l'affaire au commissariat de quartier.

« Pensez-vous que Juanita avait matière à engager des poursuites ? » lui demanda-t-elle ensuite.

Un temps de silence : l'avocat réfléchissait. « Je pense que plus je posais des questions, moins je comprenais les réponses, dit-il finalement. Quand on exerce ce métier depuis aussi longtemps que moi, c'est plutôt mauvais signe. Il s'était passé quelque chose. J'ignore encore la nature exacte et la gravité des faits, mais la situation n'était pas nette-nette chez Maman Del. Sans parler du jeune Roberto et de cette histoire de photos. Suffisamment de bizarreries, en tout cas, pour m'inciter à creuser le dossier. Notez que Juanita n'avait pas les moyens de me verser une avance sur honoraires, donc je ne pouvais espérer de rémunération qu'en fin de parcours. Alors, si j'avais estimé qu'on allait aboutir à une impasse...

— Vous auriez laissé tomber et vous seriez passé à autre chose.

— Or je ne l'ai pas fait.

— Et si vous aviez trouvé la preuve que les filles avaient subi des abus ?

— Deux fillettes victimes d'abus sexuels dans une famille d'accueil agréée par l'État ? Les dommages et intérêts auraient pu se chiffrer en millions. Et avec le nombre d'enfants qui ont défilé chez Maman Del...

— Vous auriez cherché d'autres victimes. Éventuellement intenté un recours collectif.

— Potentiellement des dizaines de millions de dollars à la clé. De quoi me motiver à ne pas lâcher l'affaire, lui confirma Meekham.

— De quoi aussi motiver quelqu'un à faire taire la famille une bonne fois pour toutes. »

29

J'ai dormi d'un mauvais sommeil. Les séquelles du traumatisme. Même après toutes ces années, les nuits sont longues et peuplées de fantômes. J'ai écouté Sarah s'agiter dans son lit, marmonner le nom de gens qui n'étaient sans doute plus de ce monde. J'ai rêvé de Jacob. Je me suis forcée à me réveiller tout à fait. J'ai essayé de pratiquer la respiration abdominale, d'imaginer un rayon de lumière dorée, de l'inspirer en moi, de le sentir se répandre dans mes mollets, mes genoux, mes hanches.

Je l'ai perdu, rallumé. De nouveau perdu.

J'avais toujours été nulle en méditation.

À deux heures du matin, j'ai entrepris de contempler le plafond en passant en revue tout ce que je savais sur Roxanna Baez. À quatre heures, j'avais acquis la conviction qu'il fallait que je retrouve cette fille d'une manière ou d'une autre. À cinq heures, je pensais en avoir trouvé le moyen.

Le profilage géographique. La planque de Roxy devait être accessible à pied depuis tous les lieux que nous connaissions : sa maison, le lycée, le café, chez Maman Del. Et pas seulement parce qu'elle n'avait en aucun cas pu prendre un bus ou un métro sans se faire repérer, mais parce qu'elle agissait sous le coup de la peur. Et que fait-on quand on a peur ? On se terre. Dans un endroit où l'on se sent bien, où l'on connaît ses ressources et où l'on a des amis comme Mike Davis pour nous venir en aide.

Roxy Baez devait être cachée quelque part dans Brighton.

À six heures du matin, je pris l'ordinateur portable de Sarah et commençai mes recherches.

Première étape, une carte de Brighton, qui, d'après Google, ne couvrait que 7,2 kilomètres carrés. Je mis des balises sur les quatre lieux associés à Roxy Baez, ce qui ramena la zone de recherche à environ 3,1 kilomètres carrés. Pas gigantesque en termes de superficie, mais encore énorme au regard de la densité. Tous ces commerces et ces bâtiments publics ou privés. Je lançai une recherche pour trouver les locaux commerciaux disponibles, en repensant à la bonne idée que Roxy avait eue de squatter les bureaux vacants en face du café. Plus d'une douzaine de résultats s'affichèrent.

Je m'adossai à ma chaise pour pousser mes réflexions.

Si j'étais à sa place en ce moment, qu'est-ce que je désirerais le plus ? La sécurité. Un endroit où je pourrais circuler en toute discrétion. De ce point de vue, un local vacant n'était sans doute pas l'idéal. Et si un voisin se demandait pourquoi une jeune fille seule entrait dans des bureaux à louer, s'il voyait de la lumière là où il n'aurait pas dû y en avoir ?

Le meilleur endroit où se cacher ? Comme le dit l'adage, le mieux est de se fondre dans la foule. Donc un lieu public et tellement fréquenté qu'on peut aller et venir sans attirer l'attention.

Question suivante à régler ? La logistique. L'approvisionnement en eau et nourriture. D'autant qu'elle ne savait pas combien de temps il lui faudrait rester cachée. Si elle avait suivi mes conseils, son sac d'évacuation devait contenir quelques barres protéinées et des bouteilles d'eau, mais on ne peut pas se nourrir que de céréales. Le mieux serait d'être à proximité d'un café animé, peut-être d'une supérette ouverte vingt-quatre heures sur vingt-quatre où elle pourrait faire des courses vite fait et en tout anonymat.

Je me repenchai sur la carte. Qu'avait dit Sarah hier, déjà ? Qu'elle avait quitté Mike Davis quand il avait pris son service chez Starbucks. Si j'étais Roxy, me dis-je, j'aurais certainement eu l'idée de faire un saut sur le lieu de travail de mon meilleur ami pour acheter un en-cas. Une manière discrète de reprendre contact, peut-être de se rancarder rapidement, tout en se ravitaillant en toute sécurité. Je mis un repère sur le café où travaillait Mike, un X pratiquement à mi-chemin entre la maison de Maman Del et le lycée. Autrement dit, un secteur qui devait être familier à Roxy.

Autres dispositions à prendre pour une adolescente en cavale ? Modifier son apparence, se déguiser. Avec l'alerte-enlèvement, la photo de Roxy s'affichait littéralement à tous les coins de rue. Si elle voulait réellement continuer à se cacher, des mesures élémentaires s'imposaient. Se couper les cheveux aux ciseaux. Les teindre, peut-être, mais cela supposerait qu'elle ait accès à une salle de bains. Perruque ? Bonnet ? Lunettes de soleil ?

Vingt-quatre heures s'étaient écoulées et pas un patrouilleur ne l'avait repérée. Honnêtement, j'aurais voulu la retrouver pour l'interroger sur ses méthodes ; c'était ma meilleure élève, alors que nous n'avions échangé qu'une poignée de messages sur le forum.

Cette idée me ramena à une autre, qui me titillait depuis un moment...

Je me rendis sur le site créé par Sarah en hommage à la famille Boyd-Baez. Il avait continué à vivre sa vie pendant la nuit. Une véritable avalanche de messages, dont un bon nombre en espagnol. Des amis de la famille ? Des membres du gang de Lola ? Du gang rival ?

Je me concentrai sur l'origine géographique des messages ; celle-ci apparaissait souvent de manière automatique, suivant les paramètres de protection des données activés par l'utilisateur. Ensuite je regardai ceux qui ne trahissaient rien. Roxy n'utilisait certainement pas son téléphone portable. La police l'aurait géolocalisée à la seconde où elle l'aurait allumé. Mais peut-être avait-elle un téléphone jetable. Je recommandais aussi d'en avoir un dans son sac d'évacuation. Et comme elle avait oublié d'être bête, elle avait dû le paramétrer pour qu'on ne puisse pas la retrouver.

Mais les adresses IP, indissociables de toute activité en ligne, comportent des informations impossibles à dissimuler. Au fond, elles fonctionnent comme l'adresse de l'expéditeur sur une enveloppe, sauf qu'elles indiquent aussi quel point d'entrée le terminal a utilisé pour se connecter à Internet. C'est pour cette raison que les spammers font faire des étapes aux quatre coins du globe à leurs messages afin d'ensevelir l'adresse IP d'origine sous des couches et des couches de données de navigation. Mais cette adresse est toujours présente et un informaticien habile saura la découvrir.

En l'occurrence, je ne pensais pas que Roxy aurait le temps, l'énergie ou les connaissances nécessaires pour brouiller les pistes. Ce qui rendait l'idée de Sarah (identifier les internautes qui se connectaient plusieurs fois avec une adresse IP publique) d'autant plus astucieuse. Je cherchais notamment des visiteurs qui ne postaient pas de messages mais se contentaient de consulter la page à de multiples reprises.

J'en trouvai des dizaines. Ensuite je fis une recherche sur chacune et restreignis ma liste aux points d'accès situés à Brighton. Et, en remontant à leur localisation, je me retrouvai face à une adresse qui me disait quelque chose.

Le café de la veille au soir. Chez Monet. Celui du serveur mignon, où Anya avait dîné avec ses amis du théâtre. Quelqu'un avait utilisé leur wifi pour aller sur le site dédié à la mémoire des Boyd-Baez. Et pas qu'une fois. Y compris après que D.D. Warren et moi avions alpagué Anya pour la cuisiner sur ses relations avec Roxy.

Je regardai la carte. Maman Del, le lycée, Chez Monet, la maison des Boyd-Baez, le travail de Mike Davis.

Et la solution m'apparut.

Évidente comme le nez au milieu de la figure.

Roxy Baez était un génie.

Sarah était réveillée. Elle traversa le studio à pas feutrés, vint derrière moi.

« Tu as toujours l'intention d'aller voir les filles du gang aujourd'hui ? me demanda-t-elle.

— Plus que jamais.

— Comment ?

— Je vais leur faire une offre qu'elles ne pourront pas refuser : Roxy Baez. »

Elle me regarda avec des yeux effarés.

« Ne t'en fais pas, lui dis-je. J'ai aussi une mission pour toi. »

Comment s'équiper pour aller à la rencontre d'un gang de jeunes filles connues pour adorer manier le couteau ? La question méritait débat. Apporterais-je ma propre lame affûtée ? Des baguettes aiguisées plantées dans mes cheveux ? Mes outils de crochetage préférés ?

Les pistolets n'étaient pas pour moi. Et tant mieux, étant donné la sévérité de la réglementation en la matière dans le Massachusetts. Quelle était donc la meilleure défense face à une arme blanche ? J'étais assez tentée par un manche à balai. Un long bâton quelconque. Pour exécuter ses basses œuvres, un assaillant muni d'un couteau est obligé de s'approcher de sa victime. Donc tout ce qui vous donne plus d'allonge et vous permet de le tenir à distance est bienvenu.

Mais je me dis qu'il serait un peu trop voyant de me pointer avec une canne de randonnée. Les Niñas Diablas risquaient de mal le prendre et, vu que je serais en infériorité numérique, mieux valait ne pas commencer la conversation en énervant qui que ce soit. J'optai finalement pour une longue écharpe : un accessoire de mode, certes, mais avec lequel on peut aussi étrangler ou empêtrer les mains d'un adversaire qui vous menace avec un couteau.

Ensuite, je fis quelque chose de plus discutable : j'appelai Tricia Lobdell Cass pour lui demander si je pouvais emmener les chiens de Roxy en balade. Si ces filles connaissaient vraiment Lola, elles avaient déjà dû rencontrer Blaze et Rosie. Et tandis qu'elles n'hésiteraient sans doute pas à attaquer une femme, j'étais prête à parier qu'elles n'avaient pas le cœur assez endurci pour faire du mal à deux vieux épagneuls.

Ça n'aurait pas arrêté Jacob. Il détestait les animaux.

Sauf les alligators, bien sûr, auxquels il promettait chaque semaine de donner mon cadavre en pâture.

C'était ça, la différence, me dis-je en me garant devant la maison de la conseillère d'éducation : Jacob était le mal incarné ; à côté de lui, les Niñas Diablas n'étaient que des gamines qui roulaient des mécaniques.

Je frappai à la porte. Tricia vint aussitôt m'ouvrir et j'entrai dans son séjour joyeux, avec son canapé bleu et ses plantes à profusion. Blaze et Rosie se levèrent avec effort, me reniflèrent la main, remuèrent la queue.

« Des nouvelles ? » me demanda Tricia. Elle avait l'air fatiguée, ses cernes foncés lui faisaient comme des coquards. La nuit avait-elle été courte parce qu'elle avait dû s'occuper de deux chiens au pied levé ? Ou bien parce qu'elle s'inquiétait du sort de Roxy ? À quel point une conseillère d'éducation s'attache-t-elle à ses élèves ?

Je la trouvais toujours jeune pour ce poste. Ce qui ne manquait pas de sel, étant donné qu'elle avait sans doute quelques années de plus que moi et que je ne pensais jamais à moi-même comme à quelqu'un de jeune. De toute façon, je ne me serais pas vue travailler dans un lycée.

« Rien de nouveau sur Roxy, lui dis-je. Les chiens vont bien ?

— Ils ont été parfaits. Ils ont un peu exploré la maison pour se repérer. Et ensuite ils sont tombés comme des masses. Je crois que la journée d'hier les a lessivés.

— Et vous, ça va ? »

Elle haussa les épaules. « Je n'arrête pas de me dire… que j'aurais dû en faire plus. Je savais que Roxy était à cran. J'avais entendu parler du gang, de certaines rumeurs au sujet de sa sœur. Je ne sais pas… J'avais discuté avec sa mère quand les filles avaient intégré l'établissement en décembre. Mme Baez semblait impliquée, elle essayait d'agir au mieux pour ses enfants. Sincèrement, je m'inquiétais pour Roxy, mais pas outre mesure. Comparée à d'autres élèves, elle semblait avoir beaucoup de ressources. Une maison, une famille, et même des chiens. »

Elle flatta la tête de Rosie. « Alors maintenant… je n'arrive pas à y croire. Toute la famille assassinée. Rayée de la carte. Du jour au lendemain. Je n'arrive pas à y croire.

— Mike Davis m'a appelée, lui dis-je, comme pour la remercier de l'avoir contacté pour moi.

— Comment tient-il le choc ? J'ai essayé de lui poser la question, mais la communication n'est pas son fort.

— Oui, j'ai vu ça.

— Plus ça va, plus je pense que Roxy devait être sa meilleure amie. » Elle me regardait d'un air interrogatif.

Je haussai les épaules. « C'était la première fois que je le rencontrais. J'ai eu l'impression qu'il était inquiet pour elle. Il ne tenait pas en place, il sautillait. Mais peut-être qu'il est toujours comme ça. »

Tricia eut un faible sourire. « Je crois qu'on peut affirmer qu'il souffre d'une forme d'autisme. Mais c'est un chouette gamin. Et avec Roxy… ils ont l'air de se comprendre. Il faut ça pour survivre au lycée : au moins une personne qui veille sur vous.

— Et Anya Seton ?

— Une élève de dernière année ? Celle qui veut devenir comédienne et qui tient le premier rôle dans la plupart de nos pièces ?

— Celle-là même.

— Je la connais, mais pas très bien.

— Elle connaît Mike Davis. Ils vivent dans la même famille d'accueil.»

Tricia se figea, resta bouche cousue. Ses fonctions lui imposaient-elles un devoir de confidentialité ? Je me posai la question.

«Il vous arrive de les voir ensemble ? lui demandai-je. Mike et Anya ?

— Non. Jamais. Ils ne fréquentent pas du tout les mêmes cercles.

— Et Roxy et Anya ?»

La conseillère haussa un sourcil. «Encore moins. L'année dernière, lors du premier jour de Roxy au lycée, Anya et elle ont eu une prise de bec. Je n'y ai pas assisté, mais il y a eu des mots, l'une d'elles a bousculé l'autre. Anya aurait conseillé à Roxy de ne pas s'approcher de son petit copain.

— Roxy et Roberto ? m'étonnai-je.

— Seulement dans la tête d'Anya, m'assura Tricia. Anya et Roberto étaient ensemble depuis des années, mais elle était connue pour son caractère possessif.

— Elle a dû être bouleversée par son suicide.

— Elle a raté les cours pendant une bonne semaine. J'ai fini par aller la voir...

— Chez Maman Del ? »

De nouveau cette hésitation. «J'ai discuté avec elle. Nous avons organisé son retour en classe.

— Elle pense que Lola et Roxy sont impliquées dans la mort de Roberto, dis-je sans prendre de gants. Leur gang l'aurait tué et aurait maquillé cela en suicide. Une théorie du complot, si on veut.»

Tricia se pinça les lèvres. «Anya est une grande tragédienne, lâcha-t-elle finalement.

— Vous pensez que Roberto s'est vraiment donné la mort?

— Je crois que la disparition d'un être aussi jeune est toujours un drame. Et qu'il peut être tentant de rendre quelqu'un d'autre responsable de son deuil.

— Parce que si Roberto s'est réellement tiré une balle, cela veut dire que l'amour d'Anya n'était pas assez puissant pour le sauver?

— Il y a de ça. Par ailleurs… si ce gang avait quelque chose à voir avec la mort de Roberto… disons que ces filles-là n'auraient pas éprouvé le besoin de s'en cacher.»

Je compris où elle voulait en venir. «Elles s'en feraient une gloire. Elles donneraient son meurtre en exemple: voilà ce qui arrive quand on maltraite une des nôtres.»

Tricia confirma: «Triste à dire, mais exact.

— Reste que, à tort ou à raison, Anya déteste les deux sœurs et leur reproche la mort de Roberto. Suffisamment pour vouloir se venger?»

La conseillère n'aurait pas été jusque-là. «Anya est une adolescente exaltée et qui a le sens du drame. Un crêpage de chignons, ça lui ressemble. Une campagne de dénigrement aussi. Mais entrer comme ça chez des gens et descendre toute une famille de sang-froid?» Elle secoua la tête. «Je ne sais pas si vous comprenez ce que je veux dire, mais je pense que ça n'aurait pas satisfait son goût du spectacle. Surtout qu'elle n'aurait pas pu saluer à la fin.

— Elle aurait plutôt mis la maison à sac.

— Elle aurait bombé *salope, menteuse, meurtrière* à la peinture rouge sur la façade. Ça, ç'aurait été son genre.

— Les chemins de Roxy et Anya se croisaient souvent au lycée?

— Non. Après ce premier incident, et puis bien sûr avec tout le foin qu'il y a eu autour des photos…

— Des photos?»

Tricia me regarda et prit une grande inspiration. «J'imagine que tout ça va ressortir, dit-elle.

— Ça ne fait aucun doute.

— Au printemps, le bruit a couru que Roberto possédait des photos de Lola ou de Roxy. Des photos intimes. L'une d'elles a été diffusée sur le site internet de l'école, une silhouette féminine dénudée, mais pas assez détaillée pour qu'on puisse connaître l'âge ou l'identité de la personne. Roberto a été dénoncé par un autre élève. Le directeur l'a convoqué dans son bureau, mais Roberto a nié en bloc et lui a remis son téléphone, dans lequel on n'a trouvé aucune photo.

— Et ensuite?

— Ensuite Roberto s'est tiré une balle. Quelques semaines plus tard. C'était un jeune garçon mal dans sa peau, sujet aux idées noires. Quand le lycée a appris la nouvelle, elle nous a attristés mais pas surpris plus que ça. Nous avons proposé un accompagnement aux élèves, mais à part Anya… Roberto n'avait pas d'ami proche.

— Donc un adolescent mal dans sa peau, lunatique et solitaire», résumai-je. Autant de traits de caractère qui confortaient la thèse du suicide. «Quand Lola est-elle entrée dans le gang? demandai-je.

— Je ne savais pas qu'elle l'avait fait, dit la conseillère avec circonspection. Ce n'était pour moi qu'une rumeur. Comme j'interviens au lycée, je m'inquiétais plutôt d'entendre dire que ce même gang avait des vues sur Roxy.

— Les Niñas Diablas», précisai-je.

Elle haussa les épaules. «Si vous le dites. Elles font

profil bas au sein de l'établissement. Je vous le répète, nous ne tolérons aucun incident.

— Qui est leur meneuse ? »

Elle secoua la tête.

Je lui lançai un regard appuyé. « Qui est leur meneuse *présumée* ? »

Profond soupir. « À votre place, j'essaierais Carmen Rodriguez. Elle n'est qu'en première année de lycée, mais on lui donnerait plutôt vingt-cinq ans. Intelligente, à ce qu'on dit. Pas intéressée par les études, mais très vive.

— Roxy la connaît ?

— Elles ont quelques cours en commun.

— D'accord. » Je me levai.

« Vous emmenez toujours les chiens ? me demanda-t-elle.

— Juste pour la matinée. J'imagine qu'un peu d'air leur fera du bien. »

Elle hocha la tête, mais sembla deviner que je ne disais pas toute la vérité. Cela étant, puisqu'elle était conseillère d'éducation, la plupart de ses conversations avec les élèves devaient comporter une bonne part de non-dits.

« Ces filles ne sont pas comme vous et moi », me mit-elle en garde.

Je ne pus m'empêcher de sourire en prenant les laisses des chiens. « Personne n'est comme moi, ma chère. Il ne va rien m'arriver. En revanche, c'est peut-être pour Carmen Rodriguez que vous devriez vous faire du mouron. »

Encore une belle journée d'automne ; le soleil brillait et l'air était vif. Le temps idéal pour promener deux vieux épagneuls.

Brighton n'était pas un quartier trop étendu et Carmen Rodriguez n'était pas trop difficile à localiser. Cela dit, suivis à la trace comme nous le sommes aujourd'hui par Google, plus personne ne l'est.

Dimanche matin, neuf heures : la ville s'éveillait à peine. Des bambins couraient dans les petits jardins et sur les trottoirs fissurés. Nous croisions de temps à autre des familles endimanchées. Quand j'étais petite, nous n'allions pas à la messe ; dans une ferme, il y a toujours à faire, des corvées à accomplir. Après mon enlèvement, ces dames de la paroisse congrégationaliste ont apporté des repas à ma mère pendant des mois. Sans parler des volontaires qui sont venus au printemps pour aider aux plantations et de nouveau pendant l'été pour donner un coup de main pour les récoltes parce qu'à ce moment-là ma mère était trop occupée à faire le tour des chaînes d'info nationales pour supplier mon ravisseur de me libérer.

C'est le village qui a maintenu la ferme à flot. Des voisins qui n'étaient pour nous que de vagues connaissances, les fidèles d'une église où nous ne mettions jamais les pieds. Ma mère en est restée très marquée. Jamais elle ne quittera cette communauté, ces gens qui ont répondu présents au moment où elle en avait le plus besoin. Je ne lui en veux pas. En fait, je lui envie plutôt le nouveau sentiment d'appartenance qu'elle y puise.

À mesure que je cheminais, la qualité des bâtiments se dégradait. De plus en plus d'immeubles délabrés et de taille démesurée. Un urbanisme de plus en plus triste. Pour finir, j'arrivai dans une rue de vieilles maisons à trois niveaux. Des vérandas affaissées. Des perrons croulants. Vêtu de jeans tailladés et de tee-shirts déchirés, un groupe de jeunes filles occupait les marches d'une masure particulièrement pitoyable. Je jetai un coup d'œil à mon téléphone. Pas d'erreur, la fille assise sur celle du haut ressemblait à la photo de Carmen Rodriguez. Des cheveux noirs, une coupe rase qui mettait en valeur sa peau dorée et des yeux bruns qui brillaient d'un éclat dur. Mais ce fut surtout le grain de beauté sur sa joue qui retint mon attention.

Mieux valait battre le fer tant qu'il était chaud. J'avais mon écharpe au cas où j'aurais besoin de me défendre. Deux vieux chiens aveugles pour faire diversion. La situation ne serait jamais meilleure.

Je soulevai le loquet du portillon rouillé qui gardait le bout de l'allée et avançai vers la maison.

Carmen Rodriguez était entourée de quatre filles. Ses camarades se levèrent, mais Carmen resta assise. Me regarda bien en face.

Un regard impitoyable. Bien plus vieux que ses seize ans. Elle serait ravissante, me dis-je, si elle n'avait pas ces yeux. En même temps, ce regard fixe me plaisait, il la rendait intéressante. Elle aurait eu des choses à raconter et j'aurais aimé les entendre, à supposer évidemment qu'elle ne commence pas par m'étriper.

« Carmen Rodriguez ?

— À votre avis ? »

Sa voisine la plus proche ricana. Ses cheveux noirs étaient tirés en une queue-de-cheval bien serrée et à ses oreilles se balançaient des boucles argentées si grandes qu'elles auraient aussi bien pu servir de bracelets. Toutes ces filles étaient magnifiques. Je me souvins des commentaires de Sarah : faire partie du gang supposait de se mettre au service des hommes. Apparemment, les laides étaient priées d'aller voir ailleurs.

Je remarquai que la fille de gauche serrait quelque chose dans son poing (j'aurais parié sur un petit canif) et qu'une autre gardait une main dans son dos. Un autre couteau coincé dans la ceinture de son jean? Un .22, peut-être? Je laissai mes mains devant moi, à la vue de chacune.

Je m'y connaissais peut-être en autodéfense, mais je n'étais pas une experte en arts martiaux prête à affronter cinq sauvageonnes armées. En l'occurrence, mes meilleures armes seraient les mots. Jacob lui-même les maniait avec un certain brio quand il voulait attirer une proie dans sa toile. Aie confiance…

« Je m'appelle Flora Dane. » J'attendis un temps. Il arrivait que les gens reconnaissent mon nom, mais pas toujours.

Carmen fronça les sourcils, son regard se durcit encore.

« J'ai survécu à un enlèvement, continuai-je. L'an dernier, j'ai aussi participé au sauvetage d'une étudiante de Boston. »

Sa perplexité allait croissant. Manifestement mon nom ne lui disait rien et elle ne savait pas quoi faire de moi. Les policiers, les assistants sociaux, les enseignants, tous appartenaient clairement au camp ennemi. Mais une victime d'enlèvement… À côté d'elle, la fille au canif donna des signes d'impatience.

« On a l'air d'avoir été kidnappées? finit par demander Carmen.

— Je suis aussi une amie de Roxanna Baez.

— Ce sont ses chiens, remarqua une des filles. Lola les promenait, des fois.

— Lola est morte, dit Carmen sans me quitter des yeux.

— Exact. Lola, son petit frère, sa mère, le compagnon de sa mère.

— C'est Roxy?

— Je ne sais pas. J'espérais que vous pourriez me le dire.»

Cette réplique m'attira un haussement de sourcils, mais pas de lancer de couteau ni de coup de feu – c'était déjà ça. Je me rapprochai légèrement, toujours consciente de la fille au canif à gauche et de celle qui dissimulait une arme à droite. Rosie flairait la terre nue. Blaze, en revanche, s'appuyait lourdement contre ma jambe. Le pauvre vieux n'avait aucune idée de l'endroit où il se trouvait. Percevait-il l'ambiance générale? Il leva la tête vers la chaleur du soleil et remua faiblement la queue.

Je lui flattai le haut du crâne, puisant du réconfort dans sa présence. Quand je relevai la tête, Carmen regardait aussi les chiens. Ses épaules s'étaient détendues.

«Qu'est-ce qu'ils vont devenir? demanda-t-elle, le visage impénétrable.

— On leur a trouvé un toit provisoire. En attendant que les choses se tassent.

— Nous n'avons pas Roxy. Mais si vous êtes vraiment son amie, vous devez le savoir.» Menton relevé, une phrase lancée comme une provocation.

«Je ne suis pas certaine que Roxy sache qui sont ses amies à l'heure qu'il est. Vu les circonstances.

— Qu'est-ce que vous faites là?

— J'essaie de me rendre utile. Je sais que Lola était des vôtres. À cause du tatouage sur sa joue.»

Carmen haussa les épaules. «Et alors?

— Quelqu'un l'a assassinée. Quand l'une de vous se fait tuer, ça ne devient pas votre problème à toutes?

— Ça dépend. D'après ce que j'ai entendu aux infos, c'est un drame familial.

— Vraiment? Vous connaissez Roxy. Vous connaissez Lola. Est-ce que Roxy aurait tué sa sœur? Son petit frère?»

Carmen ne répondit pas tout de suite, mais je vis que mon argument avait fait mouche. «Si ce n'est pas elle, qui alors? demanda-t-elle.

— C'est bien la question que je vous pose.

— Vous croyez que c'est nous! s'écria-t-elle en se levant d'un bond.

— À vous de me le dire.

— *Hija de puta*», cracha-t-elle avec mépris. Autour d'elle, les filles ne tenaient plus en place. À gauche, la lame sortait du poing, et la fille de droite tirait quelque chose dans son dos...

Je ne cédai pas un pouce de terrain. «Hé, ma mère s'est coltiné les chaînes nationales pour me sauver. Les agents du FBI l'ont obligée à s'habiller en jean. Alors on ne l'insulte pas comme ça.»

Carmen cligna des yeux, désorientée, et le groupe entier se calma, tout en continuant à me considérer avec méfiance. «Lola était notre sœur, clama Carmen. On ne s'attaque pas les unes aux autres. Pas sans raison.

— Et vous aviez une raison?

— Non!

— D'accord. Mais vous savez peut-être des choses qui pourraient m'aider à trouver qui a fait le coup.

— Quoi, par exemple?» Carmen restait bougonne, mais elle se rassit lentement sur la marche supérieure.

«Lola faisait partie du gang, on peut se mettre d'accord là-dessus. Mais Roxy? Elle vous avait rejointes?

— Elle réfléchissait. Nous étions chaudement recommandées par sa sœur. Faut dire qu'on propose des avantages sociaux non négligeables. »

J'en conclus que Roxy n'arborait pas encore le fameux grain de beauté. « Les gangs, ce n'est pas mon rayon, admis-je. Les tueurs en série, les violeurs, les kidnappeurs et autres prédateurs, je connais. Mais les gangs, non. »

Cet aveu me valut un regain d'intérêt de la part de tout le groupe.

« Alors pardonnez-moi si la question est mal posée, mais est-ce que votre groupe (ou Lola) aurait énervé quelqu'un ces derniers temps ? Un gang rival, qui l'aurait prise comme cible pour laver un affront, je ne sais pas ? »

Carmen ne put retenir un sourire. « Vous n'y connaissez rien, confirma-t-elle.

— Comment j'aurais fait ? Jacob Ness était un solitaire.

— Quatre cent soixante-douze jours, dit-elle d'un seul coup. Je vous ai vue. À la télé. Quatre cent soixante-douze jours de captivité. »

Je confirmai d'un signe de tête.

« Il faut vraiment être conne pour se faire enlever sur une plage, non ? me demanda-t-elle brutalement.

— Il faut être une jeune fille ivre. Faible. Écervelée. Mais ne vous en faites pas pour moi. J'ai appris deux ou trois trucs depuis cette époque.

— Vous avez brûlé vif un agresseur, dit l'une des filles.

— J'ai appris deux ou trois trucs, répétai-je en caressant les longues oreilles soyeuses de Blaze, qui soupira contre ma jambe.

— Nous aimions Lola, affirma d'un seul coup Carmen. Si nous pensions qu'une de ces...

— Malvadas? proposai-je.

— ... *putas* a fait le coup, vous n'auriez plus à poser la question. On se serait déjà chargées de son cas.

— Est-ce que Lola touchait à la drogue?»

Haussement d'épaules, qui pouvait vouloir dire tout et son contraire. «Elle n'était pas aussi inconsciente que sa sœur le croyait.

— Elle vendait de la drogue?»

Nouveau haussement d'épaules.

«Elle avait un petit ami?

— Oh, ils la voulaient tous. Mais pour ça aussi, elle n'était pas aussi inconsciente que sa sœur le croyait. Elle savait mener sa barque. Elle ne donnait jamais rien gratuitement.

— Elle se servait des garçons.

— Quel autre intérêt?

— Mais elle n'avait que treize ans.

— On a tous eu cet âge, non?»

Je ne pouvais rien répondre et elle le savait. L'âge, l'innocence, tout est question de perspective. Et nous étions entre réalistes.

«Est-ce que Lola a joué un rôle dans la mort de Roberto? Est-ce qu'elle l'aurait, je ne sais pas, poussé à se tirer une balle? Ou est-ce qu'elle aurait elle-même mis fin à ses jours pour ensuite maquiller le meurtre en suicide?»

Le visage de Carmen se durcit. Les filles me fixaient, la tension monta d'un cran.

«Je ne suis pas flic, rappelai-je. Et franchement, je n'en ai rien à carrer si Lola ou l'une de vous a tué ce connard. D'après ce que je sais, il ne l'avait pas volé.

— Alors pourquoi en parler ?

— C'est comme ça quand il y a meurtre. Ça soulève des questions. Et plus vite on y répond, plus vite on s'en débarrasse.

— Moi non plus, je ne donne jamais rien gratuitement.

— Que voulez-vous ? » Je le savais déjà, en même temps. Et alors que j'avais été prête à payer pour voir, d'un seul coup je changeai d'avis. Elles qui se prétendaient les sœurs de Lola ne l'avaient pas sauvée. Elles ne méritaient pas ce que j'avais à révéler.

« Roxanna Baez, dit Carmen. Donnez-nous Roxy. Vous en savez clairement plus que vous ne le dites.

— Non.

— Alors on va s'arrêter là…

— Non.

— *Pardon ?* » De nouveau, ce frémissement d'agitation. La fille de gauche changea la position du couteau dans sa main pour mieux laisser voir une lame très courte, très affûtée.

Je regardai ce lieutenant armé droit dans les yeux et affirmai : « Roxy n'est pas des vôtres. C'est vous-mêmes qui l'avez dit. Elle ne fait pas partie des Niñas Diablas. À moi, en revanche, elle a demandé de l'aide. Donc c'est ma sœur, pas la vôtre. »

Carmen descendit d'une marche, menaçante.

« Moi aussi, j'ai un gang », dis-je. Je me lâchai. « On n'a pas des tenues aussi cool que les vôtres et encore moins de microtatouages. Mais on est des survivantes. Chacune d'entre nous. Et Roxy s'est adressée à nous. Elle voulait de l'aide pour sa famille. Et je crois qu'elle cherchait à sauver Lola en particulier.

— C'est raté.

— Lola était une des vôtres. Donc vous aussi, vous avez raté. »

Carmen descendit une deuxième marche; les filles se replaçaient autour d'elle, se mettaient en position pour frapper.

Je secouai la tête. « Non. Ça ne marchera pas de vous réfugier derrière vos grands airs. Un gang est une famille, mais un groupe de survivantes aussi. On fait tout ce qu'on peut pour nos membres. Alors dites-moi ce que j'ai besoin de savoir sur Lola. Elle est morte en serrant son petit frère dans ses bras. En faisant rempart de son corps. Vous devriez être fières d'elle et la respecter. »

Carmen prit un instant. Sa détermination vacillait.

« Manny était un gamin sympa », murmura une des filles dans son dos. Elles n'osaient plus me regarder. J'avais appuyé sur les bons boutons pour faire naître un sentiment de honte.

« Pour qui vous vous prenez, plantée là, à nous donner des leçons? dit Carmen pour leur redonner du poil de la bête.

— Est-ce que Lola a joué un rôle dans la mort de Roberto? répétai-je. Est-ce qu'elle a mis en scène son suicide? Parce que dans ce cas, beaucoup de gens avaient une raison de la tuer. Allez. Vous avez des rivales. Vous savez comment ça marche.

— Elle détestait Roberto. Il la frappait quand elle était petite. Et pire encore. Il a bousillé cette gamine.

— Alors elle l'a tué. Qui était au courant?

— Non! Ça n'a pas été jusque-là.

— Comment ça? Il faisait circuler des photos dénudées. Que lui fallait-il de plus?

— Ce n'étaient pas des photos de Lola.

— Mais... » Je compris alors ce qui avait pu être encore plus dévastateur : non pas des photos de Lola, mais de Roxy. « Lola l'aurait tué pour ça aussi, continuai-je.

— Peut-être. Mais ce naze s'est suicidé. Et le problème a été réglé, dit Carmen en écartant les mains avec philosophie.

— Et les photos ?

— Disparues en même temps que ce connard. On n'en a plus jamais entendu parler. »

Un mouvement sur le trottoir, à ma gauche. Habituée à surveiller ce qui se passait autour de moi, je le notai distraitement, mais la réponse de Carmen m'avait surprise. J'en étais encore à en tirer les conséquences quand : *Bang*.

Un coup de feu retentit. Clair et net.

Je me jetai par terre dans l'allée en tenant bien les laisses des chiens ; devant moi, les filles se ruaient aux abris.

« *Hijo de puta !* » jura Carmen en se couchant au sol.

Nouvelle détonation. Des éclats de bois volèrent sur la véranda. Les filles jurèrent de plus belle. S'ensuivit une nouvelle salve rapide, *bang, bang, bang,* ça n'arrêtait pas.

Sans relever la tête, je me contorsionnai pour essayer d'apercevoir le tireur. Là, sur le trottoir d'en face, à deux maisons vers la gauche : une silhouette perdue dans un grand sweat bleu marine, la capuche sur la tête. Je ne voyais pas le visage, juste de longs cheveux bruns autour d'un cou pâle. Une femme, de toute évidence.

Roxy ?

Mais pourquoi, comment ?

J'essayais encore de répondre à ces questions quand l'agresseur prit la fuite.

30

« Mais à quoi est-ce que vous *pensiez* ? Venir toute seule pour affronter un gang ?

— J'avais pris les chiens...

— J'oubliais, deux vieux chiens de garde aveugles. Ça change tout.

— Nous avions une conversation parfaitement cordiale...

— Vous vous êtes fait tirer dessus !

— Techniquement, c'est Carmen Rodriguez...

— Ça suffit ! Arrêtez de trouver des excuses à votre sottise, arrêtez d'avoir l'air satisfaite de vous-même et, pour l'amour du ciel, arrêtez de regarder votre téléphone ou je le réduis en miettes ! »

Flora leva les yeux au ciel, mais obtempéra et glissa son téléphone dans sa poche. D.D. se sentit comme une envie de grogner. S'éloignant d'un air digne, elle alla plutôt rejoindre Phil.

« Six coups de feu, lui indiqua-t-il aussitôt, devinant son humeur de chien. La cible était apparemment Carmen Rodriguez, membre du gang des Niñas Diablas, et/ou certaines de ses petites camarades. Personne n'a été touché, juste des plaies superficielles causées par des éclats de bois – c'est la véranda qui a subi les plus gros dommages. »

D.D. lança un regard vers l'ambulance garée en double file. À l'arrière se trouvait une fille aux cheveux courts, un grain de beauté caractéristique sur la joue. Un secouriste disposait de la gaze sur son bras en sang. La fille regardait droit devant elle, l'air indifférente, pendant que quatre autres tournaient autour d'elle en parlant dans leur barbe en espagnol.

Elles mijotaient une vengeance, aurait parié D.D. Contre un agresseur dont elles ne donneraient jamais le nom à la police, mais dont elles se chargeraient elles-mêmes.

Jouer à la baballe avec Kiko lui manquait déjà. Et puis ce regard d'adoration sans mélange qu'avait eu Jack à son réveil en comprenant que la chienne était encore là. Alex avait raison : Jack imitait à la perfection les pleurs de Kiko.

« Les douilles ? demanda-t-elle à Phil.

— Les techniciens en ont ramassé une demi-douzaine sur le trottoir d'en face. Toutes correspondent à du 9 mm. Ils sont en train d'extraire les balles de la véranda pour les comparer à celles qu'on a retrouvées chez les Boyd-Baez et au café.

— Des témoins ?

— Euh… tu veux dire des témoins réellement susceptibles de parler à la police ? »

Elle lui lança un regard noir.

Il ne se laissa pas impressionner. « L'enquête au porte-à-porte a permis de découvrir un petit paquet de voisins qui ne savent rien sur personne. Quant aux Niñas ici présentes, je parie qu'elles savent beaucoup de choses, mais qu'elles nous en diront encore moins. Le tireur se trouvait sur l'autre trottoir, caché derrière un poteau téléphonique, quand il ou elle a ouvert le feu. Pas une très bonne ligne de visée, ce qui explique peut-être qu'il ait manqué sa cible. À moins qu'il ait simplement voulu leur faire peur. Qui sait ? »

D.D. jeta un regard alentour. « Ça m'étonnerait qu'il y ait des caméras dans le quartier.

— Il y a une épicerie portoricaine à deux rues d'ici, ils ont peut-être un système de surveillance. Je vais envoyer un agent poser la question. Mais personne ne sait avec certitude dans quelle direction le tireur s'est enfui parce que la plupart des victimes avaient la tête baissée.

— Hier, après les tirs sur Alvalos, c'est une femme en sweat à capuche bleu marine qu'on a vue prendre la fuite. »

Phil acquiesça.

« Ce matin, d'après Flora, le tireur portait aussi un sweat à capuche bleu, continua D.D. Une arme de même calibre, la même tenue. J'y vois plus qu'une coïncidence.

— Roxy Baez ?

— Nous savons grâce à Hector qu'il lui a donné des raisons de douter de sa loyauté par le passé : quand Juanita a perdu la garde des enfants, il aurait pu se présenter devant le juge, mais il ne l'a pas fait. On peut aussi penser que Roxy n'était pas contente que sa sœur soit entrée dans un gang, voire qu'elle tient ses membres pour responsables de la mort de Lola. Si elle ne s'est pas fait connaître de la police malgré l'alerte-enlèvement, c'est peut-être qu'elle a décidé de se faire justice elle-même.

— La famille aussi a été tuée avec un 9 mm », rappela Phil. Autrement dit, ils ne pouvaient pas non plus exclure qu'elle soit derrière ces meurtres.

D.D. était d'accord. «C'est juste. On ne peut pas franchement dire que nous savons ce qui passe ici ou avec Roxanna Baez. Tiens, une idée : hier, la voisine nous a appris que Roxy se promenait avec un sac à dos bleu clair et, quand nous avons trouvé un fil pouvant appartenir à ce sac dans les bureaux vacants, Flora nous a suggéré de regarder les images des caméras autour du café pour voir si la fameuse fille en sweat bleu marine avait un sac de ce genre. Ça a donné quoi?

— Deux enquêteurs devaient visionner les enregistrements, mais je n'ai pas encore eu leur retour. Je les appelle.»

D.D. approuva et lança de nouveau un regard vers l'ambulance. La petite troupe de filles qui se montaient la tête à voix basse. Oh, et puis après tout. Elle s'approcha d'un pas décontracté.

«Le sac à dos. Bleu ciel. Laquelle d'entre vous l'a gardé?»

Les filles debout se retournèrent les premières, l'air ahuri. On aurait dit les Minions des films préférés de Jack. D.D. se concentra sur Carmen Rodriguez, qui attendait que l'urgentiste finisse le pansement de son bras.

«Roxy se balade toujours avec un sac à dos bleu ciel, expliqua la chef de bande.

— Un premier coup de feu retentit. Vous l'entendez. Vous faites quoi?

— Je me planque, répondit Carmen, impassible.

— Vraiment? Une grande fille comme vous. Combien de fois avez-vous entendu des coups de feu?

— Suffisamment.

— Suffisamment pour ne pas paniquer? Pour ne pas avoir peur?

— Je ne panique jamais. Je n'ai jamais peur.

— Autrement dit, vous ne vous êtes pas seulement planquée. Vous avez regardé.»

Carmen dévisagea D.D. Le soignant lui donna une petite tape sur l'épaule en l'informant qu'il avait fini. Concentrée sur D.D., Carmen ne lui accorda pas un regard.

«Je me suis planquée *et* j'ai regardé.

— Dites-moi ce que vous avez vu.

— Une silhouette. Sur le trottoir d'en face. Sweat foncé. Capuche relevée. Ça pouvait être n'importe qui.

— Longs et bruns, les cheveux?»

Carmen sourit et passa sa main indemne dans ses cheveux en brosse. «J'imagine que ça me met hors de cause, sur ce coup-là.

— La couleur du sweat? continua D.D. d'une voix à la fois douce et autoritaire.

— Bleu marine.

— Du texte? Un logo?

— Aucune idée. Les Patriots, peut-être? Je n'ai pas fait tellement attention.

— Le pantalon?

— Un jean. Bleu clair. Des jambes fines.» Carmen fronça les sourcils; c'était pratiquement la première fois qu'elle manifestait une émotion authentique. «Ce sweat, ça lui donnait du volume. Mais les jambes… c'était un maigre.

— Ou *une* maigre.»

Nouveau haussement d'épaules. Le visage s'était refermé.

«Les chaussures?

— Je ne regardais pas aussi bas. Je surveillais l'arme.»

D.D. revint à la question de la couleur. « Autour du tireur : le vert des mauvaises herbes, le gris des bâtiments à l'arrière. Mais pensez au tireur : quelles couleurs voyez-vous ? »

Carmen ne répondit pas tout de suite. Était-elle en train de réfléchir honnêtement à la question ou d'échafauder le prochain mensonge ?

« Bleu marine ? dit-elle finalement. Un gros sweat bleu marine. C'est tout ce que je vois.

— Pas de sac à dos bleu clair ?

— Pas de sac.

— Après les tirs, qu'est devenu le pistolet ?

— Elle l'a fourré dans sa poche et elle s'est barrée.

— *Elle ?* releva D.D. avec un grand sourire.

— Hé, c'est vous qui avez parlé d'une fille, pas moi. »

Mais D.D. ne la croyait pas. Quittant la fine équipe, elle retourna vers son indic indisciplinée.

Flora, de nouveau le téléphone à la main, le fixait avec impatience.

« Mais qu'est-ce qu'il vous a fait, ce téléphone ? » demanda D.D.

Flora, sans répondre, se contenta de le ranger. Les deux chiens de Roxy se trouvaient l'un à sa droite, l'autre à sa gauche. Celui au poil court (Blaze, pensa D.D.) avait la tête posée sur son pied, tandis que l'autre, Rosie, humait l'air.

« Vous êtes allée les chercher ce matin ? l'interrogea sèchement D.D.

— Je suis passée chez Tricia Lobdell Cass. Je me disais que les filles, dit Flora en désignant les Niñas, reconnaîtraient les chiens de Lola. Qu'elles risquaient moins de me sauter à la gorge.

— Ça a marché ? » demanda D.D. en se disant que la stratégie n'était pas mauvaise. Une femme seule pouvait apparaître comme une cible aux yeux de la bande, mais si elle était accompagnée de deux chiens qu'elles connaissaient…

« J'ai appris deux ou trois choses, dit Flora avec bonne volonté. Tricia m'a parlé d'une sombre histoire de photo indécente. Il y a quelques mois, quelqu'un aurait diffusé une image montrant la silhouette d'une jeune fille nue sur le site du lycée, quelque chose comme ça.

— Sans doute Roberto », précisa D.D.

Flora confirma d'un signe de tête. « Le directeur a inspecté son téléphone, sans rien trouver. D'après les Niñas, il ne s'agissait pas d'une photo de Lola, mais de Roxy. Tricia m'a aussi signalé qu'Anya Seton était jalouse de Roberto et Roxy, mais d'après elle c'était pure paranoïa de sa part.

— Vous croyez que Roberto et Roxy étaient en couple ?

— Je ne peux pas l'imaginer. Mais il reste possible que Roberto ait eu une telle photo entre les mains et qu'il l'ait fait circuler pour exercer un chantage.

— Il aurait pu la prendre à l'époque où ils vivaient tous chez Maman Del. Et il a peut-être été jusqu'à la menacer de ressortir des photos encore plus compromettantes si elle ne gardait pas le silence. »

Flora hocha la tête. « Comme Lola appartenait aux Niñas Diablas, j'étais curieuse d'avoir leur avis sur le meurtre de leur camarade. D'où ma visite avec mes chaperons à quatre pattes.

— Et alors ?

— Elles ne savent pas ce qui s'est passé hier. Carmen voyait cela comme un drame familial.

— Ce ne serait pas un règlement de comptes entre gangs ?

— Pas d'après elles, non. Et je les crois. Il faut savoir également que Lola avait beaucoup de succès auprès des garçons et qu'elle en usait à son avantage. Elle ne donnait jamais rien gratuitement, pour reprendre les mots de Carmen.

— À treize ans, soupira D.D.

— J'ai cru lire entre les lignes qu'elle n'avait pas de petit ami attitré, mais qu'elle profitait de certaines situations. Ce qui peut vouloir dire qu'elle a flirté avec un type qu'elle aurait dû éviter et qu'elle s'est attiré les foudres d'une Nina vindicative. Cela dit, on voit mal comment ça aurait débouché sur le massacre de toute la famille. Beaucoup plus simple de la descendre la prochaine fois qu'elle sortait les chiens, par exemple. »

D.D. était d'accord. « Le légiste a constaté que Lola avait eu des relations sexuelles peu de temps avant sa mort. Donc nous savons qu'elle n'était pas innocente de ce côté-là. Mais les Niñas Diablas sont plutôt connues pour leur amour des couteaux, non ?

— Exact.

— Donc, là encore, l'exécution par balles de toute la famille...

— Surtout que si j'étais une petite copine jalouse, j'aurais plutôt tendance à taillader le joli minois de ma rivale, renchérit Flora.

— C'est toujours bon à savoir. Mais voilà ce qui me fait tiquer : d'après le légiste, Lola a été tuée d'une balle

367

en pleine tête. À bout touchant. Le tueur ne voulait pas rater son coup.

— Elle était la cible principale, conclut Flora.

— Exactement. Ce qui nous ramène peut-être à l'hypothèse d'une vengeance exercée par Anya, une fille du gang, une rivale jalouse. Le problème, c'est qu'aucun de ces scénarios ne semble coller. Le désir de vengeance est une émotion et là on a plutôt affaire à un assassinat méthodique.

— Lola mijotait quelque chose, dit Flora en étudiant le trottoir fissuré. J'étais persuadée qu'elle avait joué un rôle dans le suicide de Roberto. Imaginez un peu : Roxy et elle reviennent à Brighton après trois ans, tout ça pour découvrir que leurs ennemis les attendent de pied ferme. Roxy et Anya ont une altercation dans le hall du lycée. Et ensuite cette photo se met à circuler. On peut comprendre que Lola ait réagi en rejoignant les Niñas Diablas : l'union fait la force, et cela mettait tout un groupe de femmes de main à sa disposition. Mais d'après Carmen, elles n'ont jamais eu à intervenir auprès de Roberto. Ce salaud s'est suicidé, même si Anya a très envie de croire le contraire.

— Vous faites confiance à Carmen ? Pour vous dire la vérité ?

— Elle n'a aucune raison de me mentir, je ne suis pas de la police. Et vu nos réputations respectives…

— Justicière contre chef de gang ? »

Flora haussa les épaules. « Dans nos milieux, le meurtre de Roberto aurait été un titre de gloire. Ce type était un connard et il menaçait une des leurs. Si les Niñas lui avaient réglé son compte, elles s'en vanteraient au lieu d'essayer de s'en cacher.

— Quelles autres hypothèses ? Roxy Baez se serait inspirée de vos méthodes ? Elle aurait organisé le meurtre de Roberto pour protéger sa sœur ?

— Je vous l'ai dit : d'après Carmen, c'était une photo de Roxy. Donc, si on part de l'hypothèse que le suicide de Roberto n'en était pas un, peut-être que c'est Lola qui a fait le coup. Pour protéger sa grande sœur. »

D.D., perplexe, retournait les pièces du puzzle dans sa tête. « Sauf que... quelqu'un a découvert le pot aux roses ? Au lieu de régler le problème, la mort de Roberto l'a aggravé ? Une nouvelle menace est apparue, d'où l'anxiété de Lola et l'état de stress de Roxy ces dernières semaines. »

Flora n'en était pas certaine. « Ça se tiendrait, sauf qu'à notre connaissance la seule personne qui ait souffert de la mort de Roberto est Anya. Et malgré ses airs de tragédienne, il semblerait qu'elle se soit déjà consolée avec le metteur en scène marié.

— Qui lui fournit peut-être un alibi pour hier matin, rappela D.D. Qu'est-ce que c'est, du billard à trois bandes ? Roberto menace Roxy, alors Lola le tue. Pour se venger, Anya tue Lola et toute sa famille. Résultat : Roxy prend la fuite, tire sur Hector qui les a abandonnés il y a cinq ans, puis sur les Niñas Diablas qui ont détourné sa sœur du droit chemin ces derniers mois ? Tout ça paraît...

— Délirant ?

— Improbable. Pour un enquêteur, le meurtre est une chose simple : les gens tuent par amour ou par appât du gain. Dans le cas présent, on a des liens d'amour et de loyauté dans tous les sens, mais c'est un vrai sac de nœuds. Je me repose donc la question de l'argent.

— Quel argent ?

— Celui du procès que Juanita aurait pu intenter à l'État du Massachusetts. D'après elle, ses filles avaient subi des abus pendant qu'elles étaient sous la responsabilité des services sociaux. Si elle pouvait le prouver, les dédommagements... »

Flora ouvrit de grands yeux. « ... pouvaient se chiffrer en millions de dollars.

— Exactement. Une raison suffisante pour tuer Juanita, mais aussi Lola et Roxy.

— Si c'est ça, Roxy était peut-être aussi une cible, sauf que, pas de bol, elle était sortie promener les chiens.

— De toutes nos théories, c'est ma préférée, dit D.D. Mais dans ce cas, où se trouve Roxy et pourquoi nous signale-t-on une jeune fille répondant à sa description sur les lieux des dernières fusillades ?

— Vous pensez que c'était elle, les tirs de ce matin ?

— Pas vous ? Du 9 mm. Le même calibre que pour Hector – et pour le reste de la famille, d'ailleurs. »

Le téléphone de Flora vrombit dans sa poche. Elle le sortit, consulta l'écran et le tendit vers D.D.

« Je peux vous donner la réponse à votre première question, dit-elle.

— Avant ou après que je pulvérise votre téléphone ?

— J'ai retrouvé Roxy Baez.

— Pardon ? dit D.D. en se dressant de toute sa hauteur.

— Ce matin. J'ai deviné sa cachette. Et j'ai envoyé une amie commune établir un contact. Roxy n'a pas pu tirer sur nous parce qu'elle était au théâtre de quartier, à deux kilomètres d'ici, avec mon amie.

— Le théâtre de quartier ? Celui où Anya Seton répète une pièce ?

— Un vieux bâtiment truffé de coins et de recoins. Roxy le connaissait bien puisqu'elle faisait partie de la troupe il y a cinq ans, vous vous souvenez? Le théâtre se trouve également près de chez Maman Del, où vit toujours son meilleur ami, mais aussi près de cafés, du lycée et d'autres lieux qu'elle fréquente. Sans compter qu'il présente deux avantages majeurs.»

D.D. dévisageait Flora avec de grands yeux.

«À quelques jours de la première d'une pièce, il y a des allées et venues à toute heure. Qu'une jeune fille seule entre et sorte n'avait donc rien de surprenant. Ensuite, c'est un théâtre. Plein d'accessoires, d'éléments de décor et de costumes.»

D.D. pigea: «Des déguisements.

— Elle est maligne. Plus maligne que moi, à vrai dire. Mais comme ça fait une heure qu'elle discute avec ma copine...

— Une autre justicière?

— Une *survivante*, qui en aide une autre. Sarah est douée. Et honnête. Donc si elle est avec Roxy...

— C'est que Roxy n'est pas notre tireur. Elle a un alibi. Très bien.» D.D. prit sa décision. «En temps normal, je ferais conduire Roxy au commissariat central pour une audition. Mais en l'occurrence, ce serait sans doute le meilleur moyen pour qu'elle se referme comme une huître. Allons plutôt au théâtre. Pour l'interroger ensemble. Il faut qu'elle parle. Il y a trop de morts pour qu'elle continue à garder le silence.

— Pas au théâtre, dit Flora. Trop public. Mon amie a un studio.

— Ça marche. Venez avec les chiens.

— Pour l'attendrir?

— Chacun ses stratégies.
— Ce n'est pas elle qui a tiré », insista Flora.

D.D. haussa les épaules. « Raison de plus pour être inquiets. Si ce n'est pas elle, alors qui ? Et combien de temps nous reste-t-il avant que le tireur mystère ne frappe à nouveau ? »

31

Nom : Roxanna Baez
Classe : Seconde
Professeure : Mme Chula
Genre : Récit personnel

Qu'est-ce qu'une famille parfaite ?

Chapitre 6

Audience de fin de mesure. Aujourd'hui, nous retournons tous au tribunal pour revoir le juge qui nous a invités à planter des pensées dans le jardin des enfants il y a un an. On est au bout du chemin, nous explique Mme Howe, la bénévole du CASA. Le juge va évaluer les progrès de notre mère au regard des exigences formulées lors de l'audience prescriptive. Et ensuite, il rendra son verdict.

Pour résumer, en fonction de critères que nous comprenons à peine et sur lesquels nous n'avons strictement aucune prise, il se pourrait que Lola et moi devions rester encore des semaines, des mois, voire des années chez Maman Del. Ou alors on pourrait avoir l'autorisation de rentrer chez nous dès aujourd'hui. Est-ce que nous avons des questions ?

Nous restons muettes. Lola fait sa valise. Je range mes manuels scolaires dans mon sac à dos. Maman Del nous a donné un sac-poubelle noir pour nos vêtements, nos effets personnels. Il n'est pas plein, loin de là.

Lola ne me demande pas ce que je pense qu'il va se passer aujourd'hui, et je lui fais grâce de mes opinions. Elle caresse le dos d'un bébé. Nous attendons en silence.

Anya et Roberto se présentent au seuil de la chambre. Même à deux mètres, je sens leur rage. Mais aussi autre chose. De l'envie. Une jalousie portée à incandescence.

« Vous reviendrez, dit Anya avec hargne, comme pour prouver qu'elle a raison. Même si le juge vous laisse rentrer chez vous, combien de temps vous croyez que ça va tenir ? Votre mère est une pocharde. Il ne se passera pas longtemps avant qu'elle se noie de nouveau dans l'alcool. »

Je ne réagis pas. Lola non plus. Anya ne nous apprend rien, nous nous sommes déjà fait ces réflexions.

« Vous vous croyez au-dessus de nous », continue Anya d'une voix enrouée par les larmes. Je la regarde s'essuyer les yeux, étaler son mascara. « Arrêtez ! Arrêtez de me regarder ! » Que dit le poète, déjà ? Mieux vaut avoir aimé et perdu que de n'avoir jamais aimé ? Je me demande si c'est aussi vrai pour les parents. Au moins, Lola et moi avons eu une mère, tandis qu'Anya et Roberto, et les bébés tristes de la nurserie...

Mme Howe arrive dans le couloir. Son regard va et

vient entre le couple infernal et nous. Elle a le don de deviner ce qui se passe. Mais elle a beau nous avoir interrogées de nombreuses fois, Lola et moi n'avons jamais répondu à ses questions. Si nous disions la vérité, cela n'aurait aucune conséquence pour elle. Mais pour nous, si.

« Vous avez besoin d'aide pour vos bagages ? » demande-t-elle.

Je soulève le sac-poubelle en secouant la tête.

Et c'est fini. Nous prenons les escaliers, Anya et Roberto dans notre sillage, sous le regard intrigué des autres enfants. Serons-nous de retour dans quelques heures ? La semaine dernière, notre mère nous a assuré que tout se passait à merveille. Son avocat était on ne peut plus optimiste. Elle jacassait comme une pie, Manny hochait la tête à tout ce discours dont il ne comprenait pas le premier mot, mais Lola et moi gardions le silence.

Il y a des jours où l'espoir est une nécessité. Et d'autres où il ferait trop mal.

Dehors, Mike attend sur le perron. Pour une fois, il ne sautille pas sur place, ne pianote pas des doigts. Il me regarde, ne dit pas un mot. Si nous ne revenons pas, que deviendra-t-il ? Seul dans une maison peuplée d'ennemis, où Roberto et Anya n'auront plus d'autre souffre-douleur à leur disposition ?

Si les situations avaient été inversées, si sa mère à lui avait été sur le point de le reprendre après une longue séparation... je crois que je ne l'aurais pas supporté. Je me serais pendue à son cou, je l'aurais supplié, je lui aurais promis tout et n'importe quoi pour qu'il reste.

Mme Howe descend les marches. Lola suit le mouvement, mais je reste plantée là, cramponnée à mon sac-poubelle.

« *Ne reviens pas, me chuchote-t-il d'un air farouche. Promets-le-moi. Qu'on ne se reverra jamais.*

— Je suis désolée.

— Il ne faut pas.

— Dans le paquet de couches, il y a la fin de nos réserves… »

Il ne dit plus rien. Je me souviens du tout premier jour, ce couteau à beurre qu'il m'avait glissé dans les mains. Je me souviens du théâtre et de nous deux sur le pont volant, à balancer nos pieds dans le vide. Je pense qu'il est le meilleur ami que j'aie jamais eu. La seule personne qui m'ait réellement vue, qui m'ait réellement donné la priorité.

Mais alors je me rends compte que je ressemble beaucoup plus à ma mère que je ne le croyais parce que cela ne m'empêche pas de lui tourner le dos et de partir.

Manny nous attend devant le tribunal. Ses parents d'accueil l'ont habillé pour le grand jour, chemise blanche et pantalon kaki. Il court vers nous. Se jette au cou de Lola. Puis au mien. J'observe ses parents d'accueil, un peu à l'écart. Ils ont des bagages à leurs pieds, deux valises flambant neuves, manifestement achetées pour Manny.

La femme pleure tout bas et écrase une larme au moment où je la regarde.

Ensuite ma mère arrive. Sauf que ce n'est pas la mère que j'ai connue presque toute ma vie, c'est une femme lumineuse, éclatante, solaire, avec des joues pleines, des nattes épaisses et une robe d'été à fleurs rouges qui met en valeur sa peau dorée.

« Je vous aime », dit-elle en pleurant sans s'adresser à personne en particulier. Aussitôt, je me dis : Et voilà, elle a bu. Mais ensuite je me rends compte qu'elle n'a pas la voix pâteuse, qu'elle ne titube pas. Elle est simplement euphorique. Heureuse. Pleine d'amour pour nous.

Elle m'attrape. Me serre très fort dans ses bras. Et pendant ce court instant, dans le parfum familier de son shampoing, avec la sensation de sa joue contre la mienne...

J'ai les yeux qui piquent. Une douleur dans la poitrine. Mes bras réagissent, mes mains se referment sur elle. J'étreins ma mère pour la première fois depuis un an. Je m'accroche à elle, les pensées se bousculent, j'espère, je prie...

Elle attrape Lola, chatouille Manny, nous embrasse tous sur la tête.

« J'ai un appartement magnifique. Attendez un peu de voir vos nouvelles chambres ! Ce n'est pas grand (et il va falloir partager, les filles), mais ne vous inquiétez pas, je dormirai sur le canapé et il y a un parc au coin de la rue, attendez de voir ça. Vous allez adorer, je suis sûre ! »

Ensuite, passage dans la salle d'audience, devant le juge. Il dit qu'il veut d'abord nous parler à nous, les enfants, entendre ce que nous avons à dire, parce que notre opinion compte beaucoup à ses yeux. Avons-nous envie de voir les pensées que nous avons plantées il y a un an ? Elles ont refleuri. Elles se sont multipliées. Alors on fait un petit tour dehors, à la suite du juge. Manny rit nerveusement et tripote les fleurs violet foncé, essuie ses mains sales sur sa chemise blanche toute propre.

Je suis incapable de parler. De respirer. Que ce soit dans le tribunal ou devant la plate-bande. Ça ne change rien. À côté de moi, je sens Lola aux prises avec les mêmes difficultés. Sous le regard d'institutrice de Mme Howe. Qu'attend-elle de nous ? Que nous fondions en larmes ? Que nous hurlions notre colère rentrée ?

Ou que nous vociférions une bonne fois pour toutes contre le juge, contre tout ce qu'il nous a fait, tout ce que notre mère nous a fait, tout ce qu'ils nous ont tous fait en prétendant que c'était pour notre bien ?

Retour dans la salle d'audience. Le juge récapitule les constatations établies douze mois plus tôt. Notre mère a-t-elle suivi la cure de désintoxication prescrite ? Oui. Est-elle accompagnée par un spécialiste de l'addiction reconnu par l'État ? Oui. A-t-elle un emploi stable, a-t-elle trouvé un logement convenable ? Les enfants sont-ils inscrits à l'école, a-t-elle pris des dispositions pour les faire garder en son absence, tout est-il sous contrôle, y compris son alcoolisme ?

Oui, monsieur le juge. Absolument, monsieur le juge. Bien sûr, monsieur le juge.

On présente des attestations. Preuves d'emploi, de logement, que sais-je. Mme Howe nous parle en sourdine, nous explique chaque étape. Mais je n'entends pas ce qu'elle dit. J'ai l'impression de me noyer, de m'enfoncer toujours davantage sous l'eau, loin, très loin de la terre ferme.

Un coup de marteau me ramène à la réalité. Le juge, qui trône en altitude, fait tomber un sourire sur nous tous. « Je veux que vous sachiez, madame Baez, qu'en dépit de ce que les gens peuvent penser, le but du juge des enfants est de servir les familles. De les protéger. De les réparer. D'agir au mieux pour chacun de leurs membres. Cela posé, il est en réalité trop rare de pouvoir faire ce que je vais faire aujourd'hui : approuver votre demande de réunion. C'est une femme nouvelle qui s'est présentée aujourd'hui devant cette cour. Une femme forte, en bonne santé, qui fait passer les besoins de ses enfants avant les siens. Vous pouvez être fière de vous, madame Baez. Il faut beaucoup de courage et de constance pour accomplir une conversion aussi profonde.

— *Merci, monsieur le juge.*

— *Étant donné vos progrès et votre respect des exigences formulées par la cour, rien ne s'oppose à mes yeux à ce que vos enfants repartent avec vous aujourd'hui. »*

Nouveau coup de marteau. Nouvelle annonce prononcée d'une voix grave. Une histoire d'audience de suivi. Après quoi Mme Howe se lève et nous lui emboîtons le pas avec un temps de retard.

Confusion de dernière minute. Notre mère doit s'entretenir un instant avec son avocat. Manny, dans le hall, se dirige par automatisme vers ses parents d'accueil. La femme pleure ouvertement, à présent. Elle le prend dans ses bras et le serre aussi fort que notre mère l'a fait il y a une heure. Puis l'homme qui l'accompagne pousse les valises vers Manny, qui semble ne pas comprendre. La femme l'étreint

379

une dernière fois, puis se retourne résolument et s'éloigne.

Je rejoins Manny et pose mon bras sur ses épaules. Lola se place de l'autre côté.

Et c'est ce tableau que notre mère retrouve un quart d'heure plus tard dans le hall du tribunal : un fils en larmes, deux filles stoïques.

Elle s'approche lentement. Cette fois, elle n'a pas l'air euphorique, mais grave. Peut-être même effrayée en voyant nos visages de marbre, à Lola et à moi.

« Je sais, dit-elle. Je comprends. Je vous ai laissés tomber une fois. Mais il faut me croire. Je vous aime tous très fort et je vous promets, croix de bois, croix de fer, que ça n'arrivera plus jamais. »

Cette promesse ne suffit pas à nous rassurer. Mais qu'est-ce qui le pourrait ? Il faudra nous en contenter.

Nous quittons le tribunal ensemble. Mme Howe nous lance un dernier regard inquiet, un dernier signe d'adieu. Puis ma mère nous fait monter, avec notre sac-poubelle et les valises de Manny, dans sa voiture, pour rejoindre la banlieue et son nouvel appartement.

Les chambres sont si petites qu'il y a tout juste la place pour deux matelas simples. On peut à peine se retourner dans la cuisine et il faut garder les coudes au corps pour ne pas se cogner dans la salle de bains. Mais, avec sa cuisine propre et sa moquette qui sent le neuf, cet appartement riquiqui est à des années-lumière de chez Maman Del.

Pour la première fois depuis un an, je vois les épaules de Lola se décrisper.

« C'est fini, dit-elle tout bas devant le matelas de notre nouvelle chambre commune.

— *J'imagine.*

— *On s'en est sorties. On ne sera plus jamais obligées d'y retourner.*

— *On ne sera plus jamais obligées de voir aucun d'eux,* lui assuré-je en faisant de mon mieux pour ne pas revoir l'image de Mike, tout seul, me regardant partir.

— *On n'en reparlera jamais,* me dit soudain Lola, impérieuse. *Promets-le-moi. Le passé est du passé. Plus jamais il n'en sera question.*

— *Entendu.*

— *Promets !*

— *Je te promets de ne plus jamais en parler.* »

Lola laisse alors échapper un petit rire, un rire pas tout à fait sain, mais comment le lui reprocher ?

Notre mère entre dans la petite chambre, Manny avec elle. Sans un mot, ils montent sur le matelas. Ma mère tend les bras, Lola et Manny se blottissent contre elle. Je reste légèrement à l'écart.

« *Nous prenons un nouveau départ,* déclare notre mère. *Parfois les familles ratent, elles font des erreurs, elles doivent essayer de nouveau. Mais quand on s'aime,* dit-elle avec un regard dans ma direction, *ça vaut toujours le coup de se donner une nouvelle chance.* »

Elle tend sa main vers la mienne. Je la laisse l'attraper, je la sens serrer. Serrer. Elle veut me montrer, pas seulement me dire, qu'elle est forte à présent. Qu'elle va y arriver.

Lola rit de nouveau. Je prends une grande inspiration et relâche l'air lentement.

Nous y sommes. Une famille autrefois brisée,

désormais réunie. Une mère et ses trois enfants rassemblés.

Notre famille parfaite.
Je les rejoins sur le matelas.

Est-ce que vous y croyez, maintenant ? Est-ce que vous comprenez notre histoire ? Les leçons qu'il nous a fallu apprendre ? Une famille parfaite, ça ne tombe pas du ciel. Mais on peut la construire. Au prix d'erreurs, de regrets, de réparations.

Notre mère nous aime. Même lorsqu'elle nous fait du mal. Et nous l'aimons. Même lorsque nous lui faisons du mal. Erreurs, regrets, réparations.

Voilà ma famille. Mais une famille n'est pas une destination, c'est un voyage. Et le nôtre n'est pas encore à son terme.

32

Roxanna Baez était assise à la petite table où, plus tôt dans la matinée, Sarah et moi avions échafaudé des plans devant un écran d'ordinateur. Elle avait la tête basse, le dos voûté. La première chose que j'ai remarquée, c'est qu'elle avait l'air épuisée, à bout de nerfs, et qu'elle avait furieusement besoin d'une bonne douche chaude. Autre détail : elle ne portait pas de sweat bleu marine.

Son sac à dos bleu layette se trouvait à ses pieds.

Sarah, qui tenait la porte ouverte pour laisser D.D. entrer, ouvrit de grands yeux en découvrant l'enquêtrice toute mince et blondinette, mais déjà le regard de D.D. s'était fixé sur Roxy comme celui d'une lionne repérant sa proie. Sans même saluer Sarah, elle se dirigea droit vers la table.

J'entrai à sa suite, guidant Blaze et Rosie dans cet appartement inconnu. Les chiens devaient faire une quinzaine de kilos. Pas exagéré pour des épagneuls bretons, mais le studio était grand comme un mouchoir de poche. Le pauvre Blaze percuta de plein fouet la console, puis le petit canapé, puis la lampe.

Roxy releva la tête en voyant ses chiens. « Blaze ! Rosie ! »

Les têtes hirsutes se tournèrent, les queues frappèrent

le sol. Roxy quitta sa chaise, s'agenouilla, enlaça les chiens. Les queues s'agitèrent de plus belle.

D.D. n'intervint pas, mais posa sur la table de cuisine une petite boîte noire qui me fit penser à un coffret d'articles de pêche. Elle l'ouvrit et commença à en manipuler le contenu. Un kit de terrain, compris-je, pour procéder à des analyses.

« Merci de ne pas caresser les chiens », dit posément D.D.

Roxy se figea, la regarda par-dessus son épaule.

« Je suis le commandant D.D. Warren, police de Boston. J'imagine que votre amie vous a prévenue que j'arrivais », dit-elle avec un regard en direction de Sarah.

À genoux devant les chiens, Roxy confirma.

« Je vous présente toutes mes condoléances », reprit D.D. avec une douceur surprenante.

Roxy hocha de nouveau la tête.

« Est-ce qu'il y a quelque chose que vous auriez envie de me dire ?

— Je ne sais pas ce qui s'est passé. »

Roxy avait la voix enrouée, comme si elle n'avait guère parlé depuis vingt-quatre heures ou qu'elle avait trop pleuré. « J'étais sortie promener les chiens et j'étais en train de rentrer à la maison quand j'ai vu toutes ces voitures de police passer à fond la caisse. Elles allaient vers ma rue. Toutes. J'ai su... j'ai su qu'il y avait eu un drame. J'ai trouvé un café avec une télé et j'ai attendu les nouvelles.

— Vous prenez toujours votre sac à dos lorsque vous sortez les chiens ? » demanda posément D.D.

Roxy rougit. « On n'est jamais trop prévoyant. »

D.D. arrêta de faire joujou avec le contenu du kit le

temps de décocher à la jeune fille un regard sans concession. « Quand vous avez appris les meurtres, vous ne vous êtes pas présentée à la police.

— Je ne pouvais pas. J'avais peur.

— Pourquoi ?

— Vous n'auriez pas peur, vous, s'il arrivait un truc pareil à votre famille ?

— Roxanna, savez-vous qui les a tués ?

— Non.

— Pensez-vous être également en danger ?

— Oui.

— Alors pourquoi ne pas vous être fait connaître ? Nous pouvons vous protéger et vous aider. Je vous le promets. »

Coup d'œil de Roxy vers Sarah, puis vers moi. « Je n'en suis pas sûre. Vraiment. »

Cette fois-ci, D.D. hocha la tête. Cette déclaration ne la surprenait manifestement pas. La vie d'une enquêtrice de la Criminelle était peut-être faite de cela : essayer d'aider des gens qui ne faisaient pas confiance à la police pour les sauver. Des gens comme moi.

« Depuis le meurtre de votre famille, des tirs se sont produits à deux autres reprises, dit D.D. Et les deux fois, une femme répondant à votre signalement a été aperçue sur les lieux. Il serait dans votre intérêt que nous puissions vous rayer de la liste des suspects. Pour ce faire, j'aimerais que vous veniez à cette table pour que je teste la présence de résidus de poudre sur vos mains.

— Mais j'ai dit à Flora que Roxy était avec moi pendant l'incident de ce matin, intervint Sarah. Ça ne peut pas être elle. »

D.D. n'accorda pas la moindre attention à Sarah et

continua à regarder Roxy. Celle-ci se redressa à contre-cœur et s'approcha.

Elle portait un jean délavé et un fin tee-shirt rouge à manches longues, avec une tache sur le bras gauche et une traînée de saleté sur le torse, comme si elle avait rampé. Peut-être quand elle avait crapahuté dans les bureaux vacants ou qu'elle avait joué les équilibristes dans les cintres du théâtre ? Ou qu'elle était passée par une fenêtre étroite pour dissimuler ses allées et venues.

Son visage était pâle et trop carré, comme si ses joues et son menton étaient encore en train de se chercher. Au lieu d'une chevelure noir de jais, elle avait hérité de cheveux bruns, ternes et sans vie. Les paroles d'Anya me revinrent en mémoire : Roxy était une mocheté. Je trouvais un tel jugement sévère, mais à côté de la beauté racée de sa mère et de sa sœur, Roxy était quelconque. Pas le genre de jeune fille qu'on remarque dans une pièce noire de monde, ce qui, ces dernières vingt-quatre heures, avait dû lui rendre service.

Elle avait de jolis yeux, néanmoins. Noisette, avec des éclats vert foncé. Je me demandais si elle en était fière ou si, chaque fois qu'elle se regardait dans une glace, elle ne voyait que ses imperfections. Personnellement, j'évitais les miroirs, trop intimidée par la dureté du regard qu'ils me renvoyaient.

D.D. ouvrit une barquette en plastique qui contenait de grandes enveloppes plastifiées et fit asseoir Roxy à la table.

« Quand vous êtes-vous lavé les mains pour la dernière fois ? lui demanda-t-elle.

— Je ne sais pas. Ce matin.

— Une douche ? Avec plein d'eau et de savon ? »

Roxy regarda avec gêne ses vêtements souillés et sa peau sale. « Je n'ai pas eu la possibilité de faire grand-chose depuis hier matin. »

D.D. s'en félicita. « Tant mieux. Le principe de base du recueil d'indices », expliqua-t-elle en déballant la première enveloppe plastifiée, dont je découvris qu'elle contenait un tissu, « c'est le transfert. Par exemple, quand on tire avec une arme à feu, on transfère de la poudre sur sa peau.

— Est-ce que ça dépend du type d'arme ? demanda Roxy avec curiosité.

— Non. Le test détecte les traces de nitrites présentes dans la plupart des résidus de poudre.

— Mais ça part avec le temps, non ? Les coups de feu sur Hector remontent à hier après-midi.

— Vous êtes au courant qu'on lui a tiré dessus ? » releva D.D. d'une voix neutre. Elle enfonça sa main gauche dans l'enveloppe plastifiée et, lorsqu'elle la retira, elle était munie d'une sorte de moufle blanche. Un gant stérile, compris-je. D'où le plastique : il fallait protéger le tissu de toute contamination avant usage.

« J'ai assisté à la scène. J'étais dans le bâtiment d'en face. Je voulais m'assurer qu'il viendrait chercher Blaze et Rosie et qu'ils allaient bien. »

Couchés au pied du canapé de Sarah, les deux chiens levèrent la tête en entendant leurs noms et frappèrent le sol de leurs queues.

« Vous ne les avez pas utilisés comme appâts ?

— Mes chiens ? s'offusqua Roxy d'un air réellement horrifié.

— Avez-vous vu qui tirait sur Hector ? » D.D. prit le premier de trois pulvérisateurs, rejoignit en deux pas l'évier de la cuisine, puis, sa main gantée au-dessus de l'inox, pulvérisa méthodiquement le produit du premier aérosol sur la moufle en coton.

Elle n'arrêtait plus de vaporiser et Roxy, Sarah et moi l'observions avec une totale fascination.

« Alors, Hector ? insista D.D. en saturant le gant de produit.

— Oh… je n'ai pas vu. Je ne pouvais pas. Depuis ma fenêtre, j'avais une vue plongeante sur les tables du café d'en face. J'apercevais les chiens. J'ai vu Hector, aussi. Et ensuite… j'ai entendu le coup de feu. Ça m'a fait sursauter. Je me suis écartée de la fenêtre. Et quand j'y suis retournée, les gens couraient et Hector était par terre. Je ne savais plus quoi faire. Alors j'ai pris mon sac et je me suis sauvée. »

D.D. leva les yeux de l'évier. Ils étaient d'un bleu presque cristallin. « Dans quelle direction ?

— J'ai entendu des sirènes venir de la gauche, alors je suis partie vers la droite. Plus loin dans la rue, j'ai trouvé un autre café et je me suis planquée dans les toilettes. J'avais un sweat noir dans mon sac, alors je l'ai enfilé. Ensuite j'ai noué mes cheveux sur ma nuque pour qu'ils aient l'air plus courts, vous voyez, de devant.

— Quelle présence d'esprit », nota D.D. avec ironie. Elle me lança un regard. « Vous étiez décidément bien préparée.

— C'est-à-dire… je m'étais renseignée sur le sujet, ces derniers temps », marmonna Roxy. Puis elle se redressa. « Mais je n'étais quand même pas rassurée, avec toutes ces voitures de police qui affluaient dans le secteur, et puis il y avait l'alerte-enlèvement, ma photo sur tous les écrans. Alors j'ai acheté un foulard à un marchand sur le trottoir d'en face. Avec de grosses fleurs rouges. Il me rappelait ma mère. Je me suis dit qu'il lui aurait plu.»

Sa voix s'érailla. «Les motifs font diversion. Les gens ne voient plus que ça, pas votre visage. Alors je l'ai noué autour de mon cou et je suis partie vers le théâtre. Mais je n'avançais pas vite : ça grouillait de policiers, j'étais tout le temps obligée de me réfugier dans des magasins ou autre. Quand j'ai fini par arriver au théâtre, je me suis effondrée. Et j'y ai fait mon trou pour la nuit.»

D.D. ne dit rien et revint à la table. La main gantée, elle fixait Roxy d'un air entendu quand la jeune fille finit par comprendre et lui présenter ses mains.

« Idéalement, il faut réaliser ce test tout de suite après les faits, expliqua D.D. Mais les résidus de nitrite sont plus difficiles à faire partir qu'on ne le croit généralement, surtout sous les ongles. Il peut aussi facilement arriver qu'on en laisse des traces sur d'autres surfaces. Votre sac à dos, par exemple, que vous avez certainement attrapé tout de suite après les coups de feu et pas pensé à laver. Ou vos vêtements. »

Roxy ouvrit de grands yeux. De toute évidence, elle n'avait pas pensé à nettoyer son sac. Elle baissa aussi les yeux avec malaise sur son tee-shirt maculé.

« On va commencer par les mains. »

D.D. prit la main dominante de Roxy, la droite, sur laquelle elle passa méthodiquement le gant saturé de produit – d'abord le centre de la paume, puis le contour du pouce et le dessus de l'index avant de revenir à la périphérie de la paume. Elle testait tous les endroits qui avaient pu entrer en contact avec une arme, compris-je.

Pour finir, D.D. réitéra la manœuvre, en accordant une attention toute particulière à la zone autour des ongles, dont elle racla le dessous.

Même chose avec la main gauche. Puis elle retourna à l'évier et empoigna le deuxième pulvérisateur. Aucune de nous ne pipait mot.

La main tendue au-dessus de l'évier, elle vaporisa le produit sur le gant. Toujours sans rien dire, elle en couvrait méthodiquement toute la surface. Penchée vers elle, aux aguets, j'attendais qu'il se passe quelque chose, n'importe quoi. Assise à la table, Roxy était aussi sur des charbons ardents.

Rien ne se passa. Le gant resta d'un blanc immaculé.

D.D. surprit nos regards, eut un petit sourire. «Et maintenant, le moment de vérité», annonça-t-elle en prenant la troisième bombe.

Encore des pulvérisations. Sur tout le gant. Sarah quitta le canapé et nous rejoignit dans le coin-cuisine pour regarder par-dessus l'épaule de D.D.

Celle-ci leva le gant dans un geste théâtral. Dix secondes. Vingt, trente…

«Il ne se passe rien, constata Roxy. Ces bombes contiennent une sorte de révélateur, non? Qui devrait réagir au contact des résidus de nitrite, s'il y en avait. Pas de changement de couleur, pas de réaction, pas de nitrite. Pas de résidus de poudre.»

D.D. la considéra. «On nous avait bien dit que vous étiez une première de la classe. Vous avez raison: s'il y avait des résidus de nitrite, ça virerait au rose fuchsia. Plutôt flashy, comme couleur. La moindre trace justifierait des tests supplémentaires. Mais en l'occurrence…» Elle leva le gant parfaitement blanc.

« Vous n'êtes pas tout à fait sortie d'affaire, cela dit », ajouta-t-elle avec un signe de tête vers le sac à dos.

Cette fois-ci, les vérifications allèrent beaucoup plus vite. Elle passa un gant sur les bretelles, la fermeture à glissière, tout ce que Roxy aurait pu toucher peu de temps après avoir tiré. Puis, de son autre main, elle retira précautionneusement du sac tout ce qu'il contenait. Le sweat noir, une casquette, un dossier bleu en piètre état, des monceaux d'emballages de barres protéinées, des allumettes, un répulsif anti-ours, un stylo-lampe, des lacets neufs, du ruban adhésif, une bouteille d'eau à moitié vide. Pas mal, comme sac d'évacuation, surtout que je comprenais le raisonnement derrière le choix de chaque objet.

Mais pas de pistolet. Ni la moindre trace de résidus de poudre, que ce soit à l'intérieur ou à l'extérieur.

« Cela ne vous innocente pas formellement, précisa D.D. en retirant le deuxième gant pour le sceller dans son enveloppe plastifiée d'origine. Pour autant que je le sache, cela prouve simplement que vous portiez des gants au moment des tirs…

— Pas de gants ce matin, intervins-je. J'ai vu de la peau, des mains pâles qui tenaient le pistolet. »

D.D. me lança un regard en coulisse. « Comme je vous l'indiquais, ce test aurait dû être réalisé tout de suite après les tirs…

— Mais vous disiez aussi qu'il y avait très peu de chances de réussir à tout nettoyer. Elle serait parvenue à supprimer toute trace, même sous les ongles et dans le sac ? Il me semble avoir entendu parler de cas où on avait retrouvé des résidus de poudre sur les affaires d'un suspect des semaines après le meurtre, non ? »

391

Cette fois-ci, D.D. me décocha un regard assassin. « L'absence complète d'indices joue en faveur de Roxy, concéda-t-elle sèchement. Au point que je ne pense pas l'embarquer illico au commissariat pour la mettre au trou. Mais il faut me parler, Roxy. Votre famille est morte et vous êtes en fuite depuis plus de vingt-quatre heures. De qui vous cachez-vous ?

— Je ne... » Roxy nous regarda, Sarah et moi, comme si elle cherchait de l'aide. « Je ne sais pas très bien. »

D.D. tira la deuxième chaise et s'assit en face de Roxy. « Alors pourquoi avoir acheté ce pistolet ?

— Quel pistolet ? Je n'ai pas de pistolet. Vous venez de retourner tout mon sac.

— Dans ce cas, c'est que vous l'avez laissé au théâtre. Planqué dans un cagibi. Ou peut-être dans une plate-bande, comme chez vous.

— Je n'ai pas... » Roxy s'interrompit. Referma la bouche. « Oh, dit-elle finalement. Ce pistolet-là.

— Oui. Ce pistolet-là. Le .22 que j'ai découvert dans votre jardin. Pourquoi l'avoir acheté ?

— Il n'était pas à moi. Je n'y connais pas grand-chose en armes à feu. Et sur le forum, les gens ne recommandent pas d'en avoir. Surtout quand on n'a pas été correctement formé et qu'on ne possède aucune expérience. » Elle nous regarda de nouveau, Sarah et moi. Nous étions toutes les deux assises par terre, à présent. Ce salon était décidément trop petit, mais il n'était pas question que nous laissions Roxy seule avec l'enquêtrice. Rosie était pelotonnée contre Sarah, et Blaze avait la tête posée sur mes cuisses.

« On leur donnera la médaille du civisme, railla D.D.

N'empêche qu'on a retrouvé un .22 derrière la maison, dans le potager.

— Il était à Lola, avoua Roxy. Un matin, je l'ai trouvé sous son matelas. On s'est… on s'est disputées. Je n'en revenais pas qu'elle ait un flingue. Et qu'elle l'ait rapporté à la maison. Sans même parler de maman, mais si Manny l'avait trouvé? Que se serait-il passé?

— Pourquoi Lola avait-elle une arme?

— Elle disait qu'elle était obligée. À cause des Niñas Diablas. Elle avait intégré le gang et ses membres étaient armées.

— Les Niñas Diablas sont connues pour manier le couteau», objectai-je.

Roxy eut un faible sourire. «C'est l'explication qu'elle m'a donnée. Je n'ai pas dit que je la croyais.

— Votre petite sœur de treize ans se procure un .22, le rapporte à la maison et vous, votre réaction, c'est quoi? Vous le planquez dans le jardin?

— C'était notre compromis. Elle refusait d'y renoncer. Il lui fallait un pistolet, elle n'en démordait pas. Mais j'ai fini par obtenir qu'il reste dehors.

— On dirait que votre sœur avait peur, dit D.D. d'une voix où perçait une pointe de douceur. Vous aussi, vous avez peur, Roxy?»

Roxy hocha la tête, les épaules parcourues d'un bref tremblement.

«Maman était tellement heureuse, raconta-t-elle à mi-voix. "J'ai rencontré un homme formidable. Il a même une maison. Avec trois vraies chambres." Il suffisait de revenir à Brighton. Lola et moi… on n'a pas eu le cœur de lui dire. On s'était fait une promesse, on s'était juré de ne plus jamais reparler de cette période. Comment aborder le sujet à ce moment-là ? » Elle regarda D.D. « On aurait dû parler, tout déballer. Mais notre séjour chez Maman Del remontait à quatre ans. On se disait qu'on était plus grandes, plus mûres, plus fortes. On a vraiment cru qu'on saurait se débrouiller, cette fois.

— Dites-moi ce qui s'est passé.

— Roberto. Dès mon premier jour au lycée, il était là. Il est passé à côté de moi sans s'arrêter, le bras sur les épaules d'Anya, mais j'ai vu ce moment où il a eu le déclic. Où il m'a reconnue. Ils ont ralenti, tous les deux, ils se sont retournés. Roberto m'a regardée. Et il a souri. Exactement comme à l'époque de Maman Del. Ce sourire faux. Alors j'ai su que j'allais avoir des problèmes. Je l'ai su. Mais je n'imaginais pas à quel point.

— Que s'était-il passé chez Maman Del ? »

Roxy fit mine de ne pas avoir entendu la question. « J'ai d'abord cherché Mike Davis. Après avoir croisé Roberto et Anya, ça paraissait logique. Il vivait toujours chez Maman Del, évidemment, puisqu'il n'avait plus de parents. Comme il disait toujours, pas de carte "Sortez de prison" dans son jeu. Il était maigre comme un clou. Je vous jure, il devait faire la grève de la faim depuis mon départ. Mais on est tombés dans les bras l'un de l'autre, il faisait des bonds et… et la situation m'a semblé plus gérable. On avait déjà fait front commun contre Roberto et Anya, tous les deux. On pouvait recommencer. Et Lola n'était même pas au lycée. J'ai dit à Mike qu'on allait s'en sortir.

« Mais des rumeurs ont commencé à courir. Lola est rentrée à la maison trois jours de suite avec des vêtements déchirés, les doigts écorchés. Les élèves racontaient des choses, elle disait. Sur elle. Sur nous. Sur le genre de filles que nous étions dans notre famille d'accueil.

« J'ai cru qu'elle allait de nouveau craquer. Redevenir l'ombre d'elle-même. Mais cette fois, elle ne voulait pas battre en retraite. Elle mettait toute son énergie à résister. Notre mère était convoquée toutes les semaines par le directeur. Il pensait que c'était juste le changement d'établissement. Que Lola avait simplement besoin d'un temps d'adaptation. Je n'en étais pas si sûre. Mais ça a été l'occasion de découvrir que ma petite sœur avait un sacré répondant. Plus on la provoquait, plus elle ripostait, et en quelque mois elle s'était fait une réputation. Au point que les Niñas Diablas voulaient la recruter.

« J'ai essayé de la dissuader. Mais elle était hypnotisée par le pouvoir. Quand elle était avec ces filles, elle se sentait spéciale. Ensuite, elle rentrait et elle me retrouvait, moi… Elle disait ça avec un tel mépris. Moi, la grande sœur qui lui disait toujours quoi faire, qui la traitait comme un bébé. À force de veiller sur elle, je lui avais surtout donné l'impression d'être faible, j'imagine.

« Pas question de revenir en arrière, elle m'a dit. Plus jamais elle ne serait la petite Lola qui berçait les bébés chez Maman Del. Elle préférait devenir une diablesse. »

Roxy eut un sourire sans joie. « Et pour la jeter définitivement dans leurs bras, il y a eu Roberto et cette fichue photo.

— Une photo de vous », dis-je tout bas, toujours assise par terre.

Roxy ne répondit pas tout de suite. « Vous voulez savoir ce qu'il s'est passé chez Maman Del ? Tout ce que vous pouvez imaginer. Toutes les histoires épouvantables que vous avez entendues sur les enfants maltraités, négligés, agressés. Roberto était un tyran. Et comme il était trop grand pour qu'aucun de nous lui résiste physiquement, nous faisions de notre mieux pour le neutraliser avec des médicaments et des somnifères. Mais on ne pouvait pas gagner toutes les nuits. Et il y avait un prix à payer. Lola n'avait que huit ans. Je me suis promis que ce ne serait pas elle qui le paierait.

— Il vous violait », traduisit D.D.

Roxy haussa les épaules. « Lui présentait ça autrement. Un échange de services : si je lui donnais ce qu'il voulait, il ficherait la paix à ma petite sœur.

— Vous pouvez nous dire le reste, l'invita D.D. avec douceur. Nous sommes entre filles ; on sait ce que c'est. »

Roxy leva les yeux vers l'enquêtrice, au bord des larmes. « Vous savez ?

— Il y a longtemps que je fais ce métier, ma belle. Roberto n'est pas le premier à utiliser ce stratagème. »

Je devinais ce qu'elle voulait dire. À côté de moi, Sarah hochait la tête. On était entre filles, on comprenait.

« Il disait la même chose à Lola, confirma Roxy d'une voix enrouée. Les soirs où il arrivait à l'isoler. Même marché. Alors elle a cédé en croyant me sauver et moi j'ai cédé pour la sauver… Résultat, on était toutes les deux condamnées.

— Vous vous aimiez. Vous veilliez l'une sur l'autre. Ce n'est pas rien », dit D.D. en tapotant la main de Roxy. Jamais je n'avais vu l'enquêtrice aussi douce. C'était étrangement désarmant. Sur le moment, je l'ai imaginée rejoindre mon groupe de survivantes. Elle nous donnerait des conseils avisés. Et on serait toutes ses fans.

« Parlez-nous des photos.

— Ça ne m'a pas trop étonnée qu'il en ait. Ni qu'il

essaie de nous faire chanter. En même temps, continua Roxy avec perplexité, ces photos étaient une arme à double tranchant. Si c'étaient vraiment des photos de Lola et moi... j'avais onze ans, Lola huit. C'était de la pédopornographie. En les publiant, Roberto s'attirerait encore plus de problèmes qu'à nous. De quoi se retrouver aux assises et passer le reste de sa vie en prison. J'ai essayé d'expliquer ça à Lola, mais elle était trop en colère. Elle refusait d'être faible. Elle ne voulait plus jamais laisser Roberto nous faire du mal. Et le lendemain elle a rejoint les Niñas.

— Et le lycée? insista D.D. Ils ont eu vent de cette histoire de photo, il me semble. Comment ont-ils réagi?

— Il paraît que le directeur a convoqué Roberto dans son bureau. Roberto lui a remis son téléphone. Il ne contenait pas de photo et le directeur a dû le laisser partir.

— J'ai eu la même version de la part de la conseillère d'éducation, précisai-je.

— Ce n'est pas parce qu'elles n'étaient plus dans son téléphone que Roberto ne les avait plus! s'emporta Roxy. Il avait pu les copier sur un disque dur externe, dans le cloud, ou même dans un téléphone jetable.

— Mme Lobdell Cass s'est fait la même réflexion.»

D.D. retourna son attention vers Roxy. «L'école n'a pas poussé son enquête plus loin?»

Roxy haussa les épaules. «Roberto est mort. Il n'y avait plus rien à pousser.

— Vous croyez à la thèse du suicide? l'interrogea D.D. d'une voix neutre.

— C'est celle de la police.

— Vous soupçonnez votre sœur d'avoir joué un rôle dans sa mort», intervins-je de nouveau.

Roxy se tourna vers moi. Fit la tête.

J'insistai : « Vous soupçonnez votre sœur et son gang d'avoir organisé le meurtre de Roberto.

— Elle ne voulait plus jamais être une victime, répondit Roxy avec raideur.

— Est-ce qu'elle vous a paru plus heureuse, plus détendue par la suite ? demanda D.D. La mort de Roberto a résolu ses problèmes ? »

Roxy cligna des yeux, sembla considérer la question. « Non. Je pensais que ce serait le cas. Sur le coup, peut-être. Mais ensuite elle est redevenue morose. Nerveuse. Elle s'est mise à tirer sur ses cheveux, à se triturer le cuir chevelu.

— Les Niñas Diablas ont nié toute implication dans le suicide de Roberto, remarqua D.D.

— Pas étonnant. Comme si elles allaient dire la vérité à la police.

— Ce n'est pas elle qui les a interrogées, dis-je. C'est moi. »

Roxy secoua la tête. « Je ne comprends pas.

— A posteriori, la mort de Roberto est une coïncidence trop improbable pour être un suicide, analysa lentement D.D. J'ai déjà donné des instructions pour qu'on rouvre le dossier. En attendant, je suis disposée à croire que votre sœur et ses amies n'y sont pour rien. Mais qui d'autre, alors ? »

Roxy semblait réellement perdue. « Je ne sais pas. Roberto traînait surtout avec Anya. Et comme elle tenait toujours le premier rôle dans une pièce ou une autre, les cours n'étaient pour eux qu'un moyen de passer le temps entre les répétitions. Roberto était régisseur au théâtre de quartier. Aux dernières nouvelles, du moins.

J'avais écrit… » Après un temps de silence, elle se reprit :
« Enfin, on nous avait donné un sujet de rédaction, au lycée.

— Sur la famille parfaite, dis-je en caressant les oreilles soyeuses de Blaze. J'en ai entendu parler. »

Elle ne me regarda pas. « J'avais déjà rendu les deux premières parties. Mme Chula, ma professeure, les avait vraiment aimées. À cause du style. Mais elle se faisait du souci pour moi. Elle se demandait si elle ne devait pas convoquer ma mère pour un entretien. J'avais écrit d'autres chapitres, plusieurs en fait, notamment sur le théâtre de quartier, mais je ne les ai jamais rendus. J'avais déjà atteint le nombre de pages demandé et je ne voulais pas attirer davantage l'attention. Et puis je me suis dit que si Lola tombait sur ce que j'avais écrit, elle le prendrait mal. J'avais rompu notre promesse. J'avais écrit sur des choses que nous avions décidé d'oublier.

— Vous les avez, ces chapitres ? demanda D.D. Ceux que vous avez rédigés mais jamais rendus ? J'aimerais les lire. J'aimerais mieux comprendre ce qui s'est passé il y a cinq ans parce que je ne peux pas m'empêcher de penser que ça a un rapport avec les derniers événements. »

Roxy poussa la vieille chemise bleue vers D.D. sur la table.

« Roberto est mort, reprit D.D., mais la situation ne s'est pas arrangée, c'est ça ? Au contraire, votre sœur est devenue encore plus nerveuse. Et du coup, vous aussi.

— C'est à cause de ma mère. » Roxy parvint à peine à prononcer ces mots. « Ses intentions étaient bonnes, je le sais. Mais il y avait eu quelques incidents avec Lola, et quand ensuite elle a été convoquée par le directeur pour cette histoire de photo... elle a commencé à poser des questions. Elle nous mettait la pression, à toutes les deux. Elle disait qu'elle voulait juste savoir la vérité. Mais on ne pouvait pas... Impossible. »

Je compris : « Vous pensiez qu'elle se ferait des reproches. Si elle apprenait le calvaire que vous aviez enduré chez Maman Del, vous aviez peur qu'elle ne replonge dans l'alcool. »

Lentement, Roxy confirma d'un hochement de tête.

« À part la photo diffusée par Roberto, avez-vous connaissance d'autres preuves de ce qui s'est passé à l'époque ? » demanda D.D.

Roxy fit signe que non.

« Et le rôle de Maman Del ? »

Sourire amer de Roxy. « Cette femme pourrait dormir sous un déluge de bombes.

— Est-ce qu'elle vous battait ? Vous menaçait ? Est-ce qu'elle avait des comportements déplacés ? »

Roxy secoua la tête.

D.D. se mordilla la lèvre, réfléchit à la suite. « Qui a tué votre famille, d'après vous ?

— Je ne sais pas.

— Si. Vous le savez. Tous ceux à qui nous avons parlé nous ont dit que vous étiez stressée, ces dernières semaines. Vous aviez peur, Roxy. Mais de quoi ?

— Je ne sais pas, répéta la jeune fille, de nouveau gagnée par l'agitation. Quand Roberto est mort, j'ai pensé que la vie serait plus facile. Lola allait se détendre. Mais au contraire, elle est devenue de plus en plus... incontrôlable. Les questions de maman la mettaient dans tous ses états. Avec ce nouveau gang, elle était à cran. Peut-être qu'elle croyait que les filles avaient tué Roberto... ou alors elle leur en voulait de ne pas l'avoir fait. Je ne sais pas. Un jour, je l'ai suivie jusqu'au théâtre. Elle m'a dit qu'elle voulait qu'on lui redonne son rôle. Il m'a fallu un moment pour comprendre qu'elle parlait du rôle d'Annie la petite orpheline – celui qu'elle aurait dû décrocher il y a des années, avant que Roberto et Anya ne débarquent.

« J'ai surpris Lola engueulant Anya devant Doug, le metteur en scène. Anya la traitait de pute et Lola criait à Anya qu'elle le lui ferait payer. Doug restait les bras ballants sans savoir quoi faire. »

Ou alors il profitait du spectacle, me dis-je, surtout qu'il avait une liaison avec Anya.

« J'ai emmené Lola de force. Mais elle frémissait de fureur. Elle n'arrêtait pas de marmonner : "Je ne serai pas une victime, je ne serai pas une victime." Et puis : "Ils vont me le payer."

« Ça m'a fichu les jetons, continua Roxy. Lola avait toujours aimé faire son cinéma. Mais là, j'avais l'impression qu'elle disjonctait. J'en étais encore à me demander quoi faire, quoi dire à maman. Et puis hier...

— Quand vous avez vu la police, vous avez d'abord pensé à Lola, dit D.D. Vous saviez qu'elle était instable. Et qu'elle avait encore un pistolet.

— J'aurais dû le jeter. Le balancer dans une benne à ordures. N'importe où.

— Vous avez pensé qu'elle avait tué votre famille ?

— Je me suis dit que ma mère et elle s'étaient peut-être disputées. Dans ce cas, si Lola s'était sentie prise au piège, elle avait pu prendre l'arme. Tirer avant de réfléchir. Alors Charlie aurait essayé de protéger ma mère.

— Et Manny ? » demanda D.D.

Roxy secoua la tête. « Elle n'aurait pas fait de mal à Manny. Jamais. C'est là que je ne comprends plus. Lola était rebelle et impulsive. Mais elle se serait ouvert les veines plutôt que de toucher à un cheveu de la tête de Manny. Notre petit frère est tout ce qu'il y a de meilleur au monde. Quand nous vivions chez Maman Del, le retrouver chaque semaine, le voir s'illuminer quand nous entrions dans la pièce, c'était la seule chose qui nous donnait de l'espoir.

— Qu'est-il arrivé à votre famille, Roxy ?

— Mais je ne sais pas ! s'énerva la jeune fille en frappant brusquement des deux mains sur la table. Vous n'avez pas encore compris ? Je suis sortie promener mes chiens et quand je suis revenue, je n'avais plus de famille. Exactement comme il y a cinq ans, lorsqu'une dame s'est pointée chez nous et que ma famille s'est retrouvée éparpillée. Tout ce mal qu'on s'est donné. Tout cet amour. On n'est pas parfaits, je sais, mais on s'aime. Et pourtant. Il suffit d'un instant. Tout est détruit. Fini. Effacé. Terminé.

« Je me suis enfuie. Je ne savais pas où j'allais, ni ce que je devais faire.

— Vous êtes allée vous cacher au théâtre ?

— C'est central et je le connais bien.

— C'est aussi là qu'Anya Seton passe le plus clair de ses journées, intervins-je. Vous pensez que c'est elle, n'est-ce pas ? Vous la tenez à l'œil.

— Elle nous reprochait la mort de Roberto, à Lola et à moi. Si quelqu'un avait une raison de chercher à détruire notre famille…

— Elle a aussi un alibi, objecta D.D.

— La répétition ? Elle n'a pas commencé avant midi, hier.

— Il s'agirait plutôt d'une séance en tête à tête avec le metteur en scène. »

Roxy se figea. Elle n'avait pas besoin qu'on lui mette les points sur les i. Je vis l'instant où elle comprit : une expression fugitive passa sur son visage, trop brève pour la saisir. Puis elle se radossa.

« Je n'ai pas tué ma famille, affirma-t-elle.

— Et est-ce que vous auriez tiré sur Hector ou les Niñas Diablas ?

— Pourquoi j'aurais fait une chose pareille ?

— Hector vous a abandonnés. Il aurait pu vous épargner d'aller chez Maman Del s'il était intervenu devant le juge des enfants.

— Vous voulez rire ? Il était soûl, ce jour-là. Qu'est-ce que ça aurait changé ? Ma mère a suivi son chemin, il a suivi le sien. Au moins, ils ont tous les deux fini par faire le bon choix.

— Et les Niñas Diablas ? Nous avons entendu dire qu'elles appréciaient tellement votre sœur qu'elles voulaient vous recruter aussi.

— Ça ne risquait pas d'arriver.

— Même pour faire plaisir à Lola ?

— Ça ne risquait pas d'arriver.

— Allons, Roxanna, dit D.D. en penchant la tête. Sortez du déni. Votre famille est morte et on peut penser que l'assassin continue à tirer à tout-va sur votre entourage.

— Hector était le père de Manny. Les Niñas Diablas, le gang de Lola. Ça n'en fait pas vraiment mon entourage. Plutôt des connaissances.

403

— C'est votre défense ?

— Mais je n'ai rien fait ! Rien du tout ! Je n'ai pas tué ma famille. Je n'ai pas tiré sur Hector. Et jamais je n'irais chercher des noises aux copines tarées de Lola. Pas si bête.

— Qui, alors ?

— Je ne sais pas. Je... »

Roxy s'interrompit. Ses yeux s'arrondirent légèrement, puis elle secoua la tête.

« Qu'y a-t-il ? demanda D.D.

— Roberto. C'est lui, l'autre point commun entre tous ces événements. Les questions de ma mère risquaient de lui attirer des ennuis. Et il détestait les Niñas Diablas, qui le regardaient de haut au lycée.

— Et Hector ?

— Je ne crois pas qu'il l'ait jamais rencontré. En revanche, les chiens... » Roxy regarda notre petit groupe, les chiens couchés par terre, la tête sur nos cuisses. « C'était peut-être eux, les vraies cibles. Lola adorait Rosie et Blaze. Elle les emmenait souvent au parc. Quand Roberto y était, il se payait sa tête, il lui disait qu'elle se baladait enfin avec des gens de son espèce. Je crois qu'il était juste jaloux. Lola avait une famille, des chiens affectueux, alors que lui... il n'avait rien de tout ça. Il était méchant, cruel, odieux. Mais triste aussi, parfois. Même nous, on s'en rendait compte.

— Roberto est mort, rappela D.D.

— Mais pas sa petite amie. »

33

Le premier réflexe de D.D. aurait été de placer Roxanna Baez en foyer, pour sa propre sécurité : la jeune fille était mineure, toute sa famille venait d'être assassinée et elle était un témoin pour le moins essentiel dans leur affaire. Mais il suffit de quelques minutes à Roxy pour passer d'un lent mouvement de refus de la tête à un état de quasi-hystérie. Évoquer les services sociaux devant une jeune fille qui avait été arrachée à sa famille pour ensuite subir des maltraitances encore plus graves n'était manifestement pas une idée de génie. En un clin d'œil, Roxy se retrouva dos au mur, à les menacer avec une bombe de gaz anti-ours – et elle avait l'air de savoir s'en servir !

Sarah et Flora s'employèrent à la calmer tout en regardant D.D. comme si elle était la dernière des imbéciles. Ce qui était peut-être le cas. Même si la procédure exigeait de faire appel aux services sociaux en pareilles circonstances, D.D. aurait été la première à reconnaître que ce n'était pas toujours la meilleure solution. D'un autre côté, elle ne pouvait pas non plus traîner l'adolescente de force au commissariat central et l'y laisser, d'autant qu'elle n'avait aucun motif d'inculpation. D'après ses dires, Roxy n'avait même pas assisté au meurtre de sa famille. Elle n'en était que l'unique rescapée.

Ce qui donnait une certaine pertinence à la proposition de Sarah : Roxy pouvait rester chez elle.

Rien ne reliait Roxy à Sarah ou à son studio, ce qui était de nature à rassurer la jeune fille. En outre, D.D. renforcerait les patrouilles dans le secteur – par mesure de protection autant que pour garder un œil sur son précieux témoin. Roxy finit par se tranquilliser et tout le monde put de nouveau respirer dans le petit appartement.

Seule ombre au tableau : il allait falloir rendre les chiens à la conseillère d'éducation ; ils prenaient trop de place dans le studio et leur présence risquait d'attirer l'attention sur Sarah et sa nouvelle colocataire.

Flora proposa de s'en charger. Ce qui laissait à D.D. le soin de s'attaquer à la question suivante : se renseigner sur le « suicide » de Roberto quatre mois plus tôt, puisque sa mort semblait de plus en plus liée aux derniers meurtres – au point peut-être de les avoir provoqués.

Elle commença par appeler Phil pour le mettre au courant des derniers rebondissements. Lui n'avait toujours aucune piste concernant les coups de feu de la matinée. En revanche, deux enquêteurs avaient fini de visionner les vidéos des caméras du quartier où Hector Alvalos s'était fait tirer dessus. Ils avaient pu mettre le doigt sur l'image d'un individu en fuite (sweat à capuche bleu marine, longs cheveux bruns), mais impossible de trouver un angle qui permît de voir son visage. La carrure fluette pouvait correspondre à celle d'une adolescente, mais on ne pouvait pas être plus précis et, non, l'individu ne portait pas de sac à dos, ni bleu clair ni d'une autre couleur.

« Donc Roxanna dit peut-être la vérité, conclut D.D. Bon, j'ai une autre mission pour vous : d'après Roxy, tout de suite après les coups de feu, elle est partie dans la rue du café et elle s'est arrêtée pour acheter un foulard avec des fleurs rouges. Demande aux agents de trouver quelle boutique vendrait des foulards dans le coin. On ne sait jamais, si elle avait une caméra? Dans ce cas, on pourrait voir Roxy faire cet achat et ça confirmerait sa version.

— J'ai envoyé Neil discuter avec le metteur en scène, Doug de Vries, continua Phil. Il a confirmé qu'il était avec Anya Seton hier à partir de huit heures du matin, même s'il jure ses grands dieux qu'il ne s'agissait que de l'aider à répéter son texte.

— Ben voyons.» Un homme marié sur le retour qui couvrait sa maîtresse mineure: aux yeux de D.D., cela ne pesait pas bien lourd comme alibi. «Et à l'heure où Hector s'est fait tirer dessus? Est-ce qu'Anya a un alibi?

— Oui, à vrai dire. La troupe était en pleine répétition et une foule de témoins confirment qu'elle a passé l'essentiel de l'après-midi au théâtre. De Vries et elle sont même arrivés en avance et tout un petit groupe est sorti dîner après la séance. Autrement dit, quelqu'un peut répondre de la présence d'Anya à ses côtés quelle que soit l'heure de la journée.»

D.D. se renfrogna; la nouvelle n'était pas pour lui plaire.

«D'ailleurs, elle est blonde, non? reprit Phil. Le tireur est censé avoir les cheveux bruns.

— Arrête, c'est une comédienne, elle a tout ce qu'elle veut comme perruques à sa disposition. Elle peut changer de couleur de cheveux comme de chemise. Ces alibis multiples, en revanche...» D.D. se mordilla la lèvre. «N'empêche qu'elle a un mobile. Vu de chez moi, c'est même la seule personne qui aurait eu un mobile pour s'en prendre à toutes nos victimes.»

Elle entendit pratiquement Phil hausser les épaules à l'autre bout de la ligne. «Dans ce cas, soit elle est sacrément maligne et douée du don d'ubiquité, soit il y a encore quelque chose qui nous échappe.

— Quelque chose? Ou *quelqu'un*?» répondit D.D. d'un air maussade. Puis, reprenant le fil de son raisonnement: «Il me faut le nom de l'officier qui a enquêté sur la mort de Roberto.

— Hank Swetonic. De solides antécédents.
— Pas le genre à passer à côté de l'évidence?
— Peu probable.
— D'accord. Souhaite-moi bonne chance.
— Bonne chance.
— Et rappelle-moi de m'acheter des bottines pas chères avant ce soir. D'ici que j'en aie fini avec cette histoire de chiot, je crois qu'il va me falloir des chaussures auxquelles je ne tienne pas trop!»

D.D. raccrocha. Le dimanche après-midi, la circulation était fluide, du moins par rapport à la semaine. Le trajet lui donna un peu de temps pour rassembler ses idées, même si son opinion n'était toujours pas arrêtée.

Roberto. Elle avait le sentiment que toutes les pistes ramenaient à cet adolescent tyrannique et à la terreur qu'il faisait régner dans la maison. Il avait abusé de Roxanna, de Lola, et sans doute d'un nombre incalculable d'autres enfants. Il avait favorisé les aspirations théâtrales de sa petite amie. Et il avait peut-être trempé dans une affaire de diffusion d'images pédopornographiques.

Ce qui soulevait une autre question intéressante à creuser: Roberto avait-il laissé derrière lui un compte en banque, des fonds? S'il avait pris des photos de ses victimes à des fins commerciales, où était passé l'argent?

Les jeunes de dix-huit ans ne sont généralement pas des champions en matière financière et juridique. Alors où avait-il planqué son magot ? Et qu'était devenu celui-ci à sa mort ?

Un mini-coffre-fort, se dit-elle. Qu'il pouvait garder sous la main en toute sécurité, même dans une maison surpeuplée. Si un tel coffre existait, sa petite amie de toujours devait en connaître le code, en posséder la clé ou autre. À la mort de Roberto, elle avait donc pu l'escamoter avant que Maman Del ou les enquêteurs mettent la main dessus. De quoi financer ses projets new-yorkais ? Dernière manière de couvrir les forfaits de son infâme petit ami ?

Tant de questions et si peu de réponses.

D.D. était arrivée au commissariat de Brighton. Elle entra, montra sa plaque et fut aussitôt conduite dans les bureaux où le responsable de secteur l'attendait. Le commissaire Wallace et un enquêteur noir se levèrent à son entrée.

« Commissaire.

— Commandant. »

Ils échangèrent une poignée de main. « Je vous présente Hank Swetonic, qui s'est occupé du dossier. » Nouvelle poignée de main. Swetonic n'était pas immense (il ne dépassait D.D. que de quelques centimètres), mais son physique affûté lui donnait une indéniable présence. Et D.D. aimait son regard intelligent, frangé de cils épais.

Pas le genre à passer à côté de l'évidence.

« Il y a de l'action, depuis deux jours », commenta-t-il. Le commissariat du secteur D-14 avait fourni l'essentiel des effectifs et des véhicules mobilisés dans le cadre de l'alerte-enlèvement. Pour un poste qui s'occupait généralement de cambriolages, vols de voitures et autres larcins, ce quadruple meurtre suivi de deux fusillades en moins de vingt-quatre heures représentait un sérieux changement de braquet.

« J'imagine que Phil vous a dit que nous nous intéressons à un suicide sur lequel vous avez enquêté il y a quatre mois. Un adolescent, Roberto Faillon.

— Oui, j'ai ressorti les rapports », répondit l'enquêteur en désignant d'un signe de tête le bureau du commissaire, où D.D. découvrit le dossier. Le commissaire l'invita à prendre un siège. Tous s'assirent et D.D. saisit les documents.

Le dossier était maigre, mais elle s'y attendait, s'agissant d'une affaire à première vue sans mystère.

« Où avez-vous trouvé le corps ? demanda-t-elle en feuilletant les rapports jusqu'à trouver les photos de la scène.

— Au théâtre de quartier. Sa petite amie, Anya Seton, l'avait découvert dans une loge après une répétition. Apparemment il s'était suicidé pendant que les autres perfectionnaient leur jeu d'acteurs.

— Est-ce qu'il avait laissé un message ? »

D.D. avait la première photo sous les yeux. Roberto était assis dans un vieux fauteuil relax à rayures dorées, le genre de meuble qu'un petit théâtre achèterait pour une bouchée de pain dans une brocante et mettrait de côté pour servir d'élément de décor. Il portait un tee-shirt noir à manches courtes dont le motif délavé n'était plus qu'une ombre indistincte. Un bras mollement posé sur les cuisses, la tête dodelinant sur le côté. Des vues prises sous un autre angle révélaient un orifice d'entrée, étroit mais bien visible, dans la tempe droite. Un petit calibre, se dit aussitôt D.D. Très certainement un .22.

De fait, conformément à la procédure, la scène avait été photographiée avec un appareil à haute résolution et de nombreux gros plans montraient un pistolet de calibre .22 suspendu aux doigts de la main droite. D.D. remarqua aussi une bouteille de whisky presque vide aux pieds du jeune homme.

« Pas de message d'adieu, répondit Swetonic, mais la présence de résidus de poudre sur la main droite semblait confirmer qu'il avait tiré lui-même. L'angle d'entrée de la balle était aussi cohérent avec cette hypothèse. Et l'analyse toxicologique a révélé un taux d'alcoolémie de 1,5. Nous avons interrogé les autres membres de la troupe. D'après eux, Roberto et sa petite amie étaient en froid à cause de la relation qu'elle entretenait avec le metteur en scène. Bref, cela faisait des jours que Roberto était en colère et qu'il buvait sec. Alors, quand il n'a pas trouvé la solution à ses problèmes au fond de la bouteille de whisky…

— Des témoins ? demanda D.D.

— Non. Et personne n'a entendu la détonation non plus, ce qui n'est pas forcément très surprenant, vu la taille du bâtiment. C'est un dédale et tout le monde était concentré sur la scène. »

D.D. en prit note. « Des idées sur la manière dont il s'était procuré l'arme ?

— Dans le quartier, on trouve son bonheur à chaque coin de rue.

— Et l'argent ? Du liquide dans ses poches ? Vous avez fouillé ses affaires dans sa famille d'accueil, chez Maman Del ?

— Une dizaine de dollars dans sa poche, donc s'il en avait eu davantage, il l'avait dépensé. Je suis allé chez la mère d'accueil. On ne peut pas dire qu'elle avait l'air bouleversée par sa disparition. En revanche, la nouvelle avait franchement l'air de réjouir les plus jeunes.

— On nous a dit que Roberto était un tyran, expliqua D.D.

— Même son de cloche ici. Je crois que la conseillère d'éducation a employé l'expression "jeune révolté". Nous avons trouvé une boîte d'archives dans sa chambre. Des photos et autres. Mais pas de grosse somme d'argent.

— Quel genre de photos ?

— Les pages d'un vieil album, des photos de bébé. Sans doute lui-même. Des photos plus récentes avec sa petite amie. En balade dans Boston, devant les bateaux-cygnes, deux tourtereaux qui prenaient du bon temps.

— Des photos compromettantes ? On nous a dit qu'il avait publié la photo dénudée d'une camarade de classe sur Internet.

— La conseillère d'éducation m'en a parlé. Une certaine Mme Lobdell Cass ? »

D.D. confirma.

« Justement, il y avait un détail curieux sur cette scène de crime : l'absence de téléphone portable. Que ce soit sur le corps, dans la loge ou dans sa chambre. Alors qu'il en possédait un, vu ce qui s'était passé au lycée.

— Quelqu'un l'avait escamoté avant votre arrivée, traduisit D.D.

— Je parierais sur la petite amie – sans doute pour protéger Roberto, si l'appareil contenait des photos compromettantes. Pendant que nous étions sur place, elle nous a laissés la fouiller ainsi que ses effets personnels.

Nous n'avons pas retrouvé le téléphone, mais ça n'a rien d'étonnant. Le bâtiment est une ancienne église bourrée jusqu'à la gueule d'accessoires, de costumes et tutti quanti. Il y a un million d'endroits où elle avait pu le planquer avant notre arrivée.

— Vous vous êtes retournés vers l'opérateur?

— Bien sûr. J'ai reçu une transcription des derniers textos de Roberto, de ses messages vocaux. Essentiellement des échanges avec Anya, qui faisaient clairement ressortir qu'il n'aimait pas l'attention soutenue que lui portait le metteur en scène. Il se sentait menacé. Ce qui pouvait, là encore, expliquer son suicide.

— Est-ce que Roberto possédait un ordinateur? Un portable ou autre?

— Non. Il se servait des ordinateurs de la salle informatique du lycée. Enfin, quand il daignait aller en cours.»

D.D. fit la moue, réfléchit. «Certains l'accusent de s'être livré à des abus sur des jeunes filles placées dans la même maison», dit-elle.

Swetonic n'était pas étonné. «À part la petite amie éplorée qui jurait que Roberto était le grand amour de sa vie (et tant pis pour Doug de Vries), nous n'avons trouvé personne pour dire un mot en faveur de ce garçon.

— Étant donné la photo qu'il a publiée, je me demandais s'il n'en avait pas tout un stock. Si, en plus des agressions, Roberto ne se serait pas livré au commerce pornographique.

— Nous n'avons rien trouvé de ce genre, mais je serais le premier à reconnaître que nous n'avons pas vu la nécessité de mettre le paquet sur cette affaire de suicide. Cela dit, sans ordinateur... comment vendre du porno quand on n'a pas l'équipement?»

D.D. devait en convenir : c'était la principale faille de son hypothèse. « Console de jeu ? » essaya-t-elle, puisqu'on pouvait aussi se servir de ces appareils pour y planquer des photos indécentes.

Mais l'enquêteur fit signe que non.

Elle revint à la charge : « Peut-être qu'il travaillait depuis son téléphone. Et qu'il stockait ses fichiers dans le cloud ou autre. »

Swetonic n'y croyait pas. « Libre à vous de relire les transcriptions de l'opérateur, mais nous n'avons trouvé aucune allusion à un tel commerce. Et où serait passé l'argent ? Le gamin avait dix dollars en poche, point final.

— Où les avait-il gagnés ?

— Il travaillait à mi-temps chez un traiteur en face du lycée. D'après le patron, il n'était pas plus motivé par le boulot que par ses études, mais ça lui rapportait quelques centaines de dollars par mois. Qu'il claquait avec sa copine et pour s'acheter de la bière, je suppose.

— J'imagine que vous n'avez pas conservé l'arme ? »

L'enquêteur et le commissaire le confirmèrent. D.D. savait que les chances étaient minces : si la police devait garder toutes les pièces à conviction de tous les dossiers, les entrepôts de la ville entière n'y suffiraient pas. En revanche, la procédure exigeait de photographier l'ensemble de la scène de crime sous toutes les coutures. Ce qui, grâce aux performances des nouveaux appareils, permettait d'archiver davantage d'informations qu'on ne l'imaginerait.

D.D. reprit le gros plan de la bouteille de whisky quasi vide. « Vous avez fait des recherches sur les empreintes qui apparaissent sur la bouteille ? demanda-t-elle en l'examinant de plus près.

— Non, je n'en voyais pas l'intérêt.

— On dirait qu'il y en a peut-être une d'exploitable», dit-elle en levant la photo à la lumière. On avait poudré la bouteille. D.D. distinguait un dessin de crêtes papillaires, à peine visible et néanmoins capté par l'appareil à haute résolution. Étant donné la difficulté de relever les empreintes sur certaines surfaces, les techniciens avaient pris l'habitude de travailler de plus en plus d'après photo. De toute façon, les empreintes récupérées étaient ensuite numérisées pour être versées dans les bases de données. Travailler directement à partir de gros plans pris sur la scène de crime permettait de court-circuiter un intermédiaire et d'accélérer le traitement.

Swetonic saisit la photo et la tendit au commissaire. Tous deux hochèrent la tête.

«Le pistolet? demanda D.D. en continuant à feuilleter les photos.

— On y a retrouvé les empreintes de Roberto, s'empressa de confirmer Swetonic.

— Et la douille?»

L'enquêteur et le commissaire échangèrent un nouveau regard, que D.D. interpréta ainsi: le premier n'avait pas que cela à faire. Il avait mené une enquête préliminaire et quand tous les résultats l'avaient conduit à la même conclusion...

Elle trouva ce qu'elle cherchait: un gros plan de la douille, également poudrée et prise en photo sur place. Comme la bouteille de whisky, elle portait des dessins papillaires bien visibles. D.D. sortit l'image de la liasse et la posa à côté de celle de la bouteille.

«L'avantage d'une alerte-enlèvement, reprit-elle, c'est que j'ai tous les moyens d'enquête et d'analyse scientifique à ma disposition.» Autrement dit, elle pouvait demander une identification en urgence des empreintes apparaissant sur les deux photos et les frais seraient pris sur son budget, pas sur celui du commissaire Wallace.

Comme elle s'en doutait, de telles conditions étaient faites pour plaire à ce dernier. «On vous envoie au plus vite les fichiers numériques de la bouteille et de la douille. Mais je peux vous demander ce que vous espérez trouver?

— Je ne sais pas encore, répondit-elle en toute franchise. Mais Lola, la fille de la famille assassinée hier, faisait partie des souffre-douleur de Roberto. Et Anya Seton soutient qu'elle a joué un rôle dans la mort de ce garçon. Autrement dit, le meurtre de la famille Boyd-Baez est peut-être lié à ce qui est arrivé à Roberto il y a quatre mois.

— Vous pensez que Lola Baez aurait maquillé le meurtre de Roberto en suicide? Et que sa petite amie aurait supprimé toute sa famille en représailles?» Le commissaire ne cachait pas son scepticisme. Et D.D. pouvait d'autant moins lui en vouloir qu'Anya disposait apparemment d'un alibi pour toute la journée.

«Je pense surtout que je me pose des questions, répondit-elle finalement. J'aimerais en savoir davantage. Sur la mort de Roberto. Et sur tout le reste, d'ailleurs. Peut-être bien que Roberto s'était bourré la gueule. Mais peut-être aussi que quelqu'un l'avait fait boire pour qu'il soit plus facile de le manipuler et de le pousser au suicide. Peut-être même que l'individu a attendu qu'il perde connaissance, positionné le pistolet, refermé la main de Roberto sur la poignée et appuyé sur la détente. On a vu plus bizarre. Vous avez une liste des personnes présentes dans le théâtre ce jour-là ?

— Oui. Regardez dans le dossier. Mais je peux tout de suite vous dire que le nom de Lola Baez n'y figure pas. Cela dit, le bâtiment a plusieurs issues et les comédiens et techniciens n'avaient pas arrêté d'aller et venir tout l'après-midi. Franchement, si vous avez un projet de meurtre, ce théâtre est l'endroit idéal. J'ai eu l'impression que personne ne se préoccupait vraiment d'autre chose que de son petit bout du puzzle. Beaucoup d'effervescence. Très peu de comptes à rendre. »

D.D. acquiesça : ce théâtre semblait bel et bien l'endroit rêvé pour tuer en toute impunité. Mais il leur fallait au moins un début de preuve. Elle se leva. « Merci pour votre aide. Je vous recontacte. »

Le commissaire et l'enquêteur se levèrent à leur tour. « Au fait, vous avez des nouvelles de Roxanna Baez ? demanda Wallace. Si ce que vous dites est vrai et que toute sa famille a été prise pour cible, elle est peut-être elle-même en danger. »

D.D. sourit. C'était précisément pour cette raison qu'elle n'avait pas encore levé l'alerte-enlèvement : elle ne voulait livrer aucune information sur le lieu où se trouvait Roxanna. Et comme un mystérieux tireur s'amusait encore à faire des cartons aux quatre coins de Brighton, elle voulait que la présence policière soit aussi fournie que possible dans le quartier.

« Croyez-moi, c'est mon premier souci. »

34

Roxy s'écroula sur le canapé de Sarah à la seconde où D.D. Warren quitta l'appartement et s'endormit en quelques minutes. Le stress des dernières vingt-quatre heures, la fatigue de la cavale. Le repos était le premier de ses besoins et j'étais heureuse qu'elle ait le bon sens de recharger ses batteries. Parfois, après avoir vécu tous sens aux aguets, à surveiller ses arrières en permanence, on a du mal à redescendre en pression. D'où mon insomnie chronique.

Nous attardant près de la porte, Sarah et moi échangions à voix basse, les chiens patiemment assis à nos pieds.

« Tu crois qu'elle s'en remettra ? demanda Sarah.

— Autant que nous tous.

— Je ne crois pas qu'elle ait tué sa famille. Ni tiré sur qui que ce soit », protesta Sarah avec véhémence. Elle a la loyauté chevillée au corps ; c'est une des nombreuses qualités que j'apprécie chez elle.

« J'ai l'impression que la police commence à se rallier à cette opinion.

— Mais ça veut dire que quelqu'un lui veut du mal... » Sarah ne termina pas sa phrase et je compris sa question muette.

« Parle-moi du théâtre. Est-ce qu'il y avait du monde là-bas quand tu es allée la chercher ?

— Non. Il était trop tôt pour un dimanche matin. Tout était désert. J'ai fait un premier tour de reconnaissance, comme tu dis. Même les petits commerces n'étaient pas encore ouverts.

— Tu es entrée par la grande porte, la porte de service ?

— Par la grande porte. C'est un théâtre de quartier, après tout. Entrer en catimini par l'arrière aurait paru suspect. Alors qu'en passant par la porte principale… »

Sarah était une élève modèle. Astuce numéro un pour pénétrer par effraction dans un bâtiment : ne pas avoir l'air d'entrer par effraction. Porter une tenue normale. Passer d'un air dégagé par la grande porte. Les voisins penseront que vous êtes une invitée. Et si jamais l'un d'eux appelait tout de même la police, vous pourriez toujours jouer les innocents : Mince alors, je ne suis pas chez Untel ? Ce n'est pas là qu'il vit/travaille/séquestre ses victimes ? Au temps pour moi.

« C'était ouvert ?

— La porte extérieure oui, mais elle donne accès à un petit vestibule et à une autre porte qui, elle, était fermée à clé. Je ne suis pas aussi rapide que toi, mais j'ai réussi à en venir à bout. »

Je hochai la tête. Ce système de sas était classique à Boston. La première porte est souvent laissée ouverte pour permettre aux visiteurs ou locataires de se mettre à l'abri le temps de sortir les clés de la seconde porte. L'hiver, cet espace tampon aide aussi à conserver la chaleur du bâtiment.

« Donc personne n'a pu te voir crocheter la serrure ? »

Sarah hocha la tête.

« Un sans-faute, jusque-là. Où était Roxy ?

— J'ai d'abord fait le tour du théâtre. Une grande salle de spectacle au milieu. Une kyrielle de petites pièces tout autour. De quoi y perdre son latin. Mais quand j'ai été sûre qu'il n'y avait personne, j'ai appelé Roxy à voix basse. Je me disais que quand elle comprendrait que c'était moi, elle se manifesterait.

— Et elle l'a fait ?

— Elle était dans une soupente où ils stockent du matériel. Elle s'était ménagé un petit nid derrière des cartons. Plutôt malin. J'aurais pu arpenter le théâtre pendant des heures sans la découvrir. Surtout dans une soupente. Mais quand je lui ai expliqué que nous pouvions l'aider… Elle a confiance en moi, Flora. »

Sarah regardait la jeune fille endormie sur son canapé. Et je compris de quoi elle avait réellement peur : elle craignait moins de voir le mystérieux tireur débarquer chez elle pour la descendre que de ne pas réussir à protéger Roxy. Nous avions tous échoué une fois et cela avait fait de nous des victimes. Trouver la force de croire que nous n'échouerions pas de nouveau était souvent le plus ardu des défis pour un survivant.

« Vous avez été prudentes en quittant le théâtre, j'imagine ? demandai-je par acquit de conscience.

— On est sorties par l'arrière. Roxy connaissait une issue qui donnait sur une ruelle. Comme ça, si jamais quelqu'un surveillait la façade…

— Il ne pouvait pas vous voir filer par une autre rue. Bien pensé.

— Je lui ai prêté ma casquette et mon blouson. Je me disais que si quelqu'un m'avait repérée, il aurait vu une fille entrer dans cette tenue et penserait que c'était la même qui ressortait. Le théâtre était bourré de costumes. J'ai planqué mes cheveux sous un chapeau, j'ai enfilé une veste d'homme et je me suis donné un petit air avachi. »

J'approuvai d'un signe de tête. Fluette comme elle l'était, Sarah pouvait certainement passer pour un ado. Je remarquai alors un petit tas de vêtements au pied du mur : les couvre-chefs et les manteaux dont elles s'étaient servies et qu'elles avaient retirés sitôt la porte franchie. Au pied du tas, le foulard rouge et noir dont Roxy avait évoqué l'achat. Je le ramassai, puis, après réflexion, le fourrai dans mon sac. Sarah ne dit rien.

« Comment êtes-vous venues ici ?

— On est allées dans un café et j'ai commandé un Uber. Je n'ai vu personne monter dans une voiture quand nous avons démarré. Et j'ai bien ouvert l'œil. Pendant tout le trajet. Je n'ai vu personne nous suivre.

— Tu as demandé au chauffeur de vous conduire ici ?

— Non, il nous a déposées à la bibliothèque municipale et on a terminé à pied. »

Je hochai la tête, dûment impressionnée. « Excellent. J'ai l'impression que tu as coché toutes les cases. Rien ne permet d'établir un lien entre toi et Roxy, surtout que nous n'avons même pas écrit sur le forum depuis que l'affaire a éclaté. »

Sans nous le dire explicitement, nous avions toutes les deux pris la décision de nous mettre en retrait depuis l'alerte-enlèvement de la veille. Tout groupe de soutien repose sur la confiance, mais nous avions tous du mal à faire confiance. En outre, Sarah était la seule de notre petite bande de *desperados* à avoir rencontré Roxy. La mettre à contribution était déjà assez risqué comme ça, inutile d'impliquer les autres.

« Je devrais aller faire des petites courses, dit Sarah, davantage pour elle-même que pour moi. Je n'ai même pas de jus d'orange. Et quand Roxanna se réveillera, elle sera sûrement affamée.

— Et elle aura envie de tout sauf d'une barre énergétique, soulignai-je. Elle va dormir un moment. Et ça va te prendre quoi de faire un saut à la supérette, vingt minutes ? Ce n'est pas un problème.

— Et toi ?

— Je vais suivre ton exemple : rejoindre la bibliothèque à pied avec les chiens, puisque leur photo est aussi passée aux infos hier, sauter dans un Uber et retourner à Brighton chez la conseillère d'éducation. J'aimerais encore lui poser des questions.

— Sur quoi, par exemple ?

— Je ne sais pas. Mais elle connaît tous les protagonistes et je ne peux pas m'empêcher de penser qu'elle nous cache quelque chose. J'ignore seulement si c'est parce qu'elle veut protéger quelqu'un ou parce qu'elle a peur.

— De qui une conseillère d'éducation pourrait-elle avoir peur ?

— Tu plaisantes ? Dans un lycée plein d'adolescents à problèmes ? Moi, j'aurais la trouille de tous les élèves. »

À la seconde où le chauffeur Uber entra dans Brighton, je me sentis mal à l'aise. Anxieuse, vigilante à l'extrême. Comme un suspect revenant sur les lieux du crime. Je me demandais comment Roxy et Lola avaient tenu le coup, l'année précédente. Quand elles s'étaient efforcées de ne pas faire voler en éclats le bonheur tout neuf de leur mère, folle de joie de s'installer chez son compagnon, à un kilomètre de l'endroit dont elles s'étaient juré de ne plus jamais parler, de ne plus se souvenir.

Et quand ensuite elles avaient dû faire leur rentrée dans une école dont leurs anciens bourreaux hantaient les couloirs.

D'après Roxy, elles n'avaient jamais protesté. Jamais dit la vérité à leur mère. Leur silence était leur façon à elles de la protéger. Et c'était aussi pour les protéger, même avec retard, que leur mère avait commencé à fouiller dans le passé. Chacune avait essayé d'agir au mieux et au final toutes avaient échoué.

Ma mère et moi n'étions guère différentes. Les années avaient passé, mais il y avait encore des sujets tabous. Mes quatre cent soixante-douze jours de captivité avaient été une épreuve pour elle autant que pour moi.

À mon retour, une des choses importantes que j'avais dû apprendre, c'était à laisser ma mère me serrer dans ses bras. Comprendre que, même s'il me faisait frémir, ce contact lui était nécessaire. Après tout ce qu'elle avait vécu, elle avait besoin de tenir de nouveau sa petite fille contre elle.

Je me demandais si Lola et Roxy avaient accordé cette chance à leur mère. Ou si, après une année chez Maman Del, elles aussi s'étaient retirées dans une carapace endurcie.

Je ne pouvais pas reprocher mon enlèvement à ma

mère. Elle pouvait me reprocher ma bêtise, mais moi je n'avais rien à lui reprocher. Dans le cas de Roxy et Lola, l'équation était singulièrement plus complexe. Et pourtant le pardon doit être un vrai pardon. Sans lui, que deviendrions-nous, tous autant que nous sommes ?

Je demandai au chauffeur de me déposer juste devant la maison de Tricia Lobdell Cass. J'y étais venue tellement souvent que ce n'était plus vraiment un secret.

Je donnai un pourboire généreux pour le remercier d'avoir accepté les chiens, puis sortis sur le trottoir et aidai Blaze et Rosie à descendre à leur tour. Ils reniflèrent l'air, donnèrent deux petits coups de queue. Pour des chiens aveugles, ils reconnaissaient vite où ils étaient.

Quand je levai les yeux, Tricia m'attendait déjà sur le pas de sa porte. Et il me sembla de nouveau qu'elle avait l'air nerveuse, les bras trop serrés autour d'elle pour une femme dont l'implication aurait dû être d'ordre strictement professionnel.

Je pris une dernière grande inspiration. Et me lançai avec les chiens.

Tricia nous conduisit dans sa petite cuisine, au fond de son appartement qui occupait le rez-de-chaussée de la maison. Du bout du pied, elle poussa deux gamelles métalliques vers les chiens, qui comprirent le reste sans qu'on le leur dise. Une énorme gamelle d'eau était aussi à leur disposition.

« L'enquête avance ? » demanda Tricia.

Elle se tenait de l'autre côté de la table, petite barrière carrée entre elle et moi. De nouveau, je sentis tous mes sens en alerte. Ce n'est pas parce qu'on est paranoïaque qu'on n'a pas d'ennemis. La cuisine avait une porte qui donnait sur l'arrière. La partie supérieure vitrée laissait passer la lumière, mais ne permettait d'apercevoir qu'une petite partie du jardin.

Je me rapprochai des chiens de manière à pouvoir surveiller à la fois la porte du jardin à ma droite et l'entrée de la cuisine à ma gauche.

«Je me suis fait tirer dessus», dis-je en regardant la conseillère pour jauger sa réaction. Elle avait de longs cheveux bruns. Je me suis demandé pourquoi je ne m'en étais pas avisée plus tôt.

Elle tressaillit. Sous le coup d'une réelle surprise? D'un sursaut d'anxiété?

«Mais vous allez bien?

— Oui. Et les Niñas Diablas aussi. Elles sont légèrement contrariées. Et pas exagérément coopératives avec la police. Je les soupçonne de vouloir traquer elles-mêmes la tireuse pour la châtier. Nerveuse?

— Pardon?

— Vous avez l'air sur les nerfs.

— Une famille que je connaissais a été assassinée. Une de mes élèves a disparu. Le quartier a l'air de se transformer en Far West. Normal que je sois secouée.

— Vous n'êtes pas secouée, vous êtes nerveuse.»

Un mouvement fugitif à ma droite. Un oiseau qui passait devant la fenêtre.

Je posai les deux mains sur le dossier de la chaise en bois la plus proche. Une chaise peut être une arme formidable, tant pour l'attaque que pour la défense. Pensez au dompteur chargé par un lion rugissant, ou au pilier de bar qui assomme son adversaire dans une rixe.

« Il m'avait menacée », dit-elle soudain.

Je me figeai ; mon regard faisait des allers-retours entre les deux portes de la pièce. « Qui ça ?

— Roberto. Le jour où le directeur l'a convoqué au sujet de cette photo indécente. Vu mes fonctions, c'est moi qui ai reçu Roberto en premier. Il a pris ses grands airs, refusé de dire quoi que ce soit. Nous étions tous les deux à attendre le directeur quand j'ai reçu un appel sur mon portable personnel. J'ai ouvert le tiroir du bas de mon bureau pour le prendre dans mon sac et quand j'ai relevé les yeux, j'ai surpris Roberto qui bricolait quelque chose avec son téléphone. Il faisait glisser un petit objet au creux de sa main. Mais je n'ai pas vu quoi.

« Je lui ai ordonné de me montrer son appareil. Il a souri et remis l'arrière du boîtier en place avant de me le tendre. Le téléphone s'est allumé, mais je savais qu'il l'avait trafiqué. Sinon, pourquoi l'ouvrir ? Je lui ai dit que c'était fini, ce petit jeu. Qu'il avoue, qu'il me montre ce qu'il avait mis dans sa poche ou j'appelais notre agent de sécurité pour une fouille. »

Je hochai la tête. Nouveau mouvement devant la porte du jardin. Une branche qui oscillait dans le vent ? Mais quel vent ? Quelques minutes plus tôt, c'était le calme plat. Je raffermis ma prise sur le dossier de la chaise.

« Roberto s'est levé. Il a plaqué les deux mains sur mon bureau et, avec un calme olympien, en me regardant droit dans les yeux, il a récité mon adresse. Il a dit à quelle heure je rentrais chez moi. Et de quelle couleur étaient les murs de ma chambre. »

Cette dernière information retint mon attention. J'arrêtai un instant de surveiller le jardin par la vitre pour observer la conseillère. Aucun doute : elle était pâle, tremblante, les yeux voilés de larmes.

« Il a dit qu'il était peut-être encore meilleur photographe que je ne le pensais. Et qu'une jeune et jolie conseillère comme moi… Il m'a fait comprendre… » Elle prit une grande inspiration et s'arma de courage pour continuer. « Il a laissé entendre qu'une telle photo aurait beaucoup de succès auprès des lycéens. Et qu'il s'en voudrait de décevoir son public.

— Il vous a intimidée. Il vous a menacée pour vous réduire au silence. » Comme il l'avait fait avec tous les enfants chez Maman Del.

Tricia reconnut les faits d'un bref signe de tête, s'essuya les yeux. Inspira une nouvelle fois pour retrouver son calme.

« J'ai vingt-sept ans, dit-elle tout bas. C'est mon premier poste de conseillère d'éducation. Pendant ma formation, on m'avait prévenue qu'il fallait s'attendre à une forme de harcèlement de la part des élèves, des garçons. Ce sont les risques du métier. Il faut savoir s'imposer. Se souvenir qu'on est une figure d'autorité. Mais ce ton que Roberto prenait avec moi…

« Il n'était pas en colère, il ne jouait pas la comédie. Il était sérieux. L'aplomb avec lequel il a donné ces détails personnels… ça m'a désarmée. Tétanisée. On a frappé à la porte. Le directeur était prêt à le recevoir.

« Roberto est sorti. Et moi je suis restée plantée là. Je n'ai pas esquissé un geste, je n'ai pas alerté l'agent de sécurité. Et plus tard, quand le directeur m'a dit qu'il n'avait rien trouvé dans le téléphone de Roberto, je n'ai pas su quoi répondre. Il aurait fallu avouer que j'avais laissé un élève prendre le dessus sur moi.

— Vous avez couvert Roberto, constatai-je froidement.

— Si on veut.

— Il n'y a pas de "si on veut". À tous les coups, il avait changé la carte SIM de son téléphone. Ce qui signifie que le directeur a en réalité inspecté un nouvel appareil, vide de tout contenu. Roberto avait publiquement humilié une de vos élèves. Il avait diffusé de la pédopornographie sur un réseau fréquenté par les lycéens. Et vous l'avez aidé à s'en sortir impunément.

— Mais je ne comptais pas en rester là ! »

Je haussai un sourcil.

« Je vous jure ! Je savais que j'avais commis une erreur. Mais je voulais la réparer. Roberto était un danger public et il fallait l'arrêter. On peut confisquer les portables en classe. Il est interdit d'écrire des textos pendant les cours et quiconque est surpris à le faire est privé de son téléphone jusqu'à la fin de la journée. J'ai passé le mot aux professeurs de Roberto. Qu'ils essaient de le prendre sur le fait et de lui arracher son téléphone sans qu'il ait le temps de se préparer…

— Que s'est-il passé ?

— Il est mort, dit-elle sur un ton si neutre qu'il me fallut un moment pour comprendre. On était fin mai. Il ne nous restait que quelques semaines pour mettre la main sur le téléphone avant les vacances. Je pensais que ce serait rapide, mais la convocation du directeur avait rendu Roberto plus prudent. J'imaginais quand même qu'il oublierait à un moment ou à un autre. Les ados sont tellement accros à leur portable. Mais Roberto s'est suicidé. Tout a été fini, du jour au lendemain.

— Et qu'est devenu le portable ?

— Je ne l'ai jamais su. Mais plus aucune photo n'a circulé. Le problème semblait résolu. Peut-être pas comme je l'espérais, mais résolu.

— Sauf qu'Anya s'est mise à accuser publiquement Lola et les Niñas.

— Elle a pris Roxanna à partie le dernier jour de classe. Elle criait, elle la traitait d'assassin, l'abreuvait d'injures. Mais Anya avait toujours eu un tempérament de tragédienne et la mort de Roberto l'avait anéantie. Elle racontait à qui voulait l'entendre qu'il était son grand amour.

— Vous croyez qu'elle se serait retournée contre la famille Baez pour venger la mort de Roberto? Que si vous aviez parlé ce jour-là, si vous aviez dénoncé Roberto au directeur et permis que justice soit rendue à Lola et Roxy...

— Lola et son gang n'auraient pas eu à s'occuper de lui.

— Les Niñas disent qu'elles n'ont pas tué Roberto. Qu'il s'est réellement suicidé.»

Tricia me regarda avec une perplexité qui n'avait pas l'air feinte. «Je n'avais jamais entendu dire que Roberto était déprimé ou suicidaire. En tant que conseillère d'éducation, je me dois de bien connaître les élèves qui présentent ce profil. Honnêtement, Roberto était le type même du petit caïd: cruel, intelligent, dominateur. Et il se serait supprimé? Je n'arrive pas à l'imaginer. Et puis...»

De nouveau cette hésitation, sa main gauche sur son ventre.

«Quoi?» demandai-je avec impatience. Encore du mouvement devant la porte du jardin. Tout un buisson frissonnait. Impossible que ce soit le vent.

« Le message, dit-elle.

— Quel message ? » Je ne savais plus où regarder, sur quoi me concentrer. Tricia. La porte. Tricia. Je fis un pas en arrière. Sentis le plan de travail dans mon dos. Une éventuelle attaque ne pouvait plus venir que de devant, mais j'étais aussi acculée.

« Un mot que j'ai trouvé dans mon bureau le lendemain du jour où nous avons appris la mort de Roberto : *Vous n'avez plus rien à craindre.* Tapé à l'ordinateur. Anonyme. Mais j'ai reçu le message cinq sur cinq : quelqu'un était au courant des menaces de Roberto et se vantait d'avoir résolu le problème.

— Aviez-vous parlé à qui que ce soit du chantage de Roberto ?

— Non, mais... »

Tricia. La porte. Tricia. « Accouchez, nom d'un chien !

— Ce jour-là, Roxanna attendait devant la porte de mon bureau. Le directeur voulait aussi la voir, alors elle patientait avec son ami Mike Davis dans le couloir. Comme on ne peut pas dire que le lycée soit insonorisé, il se peut qu'ils aient entendu quelque chose.

— Et Roxy aurait supprimé Roberto ?

— Je n'en sais rien ! Roxy a toujours été très protectrice avec sa famille, avec Lola en particulier...

— Baissez-vous ! »

Je l'avais vu venir du coin de l'œil : un projectile lancé en direction de la porte du jardin. Je me jetais déjà par terre quand Tricia, qui n'avait pas été la cible de coups de feu le matin même, n'en était encore qu'à lever les bras pour se protéger le visage.

Clink.

Puis, coup sur coup, *toc, toc*.

Pas des balles. Rien d'assez puissant pour briser du verre. Autrement dit...

Je m'approchai de la porte avec prudence. Les chiens s'étaient levés. Ce qu'ils ne voyaient pas, ils pouvaient tout de même l'entendre et tous deux grondaient sourdement. Je regardai dehors par le bas de la vitre.

Des cailloux. Trois, sur le perron du jardin. Lancés pour attirer mon attention. Par un gamin qui essayait de se cacher derrière un lilas exubérant, sans y parvenir parce que ses tressautements incessants trahissaient sa présence.

«Excusez-moi, dis-je à Tricia, je crois qu'on me demande.»

35

D.D. était garée sur le parking d'un Dunkin' Donuts. La chaîne possédait des dizaines de succursales à Boston mais, comme la plupart des gens de la région, D.D. venait pour le café et non les beignets. Ce matin-là, elle l'avait pris «classique», c'est-à-dire bien chargé en crème et en sucre. En temps normal, elle buvait son café noir, mais après s'être levée aux premières lueurs de l'aube pour jouer à la balle avec un toutou hyperactif, elle avait besoin de tout le soutien moral possible.

Elle avait ouvert le dossier bleu remis par Roxanna Baez et déjà survolé une première fois les différents chapitres de son devoir de rédaction. À présent, elle reprenait depuis le début, en lisant plus attentivement. Roxy disait n'en avoir rendu que les deux premières parties à sa professeure, celles qui racontaient le jour où les enfants avaient été retirés à leur mère et l'arrivée des filles chez Maman Del.

Roxanna avait employé les vrais noms, y compris ceux de Roberto, d'Anya et de celui qui deviendrait son allié, Mike Davis. La deuxième partie s'achevait sur un suspense insoutenable: Roxy se dressant face à Roberto et Anya chez Maman Del. Rien d'explicitement criminel ou condamnable. Tout de même…

D.D. comprenait que l'enseignante se soit inquiétée à la lecture des travaux de Roxanna. Elle se demanda si Juanita avait vu l'un ou l'autre de ces textes. Si elle avait su à quel point ses enfants avaient réellement eu à souffrir de son alcoolisme...

«La famille parfaite n'existe pas, avait écrit Roxy. Une famille doit toujours se construire.»

Roxy considérait-elle sa famille comme une réussite? Même après avoir lu tous les chapitres, D.D. n'en avait pas la certitude. Juanita avait vaillamment lutté contre son alcoolisme. Elle avait travaillé d'arrache-pied pour récupérer ses enfants, ce qui avait finalement permis à Roxanna et Lola de quitter Maman Del, de retrouver leur mère et leur petit frère et de se rapprocher de la perfection, tout bien considéré.

Sauf que Juanita avait eu la mauvaise idée de tomber amoureuse d'un entrepreneur en bâtiment qui vivait à Brighton, ce qui avait remis ses filles dans le rayon d'action de leurs anciens bourreaux.

D.D. trouvait le chapitre sur le théâtre de quartier intéressant. Tout était donc parti d'une idée de Roxy – pas idiote, d'ailleurs, puisqu'elle permettrait à sa sœur et elle, et plus tard à Mike, de passer un maximum de temps en dehors de la maison. Problème: Roberto et Anya s'étaient aussi approprié le théâtre et ne l'avaient plus quitté. Anya était devenue la vedette de la troupe et Roberto était mort dans ses murs – peut-être après s'être bourré la gueule parce qu'il souffrait de voir la complicité qui unissait sa petite amie et le metteur en scène, Doug de Vries?

Tous les protagonistes de cette histoire vieille de cinq ans avaient été réunis par la décision de Juanita de s'installer chez Charlie. D.D. aspira encore du café, parcourut le texte une troisième fois. La clé de l'énigme s'y trouvait. Elle le sentait. Il y avait cinq ans, ces derniers mois : une boucle s'était bouclée. Une famille avait été déchirée. Elle s'était reformée. Et elle avait été détruite une fois pour toutes.

Par un des protagonistes de ce récit. Elle en était certaine.

Son portable sonna. Son collègue Neil.

« Comment il est, ce chiot ? demanda-t-il.

— Tacheté.

— Jack ne touche plus terre ?

— Il est heureux comme s'il avait décroché la lune et les étoiles.

— Ça vaut les paires de chaussures sacrifiées ?

— Plus que je ne saurais l'admettre.

— Phil m'a demandé de prendre des nouvelles auprès du labo et de Ben Whitley. Tu ne leur as pas laissé le loisir de chômer, hein ?

— C'est bon pour ce qu'ils ont.

— Bien, par quoi je commence : une nouvelle déroutante, ou une nouvelle encore plus déroutante ?

— Euh, va pour la première.

— Les experts en empreintes ont un peu râlé qu'on les oblige à bosser par un beau dimanche après-midi, mais ils n'ont eu aucun problème à traiter les photos numériques transmises par le commissariat de Brighton. Malheureusement, pas de correspondance dans nos fichiers.

— Ils avaient suffisamment de points de comparaison ? Il m'a semblé que l'empreinte sur la bouteille était assez lisible, mais pour la douille j'étais moins sûre.

— Ils m'ont dit qu'en associant deux prises de vue sous des angles différents, ils avaient pu "dérouler" l'image quasi complète d'un index droit sur la douille. Empreinte qui était la même que sur la bouteille de whisky. La qualité des images n'est donc pas en cause. Le plus probable est que l'individu n'est pas fiché, ce qui signifie qu'il n'a jamais été arrêté, qu'il n'a jamais fait l'objet d'une habilitation secret-défense ni d'une incorporation dans l'armée.

— Une minute… je croyais que Roberto avait déjà tout un casier judiciaire. De la graine de truand. On doit bien avoir ses empreintes.

— Oh, on les a», lui assura Neil.

D.D. percuta: «Ce ne sont pas ses empreintes sur la bouteille de whisky, ni sur la douille. Donc, même si on les a retrouvées sur le pistolet, ce n'est pas lui qui avait chargé l'arme. On pourrait imaginer que Roberto l'avait achetée déjà chargée, ou du moins que la cartouche se soit trouvée dans le pistolet depuis un moment. Mais quelle probabilité y a-t-il que la personne qui avait mis les balles dans l'arme du suicide soit aussi celle qui a fourni la bouteille de whisky? Ça ressemble de moins en moins à un suicide et de plus en plus à une mise en scène.

— Je te l'accorde, mais on ne sait toujours pas qui a chargé l'arme et apporté l'alcool.

— Lola et Roxy Baez?

— Pas d'empreintes dans nos fichiers. J'ai vérifié.»

D.D. s'accorda un instant de réflexion. Autrement dit, Roxy ou Lola pouvaient avoir fait le coup. Ou bien… Son regard se reposa sur le devoir de rédaction qu'elle avait sur les genoux. «Et Juanita Baez?»

demanda-t-elle lentement. Est-ce que ça pouvait être aussi simple que ça? Apprenant ce qui était arrivé à ses deux filles, Juanita avait décidé de prendre les choses en main?

« Juanita est dans nos fichiers : les empreintes ne sont pas les siennes.

— Donc peut-être les filles, mais pas la mère », murmura D.D. Elle se renfrogna, prit une autre gorgée de son café outrancièrement sucré. Quel casse-tête… Elle essaya de redistribuer les rôles dans sa tête, mais en vain.

Quelqu'un avait manigancé le « suicide » de Roberto ; par une ironie du sort, Anya avait raison sur ce point. Mais d'autres questions restaient sans réponse : qui avait fait le coup et quel était le lien entre cette personne, son geste, et les drames qui avaient suivi ? Tous étaient-ils l'œuvre d'un seul et même auteur ? Ou bien le meurtre de Roberto par un premier individu avait-il déclenché celui des Boyd-Baez et les tirs sur Hector en représailles ?

« D'accord, reprit D.D. Et la nouvelle encore plus déroutante ?

— Tout indique que Lola a eu un rapport sexuel peu de temps avant d'être tuée, je crois que Ben te l'a dit.

— Oui.

— Le poil qu'il a retrouvé appartient à un individu qui figure dans nos fichiers d'empreintes génétiques : Doug de Vries.

— Le metteur en scène ? s'exclama D.D. avec stupeur. Le nouveau pygmalion d'Anya, celui qui devait la faire briller à Broadway ?

— Si tu le dis. De Vries a un casier, c'est pour ça

qu'on a son ADN. En fait, Anya n'est pas sa première starlette.

— Quelle ordure ! Attends une minute : d'après l'enquêteur qui s'est occupé du suicide de Roberto, le jeune homme s'était disputé avec Anya à propos de sa relation avec Doug de Vries. Ça aurait donné au metteur en scène une raison de supprimer son jeune rival. Mais tu dis qu'il est fiché, donc si cela avait été ses empreintes sur la douille…

— Ce n'est pas Doug qui a chargé l'arme.

— Mais c'est lui qui a couché avec Lola ?

— Exactement. Sans doute moins de vingt-quatre heures avant sa mort. »

D.D. soupira et se massa le front. « D'après Roxy, Lola essayait de réintégrer la troupe. Elle s'était mis en tête de détrôner Anya. Et alors quoi ? La minette de treize ans fait boire Roberto et met en scène son suicide ? Pour ensuite détruire le couple qu'Anya formait avec Doug de Vries en séduisant à son tour le metteur en scène ?

— Il n'a pas dû résister bien fort, railla Neil.

— Une ordure au carré. » D.D. prit une longue gorgée de café. À partir de quelle quantité de caféine est-on officiellement accro ? Elle avait certainement déjà dépassé la dose. « Reprenons depuis le début. Le suicide de Roberto n'en était sans doute pas un. Le mystérieux propriétaire des empreintes a fourni une bouteille de whisky à un jeune homme déjà instable et en colère. Et ensuite (quand Roberto a été plus ou moins dans les vapes ?), il ou elle lui a mis l'arme en main, l'a posée contre sa tempe et a tiré.

— Quel mobile ? demanda Neil.

— Ce n'est pas ça qui manque. Doug de Vries avait des raisons d'être jaloux…

— Sauf que ce n'est pas notre coupable.

— Alors on en revient à Lola, Roxy ou n'importe quel gosse ayant séjourné chez Maman Del. Ils ont tous été victimes de Roberto.

— La vengeance. J'achète.

— Ou le besoin de se défendre. N'oublions pas cette histoire de téléphone disparu, celui de Roberto, qui devait contenir au moins une photo indécente. D'après l'enquêteur de Brighton, aucun portable n'a été retrouvé sur place. Ils ont pensé qu'Anya l'avait pris et planqué dans le théâtre.

— Un type qui aime ce genre de photos avait dû en prendre de sa petite amie ; elle n'avait sans doute pas envie que la police les voie. »

D.D. était d'accord. « Cela dit, continua-t-elle d'un air pensif, un metteur en scène qui a la réputation de séduire les starlettes doit aussi être amateur de photos osées. Je te parie que Doug de Vries a un ordinateur. C'est peut-être notre chaînon manquant : Roberto prenait les photos, mais Doug les diffusait. Auquel cas le théâtre n'était pas seulement un tremplin vers Broadway pour Anya, mais le siège d'une petite entreprise. D'où la présence de Roberto là-bas depuis cinq ans.

— La petite ordure et la vieille ordure travaillant main dans la main, dit Neil. C'est à gerber.

— Dépêche une équipe au complet chez Doug de Vries. Maintenant qu'on a la preuve qu'il a eu un rapport sexuel avec une gamine de treize ans, on a un motif raisonnable de retourner la maison brique par brique. L'ordinateur, la chambre, la voiture, je veux tout. Et si on a vraiment de la chance, on pourrait même retrouver l'arme du crime.

— Tu crois qu'il aurait tué les Boyd-Baez? Mais pourquoi?»

D.D. hésita. Baissa les yeux vers les textes posés sur ses genoux. S'agissant d'un crime lié à des événements remontant à cinq ans, elle n'en revenait pas d'avoir encore autant de suspects en stock, y compris Doug de Vries. Car s'il n'était pas certain qu'il diffusait de la pornographie infantile, il était en revanche avéré qu'il avait une liaison avec Anya Seton et qu'il avait couché avec Lola Baez moins de vingt-quatre heures avant sa mort. Imaginons que Lola ait eu pour objectif de se venger d'Anya : le metteur en scène avait-il trouvé dans ce meurtre une solution expéditive?

«Doug et Anya. Anya et Doug, murmura-t-elle. Nous avons rayé Anya de la liste des suspects parce qu'elle était soi-disant avec Doug à l'heure de l'assassinat des Boyd-Baez et que Doug confirmait. Petite question : est-ce que les empreintes d'Anya sont dans le fichier?»

Quelques instants, le temps que Neil vérifie. «Non. Tu crois qu'elle aurait tué Roberto? Son grand amour?

— Puisqu'on en est à passer les différents mobiles en revue, quid de l'ambition? Roberto lui était utile comme protecteur chez Maman Del et comme tyran au théâtre, puisqu'il a poussé dehors la concurrence qu'elle a trouvée en arrivant.

— Il a forcé Lola à arrêter.

— Tout en organisant peut-être un petit commerce en partenariat avec de Vries. Dans ce cas, on est bien obligés de penser qu'Anya était au courant, étant donné sa proximité avec les deux hommes.

— D'accord.

— Et on en arrive au mois de juin de cette année. Anya est désormais solidement installée au firmament du théâtre local, elle s'apprête à donner un coup d'accélérateur à sa carrière en étroite collaboration avec le metteur en scène, tandis que Roberto...

— Est devenu un petit copain pleurnichard qui se plaint de sa relation avec de Vries?

— Est-ce qu'Anya a encore besoin de lui? Est-ce que de Vries a encore besoin de lui?

— Si de Vries a aussi l'intention de suivre Anya à New York, sans doute pas. Il ne doit pas avoir envie que l'autre tienne la chandelle.

— Roberto devient un poids. Et Anya est la personne idéale pour s'en débarrasser. Roberto sera le dernier à la soupçonner. Même si elle débarque avec une bouteille de whisky dans une main et une arme dans l'autre. Il suffit ensuite à Anya de le pleurer à chaudes larmes en accusant sa rivale...

— Ses talents d'actrice la servent.

— ... et elle s'en sort impunément. Elle cache le portable de Roberto. Tant qu'on y est, elle rafle probablement les gains amassés par son petit ami avec son commerce de photos illicites pour s'en faire un trésor de guerre pour New York, ce qui explique que la police n'ait jamais retrouvé la trace de cet argent. Et, dernier coup de Trafalgar, elle s'arrange pour faire accuser Lola. La fille qui s'était juré de ne plus être une victime.

— Mais comment on en arrive à ce que Lola couche avec de Vries?

— Rivalité féminine. Anya fait des crasses à Lola, Lola réplique en frappant Anya là où ça fait mal: en séduisant l'amant répugnant qui devait l'entretenir et qui, nous le savons, aime fricoter avec des mineures.

— Tu pars du principe qu'Anya sait que de Vries a couché avec Lola.

— Ça coule de source : la vengeance n'aurait pas été consommée si Lola avait gardé le secret.

— Lola en parle à Anya, elle lui envoie une photo, par exemple, conclut Neil. Et moins de vingt-quatre heures plus tard, elle est morte.

— Un tir à bout portant. Des représailles personnelles.

— Et Doug de Vries est obligé de fournir un alibi à Anya, sinon elle le dénoncera pour détournement de mineure.

— Je te le répète, elle a eu la possibilité et une raison de tuer. Et, en guise de dernier écran de fumée, elle nous sert la grande scène du deux à Phil, Flora et moi.

— Mais les tirs contre Hector et les Niñas ? Phil m'a dit qu'elle avait un alibi pour toute la journée. Et pourquoi aurait-elle tiré sur Hector ?

— Je ne sais pas. Faux pas, goût du mélodrame. Tant que nous sommes occupés à courir après un tireur mystère, nous ne nous occupons pas d'elle. Quant à son alibi, je viens de m'entretenir avec un indic qui m'a dit que les allées et venues sont permanentes dans ce théâtre, entre les comédiens, les techniciens – dans cette effervescence, personne ne rend de comptes. Donc il n'est pas inimaginable qu'Anya ait pu s'éclipser. Et même si elle est blonde, il y a forcément une perruque brune dans ce théâtre. D'ailleurs… » D.D. s'interrompit. « Merde.

— Quoi ?

— Le théâtre. Merde !

— Mais quoi ?

— Roxanna. C'est au théâtre que Flora et sa copine l'ont retrouvée ce matin. La planque idéale, m'ont-elles expliqué, parce que qui aurait l'idée d'explorer toutes les pièces, et patati et patata.

— Je vois.

— Mais elle ne se planquait pas. Je te parie un sachet de beignets, dit D.D. en levant son gobelet, que Roxy sait déjà ce que nous venons tout juste de comprendre. Elle n'a pas choisi le théâtre pour sa facilité d'accès, mais pour prendre Anya Seton en embuscade. C'est le problème quand on met un indic sur une affaire dont il connaît le principal intéressé : Flora et son amie voient Roxy comme une victime, mais ça ne veut pas dire qu'elle n'est pas capable de violence.

— Où est Roxanna, à l'heure qu'il est ?

— En théorie, au chaud chez une amie. »

D.D. raccrocha et composa rapidement le numéro. Mais, comme de bien entendu, personne ne répondit.

Elle termina son café, embraya et sortit en trombe du parking.

36

Nom : Roxanna Baez
Classe : Seconde
Professeure : Mme Chula
Genre : Récit personnel

Qu'est-ce qu'une famille parfaite ?

Chapitre 7

Comment redevenir une famille ? Après avoir tant perdu, comment réapprendre la confiance et la retrouver ?

Le nouvel appartement de ma mère est petit. Plus propre que celui qu'elle partageait avec Hector, mais il ne compte que deux chambres et se trouve dans une résidence pleine de vieux. Ils ont accepté de le lui louer parce qu'elle est infirmière et qu'ils cherchaient quelqu'un qui ait des compétences médicales. En échange, elle a dû promettre que nous serions sages. Pas de tapage, pas d'éclats de rire, pas de courses folles dans les longs couloirs aux tons neutres.

Après Maman Del et le vacarme de sa maison surpeuplée, ce nouveau lieu de vie soigné paraît irréel.

Comme une bulle couleur sable dans laquelle nous flottons, en suspension, attendant que cette illusion de normalité nous soit arrachée. Lola et moi partageons la grande chambre. Manny a la sienne. Ma mère dort sur le canapé, fière que ses enfants aient de nouveau un espace à eux. Elle a déniché deux coussins rouge cerise pour la petite causeuse. C'est la seule note de couleur dans l'appartement.

Il m'arrive de regarder fixement ces coussins, comme s'ils pouvaient me dire ce qui nous est arrivé. Comme s'ils pouvaient m'indiquer dans quelle direction aller.

Manny prend les choses comme elles viennent. C'est tout lui. Ses parents d'accueil l'ont rendu à ma mère avec deux valises pleines à craquer de jouets. Des figurines Iron Man, des piles de cartes Pokémon, un stock inépuisable de petites voitures. Les moments que je préfère sont ceux que je passe avec lui après l'école. Et si on jouait à Iron Man, si on jouait aux Pokémon, si on faisait une course de voitures ! Manny bavarde, fait des câlins et joue. Il remplit tout cet appartement trop terne de son cœur confiant et de sa joie de petit garçon.

J'aimerais pouvoir être comme lui. Passer une heure dans la tête de mon insouciant petit frère. Mais je n'ai pas cette chance, et Lola non plus.

On fait de notre mieux. On va à l'école. On s'assoit où on nous le dit, on garde la tête baissée, on n'attire pas l'attention sur nous. Et dès qu'on rentre, on se met au travail sans dire un mot. La cuisine, le ménage, aider Manny à faire ses devoirs. Même si notre mère est rentrée du travail. Il faut qu'on s'occupe, qu'on se rende utiles. Et pendant ce temps-là, on observe notre mère, on surveille sa démarche, le rythme de son élocution.

Un jour, je surprends Lola à fouiller les placards sous le lavabo de la salle de bains. Je ne dis rien parce que je viens moi-même de palper les manteaux dans la penderie. Nous cherchons toutes les deux des bouteilles d'alcool. Un indice que la fin du monde est de nouveau proche. Cette fois-ci, nous voulons être parées. D'où les sacs tout prêts que nous gardons en permanence au pied de notre lit.

Mais les semaines se transforment en mois. Notre mère fait la navette en bus entre la clinique Sainte-Élisabeth à Brighton et la maison. Si sa journée de travail se prolonge davantage qu'elle ne le voudrait à cause de la longueur du trajet, ce n'est pas grave. Lola et moi pouvons nous débrouiller. Quant à Manny, il est toujours content, prompt à nous accueillir avec un câlin avant de nous demander à quel nouveau jeu nous allons jouer.

Parfois je me réveille et j'entends Lola pleurer. Parfois c'est elle qui me réveille en me secouant pour me dire que je fais encore un mauvais rêve. D'autres fois encore, ni l'une ni l'autre ne trouve le sommeil : allongées dans le noir, nous contemplons le plafond.

J'évite de penser à Maman Del. De me demander qui console les bébés. Quel nouvel arrivant est devenu la victime des brimades de Roberto et Anya. On s'en est sorties. Notre mère, contre toute attente, est venue nous chercher. Ce n'est pas notre faute si la plupart de ces enfants n'ont pas de mère et ne rêveront jamais de ce luxe inouï : un appartement tout beige dans une résidence pour personnes âgées.

Quelques mois plus tard, je surprends Lola en train

de boire. Une bouteille de tequila, en plus, qu'elle avait cachée sous le lit.

« Comment oses-tu ! » Je la houspille à voix basse, même si notre mère n'est pas encore rentrée de la clinique et que Manny joue avec ses figurines dans le salon. « Et où est-ce que tu as bien pu trouver ça ? »

Elle m'adresse un sourire bizarre. « Voyons, les garçons font tout ce que je veux. Tu n'avais pas encore compris ça ? » me dit-elle en se cambrant de manière suggestive.

Je lui file une claque. « Tu n'es pas comme ça, Lola Baez. On sait qui tu imites. Ne les laisse pas te détruire !

— Trop tard », dit ma petite sœur. Elle se prend la tête à deux mains et fond en larmes, pendant que je renverse ce qu'il reste de tequila dans l'évier et que j'emporte la bouteille au recyclage parce que j'ai peur que sa simple vue fasse replonger ma mère.

Mais j'en lèche le goulot. Avant de la jeter. Je lèche le verre translucide. J'essaie d'y trouver le goût que ma mère y trouvait, que ma sœur y a apparemment trouvé. Mais rien. Juste une sensation de brûlure sur le bout de la langue, qui me fait frissonner, puis cracher.

Et j'en éprouve une jalousie perverse. Ma mère et ma sœur connaissent au moins un moyen d'oublier leurs soucis. Alors que moi je dois continuer à porter mon fardeau, à me le coltiner chaque jour que Dieu fait.

Est-ce qu'on peut retrouver ce qu'on a perdu ? Tout le monde parle de la résilience des enfants. C'est sûr que Manny semble être parfaitement retombé sur ses pieds. Il tient peut-être de notre mère, qui présente tous les jours un visage enjoué et déterminé. J'ai fait une grosse bêtise, mes chéris. Je suis désolée. C'est ma faute. Ça ne se reproduira pas.

Il n'y a que Lola et moi qui soyons encore à la dérive. Deux poupées désarticulées qui ne savent plus marcher. Il y a des nuits où je sens des ondes de noirceur autour de ma sœur. Et d'autres où le vide en moi me semble insondable. Le matin, on se lève, on défait notre sac, on le refait. Et on attaque la journée.

Vers la fin de l'année scolaire, quelque part en juin de l'année 1, comme dit ma mère, l'inattendu se produit. Alors que je rentre à la maison, je lève les yeux et là, sur l'autre trottoir, je l'aperçois. Je ne suis pas encore assez près pour distinguer son visage, mais je n'ai pas besoin de voir ses yeux, son nez ou le dessin de sa mâchoire. Le tressautement dont il est en permanence agité m'en dit assez.

Je me fige. Je regarde droit dans sa direction. Lui me regarde en retour. Et je sais aussitôt qui console les bébés. Qui est le souffre-douleur d'Anya et Roberto. Et qui ne trouvera jamais refuge dans un petit appartement beige parce qu'il n'a plus de mère.

Je ne l'ai jamais appelé. Je ne lui ai jamais rendu visite. Je ne l'ai même jamais invité à dîner, alors que je suis bien placée pour savoir que ça lui ferait un bien fou de passer une soirée en dehors de chez Maman Del. Venir chez nous ne serait même pas très sorcier : il suffirait qu'il retrouve notre mère à la clinique et qu'il prenne le bus avec elle à la fin de son service.

Mais je ne l'ai jamais proposé. Je n'ai même jamais prononcé son nom. Je ne peux pas. J'ai trop peur que le moindre souvenir de chez Maman Del ne fasse basculer

Lola dans le précipice. Et, comme toujours, je fais passer ma sœur avant tout.

Je lève une main pour saluer Mike.

Il lève la main en retour.

Ni l'un ni l'autre ne fait un geste pour combler la distance.

Il y a la famille qui nous est donnée. Et celle qu'on se donne. Mike Davis est ma famille. Il m'a vue quand personne ne me voyait. Il m'a aidée quand personne n'osait le faire. Et il m'a laissée partir parce qu'il savait que je devais prendre soin de ma sœur davantage que je ne pouvais veiller sur lui ou sur quiconque.

Face à lui, je ravale tout mon désarroi, mon chagrin et ma peur. L'espace d'un instant, je m'efforce de trouver tout ce qu'il y a en moi de lumineux, de joyeux et de pétillant. Je le fais pour ce garçon qui vit encore dans les ténèbres. Pour lui, j'imagine une balle bleu électrique qui crépite d'énergie positive. Et je la lui lance.

De la part de la fille qui ne t'oubliera jamais et qui te considère toujours comme son ami. De la part de celle que tu as sauvée et qui, grâce à cela, peut maintenant sauver sa propre famille – sois-en fier.

Cadeau pour le garçon qui n'arrête jamais de tressauter.

Quand je rouvre les yeux, Mike a disparu. Mais j'ai envie de penser qu'il a compris.

Il y a la famille qui nous est donnée. Et celle qu'on se fabrique. Ni l'une ni l'autre ne sont parfaites, certainement. Mais un lien particulier nous a toujours unis, Mike et moi.

37

« Où est-elle ? »

À peine avais-je franchi la porte que je me retrouvai nez à nez avec Mike. Manifestement très agité, il se balançait d'avant en arrière, pianotait des doigts.

« Je suis allé là-bas. Elle n'y était pas. J'ai des provisions, à boire, à manger. Je dois l'aider. Est-ce qu'elle va bien ? Elle est où ? Dites. Elle est où ? »

Je levai une main pour l'apaiser. Et me retins juste à temps de la poser sur son épaule. Il risquait de prendre peur et de foncer droit dans la barrière comme un poulain effarouché.

« Roxy est en sécurité, lui dis-je.

— Vous l'avez vue ? Il ne faut pas qu'elle aille chez Maman Del. Ne jamais rester seul chez Maman Del.

— Bien sûr. Ça va, Mike ? »

Il me regarda, les yeux trop brillants. Je me demandai une nouvelle fois s'il avait pris quelque chose. Ou si, au contraire, il avait oublié de prendre un médicament, ce qui dans son cas pouvait être tout aussi explosif. J'inspirai profondément et m'efforçai de lui communiquer un peu de mon calme.

« Tu es un bon ami pour Roxy, n'est-ce pas, Mike ?

Ça fait des années que tu essaies de l'aider. Tu savais où elle se cachait.»

Bref hochement de tête.

«C'était très malin de l'installer dans le théâtre, continuai-je avec douceur. Tu ne pouvais évidemment pas l'emmener chez Maman Del. Et vous avez tous les deux de bonnes raisons de ne pas vous fier à la police.»

Le rythme de ses doigts sur ses cuisses ralentit.

«Mais la situation a changé. Avec tout ce qui s'est passé, Roxanna a besoin de la police à ses côtés. Elle est innocente. Tu le sais. On le sait tous les deux. Mais il faut que la police aussi s'en rende compte.»

Il fronça les sourcils et lança des regards aux quatre coins du jardin, partout sauf dans ma direction.

«Ce matin, je me suis arrangée pour que Roxy rencontre le commandant D.D. Warren, l'enquêtrice en charge du dossier. Elle commence à croire la version de Roxy. Elle a aussi cherché des traces de poudre sur ses mains. Mais elle n'a rien trouvé. Roxy n'a pas tué sa famille.

— Roxy n'aurait jamais fait de mal à sa famille.

— Et à Roberto? Est-ce qu'elle aurait pu s'en prendre à lui?»

Le tambourinement des doigts reprit, ce qui ne me surprit pas. Depuis ma discussion avec la conseillère d'éducation, de nouvelles idées m'étaient venues à ce sujet.

«Mike, est-ce que Roxy et toi auriez entendu ce que Roberto disait à Mme Lobdell Cass dans son bureau? Le jour où Roberto avait été convoqué par le directeur parce qu'il avait publié une photo de Roxy? Est-ce que vous avez entendu ses menaces?»

Mike tressaillit et me lança un regard. «Ne jamais se

faire surprendre seul chez Maman Del, me dit-il d'un air grave, ce que je pris pour un oui.

— Ça a dû être vraiment rageant de voir que Roberto ne dictait pas seulement sa loi aux enfants, mais aussi aux adultes.»

Mike fit deux petits bonds sur place.

«C'est là que vous avez décidé de passer à l'action, tous les deux? Roberto avait déjà brisé trop de vies. Cinq ans avaient passé, mais il persécutait encore Lola et Roxy. Et maintenant il s'en prenait à une femme aussi gentille que Mme Lobdell Cass.

— On le détestait, déclara Mike tout net. Il y a des gens faits pour la haine. Roberto en faisait partie.

— Anya pense que Lola et son gang ont mis en scène le suicide de Roberto. Mais j'ai discuté avec les filles du gang ce matin: elles nient, et je les crois. C'était Roxy et toi, pas vrai? Il fallait arrêter Roberto. Et les laxatifs ou les somnifères ne seraient pas suffisants, cette fois-ci.»

Mike refusait de me regarder. Il secouait les jambes. Il pianotait des doigts. De sa part, c'était ce que je pouvais obtenir de plus éloquent comme aveu.

«Tu as vu Anya, ce matin?»

D'un seul coup, il recentra son attention sur moi. «Quoi?

— Anya. Je me suis fait tirer dessus pendant que je parlais avec le gang de Lola, il y a quelques heures. La tireuse a manqué sa cible, mais je n'ai pas eu le temps de bien la voir avant qu'elle s'enfuie.»

Mike eut un mouvement de recul.

«Quand tu as été au théâtre ce matin, tu n'y as pas aperçu Anya, par hasard? En train de prendre des accessoires... une perruque brune, par exemple?»

Il secoua la tête.

«Mike, Anya accuse Lola et Roxy d'être responsables de la mort de Roberto. Elle considère qu'elles lui ont volé l'amour de sa vie.»

Il secoua de nouveau la tête, comme s'il cherchait à dévier mes flèches.

Je ne lâchai pas le morceau. «Elle prépare sa revanche depuis ce moment-là…

— Elle n'était pas amoureuse de lui.

— Qui ça? Anya? De Roberto?

— Elle se servait de lui. Il se servait d'elle. Ce n'est pas de l'amour, ça.

— Pour être honnête, chez certaines personnes, ça en tient lieu.

— Elle a son metteur en scène maintenant. Elle n'a plus besoin de Roberto. Demandez à Lola.»

Le ton de cette dernière phrase m'arrêta: «Comment ça, "demandez à Lola"?

— Elle savait qu'Anya sortait avec le metteur en scène. Elle les avait vus. Au théâtre. Pas sages du tout.» Il se balançait de nouveau d'avant en arrière.

Je crus comprendre: «Lola a voulu se venger et faire payer à Anya tout ce que Roberto et elle leur avaient fait subir. Mais comme Roberto était mort, elle s'est attaquée à Doug de Vries?

— Lola a pris des photos. Elle les a envoyées. Vendredi soir. Roxy les a trouvées dans l'ordinateur. Lola avec le gros metteur en scène. Des photos horribles. Choquantes.» Mike avait sa mine des mauvais jours. «Il fallait que Roxy supprime tout ça. Elle m'a appelé. Je suis fort en informatique. Parce que c'était elle, je suis venu. Et je lui ai filé un coup de main.

— Mais tu pouvais seulement nettoyer la mémoire de l'ordinateur, n'est-ce pas? Les photos déjà envoyées… impossible de récupérer ce qui est parti sur Internet.» J'étais malheureusement bien placée pour le savoir.

Mike était impuissant. «Roxy pleurait. Elle a dit à Lola qu'elle valait mieux que ça. Lola lui a répondu d'arrêter de se voiler la face. Roxy a dit qu'elle ne pourrait pas la sauver indéfiniment. Lola lui a répondu qu'elle ne voulait pas être sauvée. Et elle est partie. Roxy n'a plus rien dit. Elle est restée assise dans leur chambre. Tellement triste. Avant, je pouvais l'aider, mais plus maintenant. Avant, on pouvait se sauver l'un l'autre.» Après un temps, il m'a regardée. «Plus maintenant.»

Je comprenais: cinq ans avaient passé, mais, loin de s'éclaircir, l'horizon s'était obscurci pour Roxy et Lola.

Il ne s'agissait plus d'Anya, de Roberto et de leur soif de représailles. Lola s'était avilie avec le metteur en scène et avait diffusé des photos d'elle dégradantes depuis leur ordinateur. C'était une chose pour Roxy d'essayer de tirer sa petite sœur des griffes de deux aînés tyranniques, mais comment la sauver d'elle-même?

Aussitôt, une autre idée me traversa l'esprit: «Lola ne s'est pas contentée d'envoyer les photos à Doug de Vries, n'est-ce pas? Elle les a aussi envoyées à Anya.

— La vengeance n'est douce que si elle est complète.»

Quand D.D. et moi l'avions interrogée, Anya avait affirmé qu'elle se trouvait avec Doug à l'heure de la tuerie. Mais Doug n'était pas ce qu'on pouvait appeler un témoin crédible. Vu l'existence de ces photos compromettantes, il aurait dit n'importe quoi pour qu'Anya reste son alliée. Et il avait besoin de son aide pour étouffer l'affaire. Autrement dit, Anya avait pu enfiler le costume de son choix dans le théâtre, se rendre chez les Boyd-Baez et faire un carnage.

Était-elle alors dans son état normal? me demandai-je. Cette jeune fille qui, du salon à la cuisine, avait posément éliminé ses cibles. Avant de monter à l'étage pour fondre sur sa dernière ennemie. Ou bien avait-elle pris toute la scène comme du théâtre? Une représentation en matinée de *Kill Bill 3,* avec Anya Seton dans le rôle de la Vipère Assassine?

Une de ces deux possibilités était-elle moins effrayante que l'autre?

Mon téléphone sonna dans ma poche. Je faillis ne pas répondre avant de découvrir que c'était Sarah. Je décrochai et portai l'appareil à mon oreille avec agacement.

«Oui?

— Elle est partie.

— Pardon?

— Roxanna. Elle était là quand je suis revenue avec les courses, toujours endormie sur le canapé. J'ai préparé un petit repas. Et je me suis autorisée à prendre quelques minutes pour me doucher. Cinq, à tout casser. Mais quand je suis ressortie... Son sac aussi a disparu. Elle a tout pris avec elle.

— D'accord. Appelle le commandant Warren...

— Elle vient d'appeler. Je n'ai pas décroché. Je ne savais pas quoi dire.

— Autant la prévenir. On va avoir besoin de son aide.

— Tu sais où elle va et ce qu'elle fabrique?

— Je crois, dis-je tout en regardant Mike Davis. Roxy est en train de retourner au théâtre. Elle est persuadée qu'Anya a tué sa famille et elle veut lui rendre la monnaie de sa pièce.»

38

D.D. s'approcha du théâtre tous gyrophares éteints. Si Roxy était là et s'apprêtait à prendre Anya en embuscade, D.D. ne voulait pas lui donner l'alerte. De plus, elle ignorait si une répétition n'était pas en cours, s'il pouvait se trouver d'autres personnes sur place. La dernière chose dont elle avait besoin, c'était d'une prise d'otages impliquant l'unique rescapée d'une tuerie et sa cible tout aussi revancharde.

Ayant lancé un avis de recherche pour retrouver Anya Seton, D.D. passa au ralenti devant le bâtiment, guettant le moindre signe d'activité.

Elle ne savait pas grand-chose de ce théâtre – une ancienne église, toute simple et élancée, comme bien des lieux de culte dans la région. Au milieu de la façade à la peinture blanche écaillée s'ouvrait une double porte, en retrait sous une arche. Un des battants semblait entrebâillé.

Par cette belle journée ensoleillée, impossible de déterminer si des lumières étaient allumées à l'intérieur. D.D. ne vit pas d'allées et venues de comédiens ni de mouvement à l'extérieur, mais cela ne signifiait rien. Il pouvait se trouver des dizaines de théâtreux en herbe dans un bâtiment de cette taille, alors que dire de deux jeunes filles engagées dans le dernier acte d'une tragédie commencée cinq ans plus tôt...

Elle tourna au coin pour faire le tour du pâté de maisons et repéra bientôt une Honda gris métallisé garée dans une petite rue étroite derrière l'église. *DRAMA*, disait la plaque d'immatriculation.

La voiture de Doug de Vries, forcément. De là où elle était, D.D. distinguait une silhouette sur le siège conducteur. Mais les rayons du soleil l'empêchaient de voir le côté passager, si bien qu'elle ignorait si Anya se trouvait avec lui.

D.D. passa lentement à sa hauteur. Le regard droit devant, en ouvrant et refermant les mains sur le volant. Deux carrefours plus loin, elle prit à droite et fit le tour de ce pâté de maisons-là, de manière à se garer dans une rue perpendiculaire à celle de sa cible.

Elle appela Phil. « Je suis au théâtre. Et j'ai de Vries et sa voiture dans ma ligne de mire.

— D'accord. Je suis chez lui avec une équipe au complet. Sa femme est là. Elle nous a dit qu'il était sorti, mais à part ça elle refuse d'ouvrir la bouche. Elle attend son avocat.

— J'ai besoin de savoir si une répétition était programmée ce matin.

— D.D., elle a déjà réclamé un avocat.

— Je sais, j'ai entendu. Mais en l'interrogeant sur le planning des répétitions, on ne lui demande pas de se compromettre. J'ai juste besoin de savoir combien de personnes pourraient se trouver dans un gigantesque bâtiment où rôde peut-être un individu armé. Dis-lui qu'être mariée à un pervers est déjà suffisamment ennuyeux comme ça. Elle n'a pas envie d'être en plus tenue pour responsable d'une prise d'otages.

— Tu sais trouver les mots. »

Froissement, murmure de voix : Phil relayait le message.

Puis : « Une répétition est prévue ce soir, mais les choses se passent de manière assez informelle dans ce théâtre. Il se peut que des gens soient venus plus tôt pour terminer les décors, répéter leur texte ou que sais-je.

— Autrement dit, on n'est pas plus avancés.

— Exactement. Tu veux que j'appelle des renforts ?

— J'hésite », répondit D.D., et ce n'était pas une boutade. En cas de situation à risques, la procédure exigeait d'alerter le SWAT. Mais s'agissant de deux adolescentes... en tant que mère de famille, elle avait envie de croire qu'il existait une meilleure solution. Même si, en tant que policière, elle savait que des mineurs pouvaient tuer tout aussi bien que des adultes.

« Appelle-les, mais que personne ne bouge avant mon signal », décida-t-elle. Se préparer au pire, mais toujours espérer le meilleur.

Elle raccrocha, sortit de son véhicule, ouvrit son étui de ceinture et pria pour que son bras gauche coopère. Comme Flora Dane pouvait en témoigner, D.D. était encore capable de mettre dans le mille en tenant son arme d'une seule main. Mais depuis sa blessure, sa visée n'avait plus la même précision et elle le savait. Raison de plus pour y aller prudemment.

Elle avança vers la ruelle à l'arrière de l'église, en se collant le plus possible aux bâtiments pour ne pas être visible depuis la voiture du metteur en scène. Le pare-chocs arrière dépassait au coin. Elle s'arrêta dos à une devanture de magasin. On était dimanche, le quartier était tranquille.

Elle sortit lentement son pistolet de son étui. Referma sa main droite sur la poignée, puis la gauche.

Un rapide pas à découvert pour jeter un coup d'œil par la lunette arrière, l'arme toujours baissée devant elle.

Personne sur la banquette. Personne sur le siège passager. Juste de Vries, donc, immobile, tourné vers l'avant.

Elle recula en se demandant s'il l'avait vue. Quelque chose la titillait. La position de la tête de De Vries. Parfaitement droite, tournée vers l'avant. Exactement comme quand elle était passée en voiture.

Qui se tient encore assis comme ça de nos jours ? Surtout seul dans une voiture ? Les gens regardent leur téléphone. Éventuellement ils bougent la tête au rythme d'une musique. Mais cette parfaite immobilité…

Son mauvais pressentiment s'accentua lorsqu'elle franchit le coin et, ramassée sur elle-même, longea la voiture au pas de course jusqu'à la portière conducteur.

« Les mains en l'air ! Posez-les sur le volant ! Que je puisse les voir ! » ordonna-t-elle à de Vries en le fusillant du regard à travers la vitre.

Le metteur en scène la regarda en retour. Mais sans esquisser le moindre geste.

Du ruban adhésif. Il fallut un moment à D.D. pour comprendre le bazar qu'elle avait sous les yeux. De Vries avait été ligoté avec des kilomètres de scotch argenté. Sous son regard fou, un morceau gris brillant plaqué sur sa bouche. Sa main gauche était aussi attachée par de l'adhésif à la poignée de la portière et son poignet droit au levier de vitesse. Du boulot fait à la va-vite, mais efficace. Surtout vu le cœur du dispositif, que D.D. découvrait à présent.

Un cutter, fixé au bas du volant, le bout de la lame donnant contre la partie la plus sensible de l'anatomie masculine. Au moindre mouvement, de Vries risquait la castration sans préavis.

Sachant ce qu'elle savait de cet individu, D.D. ne pouvait que saluer l'initiative.

Elle explora la ruelle du regard. Aucune trace d'Anya Seton ni de Roxanna Baez. Ni, d'ailleurs, de Flora Dane, dont ce bricolage aurait tout à fait pu être l'œuvre. Peut-être avait-elle donné le mode d'emploi à son nouveau groupe de soutien, et donc à Roxy ? Hé, les filles, vous voulez que ce sale pervers vous fiche définitivement la paix ?

D.D. huma l'air par curiosité. Pas d'erreur : des effluves de gaz au poivre. Certainement la trace de l'usage d'un aérosol anti-ours tel que ceux qu'elle avait vus dans le sac à dos de Roxy.

Autrement dit, la jeune fille était arrivée avant elle et avait pris le temps de s'amuser avec le premier objet de son ressentiment.

Et maintenant ?

D.D. fit le tour de la voiture, ouvrit la portière côté passager et regarda de Vries de haut. Puis elle arracha le bout de scotch de son visage barbu. L'homme poussa un glapissement de douleur.

« Parlez », ordonna-t-elle.

Et il parla.

Mike connaissait une entrée de service. Quand il était pressé, animé d'un sentiment d'urgence, sa démarche normalement sautillante se fluidifiait. Ses membres et ses articulations semblaient collaborer avec une efficacité et une aisance dont il restait incapable dans la vie de tous les jours. J'étais surprise du mal que j'avais à le suivre et de l'essoufflement qui me gagnait.

Mike Davis avait fait partie de la troupe à une époque. Avec Roxanna. Il était décorateur, quelque chose comme ça. Je me souvenais vaguement qu'Anya m'en avait parlé, à moins que ce ne fût Roxy. En tout cas, il connaissait le chemin et il fila en ligne droite de la maison de la conseillère d'éducation à l'église désaffectée.

La porte grinça lorsqu'il l'ouvrit d'un coup sec. Le bruit me tira une grimace, mais lui ne parut pas le remarquer. Je procédai à un rapide inventaire mental des armes défensives que j'avais sous la main. Les lacets de mes tennis. Une pince à cheveux qui dissimulait une minilame de rasoir. Une petite pique en plastique noire qui, également sous des allures de microbarrette, était idéale pour ouvrir des menottes. Ajoutez-y une connaissance des techniques de base du combat au corps à corps, l'extrémité pointue de mon coude, le bord tranchant de ma main, la pointe acérée de mes doigts tendus, et j'avais une foultitude d'outils à ma disposition.

Restait à savoir pour quoi faire.

L'entrée latérale donnait accès à une volée de marches qui descendaient. L'escalier était étroit, sombre, et sentait un peu le moisi. Il conduisait au sous-sol, donc, mais je ne voyais pas très bien pourquoi Mike voulait s'enfoncer dans les entrailles du bâtiment, alors que c'était certainement au-dessus que ça se passait.

Nous progressions à pas de loup dans le noir quand Mike se figea d'un seul coup et me fit signe de m'arrêter. Je m'immobilisai derrière lui et m'efforçai de contrôler ma respiration tout en tendant l'oreille.

Un faible murmure de voix. L'une aiguë et stridente. L'autre plus grave et furieuse. Anya et Roxanna. Forcément.

Devant moi, Mike sautillait sans bruit sur la pointe des pieds, concentré sur la conversation, dont il cherchait à saisir la teneur.

Il leva les yeux et je compris : les voix ne venaient pas de devant nous, mais d'au-dessus. Nous étions arrivés sous la scène et cette porte de service devait être une issue de secours pour ce qu'on appelait les dessous.

Mike et moi reprîmes notre progression sans bruit. Les voix se firent plus fortes, mais les échanges restaient difficiles à comprendre. Roxanna et Anya devaient se trouver plus ou moins au-dessus de nous, malheureusement l'acoustique du théâtre était conçue pour projeter les voix vers la salle et non vers le bas.

Mike tira sur ma main pour me montrer quelque chose droit devant. Dans l'obscurité, je distinguai à peine le contour lumineux d'une porte. Il l'ouvrit doucement et découvrit une nouvelle volée de marches. Un escalier plus léger et plus clair cette fois-ci, qui montait vers le fond du plateau, où des fenêtres en hauteur donnaient une lumière naturelle. Nous serions mieux placés pour voir, mais aussi pour être vus. Montant sur la pointe des pieds, nous frémissions à chaque grincement de marche.

« Vous êtes cinglées ! » J'entendais maintenant parfaitement la voix d'Anya. « Toutes les deux, ta sœur et toi. Derrière vos airs de pauvres petites victimes, vous n'êtes que des manipulatrices endurcies, prêtes à tout pour arriver à vos fins.

— Lola avait huit ans...

— Arrête, cette gamine n'a jamais fait que ce qui lui chantait. Y compris se servir de toi comme d'une marionnette. Quand est-ce que tu vas te réveiller et revenir à la réalité ?

— C'était ma sœur !

— Elle a tué mon petit ami. Qui n'avait jamais fait de mal à personne.

— Qui est-ce qui délire, là ?

— Lola lui a tiré une balle en pleine tête. Elle l'a fait boire et ensuite elle l'a abattu. Je l'avais dit à Lola. Je l'avais prévenue qu'elle me le paierait. » Je m'approchai à pas feutrés avec Mike. J'apercevais maintenant Roxanna, de dos. Elle avait une bombe aérosol jaune vif dans la main gauche : un répulsif anti-ours. Mais ce qui m'inquiétait davantage, c'était son bras droit tendu devant elle, un pistolet braqué sur Anya. Où avait-elle déniché cette arme ? Elle ne se trouvait pas dans son sac à dos. Peut-être l'avait-elle planquée dans le théâtre, sachant déjà qu'elle reviendrait ?

Anya se tenait à trois mètres de Roxy. Son visage était plus facile à voir, mais pas joli-joli. Elle avait les yeux rouges. Des filets de morve lui coulaient du nez et collaient des mèches de cheveux blonds à ses joues. Comparés au gaz lacrymogène vendu à des fins d'autodéfense, les répulsifs anti-ours contiennent des taux nettement plus élevés de capsaïcine et Anya en était l'illustration. Roxy avait dû la gazer par surprise pour l'entraîner de force à l'intérieur du théâtre. Ce qui expliquait aussi que les mains d'Anya soient attachées devant elle avec du scotch.

Donnez de bons tuyaux, d'autres s'en serviront.

Est-ce que c'était vraiment ça que j'avais en tête quand j'avais créé le groupe de soutien un an plus tôt ? Parce que j'avais devant moi, en direct et en Technicolor, la mise en application de tous mes conseils.

« Lola n'a pas tué Roberto ! protestait Roxy. Ni les Niñas. Sinon, elles s'en seraient vantées. Elles s'en seraient fait une gloire.

— Tais-toi ! cracha Anya.

— Tu ne veux tout simplement pas te rendre à l'évidence : Roberto s'est suicidé. À cause de ta liaison avec Doug !

— Mais tais-toi ! »

Roxy ne voulait pas se taire. « Qu'est-ce qui te fait le plus mal ? Que ton premier petit ami se soit suicidé pour sortir de tes griffes ou que le suivant, un vieux metteur en scène obèse, t'ait préféré Lola ? Je sais qu'elle t'a envoyé les photos. C'est pour ça que tu as pété les plombs, hein ? Pour ça que tu as tué toute ma famille ! »

Nouveau grognement sourd, puis Anya fonça tête baissée droit devant elle.

Je n'avais rien vu venir. Une jeune fille ligotée et tenue sous la double menace d'une bombe lacrymogène et d'une arme à feu qui passait à l'offensive ? En tout cas, la manœuvre prit son adversaire au dépourvu. Roxanna parut totalement oublier son pistolet et leva la bombe aérosol, mais Anya avait comblé la distance trop rapidement. Elle percuta Roxanna de plein fouet, les bras toujours immobilisés devant elle, et elles roulèrent au sol.

«Tu as tué ma famille! hurlait Roxy.

— Tu as assassiné Roberto!

— Tu n'en as rien à foutre. Tu t'es juste servie d'eux. Ma sœur. Manny. Ma mère. Salope! Comment tu as pu, comment tu as pu?»

Anya donna des coups de pied à Roxy, puis, se redressant à moitié, elle lui asséna un violent coup de tête en plein visage. Roxy vit trente-six chandelles et retomba en arrière. Anya réussit à se mettre à genoux, aperçut le pistolet au milieu de la scène et se jeta vers lui.

Je me ruai alors pour la plaquer au sol au prix d'un vol plané. Le pistolet glissa sur les planches, s'éloignant de nous.

Je me relevai au plus vite, les yeux rivés sur mon objectif: le pistolet, à deux mètres devant moi.

D'où ma totale surprise lorsqu'une détonation retentit derrière moi.

39

Le feu.

Dans mon bras. Une douleur cuisante. La balle avait creusé un sillon dans le haut de mon bras droit avant d'aller se loger dans sa cible réelle, Anya, qui gémissait maintenant à terre. Le sang. Son épaule, mon bras. Je me sentais partir, la tête me tournait. Le choc. La douleur.

Je revis Jacob. Ou plutôt la première femme, la façon dont la lame s'était enfoncée dans son ventre, son expression de surprise. À moins que ce ne fût le violeur, celui que j'avais aspergé d'antigel et de permanganate de potassium et qui avait pris feu sous mes yeux.

Ou alors c'était moi, qui avais fouillé des doigts les trous d'aération de ma caisse en forme de cercueil, qui avais regardé le sang perler avant de sombrer lentement dans l'inconscience.

Ma vie. Mes choix. Le sang. La douleur. Les progrès que j'avais faits. Les blessures que je portais encore en moi. J'enfonçai avec férocité mon pouce droit dans le pansement de ma main gauche et me servis de cette douleur agréable et familière, de l'écharde plantée dans ma chair, pour reprendre pied.

« Mike ? » dit Roxanna derrière moi.

Je clignai des yeux. Faisant volte-face, je découvris

Mike Davis qui, abracadabra, avait maintenant un pistolet à la main et le braquait sur moi. Ou plutôt sur Anya, qui geignait sur les planches derrière moi.

Et tout s'éclaira. Cette silhouette mince qui s'enfuyait après la fusillade de ce matin. Les cheveux longs qui dépassaient d'un sweat à capuche trop grand. C'était Mike Davis, qui avait mis une perruque pour détourner les soupçons. Mike Davis qui faisait tout son possible pour protéger sa seule véritable amie, Roxanna Baez.

« C'est toi le tireur, dis-je, comme si le fait de l'énoncer à voix haute allait m'aider à accepter cette vérité. Hector Alvalos, les Niñas, moi. Tu m'as tiré dessus !

— Mike », répéta Roxanna avec anxiété. Elle avait encore l'aérosol anti-ours à la main, mais elle ne fit pas un pas vers lui.

Le visage de Mike m'inquiétait aussi. Comme s'il n'était plus tout à fait avec nous. Comme s'il était parti pour un pays plus sombre, plus sinistre, d'où il n'espérait pas revenir.

« Elle t'a fait du mal, dit-il doucement. Elle mérite de mourir.

— Tu lui as tiré dessus, dit Roxy. C'est fini, maintenant. Je t'en prie. »

Il y eut un grincement de gonds et une porte s'ouvrit sur notre gauche. Le commandant D.D. Warren fit son entrée ; elle avait certainement entendu le coup de feu et s'avançait d'un pas décidé dans la salle, arme au poing. Je ne savais pas si j'étais soulagée par sa présence ou si je redoutais encore plus la suite des événements.

« Flora ? m'interpella-t-elle d'une voix crispée.

— Ça va. Plus ou moins. Rien de très grave. Je suis blessée au bras. Anya a pris une balle dans l'épaule. »

Sur la scène, la fille poussa un gémissement théâtral.

Je la regardai avec agacement. « Bon sang, la balle a perdu une bonne partie de sa vitesse en me touchant. Alors fermez-la et évitez de rappeler votre présence au type qui tient une arme chargée. »

Mike cherchait encore comment atteindre Anya, mais mon corps faisait écran. Et s'il m'avait touchée par accident la première fois, il ne semblait pas vouloir reproduire cette erreur. Je me fis la réflexion que je ne l'avais jamais vu se tenir tranquille aussi longtemps. C'était la fin, compris-je. Ce moment, cette conversation, ce geste, c'était le bout du chemin à ses yeux.

« Roberto ne s'est pas suicidé, dit D.D. en se déplaçant entre les rangées de bancs pour se rapprocher tout en gardant Mike dans sa ligne de mire.

— Mais si ! Lola ne l'a pas tué ! protesta Roxanna, exaspérée.

— Elle ne l'a pas tué, confirma D.D. C'est toi, Mike, n'est-ce pas ? Tu as fait le nécessaire pour protéger ton amie.

— Ne jamais rester seul chez Maman Del », répondit Mike d'une voix lugubre. Quant à son visage, il n'était pas seulement sombre, mais désespéré. Celui d'un jeune garçon qui en avait trop vu, qui avait trop souffert. Je connaissais cette expression pour l'avoir observée de nombreuses fois sur mon visage, chaque jour passé auprès de Jacob Ness.

« Mike ? dit doucement Roxy.

— Tu étais comme un soleil, répondit-il en lui lançant enfin un regard. Une lumière si vive quand tu es entrée dans la cuisine le premier jour. Tu rayonnais. J'ai vu Roberto te regarder. Et après, semaine après semaine, tu t'es éteinte. Je savais ce qu'il allait faire. J'ai essayé de t'aider. Ça n'a pas suffi, mais j'ai essayé. Et tu es partie ! Tu étais sauvée. Libre de retrouver ta lumière. Seulement tu es revenue. » Il fronça les sourcils. « Tu n'aurais jamais dû revenir. Pourquoi tu as fait ça ? »

Tout s'éclairait. Mike se trouvait dans le couloir avec Roxanna le jour de l'incident de la photo. Il avait entendu Roberto menacer Mme Lobdell Cass dans son bureau. Et il avait compris qu'une fois de plus Roberto allait s'en tirer impunément. Cinq ans plus tard, il torturait toujours les filles, et les adultes restaient impuissants à les aider. Alors Mike avait pris les choses en main.

« C'est toi qui as volé le téléphone de Roberto, dit D.D. d'une voix à la neutralité étudiée. Je me trompe ? Tu l'as pris pour protéger Roxy. Pour faire disparaître les photos.

— Je l'ai fracassé. À coups de marteau. Pulvérisé. Pour qu'on ne puisse plus jamais le reconstituer.

— Tu as tué Roberto ? pleurnicha Anya par terre. C'est toi ? » Mais personne ne lui prêta attention.

« Tu étais au courant pour de Vries ? demanda D.D. en s'approchant de quelques pas. Tu savais qu'il était le complice de Roberto ? »

Pour la première fois, Mike parut désorienté. « Doug le dégueu ? Ce vieux bonhomme marié qui choisit toujours des pièces pleines de rôles pour des minettes ?

— Hé ! protesta Anya, toujours dans le vide.

— Celui-là même. Je viens d'avoir une conversation fort instructive avec lui, pendant qu'il était ficelé avec du scotch dans sa voiture. Bonne idée, le cutter, je dois dire », ajouta D.D. en lançant un regard en direction de Roxy, qui rougit. J'imaginais parfaitement à quel endroit elle avait dû placer la lame. Là encore, donnez des astuces et les gens s'en serviront.

« D'après lui, de Vries était tombé sur des photos que Roberto avait prises de ses victimes chez Maman Del. Alors ils ont monté une petite affaire : Roberto jouait le rôle du fournisseur et de Vries celui du distributeur. Mais Roberto a fortement contrarié de Vries en publiant la photo de Roxy sur Internet, ce qui a inutilement attiré l'attention sur leurs activités. De Vries était encore en train de se demander comment réagir quand tu as réglé le problème en supprimant Roberto. Mais il a encore toutes les images en sa possession, Mike. Tu as éliminé Roberto, mais c'est de Vries, le vrai problème. »

Mike se tourna enfin vers l'enquêtrice. « Comme un soleil, dit-il. La lumière la plus vive que j'avais jamais vue. Vous n'avez toujours pas compris. »

J'eus alors un déclic. Et je crois que ce fut aussi le cas de Roxy, parce que sa main monta à sa bouche avant que des larmes ne jaillissent de ses yeux.

« Tu as tué Roberto pour supprimer la menace qu'il faisait planer sur Roxy et Lola, dis-je. Parce que tu voyais combien les deux filles en souffraient. Malheureusement, la mort de Roberto n'a pas suffi à calmer Lola. C'est ça, Mike ? Elle était encore irritable, incontrôlable, elle se défoulait sur Roxy. Ce n'était qu'une question de temps avant qu'elle ne commette une vraie bêtise. Quelque chose que Roxy ne pourrait pas réparer et qui lui ferait encore plus de mal.

— Tu l'aimais, dit Mike à Roxy avec tristesse, mais elle ne t'aimait pas.

— Je lui disais de tourner la page, répondit Roxy.

J'essayais de lui faire comprendre que maintenant que Roberto était mort, c'était fini.

— Salope ! lança Anya.

— Je voulais qu'elle renonce au gang. Mais elle disait qu'elle ne pouvait pas. Le gang la rendait forte, elle ne voulait plus être faible.

— Elle aurait fini par obtenir que tu les rejoignes.

— Non ! Jamais, Mike…

— Tu y serais allée pour la sauver. Roxy sauve Lola. C'est toujours comme ça. Alors que Lola… »

Les pleurs de Roxy redoublèrent. Je devinais qu'elle connaissait la fin de la phrase. En attendant, je profitai de la distraction de Mike pour me rapprocher de lui.

Mike continua posément : « Lola ne t'a jamais aimée. Pas comme moi je t'aimais. Elle prenait. Elle ne donnait pas. Elle prenait, prenait, prenait.

— C'est faux ! Elle était perdue. Elle avait juste besoin d'une chance…

— On ne peut pas réparer quelqu'un qui ne veut pas être guéri. » Mike se balançait sur la pointe des pieds, son agitation le reprenait.

« Lola avait séduit Doug de Vries », intervint D.D. Elle était arrivée au pied de la scène, à quelques mètres. À cette distance, il lui aurait été facile de tirer, mais nous formions un groupe trop compact. J'empêchais Mike de tirer sur Anya, mais aussi D.D. de tirer sur Mike. C'était quand même agréable de sentir qu'une policière assurait mes arrières, surtout maintenant qu'Anya se relevait tant bien que mal.

« Et Lola a envoyé des photos à Anya et à Doug, continua D.D. Elle voulait vous blesser, Anya. Et briser Doug avec cette preuve qu'il avait couché avec une mineure.

— Lola n'aurait jamais arrêté ses conneries, dit Mike. Je l'ai entendue : elle avait l'impression d'être en feu. Elle voulait incendier le monde entier. Elle détestait tout le monde...

— C'est elle-même qu'elle détestait ! » protesta Roxy.

Mike la regarda. « Elle détestait tout le monde. Même toi. Surtout toi. Parce que tu voulais la sauver. Mais tu n'as pas réussi. Tu n'as pas réussi. »

Roxy sanglota de plus belle. « Qu'est-ce que tu as fait, Mike ? Dis-moi. Qu'est-ce que tu as fait ? »

Silence. Un silence de mort. Plus éloquent que des mots.

« Il a tué ta famille, ce connard ! gronda Anya en se tenant l'épaule. Je le savais. Je l'avais dit à Roberto, qu'il y avait un truc qui ne tournait pas rond chez toi. Sale crétin, assassin ! »

Ce fut plus fort que moi : je me retournai pour gifler Anya. Mon épaule fut traversée d'une brûlure fulgurante, mais cela valait quand même la peine pour la voir tomber dans un silence abasourdi.

« C'est vous qui avez fait ça ! lui crachai-je au visage. Vous et Roberto, en faisant régner la terreur. Vous avez martyrisé des gosses. Et quand ils ont grandi, ils ont décidé de rendre les coups !

— Manny..., murmurait Roxy d'une voix enrouée. Maman. Lola. Charlie... Mike, comment tu as pu ?

— Un vrai soleil, dit-il. Tu étais partie. Mais tu es revenue. Et c'était fini, la lumière. Tu les aimes. Tu donnes, tu donnes, tu donnes. Toute cette lumière gaspillée. Pour une mère à qui il pouvait suffire d'une mauvaise journée pour se remettre à picoler. Pour Lola, toujours au bord du gouffre. Pour Manny, qui vous aime mais qui ne comprend rien, alors tu dois le protéger deux fois plus… Autrefois je te voyais. Autrefois je te connaissais. J'avais envie de te revoir comme ça.

— C'était ma famille !

— Et toi, tu es ma famille ! Ma seule famille ! Alors je la protège. Je te protège. Roxy sauve Lola, mais moi je te sauve !

— En tuant toute ma famille ? Et ensuite en tirant sur Hector et les Niñas… En assassinant Roberto. En… en… » Roxanna montra Anya d'un air hagard. « Et ensuite en supprimant Anya ? »

Je compris que Mike avait suivi Hector jusqu'au café la veille, peut-être après avoir appris, comme moi, qu'on y avait retrouvé les chiens. Il voulait châtier l'homme qui aurait pu épargner à Roxy et Lola d'être placées s'il s'était seulement manifesté au tribunal. Et ensuite il avait exercé sa vengeance contre les Niñas Diablas, qui avaient entraîné Lola dans la vie de gang et avaient fait pression sur Roxy pour qu'elle les rejoigne. Beaucoup de gens avaient fait du tort à Roxy, et Mike avait entrepris de tous les faire payer, jusqu'aux membres de sa famille.

« C'est bien ce que tu allais faire, dit Mike.

— Non, certainement pas ! Ce serait mal. Tout ça, c'est mal ! On était censés valoir mieux qu'eux, Mike. On était censés être meilleurs.

— Meilleurs, ça ne veut rien dire. Seulement plus faibles. Je ne veux plus être faible. »

Son bras commençait à trembler. Le poids du pistolet, le contrecoup de cette conversation, de voir sa meilleure amie fondre en larmes. Il fallait que je passe à l'action. À peine trois pas… Si toutefois il ne tirait pas avant…

J'aperçus un mouvement du coin de l'œil : D.D.

m'adressait un discret signe de tête, comme si elle avait lu dans mes pensées. Je me rendis compte qu'elle s'était décalée vers la droite et qu'elle avait maintenant Mike Davis dans sa ligne de mire.

« Tu sais quel souvenir je garde surtout de ce théâtre ? » dit brusquement Roxy. Elle fixait son meilleur ami avec intensité, bombe lacrymogène d'un côté, poing serré de l'autre.

Mike la regarda. Même Anya, étalée de tout son long, le visage bouffi et l'épaule en sang, était hypnotisée.

« Je me souviens de nos courses dans les cintres. Au sol, tu avais toujours l'air secoué de tics. Mais là-haut… tes mouvements étaient fluides, gracieux. Tu pouvais aller n'importe où, où tu voulais. J'adorais courir avec toi sur les passerelles. C'était notre petit monde à nous, celui où nous commandions et où personne ne pouvait nous attraper. »

Mike sourit, un petit sourire malheureux.

« Tu m'as embrassée. Tu te rappelles, cet après-midi-là ? Mon premier baiser. J'étais heureuse ce jour-là, Mike. Grâce à toi.

— Mon premier baiser, se souvint Mike.

— Mais on n'a pas recommencé. Parce que le monde réel existait encore. Il fallait que je m'occupe de Lola, il fallait tous qu'on survive à Anya et Roberto. Mais j'ai gardé ce souvenir au fond de moi. Je pensais à toi. À tous ces moments avec toi. Grâce à toi, tout allait bien. Tu étais la seule personne qui essayait de m'aider. La seule personne que j'aie jamais… Je suis désolée, Mike. » Roxy pleurait de nouveau, la tête haute, les joues sillonnées de larmes. « Je suis désolée de ne jamais t'en avoir dit davantage, de ne jamais être revenue te voir quand ma mère nous a repris. De ne jamais t'avoir dit tout ce que tu représentais à mes yeux. Je suis désolée… Tellement désolée de devoir faire ça maintenant.»

Elle avança, visa et appuya sur la tête de l'aérosol, aspergeant Mike en plein visage. Il n'esquiva pas, ne broncha pas. Il ne réorienta pas son pistolet, ne tira pas. Non, à vrai dire, je le vis plutôt se tourner vers le jet de capsaïcine, ouvrir la bouche, l'absorber au maximum.

Il aspirait le gaz au plus profond de ses poumons…

Aussitôt je me précipitai vers le nuage asphyxiant et irritant.

«Appelez les secours, hurlai-je. Le 911.»

Puis je poussai Mike pour le sortir de ces vapeurs toxiques, j'essayai de le faire rouler vers l'air frais. Son visage avait viré au rouge vif, ses yeux gonflés ne s'ouvraient plus et ses lèvres étaient d'un bleu inquiétant. Toute la puissance du gaz poivre directement dans les poumons. Mike commença à suffoquer, puis à convulser ; je cherchai à prendre son pouls, mais son cœur palpitait comme un oiseau piégé dans sa cage thoracique.

Roxanna baissa la bombe. Elle resta à l'écart lorsque D.D. monta d'un bond sur le plateau et me rejoignit pour pratiquer une réanimation.

«Bande de nazes», dit Anya Seton. Je m'aperçus trop tard qu'elle avait rampé sur la scène jusqu'à s'emparer du pistolet de Roxy. Elle leva ses mains liées d'un air triomphant. Dirigea l'arme vers Roxy.

Nous étions trop loin. Nous ne pouvions rien faire.

Anya appuya sur la détente.

Clic.

Anya se renfrogna. Insista. *Clic, clic, clic.*

«C'est une arme factice», expliqua Roxy lorsque

Anya la balança en travers de la scène et s'accroupit en hurlant de frustration.

« Mike et moi, on s'en servait comme accessoire. Je savais où on rangeait les meilleurs, les imitations presque parfaites qu'on sortait les soirs de représentation. Je voulais juste te faire peur, dit-elle à Anya, pour que tu parles, pour que tu avoues enfin, officiellement, tout ce que tu avais fait. » Roxy désigna d'un geste vague le côté de la scène, où je découvris son téléphone en mode dictaphone. « Vous vous en étiez toujours sortis, Roberto et toi. Non seulement vous terrorisiez les enfants pour qu'ils se taisent, mais les adultes aussi. Cette fois, je voulais que ce soit différent. Je croyais que tu avais tué ma famille. Alors je voulais que tu avoues tout, jusqu'au moindre détail abominable. Et ensuite j'aurais confié l'enregistrement à mon ami Mike, pour qu'il le donne à la police. Comme ça, lui aussi se serait senti vengé. »

Roxy se tourna vers son ami qui étouffait au sol. Et elle ajouta d'une voix lointaine :

« D'ailleurs, Flora m'avait conseillé de ne pas toucher aux vraies armes. Elle disait qu'il fallait du courage pour tirer et que tout le monde n'en était pas capable. Qu'il valait mieux m'en tenir à ce que je connaissais, comme la bombe lacrymogène. Elle m'a appris qu'on pouvait être bien assez dangereux avec des objets tout simples. »

Elle regarda Mike, ses yeux tuméfiés, ses bras et ses jambes saisis de convulsions.

« Je suis bien assez dangereuse comme ça », dit-elle.

Puis elle serra les bras autour de sa taille et fondit en larmes.

40

Flora Dane avait raison, pensa D.D. : elle aurait dû renoncer à sa plaque de police et virer justicière rien que pour dire adieu à la paperasse.

Dans les jours qui suivirent le règlement de comptes au théâtre, elle crut mourir ensevelie sous les rapports. Notamment la liste des pièces à conviction saisies chez Doug de Vries, parmi lesquelles des ordinateurs, des appareils photo et, bingo, des photos numériques mettant en scène des mineures. Doug en avait apparemment pris un certain nombre lui-même au théâtre, mais la grande majorité avaient été fournies par Roberto Faillon, car on reconnaissait diverses pièces de chez Maman Del en toile de fond. De Vries avait été placé en détention provisoire. Sa femme aussi, lorsqu'on avait découvert que non seulement elle gérait le volet financier des opérations, mais qu'en plus elle piochait dans l'argent sale de son mari pour se constituer un petit bas de laine personnel dans un paradis fiscal.

À l'entendre, son mari volage finirait un jour par prendre le large avec une de ses starlettes et elle n'avait pas l'intention de se retrouver les mains vides.

Maman Del jura ses grands dieux qu'elle n'avait jamais vu ces photos, qu'elle ignorait totalement que

Roberto en avait pris et plus encore qu'il les vendait à un metteur en scène pervers. La brigade financière examina ses comptes en long, en large et en travers sans trouver la moindre trace de profits illicites. Mais la vérité, D.D. pensait l'avoir comprise devant la réaction de cette femme le jour où elle avait découvert les photos. Elle avait blêmi et son triple menton avait tremblé. Elle était horrifiée, terrassée par le chagrin. Et, sauf erreur de la part de D.D., elle était traumatisée d'avoir sous les yeux des images qui ne lui rappelaient que trop une histoire personnelle qu'elle ne voudrait jamais raconter.

Maman Del fut laissée en liberté surveillée, mais on lui retira le bénéfice de ses dérogations, ainsi que les bébés et plusieurs enfants. Ne lui en restaient que deux, des petits garçons qui s'entendaient bien mais semblaient désemparés d'avoir des chambres rien que pour eux et des repas comprenant désormais de la viande, des fruits frais et des légumes. Peut-être que cette histoire leur aurait rendu service et que Maman Del s'amenderait. Seulement D.D. ne pouvait s'empêcher de penser aux enfants qui lui avaient été enlevés pour être placés ailleurs… mais où ? La pénurie d'assistants familiaux continuait à sévir. En résolvant un problème aujourd'hui, on en créait un autre demain.

Anya Seton avait été soignée pour sa blessure à l'épaule, une plaie par balle sans gravité, et elle n'était restée que quelques heures aux urgences. Après quoi, D.D. l'avait conduite au commissariat central pour plusieurs jours d'audition, qui ne permirent toutefois pas de prouver qu'Anya avait connaissance du commerce de photos pornographiques de Roberto. Surtout que Mike Davis avait réduit le téléphone de celui-ci en miettes et ainsi détruit une pièce à conviction de première importance. D.D. aurait aussi parié qu'Anya avait fait main basse sur la part de bénéfices de Roberto après sa mort, mais on n'avait retrouvé aucune trace de ces fonds. Le plus probable était que le jeune homme se faisait payer en liquide et qu'Anya avait converti l'argent en portraits photographiques, cours de théâtre, achats vestimentaires... tout ce qui pourrait l'aider à percer à Broadway.

Après mûre réflexion, D.D. l'inculpa pour tentative d'homicide sur la personne de Roxanna Baez. Aux yeux de la loi, c'était la *mens rea*, autrement dit l'intention coupable, qui comptait. Or, même si le pistolet n'était qu'un accessoire de théâtre, Anya l'ignorait au moment où elle avait appuyé sur la détente. À cet instant, son but était bien de tirer sur Roxy; le caractère factice de l'arme n'avait fait que contrecarrer ses projets.

L'inculper semblait donc justifié à D.D., même si, dans la mesure où Anya avait été agressée et ligotée par Roxy quelques minutes avant la tentative de meurtre, un bon avocat plaiderait la légitime défense et obtiendrait sans doute l'acquittement d'Anya sur toute la ligne. En fait, la seule chose qu'on pouvait réellement prouver, c'était que cette fille était une salope. Malheureusement, ce n'était pas encore un délit punissable par la loi, D.D. n'avait donc d'autre choix que d'engager les poursuites qu'elle pouvait engager et de passer à autre chose.

Le cas de Roxanna était le plus compliqué. Elle n'avait certes pas assassiné sa famille, ni tiré sur Hector Alvalos ou les Niñas Diablas. On avait même fini par trouver une vidéo où, conformément à ses dires, on la voyait acheter un foulard à fleurs rouges quelques minutes après les coups de feu au café.

Mais elle avait bel et bien agressé Mike Davis, Doug de Vries et Anya Seton avec un répulsif anti-ours, ce qui, comme les avertissements présents sur tous les aérosols l'indiquaient noir sur blanc, constituait une infraction pénale dans l'État du Massachusetts. Dans la mesure où c'était une primodélinquante, il serait peut-être possible de demander la clémence pour l'agression de Doug de Vries et Anya Seton, mais Mike Davis était mort et les faits méritaient donc réflexion.

Le concept de légitime défense était sujet à débat au regard de la loi. Roxanna Baez avait-elle des raisons irréfutables de se croire immédiatement menacée ? Mike Davis pointait ce pistolet depuis dix bonnes minutes sans avoir tiré. Cela dit, il avait utilisé ce laps de temps pour avouer le meurtre de quatre personnes. Bien sûr, à l'écouter, il visait Anya et non Roxy, mais en définitive ce n'était pas Anya mais bien Roxy qu'il regardait. Cette dernière avait donc pu se sentir en danger...

C'était là que la paperasse prenait toute son importance. Ainsi que l'habileté avec laquelle l'enquêtrice rédigeait son rapport, avant d'y adjoindre la déposition de sa nouvelle indicatrice, dont le témoignage allait dans le même sens.

Elle s'en expliqua à Alex ce soir-là, une fois Jack enfin couché et alors que Kiko dansait à leurs pieds dans le jardin.

« Tu connais ce moment où le travail de police entre dans des zones un peu marécageuses ? Quand ce qui s'est passé au regard de la loi et ce qui compte du point de vue de la justice sont deux choses distinctes ? »

Alex hocha la tête, leva le bras en arrière et envoya

la balle de tennis dans les airs. Il lançait comme un pro du baseball. D.D. en était verte de jalousie.

« Flora Dane et moi avons deux personnalités très différentes. Et pourtant aujourd'hui, en travaillant chacune de notre côté en toute indépendance, nous avons réussi à produire deux récits des circonstances ayant entraîné la mort de Mike Davis qui contenaient l'un comme l'autre toutes les formules propres à orienter le substitut du procureur vers la même conclusion : Roxanna Baez a fait usage de la bombe au poivre dans le but de protéger sa vie. Et Mike Davis s'est jeté dans le nuage de produits chimiques et a sciemment aspiré la capsaïcine dans ses poumons pour aggraver les dommages.

— Une forme de suicide par police interposée », traduisit Alex. Kiko était déjà de retour. Cette fois-ci, D.D. prit la balle et fit de son mieux.

« Triste histoire, reprit-elle. Ce n'était qu'un gosse, et tout autant une victime que Roxy et Lola. Je pense qu'il croyait réellement faire ce qui s'imposait pour sauver Roxy. Que sa famille, loin d'être un soutien pour elle, était un poids qui l'entraînait par le fond.

— Tragique.

— Oui. Et trop sévère comme jugement. Juanita Baez avait commis des erreurs, mais elle avait retrouvé le droit chemin. Et elle se battait pour ses filles. Si elle avait pu pousser un peu son enquête, son avocat aurait peut-être pu monter un dossier et justice aurait réellement été rendue.

— Les jeunes ne voient pas les adultes de cette manière, dit Alex. Surtout les adolescents. »

Kiko émit un gémissement. Alex se remit au travail.

« Assassiner Roberto, supprimer toute la famille de Roxy, tirer sur Hector parce qu'il l'avait abandonnée, puis sur les Niñas Diablas parce qu'elles l'avaient menacée, énuméra D.D. Tous ces crimes commis au nom d'une bonne cause. Pauvre gosse. Maman Del a offert de payer les obsèques. »

Alex lui glissa un regard. « C'est le moins qu'elle puisse faire.

— Tu l'as dit.

— Et Roxy ? »

Kiko était revenue. Au tour de D.D. de lancer. À défaut d'avoir le bras magique de son mari, elle avait au moins l'enthousiasme de son fils. Qui eût cru que cette famille était exactement ce qu'il lui fallait : Alex, Jack et maintenant le meilleur chien tacheté de tout le pays ?

« Figure-toi qu'elle s'est installée chez Hector avec ses chiens. Je crois qu'ils vont s'aider l'un l'autre à remonter la pente. Et elle a encore Flora et Sarah à ses côtés. Je ne sais pas trop ce que je pense de cette joyeuse bande de survivantes. Mais, après tout ce que Roxy a vécu, je suis contente de la savoir entourée. En tout cas, si j'étais à sa place, je ne me verrais pas affronter ça toute seule.

— Donc Flora Dane sert à quelque chose ?

— À l'occasion, lui accorda D.D.

— Qu'en disent Phil et Neil ?

— Ils s'y feront », dit-elle sans trop de conviction.

Alex la charria en souriant : « Tout juste ce qui te manquait : un peu plus de désordre dans ta vie.

— En fait, dit-elle alors que Kiko revenait une nouvelle fois avec son butin, je crois que je suis très à l'aise dans ce désordre.

— Et travailler main dans la main avec une justicière solitaire ne va pas du tout déteindre sur toi ?

— Tu aimerais bien le savoir, hein ? » lui répondit D.D. avec un clin d'œil avant de relancer la balle.

J'ai trouvé Sarah presque à l'endroit exact où je m'y attendais : sur la place qui constituait le cœur historique de l'université, face à une monstruosité de style gothique qui avait dû coûter une fortune à l'époque de sa construction mais qui avait passé l'épreuve des siècles. Vêtue d'une veste en cuir chocolat, Sarah, les bras serrés autour de la taille, considérait l'ensemble avec gravité et détermination.

« Je vais le faire, m'annonça-t-elle à mon arrivée sans quitter le bâtiment des yeux.

— D'accord.

— C'est comme de se remettre en selle, pas vrai ? Il faut le faire un jour ou l'autre.

— Si tu le dis.

— Et puis ce n'est pas comme si j'avais été agressée sur le campus. Rien dans les salles de cours ni la bibliothèque ne devrait m'angoisser. Les petits appartements, oui. Ou les colocations. Mais j'ai mon propre studio. Ce n'est pas franchement la porte à côté, mais ça ira. Les longs trajets en bus et les correspondances en métro sont un moindre mal pour avoir l'esprit tranquille. »

J'étais bien d'accord avec elle.

« À ta place, je garderais ton appartement. C'est là que tu te sens en sécurité. » Mais j'ajoutai : « Pour l'instant. »

Elle se tourna enfin vers moi. « Tu crois que je vais y arriver ?

— Je crois que tu n'es plus celle que j'ai rencontrée il y a un an. Tu as déjà prouvé que tu pouvais faire pratiquement n'importe quoi. »

Ses traits se décomposèrent un peu, ses yeux se voilèrent. « Flora, j'ai la trouille.

— Je sais.

— Ça fait déjà une demi-heure que je suis plantée là. Un pas. Le suivant. Il faut que je le fasse, mais…

— C'est normal d'avoir peur, Sarah. Personne ne sait mieux que toi à quel point le monde est effrayant.

— Et si, à l'usage, je découvrais que ce n'était pas si difficile que ça? dit-elle d'un seul coup. Si je décrochais mon diplôme, que je trouvais du boulot, que je tombais amoureuse, que j'étais heureuse. Qu'est-ce que tu en dis?

— J'en dis que tes colocataires seraient très fières de toi. »

Elle se mit à pleurer, des larmes silencieuses qui roulaient sur son visage. « Mais j'ai la trouille, répéta-t-elle.

— Je sais.

— Pourquoi tu ne l'as pas fait, toi? Reprendre tes études? Faire quelque chose de ta vie.

— Mais je fais quelque chose de ma vie, dis-je en prenant sa main à sa taille pour la tenir dans la mienne. Je fais ça. Ce n'est pas un plan de carrière qui conviendrait à tout le monde, mais ça me convient à moi. Et puis il faut que tu saches que j'ai officiellement rejoint la police en tant qu'indicatrice de notre chère D.D. Warren. Ça te la coupe, hein? »

Sarah ouvrit de grands yeux. « C'est sérieux?

— Tout ce qu'il y a de plus sérieux. Ça me plaît. C'est une autre manière de me rendre utile. Une autre manière de… »

De ne plus être enfermée toute seule dans un cercueil. Ces mots-là, je ne les prononçai pas à voix haute, mais Sarah hocha la tête comme si elle comprenait. Et, entre survivantes, je parie que c'était le cas.

« Montre-moi tes mains ! » m'ordonna-t-elle.

Je lâchai la sienne pour lui présenter mes deux paumes ouvertes.

« Tu n'as plus de pansement.

— Moi aussi, je fais des progrès. »

Elle me regarda d'un air sombre. « Si j'y vais et que je tourne la page, on se verra moins souvent.

— Je serai ton amie aussi longtemps que tu le voudras. » Mais je savais ce qu'elle voulait dire. Nous avions plutôt une relation de professeure à étudiante. Je lui montrais les ficelles du métier de survivante ; elle apprenait à reprendre le cours d'une vie épanouie. Et si elle poursuivait dans cette voie, ce serait bientôt mission accomplie. « Note que ce sera moi qui applaudirai le plus fort à ta cérémonie de remise de diplôme. »

Encore des larmes. À ma grande surprise, je sentis mes yeux s'embuer à leur tour. Après mes quatre cent soixante-douze jours de cauchemar, j'avais souvent eu l'impression qu'ils étaient définitivement secs. Et cependant l'émotion qui me submergeait n'était pas désagréable. Elle était… légitime. Fierté de voir le courage de mon amie, fierté du travail accompli.

« Et Roxy ? me demanda Sarah.

— Malheureusement, notre groupe n'est jamais à court de membres.

— Mais tu seras là pour elle. » C'était une certitude, pas une question.

« Toi aussi.

— Je ferai de mon mieux. Mais tu sais, si je reprends mes études...

— Roxy s'en sortira. Tu es passée par là, tu sais ce que c'est. Ce n'est ni aujourd'hui ni demain qu'elle se sentira mieux d'un claquement de doigts, mais jour après jour... Avant qu'on n'ait eu le temps de dire ouf, on la retrouvera aussi sur un campus universitaire. Elle est trop intelligente, trop déterminée pour faire moins.»

Sarah prit une grande inspiration et me tendit d'elle-même la main.

Je souris. Je la pris et la serrai.

«Ensemble? dit-elle.

— Ensemble. Je compte jusqu'à trois. Un, deux...» Et je lui donnai une poussée avant qu'elle s'y attende, ce qui la déséquilibra et l'obligea à avancer. Elle rit, le souffle un peu coupé, et déjà nous traversions la pelouse.

Je repensai à cette première nuit. À la jeune femme apeurée dans son studio, trempée de sueur, armée d'une bombe anti-ours, le regard fou. Et je regardai la Sarah d'aujourd'hui, sereine, le menton fier, qui avançait à grands pas.

Là se trouvait la vérité de ma vie : si Jacob Ness ne m'avait pas kidnappée, jamais je n'aurais su ce que ça faisait d'être affamée, terrorisée, maltraitée, coupée du monde. Mais jamais non plus je n'aurais connu ce moment. La joie d'avoir aidé cette personne et de vivre cette journée où tout prenait sens.

Est-ce que cela suffisait? Est-ce que le bénéfice était à la hauteur du prix que j'avais payé? Quelle importance, au fond? Puisqu'il était déjà payé. J'avais au moins su trouver ce chemin, me reconstruire une vie sur des ruines. Et c'était peut-être le mieux qu'on pouvait attendre de chacun de nous.

«Merci, Flora», dit Sarah.

Mais je secouai la tête. «Non, merci à toi.»

Épilogue

Nom : Roxanna Baez
Classe : Seconde
Professeure : Mme Chula
Genre : Récit personnel

Qu'est-ce qu'une famille parfaite ?

Huitième et dernier chapitre

Ma famille, la voici :
J'avais une mère, Juanita Baez. Quand je suis née, elle n'avait que moi au monde. Ni mari, ni petit ami à inscrire sur l'acte de naissance. Rien qu'elle et moi. J'aime à penser qu'elle m'a serrée sur sa poitrine. Qu'elle m'aimait du fond du cœur et que, la première fois qu'elle m'a entendue pleurer, elle m'a promis le monde, la lune et les étoiles du ciel.

Je sais qu'elle a brisé cette promesse plus tard. Mais je sais aussi qu'elle a fait tout ce qui était en son pouvoir pour se racheter. Et ça, c'est de l'amour, non ? Ne pas être parfait, mais s'efforcer de réparer ses erreurs.

J'avais une mère, Juanita Baez, et elle m'aimait.

J'avais une sœur, Lola Baez. Quand elle est née, j'avais trois ans. Je me souviens du jour où ma mère est revenue avec elle de la clinique et où elle m'a laissée la tenir dans mes bras sur le canapé. Je me rappelle avoir pensé que c'était le plus beau bébé que j'avais jamais vu. Et ce jour-là je lui ai promis, du fond de mon petit cœur de trois ans, de lui donner le monde, la lune et les étoiles du ciel.

Je me suis efforcée de tenir cette promesse. Mais, comme ma mère, j'ai commis des erreurs. Et ma jolie petite sœur en a commis aussi. Elle a choisi de se dégrader quand elle aurait pu s'élever. Elle a choisi la haine plutôt que l'amour. Elle a choisi de ne pas croire en notre famille et préféré rejoindre un gang.

Mais quand la violence est entrée dans la maison, quand elle a compris ce qui allait se passer, elle a aussi choisi de prendre notre petit frère dans ses bras. Elle l'a serré bien fort. Elle a tenu son visage contre elle pour qu'il n'ait pas à voir la mort en face.

À cet instant, elle a de nouveau choisi notre famille. Elle a été la sœur et la fille que nous savions tous qu'elle pouvait être. Et ça, c'est de l'amour, non ? Ne pas prendre tout le temps les bonnes décisions, mais être là au moment où ça compte le plus.

J'avais une sœur, Lola Baez, et je sais qu'elle m'aimait.

J'avais un frère, Manny Baez. Quand ma mère l'a ramené à la maison, j'avais sept ans, et déjà j'avais peur pour lui. Ma mère aimait boire comme un trou à l'époque. Son nouveau compagnon, Hector, buvait aussi. Je m'occupais de ma petite sœur et maintenant j'allais aussi avoir ce bébé. Mais la première fois que Manny m'a agrippé le doigt de sa main minuscule et qu'il m'a regardée avec ses yeux sombres, j'ai su que je l'aimerais toujours et je lui ai promis le monde, la lune et les étoiles du ciel.

En retour, Manny prodiguait ses sourires, ses rires, la joie innocente jaillie du fond de son cœur de petit garçon. Il était la lumière de nos vies et rien de ce qui a pu se passer ensuite n'a jamais terni la force de son attachement pour nous.

Et ça, c'est de l'amour, non ? Donner sans compter, sans penser à soi, sans limites. Manny n'a rien eu à apprendre pendant les neuf années qu'il a passées auprès de nous. Au contraire, il a été notre professeur. Un rappel de ce que nous pouvions tous accomplir pour peu que nous ouvrions nos cœurs.

J'avais un frère, Manny Baez, et il m'a aimée infiniment.

J'avais un ami, Mike Davis. On s'était rencontrés à onze ans. Il m'a vue quand personne ne me voyait. Il a essayé de m'aider quand personne d'autre ne pouvait le faire. Il m'a dit que j'étais un soleil quand j'avais toujours eu l'impression de n'être que la vilaine demi-sœur, invisible, dans l'ombre.

Il m'aurait aimée, mais je ne l'ai jamais laissé faire.

Il a tué pour moi. Il a supprimé le garçon qui nous avait fait du mal, à ma sœur et à moi. Mais aussi la famille qui m'aimait.

Il est mort pour moi. Il a ouvert la bouche, aspiré les gaz toxiques. Ce garçon sans parents, ce garçon qui avait toujours été seul au monde, ne croyait pas que je pourrais lui pardonner. Il n'avait pas compris que je savais mieux que quiconque que l'amour est imparfait et que l'important, c'est d'essayer.

J'avais un ami, Mike Davis, et je l'ai tué.

J'ai deux chiens, Rosie et Blaze. Ils sont vieux, aveugles, et ils ont un faible pour les longues journées de sieste au soleil. Ils frappent le sol de la queue quand je m'approche. Ils posent la tête sur mes genoux et me laissent caresser leurs longues oreilles soyeuses. Ils me réconfortent les jours où je ne peux rien faire d'autre que pleurer. Ils me donnent de la force parce que je sais qu'ils se souviennent de notre famille et qu'elle leur manque à eux aussi.

J'ai des amies. Flora, Sarah. J'apprends encore à les connaître. Elles savent ce que c'est que le chagrin et le deuil. Elles me disent que je ne me sentirai pas aussi mal toute ma vie. Elles me rappellent que je suis assez forte pour surmonter cette épreuve. Elles me promettent que je réapprendrai à vivre. Elles m'ont fait rencontrer d'autres personnes qui savent ce que c'est que de ne pas dormir la nuit. Et parfois, quand je parle avec tous ces autres barjos, je me sens presque saine d'esprit.

J'ai un tuteur. Hector Alvalos, le père de Manny, l'ancien compagnon de ma mère. Il vivait avec nous à la naissance de Manny et, pendant un temps, il a été pour moi ce qui ressemblait le plus à un père. Il a dû partir ferrailler contre ses propres démons. Il a commis son lot d'erreurs, lui aussi.

Mais il est revenu. Et ça, c'est de l'amour, non ? Il est revenu pour Manny, pour faire la paix avec ma mère et pour réapprendre à nous connaître, ma sœur et moi. Aujourd'hui, nous formons une famille, tous les deux. Nous vivons dans son petit appartement avec Rosie et Blaze et des tonnes de photos au mur. Manny à la naissance. Ma mère qui tourne joyeusement dans sa nouvelle robe rouge le jour où elle nous a ramenés du tribunal. Lola qui lève les yeux au ciel pour un truc idiot. Nous tous entassés dans un canapé.

Des instants immortalisés qui nous aident, Hector et moi, à passer les mauvaises nuits. Des images figées qui nous rappellent les bons moments.

L'album de notre famille parfaite.

Remerciements

Les gens me demandent souvent où je vis. Eh bien, je vis dans une petite bourgade de la Nouvelle-Angleterre, au cœur des montagnes du New Hampshire, avec un pont couvert rouge, une église à clocher blanc et des vues à couper le souffle. Un vrai paysage de carte postale, comme on dit. On y rencontre aussi des gens parmi les plus gentils et les plus intéressants de la planète et pour ce roman j'ai contracté une dette envers bon nombre d'entre eux.

À commencer par Darlene Ference. Retraitée de l'enseignement, elle a décidé de s'engager au sein du CASA et de devenir avocate des enfants. Après quoi elle a commis l'erreur de m'en parler lors d'un barbecue entre voisins. J'ai toujours eu beaucoup d'admiration pour cette association et le travail formidable qu'accomplissent ses bénévoles au profit des enfants. J'ai donc tout de suite voulu en savoir davantage, ce qui m'a évidemment conduite à écrire ce roman. Totalement fictive, l'histoire de Roxy ne s'inspire d'aucune affaire en particulier, mais une bonne part de ce qui arrive à sa famille correspond à une certaine réalité. Je suis profondément reconnaissante à Darlene de m'avoir fait partager son expérience et à tous les bénévoles du CASA de leur énergie et de leur dévouement. Notez bien que toute erreur serait de mon seul fait.

Venons-en maintenant au lieutenant Michael Santuccio, du bureau du shérif de Carroll County. Les années passant, il s'est fait une spécialité de répondre à mes textos, nombreux et souvent étranges. *Dis-moi, une adolescente disparue, tu la considères comme une suspecte ou comme une victime ? Tu lancerais un avis de recherche pour retrouver des chiens ?* Sans oublier : *Si tu voulais maquiller un meurtre par balle en suicide, comment tu t'y prendrais ?* Merci de m'avoir une nouvelle fois aidée à peaufiner mes crimes fictifs et, par la même occasion, d'avoir permis à D.D. Warren de coincer le coupable comme à son habitude. Là encore, toute erreur serait mienne.

Ma profonde gratitude va ensuite à Dave et Jeanne Mason. Lors d'une collecte de fonds au bénéfice du refuge animalier local, ils ont enchéri et surenchéri pour emporter de haute lutte le droit de voir leurs épagneuls bretons, Blaze et Rosie, figurer dans ce roman. Tous deux adoptés dans un refuge, Blaze et Rosie coulent désormais des jours heureux auprès de deux personnes adorables. Merci, Dave et Jeanne, pour tout ce que vous faites pour notre communauté. Et félicitations aux toutous d'avoir trouvé le foyer de leurs rêves.

Ce qui nous amène à Kiko, le nouveau chien de D.D. Warren. Meilleur chien tacheté de tout le pays, Kiko était le chiot adoré de Virginia Moore, directrice de la Société protectrice des animaux de Conway, et de sa compagne, Brenda Donnelly. Kiko nous a malheureusement quittés l'an dernier, mais son caractère affectueux, sa fidélité et ses facéties sont restés légendaires. Virginia et Brenda, j'espère que vous apprécierez ses nouvelles aventures fictives.

Les gens de la région auront aussi reconnu le nom de la barista Lynda Schuepp. Merci, Lynda, pour votre soutien à Children Unlimited Inc., un organisme au service des enfants. J'espère que ce tour de piste vous aura procuré un petit frisson.

Anya Seton : un nom que certains de mes lecteurs auront peut-être aussi reconnu. Dans la vraie vie, Anya Seton fut une remarquable autrice de romans gothiques. Elle figure dans mon panthéon littéraire personnel et il faut donc voir là un hommage à une écrivaine de grand talent. À ceux qui ne connaîtraient pas son œuvre, je recommande vivement la lecture de *L'Emprise du passé*.

Dans la catégorie «juste pour rire», félicitations à Kaytlyn Krogman, lauréate du concours Kill a Friend, Maim a Buddy sur LisaGardner.com. Elle a gagné le droit de voir sa mère, Tricia Lobdell Cass, devenir un des personnages de ce roman. Heidi Raepuro, grande gagnante de la version internationale du tirage au sort (Kill a Friend, Maim a Mate), a quant à elle choisi de connaître une fin spectaculaire. Le concours est toujours un grand succès et j'espère que ce livre vous aura plu!

Je dois l'idée de faire revenir Flora Dane à mon ancien éditeur, Ben Sevier. Ben est ensuite parti vers de nouveaux horizons professionnels, me laissant la mener à bien avec son successeur, Mark Tavani. Merci pour toutes ces années où j'ai profité de votre talent, Ben. Et merci, Mark, d'avoir repris le flambeau avec aisance. Puisse ce livre marquer le début d'une belle amitié. De l'autre côté de l'Atlantique, j'ai été tout aussi attristée de perdre l'éditrice britannique qui m'accompagnait depuis longtemps, Vicki Mellor. Mais je me réjouis de travailler désormais avec Selina Walker, dont les judicieuses remarques ont indéniablement amélioré ce livre.

Et dans le cercle des proches, merci à mon bataillon de relecteurs. C'est incroyable le nombre d'erreurs que je peux laisser passer! C'est grâce à vous que je parais sous mon meilleur jour. Je n'oublie pas ma fille, qui est à présent devenue ma partenaire de remue-méninges, ma réparatrice d'intrigues et pour tout dire ma complice. Lectrice insatiable, c'est une excellente éditrice à demeure. Merci, ma chérie.

Enfin, je dédie ce livre à tous les Mike Davis de la vraie vie. Comme le dit la conseillère d'éducation, pour survivre au lycée tout le monde a besoin d'un ami à ses côtés.

*Découvrez le début du nouveau roman
de Lisa Gardner aux éditions Albin Michel :*

Au premier regard

ROMAN TRADUIT DE L'ANGLAIS (ÉTATS-UNIS)
PAR CÉCILE DENIARD

PROLOGUE

Ma mère aime chantonner. Debout devant la cuisinière, elle mélange ceci, goûte cela, et elle chantonne, chantonne et chantonne encore.

Je suis assise à la table. J'ai une mission : râper le fromage. C'est facile. Le queso blanco s'effrite sous les doigts. Mais je suis fière de participer.

Ma mère dit qu'il n'y a pas besoin d'être riche pour manger comme un roi. C'est parce qu'elle aime beaucoup cuisiner. Tout le monde vient dans sa cuisine pour goûter sa salsa maison ou son mole, vous savez, la sauce mexicaine au cacao, ou encore mon dessert préféré : des petits churros à la cannelle trempés dans du chocolat.

J'ai cinq ans, je suis assez grande pour tourner le chocolat mis à fondre sur le feu. Lentamente, dit ma mère. Mais pas trop non plus, sinon ça attache.

Le chocolat fondu est très chaud. La première fois, j'ai plongé mon petit doigt directement dans la casserole parce que je voulais goûter. D'abord je me suis brûlé le doigt, ensuite je me suis brûlé la langue en léchant le chocolat épais. Ma mère a secoué la tête quand j'ai fondu en larmes. Elle m'a séché les joues avec son tablier, m'a traitée de petite coquine et a dit qu'il fallait que je grandisse, que j'apprenne à ne pas mettre la main dans les casseroles brûlantes. Elle m'a apporté un glaçon à sucer et m'a fait asseoir à table pour que je la regarde s'activer en chantonnant au-dessus des poêles fumantes.

Je suis la chiquita de ma mère. Elle est ma mamita. Ce sont les petits noms que nous nous donnons l'une à l'autre. J'adore l'observer dans sa cuisine. Quand elle y est, elle est heureuse. Rien ne vient assombrir son visage. Elle se tient plus droite. Elle ressemble de nouveau à ma mamita, et non à la femme triste qui part le matin dans sa tenue de femme de chambre gris terne. Ou pire encore, à la femme apeurée qui rentre parfois en pleine journée et me pousse dans un placard en me disant de ne pas faire de bruit.

J'écoute toujours ce que dit ma mamita. Enfin, un jour, j'ai désobéi : j'ai couru après un chiot marron pour lui caresser les oreilles, et la voiture est passée si vite à côté de moi que j'ai senti le vent dans mes cheveux. Alors ma mère m'a attrapée par le bras et a crié: Non, non, non, vilaine, vilaine, vilaine! Elle m'a donné une fessée et ça m'a fait mal. Ensuite elle s'est assise dans la terre rouge, elle a pleuré, elle m'a bercée contre elle et ça m'a fait encore plus mal, comme si j'avais en même temps mal au ventre et mal à la poitrine.

« Il faut m'écouter, mon trésor. Tu n'as que moi, et je n'ai que toi. Alors nous devons tout particulièrement veiller l'une sur l'autre. Tu es à moi et je suis à toi, pour toujours. »

Ce jour-là, c'est moi qui ai séché les joues de ma mère. J'ai posé la tête sur son épaule tremblante et je lui ai promis de toujours être sage.

Maintenant que j'ai cinq ans, je vais à l'école toute seule et je rentre aussi toute seule. Je reste seule tout l'après-midi, mais c'est notre secret, dit mamita. Il y a des gens à qui ça pourrait ne pas plaire. Ils risqueraient de m'emmener loin d'elle.

Je ne veux pas qu'on m'emmène, alors je suis courageuse : je rentre à la maison, j'allume la petite télé et je regarde des dessins animés en attendant. Parfois je dessine. J'adore colorier et peindre. Je fais toujours bien attention de ranger quand j'ai fini. Ma mamita travaille dur, elle fait le ménage et range derrière les autres. Tous les matins elle part dans une tenue soigneusement repassée, avec un tablier blanc impeccable. Et tous les soirs elle revient épuisée, vidée. Et ça, ce sont les bons jours. Parfois, elle rentre triste, effrayée, et il faut qu'elle retire sa blouse terne, qu'elle enfile une jupe colorée et qu'elle aille droit dans sa cuisine pour retrouver le sourire.

C'est le soir. Nous allons manger des burritos avec des haricots noirs cuits à petit feu et de l'effiloché de poulet. Ça doit être un soir de fête parce qu'on n'a pas toujours droit à du poulet. La viande coûte cher et nous devons faire attention.

Mais ma mère est heureuse, elle remue les haricots pendant que les tortillas chauffent dans le four. Notre cuisine est petite, mais pleine de couleurs vives. Du carrelage rouge, de la peinture verte et bleue. Des plats en céramique qui appartenaient à la mère de ma mère, qu'elle a dû quitter il y a longtemps et qu'elle ne reverra plus jamais. Mais ma mère a de la chance d'avoir cette vaisselle ; comme ça, sa mamita sera toujours avec elle et, un jour, avec moi aussi.

« Il n'est pas nécessaire de posséder beaucoup de choses, dit souvent ma mère. Seulement les bonnes. »

J'entends des hurlements au loin. Les coyotes, qui chantent les uns pour les autres dans le désert. Ça fait frissonner ma mère, mais moi j'aime bien ces chants. Je voudrais pouvoir renverser la tête en arrière et lancer la même plainte mélancolique.

Au lieu de cela, je m'exerce à chantonner comme ma mère. Et ensuite, je joue à mon petit jeu préféré.

Je dis : « Mamita. »
Elle répond : « Chiquita. »
J'enchaîne : « Bonita mamita. »
Souriante, elle répond : « Linda chiquita.
— Muy bonita mamita.
— Muy linda chiquita[1]. »

Je glousse parce que nous sommes une meute, une petite meute de deux, et que ce sont nos hurlements à nous.

« Tu n'es qu'une petite coquine », dit-elle, et je glousse encore, chipe un morceau de queso blanco et balance mes pieds sous la chaise avec allégresse.

« Le dîner est prêt », annonce-t-elle en sortant les tortillas.

Les coyotes hurlent de nouveau. Ma mère se signe. Je me dis que je suis contente d'être à elle et qu'elle soit à moi, pour toujours.

*

Le méchant arrive après le dîner. Ma mère est en train de faire la vaisselle. Perchée sur un tabouret à côté d'elle, j'essuie.

Il frappe à la porte de la cuisine, des coups puissants et autoritaires. Devant l'évier, ma mamita se fige. Les ombres reviennent sur son visage, sans que je comprenne pourquoi.

Je sais seulement qu'elle a peur. Et si elle a peur, alors moi aussi.

« Le placard », me chuchote-t-elle.

Mais il est trop tard.

---

1. En espagnol : « une belle maman – une jolie petite fille » puis « une très belle maman – une très jolie petite fille ».

DE LA MÊME AUTRICE
AUX ÉDITIONS ALBIN MICHEL :

Disparue, 2008.
Sauver sa peau, 2009.
La Maison d'à côté, 2010.
Derniers adieux, 2011.
Les Morsures du passé, 2012.
Preuves d'amour, 2013.
Arrêtez-moi, 2014.
Famille parfaite, 2015.
Le Saut de l'ange, 2017
À même la peau, 2019.
Lumière noire, 2018.
Juste derrière moi, 2020.
N'avoue jamais, 2022.

Le Livre de Poche s'engage pour l'environnement en réduisant l'empreinte carbone de ses livres. Celle de cet exemplaire est de :
300 g éq. CO₂
Rendez-vous sur
www.livredepoche-durable.fr

Composition réalisée par Soft Office

Achevé d'imprimer en France par
CPI BRODARD & TAUPIN (72200 La Flèche)
en décembre 2022
N° d'impression : 3050338
Dépôt légal 1ʳᵉ publication : janvier 2023
LIBRAIRIE GÉNÉRALE FRANÇAISE
21, rue du Montparnasse – 75298 Paris Cedex 06

60/6296/3